ALEX LAKE

Deadline

GOLDMANN

Buch

In freudiger Erwartung besteigen Jill und ihre Kollegen nach einer Vorstandssitzung den Privatjet ihrer Firma, um nach Hause zu ihren Familien in Portland zu fliegen. Das Wetter ist gut, die Sicht klar, Turbulenzen sind nicht zu erwarten. Doch kurz nach dem Abflug meldet sich die Pilotin über die Lautsprecher. Anstatt Jill und ihre Kollegen zu begrüßen, hat sie den Jet aufs offene Meer hinausgesteuert und stellt den Passagieren ein schockierendes Ultimatum: An Bord befindet sich ein Mörder, und sie wird die Maschine erst wieder auf Kurs bringen, wenn derjenige gesteht. Der Schuldige hat dreißig Minuten Zeit, um die Wahrheit zu sagen – sonst stürzt das Flugzeug in den Atlantik …

»Unmöglich aus der Hand zu legen!« *Daily Mail*

Autor

Alex Lake ist ein britischer Romanautor, geboren in Nordwestengland. Sein Debüt »After Anna« ist der erste unter diesem Pseudonym verfasste Roman des Autors und wurde auf Anhieb ein *Sunday Times*-Bestseller. Der Autor lebt heute im Nordosten der USA.

Alex Lake

Deadline

Thriller

Aus dem Englischen von Peter Beyer

GOLDMANN

Die englische Originalausgabe erschien 2023 unter dem Titel
»Final Call« bei HarperCollins UK, London.

MIX
Papier | Fördert gute Waldnutzung
FSC® C014496

Penguin Random House Verlagsgruppe FSC® N001967

1. Auflage
Originalausgabe Dezember 2025

in der Penguin Random House Verlagsgruppe GmbH,
Neumarkter Straße 28, 81673 München
produktsicherheit@penguinrandomhouse.de
(Vorstehende Angaben sind zugleich
Pflichtinformationen nach GPSR.)

Umschlaggestaltung: UNO Werbeagentur, München
Umschlagmotiv: FinePic®, München
Redaktion: Eva Wagner
ES · Herstellung: ik
Satz: KCFG-Medienagentur, Neuss
Druck und Bindung: GGP Media GmbH, Pößneck
Printed in Germany
ISBN: 978-3-442-49608-2

www.goldmann-verlag.de

Für Sharad und Adam

Erster Teil

23. DEZEMBER 2022

Die Pilotin

Die Checkliste vor dem Abflug war abgeschlossen. Triebwerke, Hydraulik, Treibstoff: alles in Ordnung. Es herrschte klares Wetter. Kein Regen, kein Wind, kein Schnee, trotz der Jahreszeit. Es würde ein ruhiger Flug werden.

Zumindest was Turbulenzen anging.

Sie hatte schon Hunderte Flugstunden absolviert, aber ihre Handflächen waren schweißnass, und ihr Herz raste so schnell wie bei ihrem ersten Flug.

Sogar schneller. Dies war für sie der wichtigste Flug, den sie je absolvieren würde. Ihr weiteres Leben – und das ihrer Passagiere – würde davon abhängen, was auf diesem Flug geschah. Wie glücklich und erfüllt ihr Leben sein würde. Wie viel Sinn und Zweck es haben würde.

Wie lange es noch währen würde? Jahrzehnte? Jahre? Monate?

Oder nur Stunden.

Dem äußeren Anschein nach und für sämtliche Passagiere war es ein völlig normaler Flug. Der Flug eines Firmenjets, der Führungskräfte für die Weihnachtstage nach Hause brachte.

Aber der Schein konnte trügen. An diesem Flug war nichts normal, rein gar nichts. Und es würde nicht lange dauern, bis dies jedem an Bord aufgehen würde.

Ihrer aller Leben würde sich für immer verändern.

Eine Bewegung vor dem Hangar zog ihre Aufmerksamkeit auf sich, und sie blickte aus dem Cockpitfenster. Die Tür zum Büro stand offen, und eine Frau in einem roten Wollmantel und in dunkler Hose schritt auf das Flugzeug zu, das Handy dicht ans Ohr gepresst.

Die Pilotin überprüfte die Passagierliste. Bislang hatte sie sechs gezählt. Dies war die siebte und letzte Person, die an Bord kommen würde.

Sie erkannte sie. Es war Jill Stearns, CEO eines der größten Lebensmittelkonzerne des Landes – der ganzen Welt.

Sie teilte dem Tower über ihr Headset mit, dass die Maschine startklar war. Dabei ließ sie ihre Stimme tief und männlich klingen und sprach mit lang gezogenem Südstaaten-Akzent. »Boarding completed. Geben Sie mir Bescheid, wenn ein Slot frei ist.«

Nach kurzem statischem Rauschen antwortete eine männliche Stimme tief und ruhig: »Wann immer Sie bereit sind. Ist ein ruhiger Tag hier, wie immer.«

Tatsächlich ging es auf solchen Flughäfen in der Regel beschaulich zu. Es waren kleine, lokale Flugfelder, hauptsächlich für Fracht- und Privatflugzeuge genutzt, es gab keine Sicherheitskontrollen, keine Gepäckscans, keine Ausweiskontrollen. Man spazierte einfach zum Flieger, als wäre er eine Limousine mit Chauffeur.

Das machte diese Sache wesentlich einfacher. Es machte sie überhaupt erst möglich.

Sie warf einen Blick auf den leeren Sitz neben sich. Sie würde darauf bauen müssen, dass der Tower nicht mit dem zweiten der beiden Piloten, die eigentlich hätten an Bord sein sollen, sprechen wollte, denn sonst würden sie herausfinden, dass sie die einzige Pilotin an Bord war, und ihr die Startfreigabe verweigern.

Allerdings spielte eine offizielle Erlaubnis zu diesem späten Zeitpunkt keine Rolle mehr. Sie brauchte sie nicht. Sobald alle an Bord waren, würde sie das Flugzeug über die Startbahn und dann hinauf in den Winterhimmel bringen. Sie war nach all diesen Jahren nicht so weit gekommen, um jetzt noch einzuknicken.

Jill Stearns

Ihr Handy klingelte, als sie gerade aus dem Hangar trat. Sie blickte auf das Display. Die Nummer ihrer Tochter Mila wurde angezeigt. Wäre es jemand anders gewesen, vielleicht ein Kollege aus der Geschäftsführung oder ein Banker, der ihr alles Gute für die Feiertage wünschen wollte, dann hätte sie den Anruf angenommen und wäre noch während des Gesprächs an Bord der Maschine gegangen. Die anderen Passagiere, ihre Mitarbeiter, konnten solche Gespräche ruhig mithören. Es würde sogar dazu beitragen, den einen oder anderen daran zu erinnern, dass sie die Chefin war.

Aber ein Gespräch mit Mila stand auf einem anderen Blatt. Das war etwas Persönliches, und sie vermischte Privates nicht mit Beruflichem. Außerdem hatten sie und Mila sich nicht immer besonders gut verstanden. Jetzt, wo ihre Tochter das College verlassen hatte und ins Berufsleben eingestiegen war, lief es zwar besser, aber die Teenagerjahre – so nannte Jill sie, »die Teenagerjahre«, als wären sie ein abstraktes, weit entferntes Ereignis, das jemand anders miterlebt hatte – waren schon eine kleine Herausforderung gewesen, wenn man mit »kleine Herausforderung« einen täglichen Kleinkrieg meinte. Irgendwann hatte sich ihre Tochter von einer süßen, kleinen Freundin, die neben ihr entlangtrottete und – zumindest in Jills Erinnerung – bewundernd zu ihr aufblickte, in eine mürrische, bierernste Teenagerin verwandelt, die alles an ihrer Mutter hasste und mit allem, was sie sagte, anscheinend aus Prinzip nicht einverstanden war.

Ich glaube, ich muss das Auto in die Werkstatt bringen, hatte sie, Jill, einmal gesagt, als sie auf dem Weg zu Milas Fußballtraining die Bremsen quietschen hörte.

Und warum?

Weil die Bremsen abgenutzt sind.

Nein, sind sie nicht.

Sie trat auf das Bremspedal, und die Bremsen gaben ein gequältes Geräusch von sich.

So hören sich abgenutzte Bremsen an.

Nein, tun sie nicht.

Ich wusste gar nicht, dass du dich mit Autos auskennst.

So wie du?

Tja, ich bringe es in die Werkstatt. Mal sehen, was die sagen.

Die werden sagen, dass es nicht die Bremsen sind. Es sind offenkundig nicht die Bremsen.

Warum hört man es dann nur, wenn ich bremse?

Mila schnaubte und sagte kein Wort mehr. Als sie den

Fußballplatz erreichten, starrte sie ihre Mutter zornig an. *Ich hasse dich. Du bist so eine Besserwisserin, und dabei weißt du gar nichts.*

Jill wollte antworten: *Wirklich? Komisch, dass ich die millionenschwere Geschäftsführerin eines Weltkonzerns bin, der die Aktionäre komplexe Entscheidungsfindungen anvertraut haben, die Tag für Tag das Leben von Tausenden und Abertausenden von Mitarbeitern, Kunden und Lieferanten beeinflussen. Vielleicht weiß ich also wirklich etwas. Vielleicht weiß ich ja doch ein kleines bisschen.*

Aber das sprach sie nicht aus. Sie sah nur zu, wie ihre Tochter auf das Spielfeld trabte, wo sie mit der Trainerin – Annette, die Mom ihrer Freundin Fern – einen Fistbump machte und sie dann umarmte.

Sie umarmte. Jill hätte alles dafür gegeben, von ihrer Tochter so herzlich und natürlich umarmt zu werden.

Danach lachte Annette, löste die Umarmung und zeigte auf einen Stapel Hütchen. Mila lief hin und stellte sie mit einem breiten Lächeln auf dem Gesicht auf.

Sie hasst nur mich, dachte Jill. *Und das ist wirklich unfair. Ich bin ihre Mom. Ich tue alles für sie, ermögliche ihr alles, was sie sich nur wünscht. Und trotzdem hasst sie mich?*

Ihr war klar, dass diese Reaktion kindisch und von Selbstmitleid geprägt war und dass ihre Tochter ein typischer Teenager war. Aber das half ihr nicht. Sie fühlte sich zurückgewiesen und ungeliebt.

Und jetzt rief Mila an. Ein Schauer der Angst überkam Jill. Es konnte zwar durchaus etwas Alltägliches sein – *Wann kommst du nach Hause, Mom?* –, aber Jill trug noch viele Narben vom Trauma früherer Telefonate mit ihrer Tochter. Ja, sie stritten jetzt weniger, aber weniger hieß nicht *nie*, und wenn es erst einmal anfing, konnte es ziemlich schnell eskalieren, vor allem, wenn bestimmte Themen zur Sprache kamen. Und sie wollte nicht, dass *irgendwer* das mitbekam.

Deshalb blieb sie auf halbem Weg zum Flugzeug stehen und nahm den Anruf entgegen.

»Hi«, begrüßte sie ihre Tochter. »Was gibt's?«

»Hi, Mom. Wann bist du wieder zu Hause?«

Jill schaute auf ihre Uhr. »Ich steige gerade in den Flieger. Es ist jetzt zwei Uhr, also sollte ich so gegen vier zurück sein.«

»Okay. Super. Archie und ich wollten dich nämlich in ein Restaurant zum Abendessen einladen.«

Sie beide wollten *sie* einladen? Das war eine Premiere. Jill fragte sich, was für ein Essen es wohl genau werden würde. McDonald's vielleicht oder KFC?

Vor allem aber fragte sie sich, aus welchem Grund.

»Wirklich?«, fragte sie und gestattete sich dann eine kleine Notlüge. »Das ist aber eine nette Überraschung. Was ist der Anlass?«

»Nichts.«

»Nichts? Ihr wolltet mich einfach nur zum Essen einladen?«

»Es gibt da schon etwas. Wir haben Neuigkeiten.«

Jill drehte sich um und blickte zum Hangar zurück.

»Was für Neuigkeiten?«

Die Pilotin

Sie war stehen geblieben. Die Frau in dem roten Mantel, Jill Stearns, CEO, war aus dem Hangar getreten und hatte das Flugzeug angesteuert, war dann jedoch stehen geblieben.

Jetzt drehte sie sich um und blickte zum Hangar zurück.

Der Pilotin krampfte sich der Magen zusammen. Sie war in dem Moment stehen geblieben, als sie ans Handy gegangen war. Warum? Mit wem sprach sie da?

Aus welchem Grund rief jemand sie gerade jetzt an? Wusste jemand, was passieren würde? Wie konnte das sein?

Das war unmöglich. Keiner sonst wusste davon.

Sie schaute auf den leeren Sitz neben sich.

Vielleicht hatte jemand das Fehlen eines Co-Piloten bemerkt? Oder man hatte ihn – und den Piloten, der auf ihrem Platz hätte sitzen sollen – gefunden, befreit und Alarm geschlagen? Sie brachte sich die Situation der beiden noch einmal so in Erinnerung, wie sie sie zurückgelassen hatte: Nein, sie hatten sich noch nicht befreien können, da war sie sich sicher.

Aber warum war die Frau dann stehen geblieben? Was ging hier vor?

Sie stand auf und legte eine Hand auf den Knauf der Cockpittür. Sie zögerte, denn sie hatte die Tür eigentlich geschlossen halten wollen, damit niemand sie zu Gesicht bekam. Aber sie musste dieser Sache auf den Grund gehen. Vielleicht konnte sie mithören, was Stearns sagte.

Sie entriegelte die Tür, drückte sie auf und trat in die

Bordküche. Dann zog sie die Tür hinter sich wieder zu, damit niemand bemerken konnte, dass sich niemand sonst im Cockpit befand, und ging zur Flugzeugtür. Zu ihrer Linken konnte sie einen Blick in die Kabine werfen. Sie war klein. Es gab nur sieben Sitze, die bis auf einen alle besetzt waren.

Sie trat auf die oberste Stufe der Gangway hinaus und starrte zu Stearns hinüber, angestrengt darauf bedacht, mitzuhören, was sie sagte. Aber sie konnte kein Wort verstehen.

Stearns stand nach wie vor mit dem Gesicht zum Hangar. Die Pilotin ging die Stufen hinunter. Vielleicht konnte sie die Frau fragen, was sie aufhielt, ihr sagen, dass sie einen Slot für den Abflug hatten und dass es ihr sehr leidtäte, sie aber sehr dankbar wäre, wenn sie bitte in Kürze einsteigen könnte?

Was aber, wenn sie dann sagte: »Nein, danke, aber ich bleibe, wo ich bin«? Was dann?

Dann wäre ihr Plan gescheitert, bevor er überhaupt in die Gänge gekommen war. Jahrelange Vorbereitungen mit einem Schlag zunichtegemacht.

Dazu durfte es nicht kommen. Sie musste etwas unternehmen, und zwar sofort. Sie musste sie an Bord zerren, die Cockpittür verriegeln und losfliegen.

Sie stieg die Stufen der Gangway hinunter, trat auf die Rollbahn und ging auf Stearns zu. Als sie nur noch wenige Meter entfernt war, drehte sich Stearns zu ihr um. Sie hatte ihr Telefonat beendet und ließ die Hand mit dem Handy sinken. Sie runzelte die Stirn, trug einen Ausdruck der Besorgnis im Gesicht.

Sie weiß es, dachte die Pilotin. *Irgendwie hat sie es erfahren.*

Dann aber lächelte Stearns, rang sich ein verkrampftes, angespanntes Lächeln ab.

»Tut mir leid«, sagte sie. »Diesen Anruf musste ich annehmen. Sind wir startklar?«

Die Pilotin nickte.

Stearns starrte sie an. »Sind Sie neu?«

»Ja.«

»Ich bin Jill.« Sie reichte ihr die Hand. Die Pilotin schüttelte sie kurz, wohl wissend, dass sie feuchte Hände hatte.

»Sarah Daniels«, stellte sie sich vor.

»Freut mich, Sie kennenzulernen.« Stearns ging auf die Maschine zu. Mit vor Erleichterung weichen Knien folgte ihr die Pilotin. Ihre Beine zitterten, und es kostete sie Mühe, die Fassung zu bewahren.

Stearns stieg die Stufen hinauf und wandte sich nach rechts. Die Pilotin sah sich auf dem Flugfeld um und fragte sich, ob jemand – ein Polizist, irgendein Offizieller – auf sie zustürmen würde.

Doch nichts geschah.

Lächelnd stieg sie wieder in die Maschine, schloss die Kabinentür und betrat das Cockpit.

Jetzt gab es kein Zurück mehr.

Chip Markham

Charles – Chip – Markham blickte von seiner Zeitung auf – er hasste es, auf einem Tablet oder Handy zu lesen –, als Jill Stearns ihr Gepäck verstaute. Es war ein eleganter, mehrfarbiger Rucksack, der zum Ausdruck brachte: *Schauen Sie mich an, ich bin die Geschäftsführerin eines großen Lebensmittelkonzerns, aber sehen Sie doch nur, wie lässig und modern ich daherkomme.* Er unterdrückte ein Lächeln. Es war wirklich sehr durchschaubar.

Er lehnte sich in seinem Sitz zurück, neigte den Kopf zurück und streckte den Hals so weit wie möglich. Etwas knackte, und die Spannung in seiner Nackenmuskulatur löste sich. Was blieb, war ein Gefühl tiefer Erleichterung. Er würde einen Arzt aufsuchen und es untersuchen lassen. In letzter Zeit hatte sich in seinem Hinterkopf ein unangenehmes Gefühl aufgebaut, eine Art Anspannung, die sich nur dadurch lösen ließ, dass er den Hals streckte, bis es knackte.

In seinem Alter hasste er es, mit irgendwelchen sonderbaren Beschwerden zum Arzt zu gehen. Die Wahrscheinlichkeit, dass die Antwort *Oh, keine Sorge, das wird schon wieder* lautete, wurde immer geringer, stattdessen stieg die Wahrscheinlichkeit von Untersuchungen und Analysen und Scans und – im schlimmsten Fall – von Diagnosen.

Die Pilotin – er kannte sie nicht – verriegelte die Flugzeugtür und ging ins Cockpit. Sie würden bald in der Luft sein, und hinterher würde er sich zu Hause einen ordentlichen Scotch genehmigen und sich ein paar Kapitel aus dem Buch über General Patton zu Gemüte führen, das er gerade las. Ein zweistündiger Flug, mehr oder weniger, dann noch dreißig Minuten bis zu seinem Haus in Cape Elizabeth, und dann würde er es sich in seinem Sessel am Fenster mit Blick auf den Ozean gemütlich machen.

Gott sei Dank gab es den Firmenjet.

Der Rest der Welt drängelte sich in schmutzigen, überfüllten Flughäfen, rangelte um einen etwas besseren Sitzplatz, hoffte, dass der Flug nicht verspätet war oder gestrichen wurde, und konnte aus einem Angebot an fettigen Sandwiches und überteuerten Drinks wählen. Das Leben war trostlos für die meisten, besonders in den letzten Jahren. Die Leute liefen mit FFP2-Masken herum, voller Angst, sich von den Menschen um sie herum irgendeine schreckliche Krankheit einzufangen, konnten ihnen aber nicht aus dem Weg gehen.

Er hingegen saß nun hier, in einem Flugzeug, das fast sein eigenes war. Ein Flieger, der pünktlich abheben und ihn und seine Kollegen so schnell und so bequem wie möglich an ihr Ziel bringen würde.

Auf dem Höhepunkt der Covid-Pandemie hatte es eine Überprüfung der Ausgaben gegeben, und dabei war die Frage aufgekommen, ob ein Firmenflugzeug notwendig war. War es wirklich eine notwendige Ausgabe von Firmengeldern? War ein Firmenjet in Zeiten, in denen Menschen ums Überleben kämpften, wirklich gut fürs Image? (Er hasste den Ausdruck *gut fürs Image*, das war verdammt dämliche Beratersprache.) Und war es nicht auch eine Katastrophe für die Umwelt? Er hatte klare Vorstellungen darüber, was die Antwort betraf, aber die Frage stand nun mal im Raum: War es leitenden Angestellten nicht zuzumuten, auch Linie zu fliegen?

Das war es, sagte Chip. Und sie würden es auch tun, falls die Überprüfung zu dem Ergebnis kam, dass dies die beste

Lösung sei. Nichts war ausgeschlossen – alle Argumente würden auf die Waagschale gelegt und angemessen entschieden werden.

Und das wurden sie auch. Gründlich und mit aller gebotenen Sorgfalt. Die Ergebnis war eindeutig: Für und Wider waren geprüft, Kosten und Nutzen abgewägt und bewertet worden, und die Antwort lautete: Der Jet bleibt. Es gab viele gute Gründe dafür, und Chip hätte sie alle aufzählen können, aber der wahre Grund – und einer, den er nie angesprochen hätte – war schlicht: Auf keinen Fall würde *er* Linie fliegen.

Der Jet war also wunderbar, und Chip liebte ihn. Es gab da nur einen kleinen Aspekt, den er gerne geändert und der es noch vollkommener gemacht hätte: Er hätte lieber auf dem Sitz auf der anderen Seite des Ganges sitzen wollen.

Bei der Sitzplatzvergabe gab es eine klare Hierarchie. Sie war unausgesprochen, und er und Jill hätten ihre Existenz geleugnet, aber ihnen beiden waren die vorderen Sitze vorbehalten, die mit mehr Beinfreiheit und einem Tisch. Alle anderen saßen auf den normalen Sitzen – gut im Vergleich mit Linienflügen, aber immer noch ein bisschen beengt – hinter ihnen.

Natürlich hatte niemand eine bestimmte Sitzplatznummer auf seinem Ticket – es *gab* ja weder Tickets noch Bordkarten, sodass jeder jeden Platz hätte einnehmen können. Aber wenn man als Erster einstieg und nicht Chip oder Jill war, galt es als karrieregefährdend, wenn man nicht auf einem der fünf Sitze im hinteren Teil der Kabine Platz nahm und die vorderen beiden frei ließ.

Jill sah zu ihm hinüber und zog eine Augenbraue hoch. »Tut mir leid, dass ich so spät dran bin. Ich musste noch einen Anruf entgegennehmen.« Sie deutete mit dem Kopf in Richtung Cockpit. »Neue Pilotin. Ich hab sie vorher noch nie gesehen.«

Chip stutzte. Als Leiter der Finanzabteilung gehörte alles, was mit Flügen zu tun hatte, zu seinem Aufgabenbereich, und er fragte sich, ob Jill ihm gegenüber andeuten wollte, dass er von der neuen Pilotin hätte wissen müssen. Er nickte vage und unverbindlich, konnte sich nicht daran erinnern, dass jemand ihm gegenüber davon gesprochen hatte.

Vielleicht hatte es jemand getan, und er hatte es vergessen. Man konnte von ihm nicht erwarten, dass er über jedes kleine Detail Bescheid wusste.

Wie auch immer, eine Pilotin war eine Pilotin, und diese hier musste sie nur sicher in die Luft und wieder auf den Boden bringen.

Die Pilotin

Sie hatte sich viele Male gefragt, wie es wohl ablaufen würde, wenn dieser Moment kam, hatte es zigmal vor ihrem geistigen Auge durchgespielt. Würde sie nervös sein, Herzrasen bekommen, feuchte Hände? Würde ihre Stimme brechen und zittrig klingen, wenn sie mit der Flugsicherung sprach? Würde ihr Kopf leer sein, und würde es ihr schwerfallen, sich zu konzentrieren?

Vielleicht würde sie unter dem Druck zusammenbrechen

und einfach verschwinden, das Flugzeug mit der Bemerkung verlassen, sie werde gleich wiederkommen, sich dann aber für immer aus dem Staub machen. Vielleicht würde sie nach dem Start nicht die Nerven haben, es durchzuziehen, und ihre Passagiere sicher nach Hause fliegen. In den Tagen vor dem Flug hatte sie ernsthaft daran gezweifelt, ob sie es wirklich konnte.

Schließlich war sie ja nicht dazu gezwungen. Niemand nötigte sie dazu. Es war allein ihre Entscheidung.

Nur war es das eben nicht. Sie hatte keine Wahl, nicht wirklich. Sie *musste* es tun. Sie musste es tun, oder sie würde nicht mehr in den Spiegel schauen können.

Die Frage war also nicht, ob sie es tun musste. Die Frage war, ob sie es *konnte.*

Nun, jetzt hatte sie ihre Antwort. Kaum war Jill Stearns an Bord und die Tür verriegelt, war das einzige Gefühl, das sie noch empfand, Erleichterung. Keine Angst, kein Zögern, keine Zweifel.

Nur Erleichterung.

In der Ruhe des Cockpits verlangsamte sich ihr Herzschlag. Ihre Atmung wurde ruhig und gleichmäßig. Ihr Verstand fokussierte sich.

Sie war hier.

Es war so weit.

Sie legte die Hand auf die Schubhebel und spürte das Brummen der Triebwerke. Sie drückte die Hebel langsam nach vorn, und das Flugzeug bewegte sich über die Rollbahn.

Hinter ihr streckten sieben Passagiere die Beine aus,

schlugen ihre Bücher auf oder schauten auf ihre Handydisplays. Einen Moment lang fragte sie sich, woran sie wohl gerade dachten – an ihre Kinder? An ihre Weihnachtspläne? An ihre zukünftige Karriere?

Was auch immer es sein mochte, keiner von ihnen hatte auch nur einen blassen Schimmer davon, was gleich passieren würde.

Marcia Fournier

Der plötzliche Schub der Triebwerke war wie ein harter Stoß auf ihre Lendenwirbelsäule. Sie war immer wieder erstaunt über das plötzliche Gefühl der Kraft, das sie empfand, wenn ein Flugzeug – egal, welches – auf der Startbahn Geschwindigkeit aufnahm. Sie hatte auf dem College Ingenieurwesen studiert und kannte die Gleichungen, die vorgaben, wie viel PS nötig waren, um Luftwiderstand und Schwerkraft zu überwinden und das Flugzeug dreißigtausend Fuß über der Erdoberfläche dahinschießen zu lassen. Sie konnte sich immer noch an die mathematischen Formeln erinnern, aber die nackten Zahlen wurden der Sache nicht gerecht.

Die beiden Triebwerke – im Grunde genommen bearbeitetes Metall und ein Behältnis mit Treibstoff – würden diese Zigarrenstange mit Tragflächen samt all ihren gegenwärtigen Insassen zum Fliegen bringen. Es war einfach nur Physik, das schon. Aber deswegen nicht weniger magisch.

Als die Räder sich vom Rollfeld lösten, schloss sie die

Augen und nahm das kurze Gefühl scheinbarer Schwerelosigkeit begierig in sich auf. Es war ein Ritual von ihr, in aller Stille die exakte Sekunde auszukosten, in der sie nicht mehr an die Erde gebunden war. Es war immer noch aufregend, selbst nach all den Flügen, die sie inzwischen hinter sich hatte.

Es war aber auch noch aus einem weiteren Grund aufregend. Denn es markierte den Moment, in dem sie sich einem anderen Ritual hingeben konnte. Früher hatte das automatisch funktioniert: Sobald sie ihre Reiseflughöhe erreicht hatten, kam das Kabinenpersonal mit einem Tablett mit Gläsern voll Weiß- und Rotwein den Gang hinunter und reichte sie den Passagieren – für sie immer Weißwein –, um anschließend die Bestellung für ein weiteres Getränk entgegenzunehmen. Marcia flog häufig mit dem Firmenjet, und das Kabinenpersonal – Sharon, Wendy, Christi und neuerdings auch Patrick – kannte ihre Vorliebe: einen großen Wodka mit Soda und einer Zitronenscheibe.

Vielleicht noch einen, eine halbe Stunde später, und dann noch einen für den Sinkflug.

Aber das war inzwischen alles Schnee von gestern. Im Firmenjet wurde kein Alkohol mehr ausgeschenkt. Es flog auch keine Kabinencrew mehr mit, nur die Piloten. Stattdessen gab es einen Selbstbedienungskühlschrank mit Wasserflaschen und Cola light.

Die Pilotin war neu, hatte sie festgestellt. Sie hatte sie noch nie gesehen. Normalerweise ließen die Piloten die Tür zum Cockpit offen, diese aber nicht. Vielleicht war es eine neue Vorschrift, oder es war der Frau einfach lieber so.

Vielleicht genehmigten sie und ihr Co-Pilot sich dort vorn aber auch heimlich einen Drink. Nein, so etwas tat nur sie.

Das war es nämlich, wozu sie sich mittlerweile gezwungen sah. Sie schämte sich ein wenig dafür, aber sie tat es trotzdem.

Als der Alkoholausschank im Flugzeug eingestellt worden war, hatte sie einige Flüge ohne Drinks hinter sich gebracht. Das war gut, bewies es doch, dass sie dazu in der Lage war, wenn sie nur wollte. Dann hatte sie einmal einen sehr anstrengenden Tag hinter sich gehabt. Eine Präsentation für einen Kunden – sie konnte sich nicht mehr erinnern, worum es ging – war schiefgegangen, und Chip, damals sowohl ihr Chef als auch ihr Liebhaber, hatte ihr eröffnet, dass es sie ihren Job kosten würde, falls sie den Kunden durch diese Sache verloren.

Es war ein doppelter Schlag gewesen: einmal die berufliche Blamage und dann der persönliche Verrat. Nachdem er es ausgesprochen hatte, konnte sie den Gedanken nicht abschütteln, dass sie nur Stunden vorher in ihrem Hotelzimmer das Bett mit ihm geteilt hatte. Es war ein intimer Moment gewesen, der durch seine Aufforderung, sie solle Katzengeräusche machen, noch verstärkt wurde – eine Aufforderung, der sie mit innerlicher Belustigung nachgekommen war. Und nun drohte er ihr mit dem Verlust ihres Jobs.

Und ja, die Präsentation war schiefgegangen, aber das lag zum großen Teil daran, dass sie erschöpft gewesen war nach dem nächtlichen Miauen für Chip und den vielen

Drinks, die sie sich davor genehmigt hatten. Sie fühlte sich klein und ängstlich und ausgeliefert – ein Gefühl, das durch ihren Kater nicht besser wurde – und als der Tag zu Ende war und sie sich auf den Weg zum Flieger machten, brauchte sie einen Drink.

Sie hatte sich einen *verdient*.

Also rannte sie aus dem Büro, kaufte in einem nahe gelegenen Spirituosengeschäft eine Flasche Wodka und zwei kleine Flaschen Wasser mit Kohlensäure, leerte die Hälfte des Wassers aus und füllte sie mit dem Wodka auf.

Als das Flugzeug dann in der Luft war, nahm sie eine der Wasserflaschen aus ihrer Tasche und trank sie aus.

Ihr war klar, dass das keine gute Idee war, aber es sollte ja nur eine einmalige Ausnahme sein. Nur an diesem einen Tag, an dem sie es wirklich brauchte.

Bloß dass sich dieses eine Mal schnell zu einem Ritual entwickelte.

Zwei 350-Milliliter-Flaschen Wasser, die Hälfte durch Wodka ersetzt – in letzter Zeit allerdings mehr –, und das auf jedem Flug.

Aber sie trank nie, bevor sie in der Luft waren. Niemals vor diesem Moment der gefühlten Schwerelosigkeit. Das war der Beweis sich selbst gegenüber, dass sie die Kontrolle hatte und jederzeit aufhören konnte. Und sie hatte es ja auch vor, nicht nur im Flugzeug. Sie wollte ganz mit dem Trinken aufhören. Schließlich hatte sie jetzt eine Enkeltochter, Edie, und sie wollte miterleben, wie sie aufwuchs. Nicht dass ihr Alkoholkonsum ein Problem gewesen wäre. Ja, sie trank an den meisten Abenden – an jedem Abend, wenn sie ehrlich war –, aber doch nur, weil ihr Job so *stressig* war. Ohne den Stress würde sie nicht trinken. Wenn sie also in Ruhestand ging, vielleicht in fünf Jahren, würde auch das Trinken in Ruhestand gehen.

Aber fünf Jahre waren zu lange. Sie würde schon früher aufhören, viel früher.

Vielleicht noch heute. Vielleicht würde sie die Flaschen, die sie für diesen Flug vorbereitet hatte, einfach in ihrer Tasche liegen lassen. Sie malte sich aus, wie sie sie auf dem Boden neben ihrer Autotür ausschüttete, dann den Wagen startete und nach Hause fuhr, als stolze Nicht-Trinkerin. Abgesehen von allem anderen, sollte sie sich nicht alkoholisiert ans Steuer setzen. Sie war zufälligerweise eine gute Fahrerin, wenn sie getrunken hatte, und das konnte nicht jeder von sich behaupten, und sie hatte es absolut im Griff. Sie fühlte sich wacher, scharfsinniger, wenn sie etwas intus hatte.

Aber das war jetzt Vergangenheit. Heute war der Tag, an dem sie aufhören würde.

Sie schob ihre Tasche unter den Sitz vor sich und schaute aus dem Fenster. Die Erdoberfläche sank unter dem Flugzeug weg. Sie stellte sich Edie hier vor, wie sie auf ihrem Schoß saß und wie gebannt auf die schnell verschwindende Stadt blickte.

Sie griff in die Tasche und tastete nach ihrem Handy. Sie würde ein Video für ihre Enkelin aufnehmen.

Ihre Hand streifte einen Flaschenhals.

Ihr Mund wurde ganz trocken, und ihr Puls beschleunigte sich. Sie spürte, wie sich eine Schweißperle auf ihrer

Schläfe bildete. *Nein*, sagte sie sich, *heute nicht. Du hast dich entschieden.*

Sie zog die Hand zurück. Ihr Mund wurde noch trockener, die Lippen kribbelten. Jähe Angst überflutete sie. Würde sie den Flug ohne den Alkohol überstehen? War sie wirklich zu so jemandem geworden? Hatte es überhaupt Sinn aufzuhören? Hatte sie ihre Gesundheit nicht schon zu sehr ruiniert, als dass es noch eine Rolle spielte?

Dann gab es da noch Sylvia. Eine Vertriebsassistentin, die so überflüssig war wie ein Kropf. Sie sollte sie eigentlich feuern, hatte aber beschlossen, bis Neujahr damit zu warten. Sie hasste es, Leute zu feuern.

Marcia holte tief Luft. Ihr schwirrte der Kopf. Sie holte noch einmal tief Luft, und noch einmal.

Es änderte sich nichts. Die Panik wollte nicht verschwinden. Am liebsten hätte sie geschrien und sich gegen den Sitz vor ihr geworfen. Vielleicht würde das helfen.

Was helfen würde, befand sich in ihrer Tasche. Eine hämische innere Stimme verhöhnte sie. *Du weißt, dass sie da drin ist. Du brauchst dir doch nur ein kleines Schlückchen zu genehmigen …*

Sie musste dieser Panikattacke den Garaus machen. Sie hatte keine andere Wahl.

Sie schaute sich um, um sicherzugehen, dass niemand sie beobachtete, und zog dann die Flasche aus der Tasche. Sie drehte den Verschluss auf und hob sie an die Lippen.

Ein Schluck, das war alles.

Dann zwei und drei und vier.

Was für Neuigkeiten?

Mila hatte nur gelacht. *Das erfährst du beim Abendessen.*

Sind es denn gute Neuigkeiten?

Entspann dich, Mom.

Mich entspannen? Das heißt, es sind gute Neuigkeiten, nicht wahr?

Mom, bitte. In Milas Stimme schwang die vertraute Schärfe mit, die der Vorbote eines Wutausbruchs war, weil ihre Mutter dermaßen beschützerisch war und sie wie ein kleines Mädchen behandelte. *Kein Grund zur Sorge.*

Jill wollte nach mehr Details fragen, wollte nicht warten. Sie war es nicht gewohnt zu warten. Aber sie war jetzt nicht im Büro, und Mila war nicht – wie sie ihr oft vorhielt – eine ihrer Angestellten.

Außerdem war die Pilotin – jemand Neues, was sie nicht erwartet hatte – auf die Gangway hinausgetreten, worauf sie das Gespräch beendet hatte.

Okay, lenkte sie ein. *Wir sehen uns in zwei Stunden.*

Jetzt, da sie im Flieger saß und ihren Laptop vor sich aufgeklappt hatte, ließ sie das Gespräch noch einmal Revue passieren. Mila hatte gesagt »*Kein Grund zur Sorge*« und nicht »*Ja, es sind gute Neuigkeiten.*« Das waren zwei sehr unterschiedliche Dinge. Was für Mila kein Grund zur Sorge war, umfasste viele Dinge, die anderen Menschen, darunter auch Jill, endlose schlaflose Nächte bereiten würden. Zum Beispiel der Rauswurf aus ihrer Fußballmannschaft, weil sie getrunken hatte, als sie in der elften Klasse an der Highschool gewesen war. Für Jill hatte das fast das Ende der Welt bedeutet, doch Mila hatte es mit einem Achselzucken abgetan.

Willst du denn nicht Fußball spielen?

Nicht wirklich. Ich werde etwas anderes machen.

Sie hatte dann mit Theaterspiel angefangen und eine kleine Rolle bei einem Stück an der Schule bekommen. Auch diese Sache hatte ein ungutes Ende genommen, als ein paar von ihnen vor einer Aufführung beim Kiffen erwischt wurden. Erneut hatte Mila es mit einem Lachen abgetan und wirkte wenig betroffen. Jill fand ihre Unbekümmertheit in gewisser Weise sogar bewundernswert, aber das reichte nicht, um die Besorgnis zu überwinden, die das in ihr auslöste.

Kein Grund zur Sorge war also wenig beruhigend, zumal es nur zwei Möglichkeiten gab, die als Neuigkeiten infrage kamen: Sie und Archie hatten sich verlobt, oder sie war schwanger.

Jill schloss die Augen. Weder das eine noch das andere bedeutete für sie *Kein Grund zur Sorge*. Mila war zu jung und zu verantwortungslos, um ein Baby in die Welt zu setzen. Sie, Jill, würde die Last schultern müssen, und das entsprach *nicht* ihren Plänen. Was eine Verlobung anging, so war Archie zwar ein netter Junge, aber … Nun ja, er war nicht gerade das, was sich Jill unter einem Schwiegersohn vorstellte. Er war zwar freundlich und höflich, aber in seinem Kopf schien sonst nicht viel vor sich zu gehen. Er forderte Mila nie heraus, stritt nie mit ihr. Einmal hatte sie mitgehört, wie er ihr vorschlug, zum Abendessen in eine Tapasbar zu gehen. Mila hatte das Gesicht verzogen und gesagt: »Nein, ich dachte an etwas Originelleres«, woraufhin er in sich zusammengesunken war und klein beigab. Die Beziehung war unausgeglichen. Er war Mila nicht gewachsen, und Jill hegte keine großen Hoffnungen für ihn.

Ehrlich gesagt – doch das hätte sie nie laut ausgesprochen, nicht beim derzeitigen Zeitgeist – wünschte sie sich manchmal, ihm würden Eier wachsen.

Sie wollte ihn also nicht als Vater ihres Enkelkindes, was bedeutete, dass sie ihn auch nicht als Ehemann ihrer Tochter wollte.

Scheiße. Wie sollte sie darauf reagieren, wenn sie ihr das eröffneten? Sie musste es schaffen, so zu tun, als wäre sie darüber erfreut, aber Mila würde merken, dass sie sich verstellte. Sie durchschaute sie immer. Ihre Kollegen wären erstaunt gewesen, denn sie galt als großartige, harte Verhandlungsführerin, gesegnet mit einem undurchschaubaren Pokerface. Aber vor ihrer Tochter war sie schwach und wie ein offenes Buch zu lesen. Sie sah schon förmlich vor sich, wie sie sich ein Lächeln abrang, Mila dahinterkam und eine finstere Miene aufsetzte.

Andere würden es durchgehen lassen und später darauf zurückkommen.

Mila nicht. Sie würde die Stirn in Falten legen, die Lippen zu einer schmalen Linie zusammenpressen und die Augen zu Schlitzen verengen. Es würde eine lange Gesprächspause eintreten.

Mom, du scheinst nicht besonders erfreut über unsere Neuigkeiten zu sein?

Doch, mein Schatz, das bin ich, wirklich …

Danke, Mom. Ein bösartiger, fauchender Ton.

Mila, ich weiß nicht, wovon du sprichst …

Du hast es ruiniert. Wir überbringen dir unsere Neuigkeiten, und du kannst dich nicht mit uns freuen. Wo liegt das Problem? Es ist mein Leben. Warum kannst du noch nicht einmal so tun, als würdest du dich für uns freuen?

Ich tue doch so. Besser kriege ich es nicht hin.

Nein, so würde sie das nicht formulieren. Sie würde es zwar so sagen wollen, aber sie würde es nicht tun. Einem Lieferanten, einem Kunden oder einem Banker würde sie nichts vorspielen – wer bei ihrer Arbeit versuchte, sie herumzukommandieren, würde nichts damit erreichen.

Aber hier ging es um ihre Tochter. Sie hatte nie gewusst, wie sie mit ihr umgehen sollte. Sie beide waren so verschieden. Jill fand es bizarr, wie unterschiedlich sie waren – sie hatte mit ihrem Therapeuten darüber gesprochen, und er hatte sie daran erinnert, dass es sich, obwohl es die eigenen Kinder sind, um eigenständige Persönlichkeiten handelte. Man musste sie ihren eigenen Weg finden lassen.

Sie können die Entscheidungen, die sie treffen, nicht kontrollieren. Und wenn Sie es versuchen, wird sie sich dadurch nur weiter von Ihnen distanzieren.

Jill hatte es geschafft, Mila ein wenig Freiraum zu gewähren, aber sie kam nicht umhin, enttäuscht zu sein – von Archie, von ihren schlechten Noten, von ihrem offensichtlichen Mangel an Ehrgeiz. Sie konnte einfach nicht damit aufhören, ihre Tochter als eine Art Eigentum zu betrachten. Aber das war der nächste Schritt. Wenn sich Mila und Archie verlobt hatten, musste sie erst einmal einen Weg finden, sich für sie zu freuen. Wirklich und aufrichtig glücklich darüber zu sein.

Doch dazu war sie nicht in der Lage. Das war zu viel verlangt. Und sie wollte die große Enthüllung so lange wie möglich vermeiden. Eigentlich wollte sie sie sogar ganz vermeiden.

Ob sie noch irgendwie den Hals aus der Schlinge ziehen konnte? Ein Meeting erfinden oder mit jemandem etwas trinken gehen? Einen Moment lang stellte sie sich vor, das Flugzeug würde abstürzen. Das wünschte sie sich zwar nicht, aber dann würde sie wenigstens dem Abendessen mit der Ankündigung ihrer Tochter entgehen.

Natürlich konnte es auch um etwas völlig anderes gehen. Ein Jobwechsel. Ein neues Auto. Ein Urlaub.

Doch sie wusste, dass es so etwas nicht war. Sie kannte ihre Tochter, und der Gedanke an das, was kommen würde, erfüllte sie mit Panik.

Marcia Fournier

Der erste Schluck brannte ein wenig.

Dann kam er in ihrem Magen an, und sie spürte, wie sich ein warmes Glühen in ihr ausbreitete. Die Anspannung in den Halsmuskeln fiel von ihr ab, ihre Gedanken verlangsamten sich, ihr Kopf wurde leer. Es war vergleichbar mit dem Gefühl der Schwerelosigkeit, als das Flugzeug abgehoben hatte, aber es war noch besser, mit einem Hauch von Glückseligkeit, ein Tor zu einer besseren, zumindest aber einfacheren Welt.

Doch dann stellte sich die Reue ein. Dies kam in letzter Zeit immer häufiger vor und stand in direktem Verhältnis zu den vielen Malen, bei denen sie sich vorgenommen hatte aufzuhören, bevor sie sich dann unweigerlich diesen ersten Drink genehmigte.

Ich habe es wieder getan. Ich habe versagt.

Sie wollte das, was sie getrunken hatte, erbrechen und einen Neuanfang wagen. Sie wollte alles, was sie je getrunken hatte, erbrechen und wieder zu der Person werden, die sie gewesen war, bevor sie ihren allerersten Drink zu sich genommen hatte.

War es das, was ihre Alkoholsucht ausmachte? Erst jetzt benutzte sie zum ersten Mal diesen Begriff. Wenn sie nüchtern war, versuchte sie, so zu tun, als hätte sie ihr Trinken unter Kontrolle. Wenn sie betrunken war, war es ihr egal. Das war schließlich der Sinn des Betrunkenseins. Aber jetzt, nach einem Drink, war die Angst weg, der Rausch würde sich erst noch einstellen, und in der Zeit dazwischen sah sie alles ganz deutlich.

Sie wusste, was sie war. Sie war Alkoholikerin.

Und dieser Gedanke ließ sie ratlos zurück. Sie verspürte den überwältigenden Drang, wieder von vorn anzufangen und den Fehler zu korrigieren, den sie begangen hatte, indem sie mit dem Trinken überhaupt erst angefangen hatte. Sie wusste aber, dass das unmöglich war.

Sie wusste, dass sie sich in jemanden verwandelt hatte, die Wodka in einen Firmenjet schmuggelte, und dass es kein Zurück mehr gab. Es war unmöglich, diesen ersten Drink rückgängig zu machen, sosehr sie sich das wünschte.

Sie trank doch nur immer öfter und schwor sich immer öfter, dass sie es nicht tun würde.

Sie war schwach. Eine Versagerin. Erbärmlich.

Zerfressen von Scham und Selbstverachtung, hätte sie sich am liebsten aus dem Flugzeug gestürzt. Sie wollte schreiend durch die Luft stürzen, bis alles vorbei war.

Aber das würde sie nicht tun. Sie würde ruhig hier sitzen bleiben, während ihr tausenderlei Gedanken durch den Kopf schwirrten, sich dessen bewusst, dass die einzige Lösung des Problems dieses überhaupt erst verursacht hatte.

Sie brauchte noch einen Drink.

Varun Miller

Varun Miller starrte auf sein Handy, den Mund vor Schreck halb geöffnet. Das war unmöglich.

Die E-Mail war angekommen, als er auf seinem Sitz hinter Chip Platz genommen hatte. Er hatte nur einen kurzen Blick darauf geworfen und war davon ausgegangen, dass es sich um Spam handelte. Aber irgendetwas daran musste ihm ins Auge gefallen sein, denn als die Maschine abhob, fiel es ihm wieder ein, und er beschloss, einen zweiten Blick darauf zu werfen.

Es lag an der Betreffzeile, stellte er fest. Er erhielt täglich

Hunderte von E-Mails, die meisten von Mitarbeitern des Unternehmens, aber ein erheblicher Teil ging auf Rundschreiben, Verkäufer oder böswillige Zeitgenossen zurück, die ihn dazu verleiten wollten, auf einen Link zu klicken, der seinen Computer mit irgendeiner Malware infizieren würde, die sie verbreiteten. Er klickte niemals auf etwas, das ihm von jemandem gesendet worden war, den er nicht kannte und dem er nicht vertraute. Als Chefjustiziar eines bedeutenden Lebensmittelkonzerns konnte er darauf verzichten, dass sein Computer gehackt wurde.

Diese Mail jedoch war anders. Sie kam zurückhaltender, gelassener daher und ohne Großbuchstaben – es gab nur dort welche, wo sie auch hingehörten –, und auf Ausrufezeichen wurde gänzlich verzichtet. In der Betreffzeile standen nur wenige Worte:

Z. Hd. V. Miller. Rechtliche Überprüfung erforderlich

Der Absender kannte also seinen Namen, was an sich keine große Sache war, da ihn jeder herausfinden konnte. Was jedoch neben dem Fehlen von Großbuchstaben und Ausrufezeichen auffiel, war das Fehlen eines Produktnamens oder einer Einladung zu einem Seminar.

Es war nur ein einfacher Betreff.

Also beschloss er, sie zu öffnen. Wenn es einen Link gäbe, würde er diesen natürlich ignorieren, aber irgendetwas sprach dafür, dass er einen Blick darauf werfen sollte.

Er war froh, dass er es getan hatte, denn er konnte nicht fassen, was er da las.

Sehr geehrter Mr Miller,

Ihr Unternehmen steckt in großen rechtlichen Schwierigkeiten. Ich hoffe, Sie lesen diese E-Mail umgehend, denn die Gründe werden Ihnen in Kürze klar werden. Auf jeden Fall noch vor der Landung.

Mit freundlichen Grüßen

Das war's. Keine Unterschrift. Nur drei Sätze. Drei schockierende Sätze.

Auf jeden Fall noch vor der Landung.

Das war das Schockierendste. Wie konnte der Absender wissen, dass er gerade in einem Flugzeug saß? Und ihm war auch die Zeit des Abflugs bekannt. Die Nachricht war kurz vor dem Start angekommen, also war sie eindeutig zeitlich auf den Flug abgestimmt.

Aber wer wusste von dem Flug? Und was würde noch vor der Landung klar werden?

Er schloss die Augen und holte tief Luft. Schon unter normalen Umständen war er nicht der entspannteste Flugpassagier, jetzt aber spürte er Panik in sich aufsteigen.

Er würde mit Jill reden müssen, aber was dann? Woher sollte sie wissen, was los war, und was konnte sie unternehmen?

Plötzlich wurde ihm deutlich bewusst, dass sie abgehoben hatten und schnell aufstiegen. Er und alle anderen saßen in der Falle. Es gab keine Möglichkeit, das Flugzeug zu verlassen.

Und da war schon allein die Vermutung, dass etwas nicht stimmen konnte, eine beängstigende Aussicht.

Sein Handy summte.

Es war eine weitere Nachricht, aber diese hatte nichts mit irgendwelchen rechtlichen Problemen zu tun. Sie kam von seiner Frau. Sie sendete ihm ein Foto von Ari, seinem drei Monate alten Sohn, der auf dem Rücken lag. Er lag auf einer bunten Decke mit einem Spielbogen über ihm, an dem verschiedene Spielzeuge baumelten. Plastikformen, die er mit seinen kleinen, pummeligen Fingerchen greifen konnte. Ein paar plüschige Quadrate, die quietschten, wenn er sie festhielt, ein paar Perlen an einer Schnur, die er herumwirbeln konnte.

So etwas sollte die Entwicklung des Gehirns fördern. Ob das stimmte, wusste Varun nicht, aber er wusste, dass Ari es liebte, darunter zu liegen. Sobald er sich hinlegte, breitete sich ein Lächeln auf seinem Gesicht aus, und er wälzte sich genüsslich, während seine Händchen nach dem Spielzeug griffen und seine Beinchen nach links und rechts strampelten.

Gott, er liebte Ari. Mehr, als er je für möglich gehalten hatte. Susheela und er hatten immer geplant, Kinder zu bekommen, doch von Herzen gewünscht hatte er sie sich nie. Er hatte sie nur in dem Sinne gewollt, dass er mit Susheela eine Familie gründen wollte, aber das Baby selbst wollte er nicht. Er konnte sich nicht vorstellen, Vater zu sein. Er hatte keinerlei Erfahrung mit Kindern – schon gar nicht mit Babys – und ging davon aus, dass er ein totaler Versager als Vater sein würde, zumindest bis sie älter waren.

Die Realität war völlig anders, als er es sich jemals vorgestellt hatte oder hätte vorstellen können. Er *vergötterte* Ari. Von dem Moment an, als er seinen Sohn zum ersten Mal erblickte, war er verliebt in ihn gewesen. Es war die am stärksten verzehrende Liebe, die er je empfunden hatte. Er freute sich, wenn er nachts aufstand, um mit seinem Söhnchen umherzugehen und ihn wieder in den Schlaf zu wiegen; er freute sich über jedes Glucksen und Kichern; er freute sich über jede schmutzige Windel, die er wechselte.

Vor Ari war die Arbeit – und natürlich Susheela, aber hauptsächlich die Arbeit – sein Lebensmittelpunkt gewesen. Er ging früh aus dem Haus und kehrte spät zurück, dachte dann noch im Bett über alles nach, was im Büro vor sich ging. Er machte keinen Hehl daraus: Er wollte mit Mitte dreißig Leiter der Rechtsabteilung eines großen Unternehmens sein, und das hatte er erreicht. Der nächste Schritt war die Gründung einer eigenen Kanzlei, um sich dann über die Mitarbeit in Gremien schließlich für ein öffentliches Amt aufstellen zu lassen.

Vielleicht für einen ranghohen Posten im Justizministerium.

All das hatte sich geändert. Jetzt war Ari der Mittelpunkt seines Lebens. Alles, was Varun wollte, war, nach Hause zu kommen und mit seinem Söhnchen zu spielen. Es gab Momente, in denen er sich selbst nicht wiedererkannte. Er war nicht mehr der, für den er sich all die Jahre gehalten hatte. Er war Vater, und das war alles, was er sein wollte.

Er ist wunderschön, schrieb er. Gib ihm einen Kuss von mir!

Mach ich. Wann bist du wieder da?

Er hielt inne. Sie hatten gerade abgehoben, also noch etwa zwei Stunden Flug, danach hatte er noch eine halbe Stunde mit dem Auto vor sich.

Zweieinhalb Stunden. Bis bald.
Liebe dich!

Er schickte die Nachricht ab, doch als er wieder auf sein Handy schaute, leuchtete ein rotes Ausrufezeichen in einem Kreis daneben auf.

Nachricht nicht gesendet.

Verdammt. Er warf einen Blick auf die Signalanzeige. Kein Empfang. Einer der Vorteile eines Fluges mit dem Firmenjet war das WLAN an Bord. Heutzutage gab es das zwar auch in Linienmaschinen, aber dort konnte es lückenhaft sein.

Das schien jetzt auch hier der Fall zu sein. Er wartete darauf, wieder online gehen zu können.

Es funktionierte nicht.

Er bekam einen trockenen Mund. Es musste natürlich nichts heißen, aber es war schon ungewöhnlich, und dann war da ja noch diese E-Mail.

Er sah Jill an. Sie tippte gerade auf ihrem Rechner.

»Jill«, sagte er. »Können wir kurz reden?«

Das WLAN war ausgefallen. Sie hatte gerade das Weihnachtsgrußwort überarbeitet, das das Kommunikationsteam am nächsten Tag an die Mitarbeiter des Unternehmens schicken sollte, aber als sie es senden wollte, passierte nichts. Hoffentlich würde das WLAN bald wieder funktionieren, sonst müsste sie die Nachricht von zu Hause abschicken.

Sie brauchte die Nachricht eigentlich gar nicht groß zu bearbeiten. Sie bestand mehr oder weniger aus Allerweltsfloskeln. *Danke für ein großartiges Jahr unter schwierigen Umständen. Keiner von uns hatte ein so schwieriges Jahr erwartet, als wir ins Jahr 2022 starteten – wir hatten gedacht, 2021 wäre das schwierige Jahr gewesen! Aber Sie alle haben sich der Herausforderung gestellt und einmal mehr bewiesen, dass unsere größte Stärke unsere Mitarbeiter sind. Auf ein besseres Jahr 2023!* Aber sie wollte noch ein paar persönliche Worte einfügen. *Was mich angeht – tja, wie viele andere Familien haben auch wir einen Welpen aufgenommen, der uns viel Freude, aber auch einige etwas chaotische Momente beschert hat!* Dass es gar keinen Welpen gab und auch keine Familie, die ihn hätte aufnehmen können, spielte keine Rolle. Mila wohnte weit weg, und Toby war im Sommer 2021 ausgezogen, aber das ging niemanden etwas an. Was zählte, war das Bild, das man abgab.

Sie waren zur Paarberatung gegangen, um herauszufinden, ob sie ihre Ehe noch retten konnten, aber es war recht klar geworden, dass eigentlich keiner von ihnen beiden das noch wollte. Das jedoch war wiederum, wie sich herausstellte, Voraussetzung für eine erfolgreiche Beziehungsberatung.

Wir haben während des Lockdowns einfach zu viel Zeit miteinander verbracht, sagte Toby. *Und ich denke, es wurde dabei deutlich, dass wir nicht viel gemeinsam haben.*

Das war eine großzügige Interpretation. Sie konnte den Anblick nicht ertragen, wie er in Trainingshose und T-Shirt herumlief und dann für Videokonferenzen einen Pullover überzog. Es funktionierte, und er schien auch produktiv zu sein, aber er war einfach so *schlampig*. Und dann war da noch das Brotbacken. Urplötzlich war er von Brot fasziniert, insbesondere von Sauerteigbroten. Jemand hatte ihm einen Ansatz geschenkt – bei dem es sich, wie er lang und breit erklärte, um lebende Hefe handelte –, und er experimentierte ständig damit herum. Von Zeit zu Zeit kam nach stundenlanger Arbeit ein unförmiger Laib zum Vorschein. Sie konnte es nicht begreifen. Es schmeckte nicht einmal gut. Im Supermarkt – Whole Foods lieferte aus – gab es weitaus besseres, von Profis hergestelltes Brot, das nur ein paar Dollar kostete. Bei dem Stundensatz, den er seinen Mandanten in Rechnung stellte, war sein Brot Hunderte von Dollar pro Laib wert.

Und schimmlig wurde es auch noch. Es hielt sich nur einen Tag, höchstens zwei. Er war stolz darauf, dass es keine Konservierungsstoffe enthielt, aber das bedeutete, dass es verschwendet wurde. Sie konnten nicht einen Laib Brot pro Tag essen. Sie aß höchstens eine Scheibe, also war es vor allem eine Verschwendung von Zeit und Ressourcen. Als sie ihn darauf hinwies, lachte er nur und schüttelte den Kopf.

Da ist mehr dran als das, sagte er. *Es gibt mehr im Leben als das.*

Als was?, wollte sie wissen.

Du weißt schon.

Sie wusste es nicht.

Dann gab es da noch die Abende. Ohne die langen Nächte im Büro war es unumgänglich, sich beim Abendessen gegenüberzusitzen. Selbst wenn sie behaupten konnte, sie habe Arbeit zu erledigen, gab es keine Ausrede dafür, dass sie sich nicht dreißig Minuten lang hinsetzen konnten, um die Mahlzeiten gemeinsam zu sich zu nehmen, die er zubereitet hatte – begleitet vom Sauerteig –, und sich zu unterhalten.

Worüber? Über ihren Tag? Sie hatten ihn doch gemeinsam verbracht.

Zu allem Überfluss stellte sich also heraus, dass sie einander nichts zu sagen hatten. Dreißig Minuten sind eine lange Zeit, wenn man fast schweigend mit jemandem zusammensitzt, den man eigentlich gut kennen sollte. Eintausendachthundert Sekunden. Das hörte sich nicht nach viel an, fühlte sich jedoch an wie eine Ewigkeit.

Also ja, wie er schon sagte, *ich denke, es wurde dabei deutlich, dass wir nicht viel gemeinsam haben.*

Sie versuchte erneut, die E-Mail zu versenden, aber es gab immer noch keine Verbindung. Sie öffnete eine weitere E-Mail und begann, eine Antwort zu schreiben. Sie würde sich später einloggen und sie alle zusammen abschicken müssen.

»Jill.«

Sie sah auf. Es war Varun. Er sah besorgt aus.

»Können wir kurz reden?«, fragte er.

Sie nickte. »Natürlich.«

»Vielleicht in der Bordküche? Oder an der Tür. Wie auch immer das heißt.«

Die Bordküche? Warum wollte er dort mit ihr sprechen? Sie studierte seine Miene, um sich zu vergewissern, ob ihre ursprüngliche Einschätzung richtig war. Wenn überhaupt möglich, war der besorgte Blick noch eindringlicher geworden.

Sie löste ihren Sicherheitsgurt. »Natürlich.«

Kevin Anderson

Kevin Andersons Tasche stieß gegen seine Wade. Er drehte sich nach rechts. Miller war aufgestanden und musste dabei gegen die Tasche gestoßen sein.

»Tut mir leid«, entschuldigte sich Miller. »Ich bin gestolpert. Es ist eng.«

»Kein Problem«, sagte Kevin. Miller sah besorgt aus. »Alles in Ordnung?«

»Ja. Alles in Ordnung.« Er setzte ein wenig überzeugendes Lächeln auf. »Ich muss bloß mit Jill sprechen.«

Natürlich musste er das, der Arschkriecher. Das war er schon immer gewesen. Einmal das, und außerdem war er gut für die Statistik über Diversität und Inklusion. Oder Inklusion und Diversität. Wie auch immer man es drehte und wendete.

Er konnte nicht fassen, wie viel sie für diesen Schwachsinn ausgaben. Natürlich war es wichtig, dem stimmte er genauso zu wie jeder andere. Aber Hand aufs Herz: eine ganze Abteilung, um es allen und jedem aufs Auge zu drücken? Obligatorische Schulungen über geschützte Räume, unbewusste Vorurteile und Privilegien und mit was immer sie sonst noch ankamen, um ihre Existenz zu rechtfertigen? Ja, jeder sollte eine faire Chance und gleiche Möglichkeiten haben, aber das war's dann auch schon. Sobald man es weitertrieb, gab man Leuten Jobs, weil sie schwarz oder schwul oder lesbisch waren oder wofür auch immer die anderen Initialen standen, und nicht, weil sie die qualifiziertesten Kandidaten waren.

Nicht dass er das laut aussprechen würde. Das wäre Karriereselbstmord. Er hatte an allen Schulungen teilgenommen, seine Privilegien erklärt und sich den öffentlichen Reinigungsritualen unterzogen. Es war wie eine Umerziehungsmaßnahme in einer kommunistischen Diktatur, bei der jeder seine Loyalität gegenüber dem Staat beteuerte, obwohl er kein Wort davon glaubte.

Also machte er das Spiel mit. Das musste er. Aber es wurmte ihn schon gewaltig, wenn er sah, wie ein Typ wie Miller eine Position bekam, die er nicht verdiente.

Es war gar nicht so, dass Miller *schlecht* in seinem Job war. Er war in Ordnung, er war schon seit Jahren in der Firma, und er war kompetent genug. Er war nur nicht der beste Mann für diese Position. Der beste Mann war Chase Windrow. Er und Kevin waren Schulkameraden gewesen – nicht dass Kevin ihn deshalb bewertete –, und er war bei Weitem der beste Anwalt in der Firma. Als die Stelle ausgeschrieben worden war, hatte Chase damit gerechnet, sie zu bekommen, und als sie dann an Miller ging, war er wütend auf Kevin zugegangen und hatte verlangt, er solle diesbezüglich etwas unternehmen.

Das ist total unfair. Einfach eine lächerliche Entscheidung. Und das weißt du auch.

Kevin wusste es in der Tat, aber er konnte es nicht laut aussprechen. Chase war sein Freund, und er begriff, dass er selbst den Job wegen irgendwelcher blöder politischer Spielchen nicht bekommen hatte. Aber er, Kevin, war Betriebsleiter und durfte nichts von sich geben, was später gegen das Unternehmen verwendet werden konnte.

Miller ist voll und ganz qualifiziert, sagte er. *Und die Einstellung von Juristen ist ein Bereich, auf den ich kaum Einfluss habe.*

Ich bin auch voll und ganz qualifiziert, erwiderte Chase. *Mehr als voll und ganz qualifiziert.*

Kevin war sich nicht sicher, ob man mehr als voll und ganz qualifiziert sein konnte, doch er ließ das Argument gelten. Das war das Mindeste, was er tun konnte. Vor allem aber war er froh, dass er seinen Job bekommen hatte, als es so weit gewesen war. Wäre Chase Chefjustiziar geworden, dann hätte man sich mehr Diversität in der Führungsebene gewünscht, und er wäre nie COO geworden.

Das war es dann auch.

Und jetzt nahm Miller Jill Stearns zur Seite, um ihr irgendein wichtiges Update über etwas zu geben, oder ein Update, das signalisieren sollte, wie wichtig er war. Warte doch einfach, bis wir landen, oder ruf sie nachher an. Geh nicht in den vorderen Bereich des Flugzeugs und flüstere dort mit ihr herum.

Das war ein Scheiß, den nur der Liebling des Lehrers abzog. Das war nicht die Art, wie man berufliche Dinge anging.

Er zog sein Handy hervor. Er musste sich um seine Pläne für den Abend kümmern. Seit ein paar Wochen traf er sich mit Laura. Sie war Mitte dreißig und sehr amüsant – gut aussehend, witzig, klug –, und er genoss es, Zeit mit ihr zu verbringen. Sie hatte ihn heute Morgen gefragt, ob er später Zeit hätte, und er war im Begriff gewesen, Ja zu sagen, hatte sich dann aber an Katie erinnert.

Die wiederum war Triathletin, achtundzwanzig Jahre alt – also genau zwanzig Jahre jünger als er – und ein absoluter Knaller. Er hatte sie am Pool in seinem Club erspäht und seinen Blick daraufhin nicht mehr von ihr losreißen können. Er hatte seinen Abgang so getimt, dass sie ihn in seinem Audi R8 wegfahren sah, und als sich ihre Wege das nächste Mal kreuzten, schlug er ihr vor, zusammen einen Kaffee trinken zu gehen.

Sie trafen sich an einem Nachmittag. Er sprühte vor Charme, wie er nur konnte, und sie landeten schließlich in Portlands exklusivstem Restaurant. Als er sie gefragt hatte, ob sie dort mit ihm essen wolle, hatte sie darauf hingewiesen, dass es Wochen dauern könne, einen Tisch zu bekommen, worauf er gelächelt und dann gesagt hatte: *Schauen wir mal, was ich erreichen kann.*

Natürlich hatten sie einen Tisch für ihn organisiert, wie es immer der Fall war. Leute, die hundert Prozent Trinkgeld gaben, waren selten und wurden sehr geschätzt.

Allerdings hatte sie ihn trotz seiner Bemühungen nicht zu sich nach Hause eingeladen. Das war ein Wermutstropfen, denn er wollte sie unbedingt vögeln. Er wusste nicht, wann sich wieder eine so gute Gelegenheit ergeben würde, und er wollte sich diese Chance nicht entgehen lassen.

Laura war großartig – garantierter Sex und ein schöner Zeitvertreib –, aber Katie war der Hauptgewinn.

Also hatte er Laura gesagt, er sei sich noch nicht sicher – es zahlte sich aus, etwas in der Hinterhand zu haben –, und hatte Katie eine Nachricht gesendet, in der er sie fragte, ob sie sich an diesem Abend mit ihm treffen wolle.

Ich werde im Jet sein, also kannst du mich dort über Handy erreichen.

Als sie an Bord gingen, hatte sie noch nicht darauf reagiert, aber er hoffte, dass sie sich bald meldete.

Er checkte sein Handy. Eine Nachricht war eingegangen, von Laura.

Und? Heute Abend?

Nichts von Katie. Eine Welle der Enttäuschung kam in ihm auf.

Er tippte eine Antwort.

> Bin noch nicht sicher. Viel zu tun auf der Arbeit. Ist es in Ordnung, wenn ich dir erst kurz vorher Bescheid gebe? Tut mir leid!

Die Nachricht wurde aber nicht gesendet. Es gab kein WLAN.

Das war gut und schlecht zugleich. Schlecht, weil er weder Laura noch Katie erreichen konnte, gut, weil es bedeutete, dass das Ausbleiben einer Antwort von Katie nicht bedeutete, dass sie von der Bildfläche verschwunden war.

Er blickte auf. Stearns war auf dem Weg zurück zu ihrem Platz.

Glücklich sah sie nicht aus.

Jill Stearns

Keine Frage, das war eine äußerst seltsame E-Mail. Um nicht zu sagen: beunruhigend. Sie setzte sich auf ihren Platz und versuchte zu entscheiden, was beunruhigender war: die Androhung irgendwelchen juristischen Ärgers oder der Hinweis darauf, dass noch vor der Landung klar werden würde, worum es sich handelte. Es war ein so konkreter und ein so *ungewöhnlicher* Zeitrahmen.

Was meinen Sie?, fragte sie Varun. *Was für rechtliche Probleme könnten gemeint sein?*

Ich habe keine Ahnung. Ich habe nichts auf dem Schirm. Und wir würden nicht auf diese Weise benachrichtigt werden. Da will jemand ein Zeichen setzen. Aktivisten vielleicht?

Aktivisten – das ergab Sinn. Wenn man für einen großen Lebensmittelkonzern arbeitet, liegt es auf der Hand, dass es trotz der Tatsache, dass deine Produkte Millionen von Menschen ernähren, immer auch Kritiker gibt, die sich darüber beschweren, wie man sie herstellt. Ja, es gab Möglichkeiten, wie sie es besser machen konnten. Ihren Wasserverbrauch besser managen. In der Lieferkette auf verbesserte Standards für Tierwohl bestehen. Ihre Produkte eindeutig kennzeichnen, damit die Verbraucher wussten, wie viel Zucker, Fett und Salz sie enthielten. Aber im Großen und Ganzen gehörten sie doch zu den Guten.

Und außerdem: Was dachten diese Leute eigentlich, was die Alternative wäre? Die Menschheit braucht Nahrung. Die Welt benötigt Kalorien. Und jemand muss sie ihnen zur Verfügung stellen. Das war die eigentliche Geschichte: Millionen von Menschen in die Lage zu versetzen, die benötigten Lebensmittel zu erschwinglichen Preisen zu erstehen. Nicht jeder konnte sich Bioprodukte und exotische Getreidesorten, handaufgezogene glückliche Hühner und Tee mit Regenbogen- und Einhorngeschmack leisten. Nicht jeder hatte die Zeit, sich Mahlzeiten aus den überteuerten Zutaten zuzubereiten, die sie auf dem örtlichen Wochenmarkt kaufen konnten. Die überwältigende Mehrheit der Konsumenten brauchte billige, leicht verfügbare Kalorien, und dies war eine der wenigen Perioden in der Erdgeschichte, in der sie damit zuverlässig beliefert wurden.

Und es waren Unternehmen wie ihres, die dies ermöglichten.

Allerdings war dies nicht die Geschichte, die die Aktivisten der Welt erzählten. Für sie war Big Food unrettbar böse und korrupt, ein zynischer Big Player, der nur ein Ziel verfolgte: Profit, indem er seine Kunden von Zucker und Fett abhängig machte und von möglichst vielem anderen. Das war lächerlich. Natürlich strebten sie nach Gewinn, das war es schließlich, was ihre Aktionäre erwarteten. Aber sie taten es auf eine sozial verantwortungsvolle Art und Weise. Massenfettleibigkeit wollten sie so wenig wie jeder andere auch.

So oder so, die Aktivisten würden ihnen nicht glauben und würden ihre Attacken fortsetzen. Dies hier hatte alle Merkmale einer solchen Attacke. Eine einschüchternde E-Mail, die Panik schüren sollte. Nun, sie würden ihren Willen nicht bekommen.

Wahrscheinlich sind es Aktivisten, mutmaßte sie. *Ignorieren Sie sie.*

Was meinen Sie, was die wollen?

Nichts. Es gibt keine rechtlichen Probleme. Sie ließ ein Grinsen aufblitzen. *Sonst würden Sie es ja wissen, nicht wahr. Das ist doch Ihr Job!*

Er wackelte unverbindlich mit dem Kopf hin und her. *Da könnte schon etwas sein.*

Wie Sie schon sagten, nichts würde auf eine solche Art und Weise auftauchen. Wäre es die Aufsichtsbehörde oder eine Art Sammelklage, würden wir offiziell davon erfahren. Nicht über eine seltsame Drohung.

Davon gehe ich auch aus. Er hielt inne und fing ihren Blick auf. *Aber woher wissen die, dass wir in der Luft sind?*

Es gibt Möglichkeiten, da bin ich mir sicher. Flugtracker oder so etwas.

Er sah nicht überzeugt aus, ließ es jedoch mit einem Nicken gelten und wandte sich wieder seinem Platz zu. *Ich denke, wir werden es noch herausfinden.*

Sie kehrten zu ihren Sitzplätzen zurück. Kevin Anderson beobachtete sie mit einem nachdenklichen Gesichtsausdruck. Sie mochte ihn nicht besonders. Er war höflich und zuvorkommend – darin war er bestens geschult, da er eine Privatschule und das Liberal Arts College besucht hatte – und ließ nie auch nur den Anflug von etwas anderem als äußerster Professionalität erkennen, aber nach jedem *Danke für Ihre Zeit, Jill* hörte sie ein lautloses *Du verdammtes dämliches Weibsstück.*

Dann war da noch die Art und Weise, wie er sie von oben bis unten musterte, ihren Körper abschätzte. Das tat er jedes Mal, wenn er sie ansah, und sie hatte gesehen, dass er es auch bei jeder anderen Frau tat, die ihm über den Weg lief. An diesem Nachmittag, als sie vom Mittagessen zurückgingen, hatte er auf Marcias Po gestarrt, als sie den Raum durchquerte. Sie hatte zwar einen schönen Po für eine Sechzigjährige, aber Jill glaubte nicht, dass er an ihr interessiert war. Es war nur ein Reflex. Sie war sich nicht sicher, ob er sich dessen überhaupt bewusst war – eigentlich war sie sich sogar sicher, dass er sich dessen *nicht* bewusst war –, aber es war tief in ihm verwurzelt, sodass er keine Ahnung hatte und auch nicht in der Lage war, es abzustellen.

Sie setzte sich und klappte ihren Laptop auf. Nach einem Moment schob sie ihn beiseite und schaute aus dem Fenster. Sie wollte sich etwas Zeit nehmen, um über die E-Mail nachzudenken, die Varun ihr gezeigt hatte. Wahrscheinlich hatte sie nichts zu bedeuten, aber irgendetwas war schon daran, etwas, das sie beunruhigte.

Es war der Tonfall. Er war weder bedrohlich noch triumphierend.

Er war sachlich.

Und das beunruhigte sie.

Marcia Fournier

Sie ließ die leere Plastikflasche in ihre Tasche gleiten und zog die zweite heraus. Sie hatte bereits eine ganze Menge intus – vielleicht ein Viertel einer Flasche Wodka –, aber sie legte gerade erst los. Sie blickte sich um. Auf der anderen Seite des Gangs tippte Varun, die Stirn in Falten gelegt, auf seinem Handy herum. Jill Stearns starrte gedankenverloren in die Ferne. Sie hatte eine Verletzlichkeit an sich, die sie unbedingt zu verbergen suchte – zumindest war Marcia davon überzeugt. Schon möglich, dass sie so tough war, wie sie sich gab, was bei Kevin Anderson nicht der Fall war. Er war Anwalt und ein Aufschneider, aber das war alles nur Fassade. Das machte ihn gefährlich. Seine Unsicherheit machte ihn anfällig dafür, um sich zu schlagen, wenn er sich bedroht fühlte, was häufig der Fall war.

Hinter ihm saß Jeff Ramos. Er war schon ewig dabei,

hatte jeden Job innegehabt. Er war ein Veteran – eine Art Spezialeinheit –, und das verlieh ihm eine gewisse Aura. Die Leute fügten sich ihm, egal, ob sie nun älter als er waren oder nicht. Zu seiner Linken saß die Krankenschwester, Mary Jo. Marcia hatte keine Ahnung, wie und warum sie im Firmenflieger gelandet war, aber sie war nun mal da.

Und dann war da noch Chip Markham, der gerade mit übereinandergeschlagenen Beinen Zeitung las. Ihrer beider Affäre hatte ein abruptes Ende genommen. Seine plötzliche Erklärung, es sei vorbei, hatte sie verletzt, und bei vielen Gelegenheiten hatte sie sich ausgemalt, wie sie sich an ihm rächen könnte, aber nichts dergleichen war geschehen. Die Trennung von Privatem und Beruflichem war unabdinglich.

Es tat immer noch weh, auch wenn es nun schon ein Jahrzehnt her war. Damals, als ihre Tochter schon fast auf dem College war und sein Sohn – den er schon damals nur selten sah – Anfang zwanzig. Sie hatten sich beide auf die Arbeit konzentriert und viele Überstunden im Büro zugebracht. Es hatte begonnen, als sie an einer Übernahme arbeiteten und während einer Reise nach New York etwas trinken gegangen waren, nachdem der Deal endlich unter Dach und Fach gebracht worden war.

Sie hatten Martinis getrunken, sie mit Wodka, er mit Gin. Im Nachhinein betrachtet war es unvermeidlich gewesen. Sie hatten beide gewusst, dass sie an diesem Abend im selben Hotelzimmer landen würden, und so war es auch gekommen.

In einer fremden Stadt, anonym und in einem Überschwang der Gefühle waren sie an diesem einen Abend andere Menschen. Menschen, die tun und lassen konnten, was sie wollten, die zulassen konnten, dass all die Vorfreude und der Stress sich so entluden, wie sie es beide vorhergesehen hatten.

Und dann war Schluss gewesen. Für ihrer beider berufliche Beziehung hatte es keinen Unterschied gemacht. Wäre das bei Büroaffären der Fall, dann gäbe es im ganzen Land nicht viele funktionierende Bürogemeinschaften.

Denn zumindest nach ihrer Erfahrung gab es eine *Menge* Affären. Sie zum Beispiel war glücklich verheiratet, hatte keinerlei Absicht, sich von Mike zu trennen, aber ihr Sexleben war irgendwann, als sie Mitte vierzig war, mehr oder weniger zum Erliegen gekommen. Sie war nicht bereit, den Sex ganz aufzugeben, also hatte sie ihn woanders gesucht.

Wusste er davon? Wenn er gefragt hätte, hätte sie es zugegeben. Sie wollte nicht lügen, zumindest nicht in diesem Punkt. Das Trinken stand auf einem ganz anderen Blatt.

Aber er hatte sie nie gefragt. Und sie hatte ihn nie gefragt.

Sie nahm die Flasche aus ihrer Tasche und schaute sich noch einmal um, ob jemand sie beobachtete. Da dem nicht so war, öffnete sie die zweite Flasche und nahm unbeobachtet einen Schluck.

Das war das Problem. Eigentlich *wollte* sie, dass jemand es mitbekam. Sie wollte, dass jemand sie beobachtete und merkte, dass sie ein Problem hatte. Dass sie heimlich trank. Sie war zu gut darin geworden, es zu verbergen, zu geschickt darin, die Menge zu verbergen, die sie trank. Da gab es die Flasche Wodka, die sie im Auto aufbewahrte und deren Inhalt so gut wie geruchlos war, also perfekt dafür, sich heimlich einen Schluck daraus zu genehmigen. Die Flasche, die sie im Keller aufbewahrte. Die Flasche, die sie in ihrem Arbeitszimmer zu Hause aufbewahrte.

Mike – Marcia und Mike, M und M, Stimmungskanonen auf jeder Party, bekannt für die ausgelassenen Feiern, die sie jedes Jahr in der Vorweihnachtszeit veranstalteten – bekam mit, wie sie es sich mit einem Gläschen Weißwein gemütlich machte und ein oder zwei Stunden lang vorsichtig daran nippte. Was er nicht mitbekam, war der Schluck, den sie nahm, nachdem sie in die Garage gefahren war und bevor sie ausstieg, oder die zwei kleinen Fläschchen, die sie an der Tankstelle kaufte, oder das schnelle Gläschen, das sie trank, wenn sie für ein paar Minuten in ihr Arbeitszimmer ging, um »ein paar Sachen zu überprüfen«. Hätte sie es ihm gestanden, dann hätte er ihr nicht geglaubt. Er selbst trank nicht viel, daher wäre ihm die Vorstellung, dass jemand ein großes Glas Wodka – vielleicht ein Sechstel einer Flasche – in ein oder zwei Minuten hinunterkippen könnte, nur weil er es brauchte, absurd vorgekommen. Manchmal kommentierte er ihren Alkoholkonsum – *Findest du, es ist klug, jeden Abend ein Glas zu trinken?* –, aber er hatte keine Ahnung, wie viel sie wirklich in sich hineinschüttete.

Sie wünschte, er wüsste es. Sie wünschte, er hätte es herausgefunden, wäre misstrauisch geworden und hätte nachvollzogen, wie viel sie trank. Dann hätte er sie zur Rede stellen können, und sie hätte einen Weg finden können, damit aufzuhören. Aber wie hätte er das tun sollen? Sie war viel zu gut darin, es zu verbergen. Immerhin hatte sie jahrelange Übung darin.

Also blieb sie, was sie war: eine alte, hoffnungslose Trinkerin, die sich verzweifelt darum bemühte aufzuhören, aber keine Chance hatte, es zu schaffen.

Sie nahm den nächsten Schluck, dann noch einen. Das war das Problem mit dem Trinken: Es führte dazu, dass man sich selbst hasste, und der einzige Weg, den Selbsthass zu beenden, bestand darin, ihn wegzutrinken.

Mit jähem Schrecken stellte sie fest, dass sie auf die Toilette musste. Im Jet gab es zwar eine kleine Toilette im hinteren Bereich, doch sie war sehr beengt und nicht besonders privat und wurde daher nur selten benutzt. Sie hätte im Hangar noch einmal auf die Toilette gehen können, hatte jedoch nicht geglaubt, es nötig zu haben. Sie hätte es aber tun sollen, denn sie verspürte jetzt einen beharrlichen – und wachsenden – Druck auf der Blase. Sie blickte aus dem Fenster. Unter ihr fielen die Berge bis zu einem Sandstrand ab. In Kürze würden sie eine Linkskurve beschreiben und Portland, Maine, ansteuern. Sie kannte die Route, war sie schon viele Male geflogen. Es blieben noch etwa neunzig Minuten bis zum Ziel. Sie würde es schon noch aushalten, dachte sie, knapp.

Der Strand entfernte sich links von ihnen. Sie wartete darauf, dass die Maschine eine Kurve beschrieb, um seinem Verlauf zu folgen und sie nach Hause zu bringen.

Doch das tat sie nicht. Sie flog hinaus auf das offene Meer.

Marcia schaute auf, um zu sehen, ob noch jemand anders es bemerkt hatte. Alle starrten auf ihr Handy, ihren Laptop oder in ihre Zeitung. Alle außer der Krankenschwester, die sich ihr zuwandte und ihren Blick erwiderte.

Marcia schaute weg. Eine Krankenschwester konnte womöglich den Glanz in ihren Augen und die Röte an ihrem Hals erkennen und genau wissen, was die Ursache dafür war.

Sie schaute wieder aus dem Fenster.

Sie sollten nicht in diese Richtung fliegen.

Bestimmt war alles in Ordnung. Sie redete sich ein, dass es eine Erklärung dafür gab. Eine Änderung des Flugplans.

Aber es half nichts. Selbst durch den betäubenden Nebel des Alkohols hindurch verursachte panischer Schrecken ein Flattern in ihrem Magen. In einem kleinen Metallzylinder, Tausende Meter über der Erdoberfläche, wurde alles, was nicht in Ordnung war, egal, wie unwesentlich, riesengroß.

Sie sollten nach Norden fliegen. Aber das taten sie nicht.

Kevin Anderson

Die Krankenschwester saß hinter ihm. Er konnte erkennen, dass sie einmal ziemlich heiß gewesen sein musste, und die Tatsache, dass sie Krankenschwester war, tat ihr Übriges. Krankenschwesternpornos gehörten zu seinen Lieblingsfilmen. Er hatte so viele davon gesehen, dass er sich jedes Mal, wenn er einen Arzttermin hatte, in Fantasien verlor, dass es in einer Art Gruppensex mit den Krankenschwestern enden würde.

Sie war zur Vorstandssitzung gekommen, um einen Scheck über einen Betrag entgegenzunehmen, den die Firma einer Krankenhausstiftung gespendet hatte. Mit einem Ausdruck vorgetäuschter Besorgnis auf dem Gesicht hatte Stearns eine Rede gehalten.

Unsere unverzichtbaren Pflegekräfte standen an vorderster Front im Kampf gegen Covid, ein Kampf, der noch andauert, hatte Stearns vor der versammelten Presse angeführt, *und wir wollen unsere Dankbarkeit zum Ausdruck bringen. Unsere Mitarbeiter – unser größtes Kapital – haben über eine Million Dollar gespendet, um die Bemühungen unserer unverzichtbaren Pflegekräfte zu unterstützen, und wir haben ihre Spende Dollar für Dollar verdoppelt. Wir fühlen uns geehrt, dass heute eine Krankenschwester, Mary Jo Fernandez, bei uns ist, um den Scheck im Namen ihrer Kollegen entgegenzunehmen.*

Dann hatte sie ihr den Scheck überreicht, aber Kevin hatte der Krankenschwester angesehen, dass sie nicht beeindruckt war, sondern wohl dachte: Wenn die sich das hier alles leisten konnten, warum dann nicht gleich dreißig Millionen? Oder dreihundert? Oder warum ließen sie sie und ihre erschöpften Kollegen nicht mit dem Jet irgendwo an einen Strand fliegen, damit sie sich ein oder zwei Wochen erholen konnten?

Es war allzu offensichtlich, dass dies eine symbolische Geste war, etwas, das nur zeigen sollte, wie sozial engagiert das Unternehmen doch war. Daher hatte er die Schwester, als sie ihm danach noch einmal über den Weg gelaufen war, nach ihrem Heimflug gefragt.

Mein Flug geht um vier Uhr, hatte sie erwidert. *Wahr-*

scheinlich wird er sich verspäten. Es ist das reinste Chaos in letzter Zeit.

Warum kommen Sie nicht im Jet mit zurück?

Damit wollte er deutlich machen, dass er anders war, dass er sich aufrichtig um andere kümmerte. Er würde etwas Praktisches tun, um ihr zu helfen. Als Sahnehäubchen kam hinzu, dass es sich gut anfühlte, den mittelalterlichen Ritter zu geben, der der holden Maid half. Der reiche viktorianische Gentleman, der einer einfachen Magd ein Geschenk machte.

Ist das denn okay?, hatte sie geantwortet, worauf er genickt hatte. *Es gibt noch einen freien Platz. Es ist wie bei einem Auto. Man setzt sich einfach rein.* Und jetzt saß sie hier. In einem Privatjet.

Er würde Katie nachher davon erzählen. Er würde ihr damit demonstrieren, was für ein toller Kerl er war – und ihr einen Wink geben, was er ihr alles bieten konnte, wenn sie das Spiel mitspielte. Noch ein Vorteil.

Er lehnte sich zurück und griff nach seinem Handy. Immer noch keine neue Nachricht, immer noch kein WLAN. Das wurde langsam lästig. Die Pilotin hatte die Cockpittür geschlossen – normalerweise stand sie offen –, aber wenn sie hier nicht bald wieder Empfang hatten, würde er nach vorn gehen und herausfinden, was da los war. Er musste wissen, ob Katie verfügbar war, und wenn nicht, wollte er Laura antreten lassen. Er hatte vor, an diesem Abend Sex zu haben, und er wollte sich nicht wegen eines unzuverlässigen WLAN seine wohlverdienten Lorbeeren nehmen lassen.

Marcia Fournier war halb aufgestanden und sah sich in der Kabine um. Sie spähte aus ihrem Fenster und schaute dann an Kevin vorbei, um auch aus seinem hinausspähen zu können.

»Was ist los?«, fragte er. »Was gibt es denn?«

»Schauen Sie«, antwortete sie. Ihr Gesicht war angespannt, und sie wirkte nervös.

Er wendete sich dem Fenster zu. Es dauerte einen Moment, bis er begriff, was sie damit meinte.

Sie flogen über dem Meer. Das war nicht richtig.

Er schaute sich um. Hinter ihm schaute Jeff Ramos ebenfalls hinaus. Er fing Andersons Blick auf.

»Denken Sie, was ich denke?«, fragte er.

»Ja«, gab Anderson zurück und hob die Stimme. »Befinden wir uns auf der richtigen Route?«

Die Pilotin

Sie hörte die Frage des Mannes. Dank des Mikrofons, das sie über der Tür zum Cockpit installiert hatte, konnte sie alles mithören, was die Passagiere sagten.

Befinden wir uns auf der richtigen Route?

Er hatte also gemerkt, dass etwas nicht stimmte. Es war eigentlich auch ziemlich offensichtlich. Es gab keinen Grund, über dem Atlantik nach Osten zu fliegen. Bald würden sie feststellen, dass das nächste Festland Portugal war oder vielleicht Nordafrika, und das war eindeutig nicht ihr Ziel. Auf jeden Fall lagen diese beiden Orte weit außerhalb ihrer Reichweite. Ihnen würde der Treibstoff ausgehen, lange bevor sie dort ankommen würden. Die Triebwerke würden das letzte Kerosin verbrauchen, ins Stottern geraten und schließlich ausfallen, und die Maschine würde lautlos zum Wasser hinuntergleiten.

Der Flieger würde nicht wie ein flacher Stein über die Wasseroberfläche hüpfen und langsam auf den Wellen zum Stillstand kommen. Sie würden nicht auf ein Rettungsfloß klettern und auf eine unwahrscheinliche Rettung warten. Wenn ein Flugzeug mit zweihundert Meilen pro Stunde auf dem Wasser aufschlägt, ist es so, als würde es auf Beton prallen. Es würde beim Aufschlag zerschellen.

Sie brauchte ihnen die Antwort auf die Frage, die er gestellt hatte, nicht zu geben. Sie würden es selbst herausfinden.

Nein, würden sie nicht.

Zumindest nicht, was sie alle betraf. Es lief genau so, wie sie es geplant hatte.

Eine andere Stimme meldete sich zu Wort, eine Frauenstimme, angespannt vor Sorge.

Ich glaube nicht. Was geht hier vor?

Vielleicht hatte sie bemerkt, dass das WLAN ausgefallen war. Oder man hatte ihr die E-Mail gezeigt, die sie, die Pilotin, an Miller gesendet hatte. Oder beides. Das würde ihnen Sorgen bereiten.

Das sollte es auch.

So oder so, es war an der Zeit, den Einsatz zu erhöhen.

Zeit, sich vorzustellen.

Chip Markham

Der Frage von Jeff Ramos – *Befinden wir uns auf der richtigen Route?* – folgte unbehagliches Schweigen.

Marcia durchbrach es.

»Ich glaube nicht. Was geht hier vor?«

Chip schaute sie an. Ihre Augen waren geweitet, und sie war nervös. Er kannte diesen Ausdruck, hatte ihn schon viele Male gesehen. Er wusste viel über sie, darüber, wie zerbrechlich, unberechenbar und bedürftig sie war. Es war ihre Bedürftigkeit, die ihn am Ende abgeschreckt hatte. Er hatte sich Sorgen gemacht, wie sie reagieren würde, auch wenn er den nächtlichen Besuch in betrunkenem Zustand und die Drohungen, sich umzubringen, falls er es sich nicht anders überlegte, nicht erwartet hatte.

Du hast einen Ehemann und eine Familie, erklärte er. *Akzeptier einfach, dass es vorbei ist.*

Ich will dich, Chip. Du bedeutest mir alles.

Das ist Wahnsinn, Marcia. Du musst jetzt nach vorn schauen.

Nein! Wir sind füreinander bestimmt! Sie hatte versucht, gewaltsam in sein Haus einzudringen. *Chip! Wir lieben uns. Das weißt du doch.*

Er hatte den Kopf geschüttelt, als sie die Selbstmorddrohungen ausgesprochen hatte. Er war sich nicht sicher gewesen, ob er sie am nächsten Tag im Büro sehen würde, aber sie waren im Korridor aneinander vorbeigegangen, und sie hatte genickt und gelächelt, als ob das alles nie passiert wäre.

»Weiß irgendjemand etwas?«, fragte sie. »Was geht hier vor?«

Im Übrigen sah sie aus, als wäre sie betrunken, obwohl er keine Ahnung hatte, wie sie sich den Alkohol organisiert hatte.

Ramos meldete sich als Erster zu Wort. »Es ist ungewöhnlich. So viel ist klar.«

»Was, glauben Sie, passiert hier?«, hakte Marcia nach.

»Weiß nicht«, antwortete er. »Vielleicht hat es ja gar nichts zu bedeuten.«

»Erscheint es Ihnen denn nicht *seltsam*?«, insistierte Marcia.

Er legte den Kopf auf die Seite. »Ich denke doch.« Chip war überrascht, wie ruhig er war. Fast schon zu ruhig. Er war früher Army Ranger gewesen, und vielleicht wurden die darauf trainiert, immer die Ruhe zu bewahren. »Es könnte aber jede Menge Erklärungen geben.«

»Was denn zum Beispiel?«, fragte Jill Stearns. Sie war weit weniger gefasst. In ihrer Stimme schwang Anspannung mit.

Ramos zuckte mit den Schultern. »Ein Problem auf einem Flughafen, das zur Folge hat, dass Flugzeuge in einer Warteschleife kreisen und nicht landen können. Oder vielleicht ist die Air Force One in der Gegend.«

Chip nickte. Das war ihm schon einmal passiert. Der Präsident – es war Obama – war nach DC geflogen. Da es der zehnte Jahrestag des 11. September war, wurden die Sicherheitsmaßnahmen verschärft, und alle Flugzeuge in der Nähe mussten am Boden bleiben. Sein Flugzeug hatte zwei Stunden auf einer maroden Landebahn mitten im Nirgendwo herumgestanden.

»Das klingt einleuchtend«, bestätigte Chip. »So was ist mir schon mal passiert.«

»Aber wir befinden uns nicht in einer Warteschleife«, sagte Marcia, und ihre Stimme wurde vor Angst immer heiserer. »Wir fliegen über dem Ozean, und es gibt keinen Grund, warum das so sein sollte.«

Chips Magen verkrampfte sich. Er spürte einen Schmerz im Rücken. Er sah Jeff an, um Bestätigung zu erhalten, aber Ramos' Gesichtsausdruck hatte sich verhärtet.

»Das *ist* seltsam«, betonte er. »Wir sollten nicht in diese Richtung fliegen. Es gibt keinen Grund dafür.«

Chip konnte die Panik spüren, die in der Kabine aufkam. Das konnten sie jetzt nicht brauchen. »Es hat nichts zu bedeuten«, wiegelte er ab. »Wir fliegen bloß eine andere Route.«

»Mag sein«, erwiderte Jeff. »Aber es kommt mir schon sehr merkwürdig vor.«

»Und das WLAN funktioniert auch nicht«, ergänzte Kevin. »Was für ein toller Flug. Sie müssen sich mit der Luftfahrtabteilung in Verbindung setzen, Chip.«

Chip starrte ihn an. »Ich behalte das im Hinterkopf.«

Varun hüstelte.

»Da gibt es noch etwas«, begann er. »Eine E-Mail.«

Mit vor Schreck geweiteten Augen wandte Chip sich ihm zu.

Jill Stearns schaute von einem zum anderen. »Varun hat mich gerade darüber informiert. Es ist …«

Sie wurde durch ein Knistern aus der Lautsprecheranlage unterbrochen.

»Hallo«, erklang eine Frauenstimme. »Hier spricht Ihre Pilotin. Ich hoffe, Sie genießen den Flug.« Eine lange, bedrückende Pause schloss sich an. »Wie einige von Ihnen bereits bemerkt haben, gibt es an Bord kein WLAN. Also können weder E-Mails noch Nachrichten oder Textnachrichten empfangen oder versendet werden. Ich bitte um Entschuldigung für die Unannehmlichkeiten. Ich weiß, dass Sie sich auf diesen Flügen gerne beschäftigen. Als Entschädigung werde ich Ihnen helfen, sich die Zeit zu vertreiben.«

Ramos lief ein Schauer über den Rücken. Irgendetwas stimmte hier nicht. Irgendetwas stimmte *ganz und gar* nicht.

Die Pilotin lachte leise. »Ich hoffe, es macht Ihnen nichts aus«, erklärte sie, »aber wir werden ein kleines Spiel spielen.«

BARROW, MAINE, 2018

Stacy Evanston

1

Der Anruf kam, als Stacy Evanston bei der Arbeit war.

Sie saß an ihrem Schreibtisch in einem kleinen Rekrutierungsbüro der Air Force auf einem ehemaligen Stützpunkt – das Büro war die letzte verbliebene militärische Präsenz vor Ort – in Barrow, Maine, wo sie mit ihrem Mann Dan und ihrer Tochter Cherry lebte. Es waren ihre letzten zwei Wochen an diesem Standort. Nächsten Monat würden sie nach South Carolina ziehen, und sie würde Barrow vermissen. Es war ein kleines Städtchen, aber lebendig und einladend, mit guten Schulen und einem florierenden Stadtzentrum. Dan hatte einen Job als Bauleiter gefunden, der ihm gefiel und den er nicht aufgeben wollte, aber so war nun mal das Leben beim Militär.

Wenigstens würde sie Dan vor ihrem Umzug eine Neuigkeit mitteilen können. Ihre Periode war seit vier Tagen überfällig. Sie versuchten schon seit Cherrys Geburt, einen Bruder oder eine Schwester für sie zu bekommen, und bei einigen Gelegenheiten hatte sich ihre Periode verspätet, aber es war jedes Mal Fehlalarm gewesen.

Und jedes Mal war die Enttäuschung so schmerzhaft wie die vorherige gewesen. Bei Cherry war alles so einfach gewesen – sie hatte die Pille abgesetzt und war gleich im nächsten Monat schwanger geworden. Die Schwangerschaft war eine wahre Freude gewesen: nur leichte morgendliche Übelkeit, Heißhunger auf Avocados mit Hüttenkäse, was komisch war, da sie sich nicht daran erinnern konnte, so etwas jemals vorher in ihrem Leben gegessen zu haben. Aber sie hatte einfach dieses Bild im Kopf von einem Teller mit köstlichen, weichen, grünen Avocadohälften mit frischem weißem Hüttenkäse darüber. Sie musste dieses Gericht mindestens dreißig Mal gegessen haben, bis dann eines Tages das Verlangen danach verschwunden war. Seitdem hatte sie so etwas nicht mehr gegessen. Tatsächlich wurde ihr heute bei dem Gedanken daran sogar übel.

Als die Heißhungerattacken vorbei waren, ging es ihr großartig. Sie fühlte sich vollkommen, als würde sie strahlen. Die Geburt selbst war so, wie sie es sich immer erträumt hatte: anstrengend und schmerzhaft, das schon, aber auch wunderschön und bereichernd auf eine Weise, die sie immer noch nicht begreifen konnte.

Daher waren die Jahre, die darauf folgten – mit Perioden, die pünktlich wie ein Uhrwerk kamen –, ein Schock. Sie versuchten alles: Sex dann, wenn sie angeblich am fruchtbarsten war, Ernährungskonzepte, die die Gesundheit der Spermien förderten, ein Fruchtbarkeitszauber, den sie in New Mexico erworben hatten.

Nichts davon hatte funktioniert. Bis … tja, bis jetzt. Dieses Mal fühlte es sich anders an. Sie empfand das Gleiche, wie es bei Cherry gewesen war. Sie konnte es nicht beschreiben – aber vor ein paar Tagen war ihre Periode ausgeblieben, und sie hatte sofort gedacht: *Das ist es, das ist echt.* Bis dahin hätte sie nicht sagen können, wie es sich mit Cherry angefühlt hatte, aber jetzt empfand sie genauso und erkannte es wieder.

Also hatte sie an diesem Morgen, nachdem sie Cherry zur Schule gebracht hatte, einen Schwangerschaftstest gekauft, den sie beim Aufwachen am nächsten Tag machen wollte. Zu dieser Tageszeit war der Hormonspiegel am höchsten.

Sie wusste jedoch schon, wie das Testergebnis ausfallen würde, und sie konnte es kaum erwarten, das Ergebnis mit Dan zu teilen. Es hatte lange gedauert – sie hatten schon beide daran gezweifelt, ob es jemals klappen würde –, aber jetzt war es endlich passiert.

Sie hob ihr Handy vom Schreibtisch auf. Normalerweise nahm sie bei der Arbeit keine privaten Anrufe entgegen. Sie und Dan hatten eine Abmachung: Alles, was nicht dringend war, konnte per Textnachricht mitgeteilt werden. Wenn es etwas Dringendes gab, riefen sie kurz an, legten auf und riefen dann erneut an.

Das hier war also nicht Dan.

Ihr Blick wanderte auf das Display.

Es war die Nummer von Cherrys Schule.

Wahrscheinlich war es nichts – Cherry war fünf und sehr schüchtern, also war es unwahrscheinlich, dass sie sich geprügelt oder sich ungebührlich ausgetobt hatte –, aber wenn die Schule einen anrief, musste man abnehmen. Höchstwahrscheinlich hatte Cherry Fieber, Husten oder eine andere leichte Krankheit, was bedeutete, dass sie abgeholt und nach Hause gebracht werden musste. So einen Anruf hatte sie schon mehrmals erhalten.

Hi, hier ist die Schulschwester, spreche ich mit der Mom von Cherry? Es geht ihr nicht ganz so gut, und ich wollte Sie fragen, ob Sie sie vielleicht abholen könnten?

Stacy verließ tagsüber nur ungern das Büro, aber Dan war nach Bangor gefahren, um sich mit einem Kunden zu treffen, der sein Lager bis zum Sommer umgestalten lassen wollte, und das lag gut zwei Stunden entfernt.

Es würde also an ihr hängen bleiben.

»Hallo«, meldete sie sich. »Hier ist Stacy.«

»Mrs Evanston? Hier ist Carol Smalling, die Rektorin der Schule.«

Ihre Stimme war ausdruckslos. Man hörte ihr aber an, dass sie Mühe hatte, sie unter Kontrolle zu halten. Stacy richtete sich auf. Es kam selten vor, dass die Direktorin persönlich anrief, und es gefiel ihr nicht, wie sie sich anhörte. Sie überlegte kurz, ob sie auf ihrem Computer nachsehen sollte – vielleicht hatte es eine Schießerei gegeben, oder es war zu einem anderen Zwischenfall gekommen, der in den Nachrichten gemeldet wurde, aber das würde sie am schnellsten von der Schulleiterin persönlich erfahren.

»Ist alles in Ordnung?«

Es entstand eine lange Pause.

»Ich fürchte« – erneute Pause – »ich fürchte, Cherry ist erkrankt.«

Erkrankt? Ihre Kehle schnürte sich zusammen. »Was meinen Sie damit? Heute Morgen ging es ihr doch noch gut.«

»Vor einer halben Stunde begann sie sich unwohl zu fühlen, also hat Ms Jackson sie zur Schulschwester geschickt. Sie hatte leichtes Fieber, aber sonst ging es ihr gut. Dann hat sie sich erbrochen.«

»Oh mein Gott«, sagte Stacy. »Was ist passiert?«

»Ich bin mir nicht sicher. Aber wenn Sie irgendwie können, sollten Sie sofort aufbrechen.«

»Ich komme und hole sie ab. Ich bin zwar bei der Arbeit, aber ich kann sofort los.« Sie musste jemanden finden, der für sie einsprang, oder zumindest den Befehlshabenden darüber informieren, dass sie sich schleunigst auf den Weg machen musste. »Ich komme zu Ihnen, so schnell ich kann.«

»Mrs Evanston«, sagte die Rektorin. »Kommen Sie nicht hierher. Wir haben einen Krankenwagen gerufen. Cherry ist schon auf dem Weg ins Krankenhaus.«

2

»Ins Krankenhaus?«, wiederholte Stacy. »Sie wird ins *Krankenhaus* gebracht?«

»Ja. Der Krankenwagen ist gerade losgefahren, als ich Sie angerufen habe.«

»Warum wird sie ins Krankenhaus gebracht?«, hakte Stacy nach. »Weil sie sich erbricht?«

»Nein«, erklärte die Schulleiterin. »Es tut mir leid, dass ich Ihnen die schlechte Nachricht überbringen muss, Mrs Evanston, aber Cherry hat das Bewusstsein verloren.«

Es war, als hätte man ihr einen Schlag in die Magengrube versetzt. Es fiel ihr schwer, Luft zu holen. »Sie ist bewusstlos?«

»Ja, leider.«

»Warum? Was ist die Ursache?«

»Ich weiß es nicht. Die Schulschwester war beunruhigt, weil sich ihr Zustand so schnell verschlechtert hat, und beschloss, einen Krankenwagen zu rufen.«

»Okay.« Stacy bemühte sich, trotz des Schocks klar zu denken. Es war, als hätte sich ihre Welt von einem Augenblick auf den anderen auf den Kopf gestellt. »Ich werde mich so schnell wie möglich auf den Weg dorthin machen.«

»Halten Sie mich auf dem Laufenden. Wir haben Cherry ins Herz geschlossen«, schloss die Schulleiterin. »Und alles Gute, Mrs Evanston.«

Stacy beendete das Gespräch. Sie schickte eine Nachricht an ihren Vorgesetzten – *Muss weg, Cherry ist erkrankt, informiere Sie später* – und lief zu ihrem blauen Honda Pilot.

Sie konnte nicht begreifen, was hier vor sich ging. Cherry war auf dem Weg ins Krankenhaus? Sie hatte sie am Morgen vor der Schule abgesetzt, und da war sie noch putzmunter gewesen. War ihr etwas entgangen? War Cherry in irgendeiner Weise unpässlich gewesen? Sie versuchte, sich genau in Erinnerung zu rufen, wie der Morgen verlaufen war. Sie hatten Waffeln mit Blaubeeren und Ahornsirup gegessen – Cherry hatte sie regelrecht verschlungen, es mangelte ihr also nicht an Appetit –, und dann hatten sie ein Buch über ein Mädchen gelesen, das eine Woche lang in der Wildnis überlebt hatte. Dan hatte es für sie gekauft, um seine Tochter für das Angeln und Jagen zu begeistern.

Auf dem Weg zur Schule hatte sie über den Hund ihrer Freundin Ella, Ruby, gewitzelt, der ständig Ellas Socken fraß. Die beiden, seit zwei Jahren unzertrennlich, hielten das für das Lustigste, was sie je gesehen hatten, und fütterten Ruby immer wieder mit Socken. Ellas Mom, dachte Stacy insgeheim, fand es wahrscheinlich weniger amüsant.

Sie hatte gesund gewirkt, redselig, wie immer. Es war Stacy ein Rätsel, dass ihre Tochter bei ihr und Dan und Ella so übersprudelnd war, aber so schüchtern, sobald noch jemand anders dabei war.

Jedenfalls hatte es keine Anzeichen dafür gegeben, dass irgendetwas mit ihr nicht stimmte, sodass das, was immer es war, wie aus dem Nichts aufgetreten war. Aber was konnte denn so schnell eintreten und zu Bewusstlosigkeit führen?

Nichts Gutes, so viel stand fest.

Sie rief Dan an. Bei seinem Handy sprang sofort die Mailbox an. Sie brach den Anruf ab, ohne eine Nachricht zu hinterlassen, und rief dann erneut an.

Zwei Anrufe. Ihr Notsignal.

»Hey«, meldete er sich. Seine Stimme wurde leise, als hielte er das Handy weg von seinem Mund. »Tut mir leid. Ich muss da rangehen. Es ist meine Frau.« Dann war er wieder in der Leitung, mit normaler Lautstärke. »Was ist los?«

»Es geht um Cherry.«

»Was ist mit Cherry?«

»Die Schule hat angerufen. Sie haben sie ins Krankenhaus bringen lassen.«

»Sie haben sie *wohin* bringen lassen?«

»Ins Krankenhaus.«

»Mein Gott. Warum?«

»Ich weiß es noch nicht.«

»Ist etwas passiert?«

»Ihr wurde übel, und dann musste sie sich übergeben.« Stacy hielt inne. »Und inzwischen ist sie bewusstlos.«

Er antwortete eine ganze Weile nicht. »Okay«, sagte er schließlich, und die Anstrengung, ruhig zu bleiben, war ihm deutlich anzuhören. »Weißt du, warum?«

»Nein. Ich bin auf dem Weg ins Krankenhaus. Du solltest auch kommen.«

»Das werde ich. Natürlich.« Sie hörte eine andere Stimme – vermutlich die seines Kunden, der wissen wollte, was los war –, und Dans Stimme wurde wieder leiser. *Es ist etwas passiert. Familie. Ich werde gebraucht.*

Dann war er wieder dran.

»Ich fahre gleich los. Ruf mich an, sobald du Genaueres weißt.«

3

Stacy hielt ihren Dienstausweis gegen die Scheibe. Die Frau an der Rezeption musterte ihn und nickte dann.

»Wie kann ich helfen?«

»Meine Tochter wurde gerade eingeliefert. Cherry Evanston. Sie kam mit einem Krankenwagen.«

Die Empfangsdame schenkte ihr ein mitfühlendes Lächeln. »Das tut mir leid«, erklärte sie. »Lassen Sie mich mal nachsehen.«

»Sie kam von der Schule«, informierte Stacy sie. »Sie ist erkrankt.« Ihr wurde bewusst, dass sie vor sich hin plapperte. Die zusätzliche Information würde keinen Unterschied machen.

»Ja«, bestätigte die Empfangsdame. »Da habe ich sie. Sie ist im …« Sie hielt inne und wies auf einen Stuhl. »Lassen Sie mich jemandem Bescheid geben, der zu Ihnen kommt und mehr dazu sagen kann.«

Stacys Magen krampfte sich zusammen. Warum wollte die Empfangsdame nicht sagen, wo ihre Tochter war? Und warum musste sie jemanden holen, damit er mit ihr sprach? Der schreckliche Gedanke, den sie bisher vermieden hatte, drängte sich ihr auf.

War Cherry tot?

»Geht es ihr gut?«, fragte sie. »Was ist los?«

»Nehmen Sie schon mal Platz«, antwortete die Empfangsdame. »Es wird gleich jemand kommen.«

Stacy setzte sich, nur um im nächsten Moment wieder aufzustehen und an ein Fenster zu treten. Sie war viel zu aufgeregt, um länger als ein oder zwei Sekunden still sitzen zu bleiben. Sie schickte Dan eine Nachricht.

Bin jetzt im Krankenhaus.
Noch nicht bei Cherry. Warte
auf mehr Informationen.

Etwa zwei Minuten später – zwei Minuten, die sich wie

eine Ewigkeit anfühlten – ging rechts vom Empfang eine Tür auf, und ein großer, schlanker Mann von Anfang vierzig trat heraus. Er trug eine Brille, die er sich nun auf die Stirn schob. Er wandte sich an die Empfangsdame, die daraufhin mit dem Kopf auf Stacy deutete.

»Mrs Evanston?«, fragte er, während er auf sie zukam. »Ich bin Dr. Neal Williams.«

Sie kam gleich auf den Punkt. »Wie geht es ihr?«

Er biss sich auf die Oberlippe. »Es ist eine schwierige Situation«, erklärte er. »Sie ist stabil, aber sie befindet sich in einem ernsten Zustand.«

Sie hörte *stabil*, das war gut. Sie hörte *ernst*, das war nicht gut.

»In welcher Hinsicht?«

»Sie liegt im Koma«, offenbarte er. »Und es scheint, dass sie einen Leberschaden hat.«

»*Leberschaden?*«, wiederholte Stacy. »Wie kann sie einen Leberschaden haben? Sie ist doch erst fünf.«

»Es ist eigenartig. Aber es sieht ganz danach aus.«

»Aber wie kann das sein?«

»Ich fürchte, ich habe im Moment noch keine Antwort darauf. Fürs Erste müssen wir dafür sorgen, dass ihr Zustand weiter stabil bleibt, und uns darauf konzentrieren, sie bei der Genesung zu unterstützen.«

Stacy schwirrten tausenderlei Fragen im Kopf herum, aber es gab nur eine, auf die sie unbedingt eine Antwort brauchte.

»Wird sie wieder gesund?«

»Das hoffe ich, Mrs Evanston. Was immer es ist, wir haben die Symptome offenbar rechtzeitig bekämpft, was gut ist. Aber ich muss ehrlich sein: So etwas habe ich noch nie erlebt. Noch nie.«

»Okay«, erklärte sie. »Ich verstehe.« Das tat sie nicht. Sie verstand nichts von alledem.

»Sie können hierbleiben«, sagte er. »Und sobald wir sie von der Intensivstation in ein Zimmer verlegen können, werden wir ein Bett für Sie herrichten.«

»Wann wird das sein?«

»Das kann ich nicht sagen. Aber ich verspreche Ihnen, dass wir unser Bestes geben.«

»Vielen Dank«, sagte sie. »Das bedeutet mir sehr viel.«

Er legte ihr kurz die Hand auf die Schulter, dann drehte er sich um und ging zurück durch die Tür, aus der er gekommen war.

Die Empfangsdame kam zu Stacy herüber. »Möchten Sie einen Kaffee?«, fragte sie. »Oder etwas anderes zu trinken?«

Stacy schüttelte den Kopf. »Nein, danke.« Sie konnte in so einem Moment auf keinen Fall etwas essen oder trinken. Wenn Cherry sich nicht erholte, war sie sich nicht sicher, ob sie jemals wieder essen oder trinken würde.

»Geben Sie mir Bescheid, wenn Sie doch etwas wollen.«

»Danke«, erwiderte sie. »Das werde ich.«

4

Gab es etwas Schlimmeres als diese Situation? Allein in einem Krankenhaustrakt auf Neuigkeiten von der fünfjährigen Tochter zu warten, die plötzlich ins Koma gefallen war?

War es ein Koma? Oder war es nur Bewusstlosigkeit? Stacy wurde sich bewusst, dass sie keine Ahnung davon hatte, wann das eine zum anderen wurde. Darüber hatte sie noch nie nachgedacht.

Aber das änderte nichts an der Frage. Gab es irgendetwas Schlimmeres als diese Situation? Ja, das gab es. Nämlich zu hören, dass … Sie schüttelte den Kopf, um den Gedanken zu vertreiben. Er bewirkte, dass ihre Beine nachgaben, ihr Magen sich zusammenzog und ihr Verstand aussetzte.

So weit würde es nicht kommen. Irgendetwas war mit Cherry geschehen, und die Ärzte würden sie wieder gesund machen. Das mussten sie einfach.

Denn die Alternative war – sie versuchte erneut, den Gedanken zu verdrängen, aber er war zu eindringlich, zu stark –, die Alternative war undenkbar. Was würde sie tun, wenn Cherry starb? Was würde sie tun, wenn sich die Tür öffnete und ein ernst dreinblickender Dr. Williams heraustrat, der sie traurig ansah und den Kopf schüttelte? Was würde dann geschehen? Sie hatte keine Ahnung, aber sie hatte noch nie in ihrem Leben so viel Angst vor etwas gehabt.

Denn es *konnte* passieren. Cherry konnte sterben. Menschen konnten sterben – auch Kinder. Eine plötzliche, mysteriöse Krankheit, Intensivmedizin, fehlgeschlagene Behandlungen. Ein ernster, kummervoll dreinblickender Arzt.

Tod.

Stacey rutschte auf ihrem Stuhl nach vorn und krümmte sich zusammen, die Ellbogen auf den Oberschenkeln, das Gesicht in den Händen vergraben. Unwillkürlich stieß sie ein Wimmern aus und wurde sich bewusst, dass sie weinte.

Eine Berührung an der Schulter ließ sie aufblicken. Die Empfangsdame stand neben ihr und hielt eine Wasserflasche in der Hand.

»Hier«, bot sie an. »Ich weiß, es ist hart, aber wenn Sie einen Schluck trinken möchten, habe ich das hier für Sie.«

Stacy brach in Schluchzen aus, worauf sich die Empfangsdame neben sie setzte und ihr den Arm um die Schultern legte.

»Ich bin Daniela«, stellte sie sich vor. »Es wird alles gut.«

»Viell…« Sie wollte *Vielleicht auch nicht* sagen, aber die Worte blieben ihr im Hals stecken, und sie brachte lediglich ein unkontrolliertes Schluchzen zustande.

»Scht. Atmen Sie einfach tief durch.«

»Hey.« Das war eine vertraute, willkommene Stimme. Sie blickte auf. Dan kam auf sie zu, ohne zu lächeln. »Hast du … Hast du Neuigkeiten?«

Stacy schüttelte den Kopf. Sie versuchte zu sprechen, aber es kam nur ein erstickter Schluchzer heraus.

»Wartest du immer noch?«, wollte er wissen.

Sie nickte, und er setzte sich neben sie. Daniela löste sich von ihr, worauf Dan beide Arme um sie schlang und sie fest an sich drückte.

»Ich bin hier«, sagte er. »Ich bin jetzt hier.«

Sie war froh. Sie war froh, dass er hier war und sie in den Armen hielt, aber froh zu sein, hatte nichts zu bedeuten. Sie wusste, dass es keinen Unterschied machte. Es gab nichts, was er tun konnte.

Keiner von ihnen konnte etwas tun.

5

Dan konnte nicht stillhalten. Er schritt von einem Fenster zum anderen, zur Tür, zu einem Schwarzen Brett, zu einem Aquarium. Überall verweilte er ein paar Sekunden, dann ging er woandershin. Wenn er dort ankam, war er offenkundig nicht in der Lage, etwas aufzunehmen, aber die ständige Bewegung musste ihn irgendwie beruhigt haben.

Ich wusste gar nicht, dass du so bist, dachte sie. Für sie war Dan unerschütterlich, ruhig und nachdenklich. Es war schwer, ihn in Rage zu versetzen, schwer, ihn zu irgendeiner heftigen Reaktion zu bewegen. Sie selbst konnte Wutanfälle bekommen, besonders wenn sie das Gefühl hatte, dass etwas ungerecht war, aber Dan blieb immer ganz gelassen. Als Cherry ein Baby war, hatte ihre Kinderärztin eine gefährliche Nasennebenhöhlenentzündung fälschlicherweise für eine einfache Erkältung gehalten. Die Infektion war hinter ihre Augen gewandert, was eine Behandlung mit starken Antibiotika nach sich zog. Stacy wäre am liebsten in die Praxis marschiert und hätte die Kinderärztin vor Gericht gezerrt, aber Dan hatte nur gelächelt und die Arme verschränkt.

Sie wird schon wieder, erklärte er. *Und Menschen machen Fehler. Ich bin auch nicht begeistert, aber das ändert nichts.*

Jetzt aber lagen seine Nerven blank. Mal verschränkte er die Arme, mal schob er die Hände tief in die Taschen, mal sah er sich im Raum um, mal starrte er auf seine Füße. Es war, als könne er keine Position finden, in der er sich in seinem Körper wohlfühlte.

Aber er sollte machen, was immer ihm half. Zu Anfang war auch sie auf und ab getigert, jetzt hingegen war sie ausgelaugt, energielos. Die Bewegung brachte ihren Verstand zum Rasen, also ließ sie sich auf einen Stuhl sinken und versuchte, so wenig wie möglich zu denken.

Er wandte sich vom Fenster ab und ging auf sie zu. Er nahm den Platz zu ihrer Linken ein und blickte zur Decke hinauf. Sie legte eine Hand auf seinen Oberschenkel.

»Geht es dir gut?«

Er schüttelte den Kopf. »Ich bin ein totales Nervenbündel. Warum gibt es keine Neuigkeiten? Was ist mit ihr los?«

»Ich werde mal hingehen und fragen.«

Sie rechnete damit, dass er sagen würde: *Nein, behellige sie nicht, sie werden es dir schon sagen, wenn es etwas Neues zu berichten gibt.* Aber er nickte.

»Ich komme mit.«

Daniela saß hinter dem Tresen. Als sie sich ihr näherten, schaute sie auf und lächelte.

»Wir wollten fragen, ob es irgendwelche Neuigkeiten gibt?«, sagte Stacy. »Über Cherry?«

Es war zwar offensichtlich, dass es keine gab, aber Daniela war zu freundlich, um das auszusprechen. Sie tippte auf ihrer Tastatur herum. »Lassen Sie mich nachsehen.«

Bevor sie Gelegenheit bekam, etwas zu sagen, öffnete sich die Tür zum Wartebereich, und Dr. Williams trat heraus. Sein Gesicht war gezeichnet, er wirkte erschöpft, und seine Augen waren rot umrandet.

»Mrs Evanston«, begrüßte er sie. Er sah Dan an. »Und Mr Evanston?«

»Ja«, antwortete Dan. »Wie geht es ihr?«

Dr. Williams lächelte, und Stacy spürte, wie ihre Beine vor Erleichterung weich wurden. Er hatte *gelächelt*. Sie ergriff Dans Ellbogen.

»Es geht ihr besser. Sie ist immer noch bewusstlos, aber ihr Zustand ist jetzt stabil. Wir verlegen sie von der Intensivstation auf ein Stationszimmer. Sie können in ein paar Minuten zu ihr.«

»Wird sie wieder gesund?«, bohrte Stacy nach.

»Ich bin recht zuversichtlich«, antwortete Dr. Williams. »Obwohl wir immer noch nicht wissen, was die Ursache ist.«

»Heißt das, dass es noch einmal passieren könnte?«, wollte Dan wissen. »Wollen Sie das damit sagen?«

»Ja. Nicht, dass es passieren *wird*, aber solange wir die Ursache nicht kennen, müssen wir davon ausgehen, dass es möglicherweise wieder passieren könnte. Haben Sie noch weitere Fragen?«

»Sie sagten, wir könnten zu ihr?«, fragte Stacy.

»Ja. Ich schicke jemanden raus, sobald sie auf Station ist. Kann ich sonst noch etwas für Sie tun?« Er machte eine Geste mit den Händen. »Was immer es ist.«

Stacy schüttelte den Kopf, worauf Dr. Williams auf die Tür zuging. Als er sie erreichte, rief Dan ihm noch erleichtert hinterher.

»Danke.«

Dr. Williams lächelte. »Gern geschehen«, versicherte er.

Stacy umarmte Dan. »Gott sei Dank«, stöhnte sie. »Gott sei Dank wird sie wieder gesund.«

»Sie ist immer noch bewusstlos«, gab Dan zu bedenken.

»Ich weiß. Aber es geht ihr jetzt besser. Und wir können zu ihr.«

»Das sind gute Nachrichten«, schaltete sich Daniela ein.

»Sie ist zwar noch nicht über den Berg, aber ja, das sind gute Nachrichten.«

»Ich freue mich über gute Nachrichten. Möchten Sie jetzt vielleicht einen Kaffee?«

»Ja, gerne. Wenn es nicht zu viele Umstände macht.«

»Und auch einen für Ihren Mann?«

Dan nickte. »Vielen Dank.«

Stacy setzte sich, lehnte den Kopf an Dans Schulter und holte tief und anhaltend Luft. Dann blähte sie die Wangen auf.

»Ich kann hier nicht ruhig sitzen bleiben«, sagte sie. »Ich muss ein bisschen Energie rauslassen.«

Sie stand auf und ging zum Fenster. Das Krankenhaus lag mitten in einem Waldgebiet, eine lange Auffahrt zweigte von der Hauptstraße ab und führte zu den verschiedenen Parkplätzen und Abteilungen.

Durch die Bäume hindurch sah sie die Einsatzlichter eines Krankenwagens und beobachtete, wie er auftauchte und auf den Eingang der Notaufnahme zusteuerte.

Er kam zum Stehen. Die hinteren Türen öffneten sich, zwei Sanitäter sprangen heraus und zogen dann eine Rampe heraus. Zwei weitere schoben eine Rolltrage auf den Asphalt und rollten sie zur Klinik.

Noch jemand, dachte sie. *Noch jemand, der heute den schlimmsten Tag seines Lebens erlebt.*

Die Sanitäter stiegen wieder in den Krankenwagen, der Patient war nicht mehr zu sehen, wurde bereits ins Krankenhaus gebracht. Sie fuhren weg. Hinter ihnen kam ein Auto zum Stehen, und die Beifahrertür ging auf.

Es war ein dunkelblauer Toyota RAV4. Er hatte Dachträger und eine Thule-Box auf dem Dach.

Sie kannte jemanden, der so ein Auto fuhr.

Hinter ihr öffnete sich eine Tür.

»Mr und Mrs Evanston? Sie können jetzt mitkommen.«

Sie wandte sich vom Fenster ab. Eine Schwester hielt die Tür zu den Sprechzimmern auf. Dan stand bereits an der Tür und bedeutete ihr, zu ihm zu kommen.

»Einen Moment noch«, zögerte sie.

Sie erkannte das Auto. Aber das hatte nicht unbedingt etwas zu bedeuten. Es gab eine Menge dunkelblauer RAV4s in der Gegend. Sie waren praktisch. Sicher, und gut auf Schnee zu fahren.

Trotzdem war es eigenartig.

Eine Gestalt stieg aus, und nun lief es Stacy kalt den Rücken hinunter.

»Stacy?«, drängte Dan. »Kommst du jetzt?«

Sie ignorierte ihn und lehnte sich weit vor, um aus dem Fenster zu sehen. Sie konnte nicht glauben, wen sie da sah.

Eine Frau in dunkler Jeans und schwarzer Steppjacke stieg aus dem Auto. Es war eine Patagonia-Jacke, und sie war erst ein paar Tage alt.

Stacy wusste, dass es sich um eine Patagonia-Jacke handelte, und sie wusste auch, dass sie neu war, denn sie war dabei gewesen, als die Frau sie bei einem Ausverkauf in Freeport erstanden hatte.

Die Frau im Auto – die Frau, die hinter dem Krankenwagen hergefahren war – war Nicole Farmer, die Mutter von Cherrys bester Freundin Ella.

23. DEZEMBER 2022

Jill Stearns

Sie spürte, dass sich aller Augen auf sie richteten, spürte den Schock und die Sorge über das, was sie gehört hatten.

Dieses leise Lachen, dann die sanfte Stimme der Pilotin.

Ich hoffe, es macht Ihnen nichts aus, aber wir werden ein kleines Spiel spielen.

Was zum Teufel sollte das bedeuten? Sie merkte, dass Wut in ihr aufloderte. Zum Teil entsprang sie ihrer Angst, aber auch ihrer Empörung. Sie war niemand, die von anderen Unterwürfigkeit erwartete, aber ein Teil von ihr war stinksauer darüber, dass diese Person, wer immer sie war, glaubte, sie könne Jill Stearns so behandeln. Sie war keine, mit der man Spielchen spielte.

Und was meinte die Pilotin überhaupt damit?

War das vielleicht eine Art Weihnachtsscherz, und sie würde, nachdem sie und die anderen ihr auf den Leim gegangen waren, ein Weihnachtslied abspielen oder die Cockpittür öffnen und im Weihnachtsmannkostüm herausgetanzt kommen? Falls es sich so abspielen würde, würde sie nicht besonders nachsichtig reagieren. Die Pilotin würde sich nach einem neuen Job umsehen müssen. Keine Unterwürfigkeit zu erwarten, war das eine, aber es gab eine rote Linie.

Und die wurde hier eindeutig überschritten.

Das hier war *nicht* lustig. In dieser Höhe war überhaupt

nichts mehr lustig. Manche Leute waren nervös, und das hier konnte das Fass zum Überlaufen bringen. Es war schlichtweg unverantwortlich.

Vielleicht überreagierte sie aber auch. Sie war verunsichert wegen der E-Mail, aber es war unwahrscheinlich, dass die beiden Ereignisse miteinander zusammenhingen. Die E-Mail war mit ziemlicher Sicherheit ein Versuch seitens irgendwelcher Aktivisten, Varun und sie zu provozieren und vielleicht etwas von ihrer Zeit zu verschwenden. Das hier hingegen war etwas anderes.

Wahrscheinlich.

Das wäre auch besser so. Wenn nicht – wenn die beiden Ereignisse doch miteinander zusammenhingen und die Pilotin keine Scherze machte – tja, dann war das etwas, worüber sie nicht länger nachdenken wollte.

Sie griff nach ihrem Handy. Es war eine reflexartige Bewegung – ein kurzer Blick, um zu sehen, ob irgendwelche Benachrichtigungen eingegangen waren. Sie hatte gelesen, dass Menschen über hundert Mal am Tag auf ihr Handy schauen – wenn sie in den Aufzug steigen, sich an ihren Schreibtisch setzen, vom Schreibtisch wieder aufstehen. Den lieben langen Tag lang schauen die Leute auf ihr Handy, und die meiste Zeit gibt es nichts zu sehen. Aber sobald sie es in die Hand genommen haben, beginnen sie, durch ihren Facebook- oder Twitter- oder Instagram-Account zu scrollen, und ehe sie sich's versehen, sind fünf oder zehn oder zwanzig Minuten verstrichen. Jill hatte ihr Handy so eingestellt, dass es sich sperrte, wenn sie fünfzig Abfragen erreicht hatte. Am ersten Tag kam die Sperre um zwei Uhr nachmittags. Sie war schockiert und entsetzt gewesen und hatte daher begonnen, sich diesbezüglich einzuschränken. Wenn sie nach dem Handy griff, zwang sie sich, innezuhalten und sich zu fragen: *Muss ich es mir jetzt wirklich ansehen?*

Oft genug lautete die Antwort nein, und sie rührte es nicht an.

So auch dieses Mal. Sie hielt inne und fragte sich: *Muss ich es mir jetzt wirklich ansehen?*

Dann erinnerte sie sich wieder. Es brachte gar nichts.

Es gab kein WLAN.

War das auch nur Zufall? Oder steckte etwas anderes dahinter? Sie stellte sich die Pilotin vor, wie sie im Cockpit irgendeinen Knopf drückte, um das WLAN zu deaktivieren, und dann über Lautsprecher zu ihnen sprach.

Ich hoffe, es macht Ihnen nichts aus, aber wir werden ein kleines Spiel spielen.

Je mehr Jill darüber nachdachte, desto besorgter wurde sie. Wie sich herausstellte, musste sie also doch einen Blick auf ihr Handy werfen, um zu überprüfen, ob das WLAN wieder da war. Wenn ja, dann war es nicht deaktiviert worden, was bedeutete, dass nicht drei merkwürdige Dinge gleichzeitig passierten. Wenn nein, dann könnte das zwar immer noch ein Zufall sein, aber mit geringerer Wahrscheinlichkeit.

Sie überprüfte ihr Handy.

Es gab keine neuen Nachrichten.

Es gab kein WLAN.

Nach wie vor sahen alle sie an. Sie musste etwas sagen, hatte jedoch keine Ahnung, was.

Stearns starrte sie mit offenem Mund an. Ramos fing ihren Blick auf.

»Was zum Teufel meint sie damit, dass wir ein Spiel spielen werden?«, fragte er.

»Ich weiß es nicht«, erwiderte Stearns.

Jeff hatte einen Riecher dafür, wenn etwas faul war, und jetzt war etwas faul. Sie flogen die falsche Route, das WLAN war ausgefallen – beides *vielleicht* nur ein ungewöhnlicher Zufall –, aber jetzt hatte die Pilotin auch noch gesagt, sie würden ein Spiel spielen.

Piloten spielten keine Spiele.

Sie änderten keine Flugrouten. Und sie schalteten auch nicht das WLAN aus – was, davon war er jetzt überzeugt, gemacht worden war.

»Ich weiß es auch nicht«, meldete sich Chip Markham. »Aber was immer es ist, es wird aufhören.«

»Das muss es, verdammt noch mal«, bekräftigte Jeff, war sich jedoch, noch während er sprach, der Bedeutungslosigkeit seiner Worte bewusst. Was er oder sonst jemand sagte, machte keinen Unterschied. Sie waren in den Händen der Pilotin. Die Wahrheit war, dass die tun und lassen konnte, was immer sie wollte.

Der Gedanke ließ ihn frösteln. Er hatte noch nie darüber nachgedacht, aber es gab Situationen, in denen man sein Leben in die Hände eines anderen legte. Nicht viele, aber doch einige. Wenn man zum Beispiel eine Vollnarkose bekam, war man völlig machtlos. Der Chirurg konnte zwar aus dem Verkehr gezogen oder strafrechtlich verfolgt werden, wenn er einem vorsätzlich Schaden zufügte, aber er konnte es machen. Er konnte tun und lassen, was er wollte.

Gleiches galt in einem Flugzeug. Piloten haben für die Dauer des Fluges die totale Kontrolle über das Schicksal der Insassen. Wenn sie beschließen, gegen einen Berghang oder nach Osten über den Ozean zu fliegen, können sie das tun. Man vertraut darauf, dass sie einen sicher ans Ziel bringen, aber sie müssen es nicht. Es hatte da mal diesen deutschen Piloten gegeben, der sein Flugzeug absichtlich gegen eine Felswand gesteuert hatte. Was hätte man tun können, um ihn daran zu hindern?

Warum also sollte man ihnen vertrauen? Man kannte sie nicht. Es gab zwar Sicherheitsvorkehrungen, aber die konnten leicht umgangen werden. War es also klug, sein Leben in ihre Hände zu legen, nur um schnell irgendwohin zu kommen?

In diesem Moment erschien es ihm ausgesprochen töricht, das zu tun.

»Das ist nicht lustig«, sagte Jill Stearns. »Falls das ein Scherz sein soll, finde ich ihn nicht zum Lachen.«

»Nein«, pflichtete ihr Varun bei. »Ist es nicht. Es ist nicht witzig, in einem vom Kurs abgekommenen Flieger mit einer durchgeknallten Pilotin zu sitzen.«

»So weit würde ich nicht gehen«, sagte Marcia. Jeff hatte den Eindruck, dass sie ein wenig lallte, und fragte sich erneut, woher sie den Alkohol hatte. »Und es sind zwei von ihnen da vorn drin. Es fliegen immer zwei Piloten mit.

Wenn einer stirbt oder krank wird, kann der andere einspringen.«

»Der andere macht nicht viel«, bemerkte Kevin Anderson. »Hat eigentlich jemand noch einen zweiten Piloten gesehen?«

Das hatte Ramos nicht. Und auch sonst sagte das niemand.

»Die Tür war geschlossen«, sagte Marcia. »Normalerweise steht sie offen. Also vielleicht …« Sie hielt inne. »Vielleicht ist da nur diese eine Pilotin drin.«

»Hört zu«, sagte Jeff. »Das ist lächerlich. Die können nicht einfach eine beliebige Route fliegen. Ich werde mit ihnen reden.«

Jill schüttelte den Kopf. »Schon gut. Das mache ich.«

Sie stand auf und ging durch die Bordküche zur Cockpittür. Sie klopfte dreimal.

Die Tür öffnete sich nicht.

»Hallo?«, rief sie.

Sie klopfte erneut. »Hallo?«

»Versuchen Sie, die Tür zu öffnen«, riet Chip Markham.

Sie griff nach dem Knauf und versuchte, ihn zu drehen. Er bewegte sich nicht.

»Hallo!« Diesmal schrie sie, rüttelte an der Tür und versuchte, sie aufzureißen.

Keine Antwort. Nicht einmal die Aufforderung *Bitte von der Cockpittür zurücktreten.*

»Was zum *Teufel* ist hier los?«, fragte Jeff.

Jill wandte sich in Richtung Kabine um. Sie schüttelte den Kopf. »Ich weiß es nicht.«

Sie holte tief Luft.

»Können Sie mich hören?«, fragte sie. »Ist da jemand?«

Die Pilotin

Ist da jemand?

Natürlich war da jemand.

Sie kommen langsam dahinter, nach und nach.

Da stimmt etwas nicht.

Die Pilotin verhält sich nicht normal. Sie ist – wie hatte man sie noch gleich genannt? Durchgeknallt? In gewisser Weise war das eine recht schmeichelhafte Beschreibung.

Aber es gibt normalerweise zwei, das wissen sie. Das ist die Absicherung.

Nur dass es hier und heute keine zwei gibt. Diesmal nicht.

Es gibt nur sie.

Die beiden, die eigentlich hier sein sollten, wachen wahrscheinlich gerade im Aufenthaltsraum der Piloten im hinteren Teil des Hangars auf und stellen fest, dass die Tür verschlossen ist und der Zylinder entfernt wurde. Sie werden wütend sein, ihre Zungen pelzig, und ihre Schädel brummen.

Jill Stearns hat versucht, die Tür zu öffnen, um zu sehen, ob sie mit ihr reden kann. Das zeigt, dass sie noch nicht ganz begriffen haben, wie ernst die Situation für sie ist. Sonst wüssten sie, dass man mit ihr nicht reden kann. Sie wird ihre Meinung nicht ändern, weil sie überzeugende Argumente haben.

Sie hat ihre eigenen Argumente. Ihre persönlichen Gründe.

Die Tür ist natürlich verriegelt. Vielleicht könnten sie sie aufbrechen, wenn sie es wirklich versuchen würden. Vielleicht werden sie das auch tun. Aber das würde nichts ändern. Sie brauchen sie, egal, was passiert. Was genau würden sie ohne sie tun? Eine Landung versuchen?

Genauso gut könnten sie aus dem Flugzeug springen und auf diese Weise ihr Glück versuchen.

Können Sie mich hören?

Ja, ich kann Sie hören.

Aber das brauchen Sie nicht zu wissen. Noch nicht.

Chip Markham

Das war erbärmlich. Stearns sollte eigentlich eine besonnene CEO sein, aber da stand sie nun herum und hämmerte an die Tür wie ein Kleinkind, das um die Aufmerksamkeit seiner Mutter buhlte. Was kam als Nächstes? Betteln?

Ja, es war offensichtlich, dass da etwas im Gange war, was nicht hätte sein sollen, aber ein solches Verhalten war nicht gerade hilfreich. Sie mussten Ruhe bewahren und die Sache durchdenken, und Chip hatte auch schon eine Idee, wie man das Ganze angehen konnte. Chip hatte die Erfahrung gemacht, dass die Leute immer etwas wollten, und sobald man wusste, was es war, konnte man in Verhandlungen eintreten.

Die Frage war also: Was wollte die Pilotin? Und wie konnten sie es ihr geben, um aus dieser Misere herauszukommen? Stearns, die sich ihr zu Füßen warf und herumwimmerte, war dazu wohl kaum in der Lage.

Und dann war da noch das, was Miller gesagt hatte, das mit einer E-Mail. Er musste wissen, worum es sich dabei handelte.

»Jill.« Stearns drehte sich zu ihm um. »Die E-Mail, die er« – er zeigte mit dem Daumen auf Miller – »erwähnt hat. Was ist damit?«

»Es ist nichts weiter«, erklärte sie. »Eine Art Streich.«

Chips Brust krampfte sich zusammen. Es war ein stechendes, unangenehmes Gefühl. Er würde seinen Arzt aufsuchen müssen, wenn sie zurück waren.

»Was für eine Art Streich?«, hakte er nach.

»Ich kann sie Ihnen zeigen«, schaltete sich Varun ein. Er klappte seinen Laptop auf und wischte über das Display. »Sie wurde gesendet, als wir an Bord gingen, kurz bevor das WLAN ausfiel.«

»Was steht drin?«, wollte Kevin Anderson wissen. »Lesen Sie mal vor.«

Miller fing seinen Blick auf und begegnete ihm einen Moment lang. Chip spürte, dass die beiden sich nicht grün waren. Warum, wusste er nicht, aber es war interessant zu beobachten.

Varun begann vorzulesen. *»Sehr geehrter Mr Miller, Ihr Unternehmen steckt in großen rechtlichen Schwierigkeiten. Ich hoffe, Sie lesen diese E-Mail umgehend, denn die Gründe werden Ihnen in Kürze klar werden. Auf jeden Fall noch vor der Landung.«* Er sah sich in der Kabine um. »Das ist alles. Es gibt keine Signatur.«

Chip hielt inne. Irgendetwas daran war merkwürdig. Etwas, das er nicht genau zuordnen konnte. »Lesen Sie es noch einmal vor«, forderte er.

Miller nickte und wiederholte es.

Nun ging Chip ein Licht auf, und er nickte. »Der Absender wusste von dem Flug?«, fragte er.

»Möglicherweise«, erwiderte Anderson. »Und wenn schon. Jeder kann einen Flug tracken, auch einen Privatjet.«

»Aber woher sollte jemand wissen, dass Miller an Bord ist?«, warf Jeff Ramos ein. Er stand auf, fast aggressiv, und verschränkte die Arme. Seine Hemdsärmel waren hochgekrempelt – das war neu, konstatierte Chip –, und die Muskeln an seinen Unterarmen spannten sich an. Für einen Mann in den Fünfzigern war er gut in Form.

»Man könnte es rausbekommen«, sinnierte Miller. »Wer das Datum unseres heutigen Meetings kannte, konnte davon ausgehen, dass ich daran teilnehme und dann mit dem Jet zurückfliege.«

»Aber was, wenn Sie noch zu einer anderen Sitzung geblieben wären?«, gab Chip zu bedenken. »Oder über die Feiertage nach New York geflogen wären? Wenn Sie sich entschieden hätten, den Jet nicht zu nehmen, wäre dem Absender jede Glaubwürdigkeit abhandengekommen. Er musste sicher sein, dass Sie im Flugzeug sitzen, was bedeutet, dass er vor einer Stunde mit Sicherheit wusste, dass Sie hier drinnen sind und seine E-Mail lesen würden.«

»Er hat mich also beobachtet?«, mutmaßte Miller.

Chip zuckte mit den Schultern. »Möglich. Oder er ist nah an Ihnen dran und kennt daher Ihre Bewegungen.«

»Wer passt auf dieses Profil?«, fragte Miller. »Jemand, der für uns arbeitet?«

»Das ist eine der Möglichkeiten«, sagte Ramos. »Es könnte auch andere geben.«

»Vielleicht jemand, der ein Spiel mit uns spielen will?«, warf Kevin Anderson ein.

Chip schaute ihn scharf an. »Die Pilotin?«, fragte er. »Ist es das, was Sie andeuten wollen?«

»Ja. Das ergibt doch Sinn, oder? Sende eine Unheil verkündende E-Mail, um die Spannung zu erhöhen. Und genau das hat sie ja auch gesagt: Sie will ein Spiel mit uns spielen. Was zum Teufel das auch heißen mag.«

Das Kribbeln in Markhams Rücken kehrte zurück. Es wurde von einem Engegefühl in der Brust begleitet. Irgendetwas ging hier vor sich. Etwas, das nicht gut war.

Und sie waren in einem Flugzeug gefangen.

Was, da war er sich jetzt sicher, kein Zufall war.

Mary Jo Fernandez

Das durfte doch nicht wahr sein. Sie hätte diese Maschine niemals besteigen dürfen. Sie hätte ihr Rückflugticket benutzen und genau auf die Weise nach Hause fliegen sollen, wie sie es ursprünglich geplant hatte. Dann wäre alles in Ordnung. Sie hätte es nach Hause geschafft und sich um ihren Mann kümmern können.

Aber man hatte sie mit in dieses Flugzeug genommen, und jetzt saß sie hier in der Falle. Sie hatte keine Ahnung, warum und wer dahintersteckte. In einer E-Mail war von rechtlichen Problemen die Rede, die Pilotin flog in die falsche Richtung, es gab kein WLAN – es war ein einziges Chaos.

Sie wusste zwar nicht, was los war, aber sie war sich ganz sicher, dass es nichts mit ihr zu tun hatte. Wenn die Firma ein rechtliches Problem hatte, war das nicht ihr Bier. Sie wollte einfach nur nach Hause. Ray brauchte sie.

Es war schon schwer genug gewesen, ihn für eine Nacht allein zu lassen. Sein Krebs, mit vierundvierzig erstmals diagnostiziert, war Anfang 2020 wieder aufgetreten. Er hatte zu Beginn des Lockdowns Schmerzen verspürt, konnte aber nicht zum Arzt gehen. Als er es dann tat, war es zu spät. Der Krebs hatte in seine Wirbelsäule gestreut und war nicht behandelbar. Der Onkologe hatte ihnen zwar erklärt, dass es keinen Unterschied gemacht hätte, wenn er schon im März statt erst im Mai zu ihm gekommen wäre, aber Mary Jo wurde das Gefühl nicht los, dass eine Behandlung noch möglich gewesen wäre, wenn sie die Diagnose früher erhalten hätten. Sie musste immer wieder daran denken, dass sie diese Chance verpasst hatten, und das quälte sie.

Die Prognose lautete, dass ihm noch zwei bis drei Jahre bleiben würden, und nun waren fast drei Jahre vergangen. Seit Ende des Sommers verschlechterte sich sein Gesundheitszustand drastisch, und er hatte ständig Schmerzen. Es fiel ihm schwer, ohne fremde Hilfe aufzustehen, sodass er größtenteils ans Bett gefesselt war, aber selbst dann war er nicht schmerzfrei. Er sagte, schmerzfrei sei er nur dann, wenn Mary Jo neben ihm lag.

Vergiss die ganzen Pillen, beteuerte er. *Du bist die beste Medizin.*

Das klang zwar abgedroschen, war aber deshalb nicht weniger wahr. Sie wusste genau, was er meinte. Seit den ersten Tagen ihrer Beziehung hatte sie genauso empfunden. Sie hatten sich in der Junior High kennengelernt. Sie war in der sechsten Klasse, er in der achten. Er hatte seine Probleme, denn sein Dad war bei einem Autounfall ums Leben gekommen, als er zehn Jahre alt war, und seine Mum rackerte sich ab, um mit ihm und seine beiden Schwestern über die Runden zu kommen, aber sie waren eine liebevolle, warmherzige Familie. Ihre eigene Situation war ein Spiegelbild. Ihre Mom war an Lungenkrebs gestorben und hatte sie und ihre Brüder in die Obhut ihres Vaters Bernie gegeben.

Big Bernie – wie er genannt wurde – rackerte sich nicht ab, um über die Runden zu kommen. Er hätte es gekonnt, wenn er es nur versucht hätte, aber er machte sich nicht die Mühe. Solange er genug Geld hatte, um seine Zeche in der Bar zu bezahlen – und manchmal tat er nicht einmal das, denn wie hätte der Besitzer der Bar ihn rauswerfen können? –, war ihm alles recht.

Big Bernie. Eine Persönlichkeit. Ein wenig gefürchtet, aber auch geliebt. Zumindest toleriert, denn er trug diesen Namen nicht ohne Grund. Er trug ihn, weil er ihn sich erarbeitet hatte: Von Zeit zu Zeit verlor er die Beherrschung, und niemand wollte dabei sein, wenn das geschah. Wenn er also mit seiner Zeche im Rückstand war, war es besser, ihm ein paar Tage Zeit für die Bezahlung zu gewähren oder die Sache vielleicht sogar ganz zu vergessen.

Für seine Kinder galt das nicht. Mary Jo musste Wutausbrüche, Gebrüll, Ohrfeigen und Beleidigungen ertragen. Wenn er wieder nüchtern war und Reue verspürte, nahm er sie manchmal in die Arme und beteuerte ihr, er habe sie doch lieb. Aber die seelischen Narben blieben zurück, ließen sich nicht so einfach unter den Teppich kehren.

Und was ihre Brüder betraf: Nun, sie handelten sich nicht nur Ohrfeigen und Beleidigungen ein. Für sie setzte es Faustschläge und Stiefeltritte, was geprellte und gebrochene Rippen zur Folge hatte.

Und bei ihnen gab es dann hinterher auch keine Umarmungen oder Entschuldigungen. Die hob er sich für seine Tochter auf, obwohl sie sich wünschte, dass er das bleiben ließe. Die Schuldgefühle – weil sie weniger heftig verdroschen wurde als ihre Brüder, was die Sache für die beiden vielleicht schlimmer machte, als wenn Mary auch ihren Anteil abbekommen hätte – waren schlimmer als der Schmerz, den er ihr zugefügt hätte.

Sie flüchtete sich zu Rays Familie. Vinnie, ihr älterer Bruder, flüchtete zur Armee. Tommy, ihr jüngerer Bruder, flüchtete in die gleichen Bars, in denen Big Bernie trank. Er wurde der Schatten seines Dads. Little Bern, so nannten sie ihn. Oder manchmal Baby Bern. Er hatte ihr einmal gestanden, dass er diesen Spitznamen hasste – er war nicht wie ihr Dad, ganz und gar nicht –, aber was sollte er tun? Wer konnte sie davon abhalten, ihn so zu nennen, wenn Big Bernie es zuließ?

Als Ray also sagte, sie sei die beste Medizin, verstand sie, was er damit meinte. Er war ihr ganzes Leben lang ihre beste, ihre einzige Medizin gewesen. Solange es Ray gab, ging es ihr gut.

Und solange es sie gab, ging es auch ihm gut.

Aber bald würde er nicht mehr da sein. Und sie hatte keine Ahnung, wie es ohne ihn weitergehen würde. Da war noch ihre Tochter Katherine, aber die lebte in Seattle. Vielleicht würde sie dorthin ziehen, um in ihrer Nähe zu sein. Aber sie wollte ihr nicht zur Last fallen. Kath musste ihr eigenes Leben leben.

Vielleicht würde Kath sie zur Großmutter machen und jemanden brauchen, der ihr mit dem Baby half. Mary Jo würde das tun. Sie würde alles tun, was Kath brauchte.

Aber sie würde es ohne Ray tun müssen. Das war das Schlimmste an dem bevorstehenden Verlust. Es war nicht nur der Mann, der nicht mehr da sein würde, es waren ihrer beider Träume. Die Reisen, die sie im Ruhestand unternehmen wollten. Die Sonnenuntergänge, die sie gemeinsam bewundert hätten. Die Museen, die sie besucht hätten. Sie liebte moderne Kunst, fühlte sich davon auf eine Weise angesprochen, wie es bei traditionellerer Kunst nicht der Fall war, während Ray darüber lachte. Sie hatte gehofft, ihn mit ins MOMA zu nehmen und ihn zu bekehren.

Nichts von alledem würde jetzt noch passieren.

Wenigstens konnte sie sich in der Zeit, die ihm noch blieb, um ihn kümmern. Wenigstens konnte sie bei ihm liegen und ihm den Schmerz nehmen. Das war ein großer Trost für sie.

Deshalb hatte sie ihn nicht einmal für eine Nacht allein lassen wollen. Ihre Nachbarin, eine Krankenschwester im

Ruhestand, hatte sich bereit erklärt, nach ihm zu sehen, dafür zu sorgen, dass er aß und dass ihm nichts zustieß, aber Mary Jo hatte die Vorstellung gehasst, nicht für ihn da zu sein.

Und jetzt war nicht klar, ob sie jemals wieder nach Hause zurückkommen würde.

Marcia Fournier

Sie war mittlerweile froh über die Apathie, die ihr der Wodka bescherte. Sonst wäre sie völlig ausgeflippt. Sie befanden sich in einem Flieger, der die vorgesehene Route verlassen hatte, das WLAN war ausgefallen – zweifellos abgeschaltet –, es gab eine bedrohliche E-Mail, und die Pilotin hatte sich nicht über die Sprechanlage gemeldet und sie beruhigt mit den Worten: *Kein Grund zur Sorge, meine Damen und Herren, es handelt sich nur um einen kleinen Umweg.*

Nein, sie hatte sich gemeldet und angekündigt, dass sie ein verdammtes *Spiel* mit ihnen spielen würde.

Es war daher ein Glück, dass Marcia angetrunken war. Das einzige Problem war, dass sie keinen Nachschub mehr hatte. Am liebsten hätte sie so viel in sich hineingekippt, wie sie nur konnte, und wäre dann eingeschlafen, bis dieser Albtraum vorbei war.

Wenn alles gut ging, würde sie in einem Flieger aufwachen, der sicher gelandet war. Wenn das Schlimmste eintrat, würde sie überhaupt nicht mehr aufwachen. Beides war für sie in Ordnung. Alles, was sie brauchte, war ein weiterer Drink oder zwei.

Aber sie hatte keinen Wodka mehr, also musste sie das alles bei vollem Bewusstsein durchstehen.

Sie rutschte in ihrem Sitz hin und her, hatte noch ein weiteres Problem: Sie musste dringend auf die Toilette. Das erinnerte sie an ihre Tochter Kerry, als sie noch ein Kleinkind war. *Mom, ich muss pinkeln. Ich muss ganz doll pinkeln.* Marcia hatte immer die gleiche Antwort gegeben: *Pinkel nicht so doll! Sonst läuft noch das Klo über. Pinkel lieber nicht so doll!*

Nun, jetzt war sie in der Rolle von Kerry. Sie musste dringend pinkeln. Sie wollte nicht, hasste es, wie wenig Intimsphäre die kleine Nasszelle bot, aber sie hatte keine andere Wahl.

Sie öffnete ihren Sicherheitsgurt und wandte sich dem Gang zu. Die Krankenschwester, Mary Jo Fernandez, saß stocksteif auf ihrem Platz, die Hände flach auf den Knien, die Augen geschlossen. Sie war blass, ihre Haut sah fahl aus.

Marcia legte ihr eine Hand auf die Schulter. Die Frau riss die Augen auf und drehte sich ruckartig zu Marcia um.

»Was?«, fragte sie. »Was ist los?«

Plötzlich kam sich Marcia lächerlich vor. Was war denn los? Warum hatte sie die Aufmerksamkeit der Krankenschwester auf sich gezogen? Es war der Drink. Ohne ihn wäre sie für sich geblieben und hätte sich unbemerkt auf die Toilette geschlichen.

Aber ohne das Trinken hätte sie die Toilette gar nicht gebraucht.

»Nichts«, murmelte sie. »Ich wollte nur sagen …«
»Was?«, fragte Fernandez.
»Ich wollte nur sagen … Es wird alles gut.«
Die Krankenschwester starrte sie an. Die Worte kamen ihr unglaublich banal vor.
»Ich muss auf die Toilette«, erklärte Marcia. »Ich hätte gehen sollen, bevor wir losgeflogen sind.«

Jill Stearns

Jill hatte sich dagegen gesträubt, aber sie hatte keine andere Wahl mehr, als zu akzeptieren, dass die offensichtliche Schlussfolgerung zugleich die einzige war: Hier stimmte etwas nicht.

Das ausgefallene WLAN, die Änderung der Flugroute, die E-Mail: Jedes Ereignis für sich allein genommen hätte sie ohne Weiteres wegdiskutieren können. Das WLAN konnte zusammenbrechen, die Flugsicherung konnte die Route ändern, irgendein Aktivist könnte eine E-Mail geschickt haben, um ihre Zeit zu verschwenden oder auch, um sie vor einem Gerichtsverfahren zu warnen, das ihnen drohte. Es wäre ein ziemlicher Zufall gewesen, wenn all diese Ereignisse gleichzeitig stattgefunden hätten, aber Zufälle gab es.

Es waren die Worte der Pilotin, die das Fass zum Überlaufen brachten. Dieser Satz über das Spielen eines Spiels. Wenn es sich um einen Streich gehandelt hätte, hätte die Pilotin schon verraten, was es war, ein weihnachtlicher

Spaß oder ein alberner Pilotenscherz. Aber das war es nicht. Die Stille dauerte schon zu lange an.

Jill wandte sich um und sah ihre Kollegen in der Kabine an.

»Also gut«, verkündete sie. »Wie es scheint, haben wir ein Problem.«

»Ach was!«, ätzte Kevin Anderson. »Und ich dachte, alles wäre in Butter.«

Sie ging nicht auf die Provokation ein, konnte jedoch seiner Stimme anhören, wie verängstigt er war.

»Das sehe ich auch so«, bekräftigte Chip und stand nun seinerseits auf. »Gibt es Lösungsmöglichkeiten, Jill?«

»Ich habe versucht, die Tür zum Cockpit zu öffnen. Ich weiß nicht, was wir sonst noch tun können.« Sie sah von einem zum anderen. »Das Problem ist, dass wir machtlos sind. Es sieht nicht so aus, als hätten wir eine andere Möglichkeit, als zu warten.«

Ein Klicken ertönte, und die Tür zur Toilette ging auf. Einen Moment lang dachte Jill schon, ein blinder Passagier träte heraus, aber es war nur Marcia. Sie hatte rote Flecken im Gesicht und am Hals, und auf ihrer Stirn bildete sich ein Schweißfilm.

»Entschuldigung«, sagte sie. »Fahren Sie fort. Ich habe gehört, was Sie gesagt haben. Ich musste auf die Toilette. Ich setze mich wieder hin. Bitte fahren Sie fort.«

Sie eilte den Gang hinunter zu ihrem Sitz. Als sie sich setzen wollte, geriet sie ins Straucheln und musste sich an der Armlehne festhalten, um nicht das Gleichgewicht zu verlieren. Jill fragte sich, ob mit ihr etwas nicht stimmte.

Dass jemand krank wurde, war das Letzte, was sie jetzt brauchten.

»Wie ich schon sagte, wir haben nicht viele Möglichkeiten.« Das war das Schlimmste: das Gefühl der Ohnmacht. Das war eine Situation, mit der umzugehen sie nicht gelernt hatte, sah man von ihrem Umgang mit Mila ab. Sie waren auf Gedeih und Verderb derjenigen ausgeliefert, die hinter dieser Sache steckte. »Also warten wir erst einmal ab.«

Sie musterte ihre Kollegen. Kevin Anderson zog einen Schmollmund, verschränkte die Arme und machte einen auf tough. Chip schaute nachdenklich, Varun wirkte ängstlich, Marcia schien krank zu sein. Ramos verhielt sich ruhig und gelassen, als ob nichts Ungewöhnliches vor sich ginge.

Es schien fast so, als wäre er gar nicht überrascht.

Sie fing den Blick der Krankenschwester auf, Mary Jo.

»Nein«, widersprach Mary Jo leise. »Nein. Wir können nicht einfach warten. Wir können nicht untätig bleiben.«

»Ich verstehe«, sagte Jill. »Aber ich wüsste nicht ...«

»Ich muss nach Hause«, erklärte die Frau, nun mit erhobener Stimme. »Ich muss nach Hause!« Sie schlug gegen die Rückenlehne des Sitzes vor ihr, worauf Kevin Andersons Kopf nach vorn wippte. »Mein Mann braucht mich!« Sie schrie jetzt regelrecht, ihr Gesicht war rot und verzerrt. »Er liegt im Sterben und braucht mich bei sich!«

»Er liegt im Sterben?«, fragte Jill. »Ist er krank?«

»Krebs. Ein Rezidiv.« Sie schüttelte den Kopf. »Wir sind seit der Highschool zusammen. Er hat Schmerzen, aber er sagt« – ihre Worte wurden fast von ihrem Schluchzen verschluckt – »er sagt, ich sei seine beste Medizin. Solange ich bei ihm bin, geht es ihm gut. Ich wollte ihn nicht allein lassen! Ich hätte zu Hause bleiben sollen, aber ich bin hierhergekommen, und jetzt passiert das hier. Bitte! ICH MUSS NACH HAUSE!«

»Es tut mir leid«, erwiderte Jill, die selbst dagegen ankämpfte, dass ihre Panik sie übermannte. »Es tut mir furchtbar leid. Aber ich – ich weiß einfach nicht, was ich, was wir tun können.«

»Hallo!«, rief Mary Jo mit rauer Stimme. »Pilotin! Hören Sie mich? Was wollen Sie?«

Ihre Worte wurden mit Schweigen quittiert.

»Bitte!«, schrie sie. »Ich muss wieder nach Hause! Bitte!«

Keine Antwort.

»Können Sie uns hören?«, rief sie mit brechender Stimme. »Können Sie mich hören?«

Die Pilotin

Die Frau – Mary Jo Fernandez – machte die Sache kompliziert. Sie hatte nicht mit ihrer Anwesenheit gerechnet, hatte den Namen nicht gekannt, als er zur Passagierliste hinzugefügt worden war. Sie hatte sie beobachtet, als sie das Rollfeld zum Flugzeug überquerte. Sie wirkte irgendwie verlegen, was darauf schließen ließ, dass sie sich nicht ganz wohl in ihrer Haut fühlte. Die anderen waren in Zweiergrüppchen unterwegs und plauderten über ihre gemeinsamen Interessen. Sie hingegen ging für sich allein, gehörte nicht zu einer Clique.

Und dann war da noch ihre Kleidung. Sie trug eine dunkle Chinohose und eine blaue Bluse unter einer roten Steppweste. Ihre Schuhe waren klobig und bequem. Funktionelle, preiswerte Kleidung.

Sie passte nicht dazu, und sie gehörte nicht zu ihnen.

Aber die Pilotin wusste nicht, wer sie war, und das gefiel ihr genauso wenig wie das, was sie gerade gesagt hatte.

Mein Mann braucht mich! Er liegt im Sterben und braucht mich bei sich! Ich muss nach Hause!

In ihrer Stimme schwang echte Emotion mit, und die Pilotin hatte sich gefragt, was mit ihrem Mann wohl los war. Sie spürte, wie eine Welle des Mitgefühls in ihr hochkam, bevor sie sie wieder verdrängte.

Wer immer sie war und was immer ihre Probleme waren, es hatte nichts mit ihr zu tun. Die Frau war jetzt hier, und sie würde das gleiche Schicksal erleiden wie die anderen.

Und es wurde Zeit, diese Menschen wissen zu lassen, was sie erwartete. Sie hatten ihre Situation jetzt begriffen. Ihnen war bewusst, dass sie machtlos waren. Dass die Pilotin sie dort hatte, wo sie sie haben wollte, und dass sie tun würden, was sie von ihnen verlangte.

Das war wichtig für das, was als Nächstes kam. Sie mussten wissen, dass sie die Kontrolle hatte.

Mary Jo hatte die Frage gestellt.

Können Sie uns hören? Können Sie mich hören?

Also würde sie die Frage beantworten.

Sie langte nach der Sprechanlage und schaltete sie ein. »Ja«, erwiderte sie. »Ich kann Sie hören.«

Alle erstarrten.

Chip verspürte ein Gefühl der Erleichterung. Er war angespannt gewesen, spürte, wie sein Gesicht errötete. Das passierte ihm in letzter Zeit häufig. Es war ein Blutdruckproblem, wahrscheinlich durch den Scotch. Aber jetzt hatte sie gesprochen, und die Hitze in seinen Wangen verflüchtigte sich.

Sie hatte die Verhandlungen eröffnet. Er konzentrierte sich intensiv. In so einer Situation war er noch nie gewesen, wie auch? Aber ähnliche Situationen hatte er durchaus schon erlebt. Er hatte Verhandlungen unter hohem Druck geführt, bei denen es eigentlich unmöglich schien, eine Lösung zu finden, und bei denen beide Seiten anscheinend Lichtjahre voneinander entfernt waren und es keine gemeinsame Basis gab, bis in letzter Minute doch noch eine Lösung gefunden wurde.

Seiner Erfahrung nach spielte es keine Rolle, wie weit man voneinander entfernt war. Wichtig war nur, dass man an einem Tisch saß und bereit war zu reden. Wenn man erst einmal so weit gekommen war, gab es auch eine Lösung. Man musste sie nur noch finden.

Und sie hatte zu ihnen gesprochen.

»Gut«, antwortete er. »Ich bin froh, dass Sie uns hören können. Ich nehme an, dass unsere Änderung der Flugroute nicht auf Wunsch der Flugsicherung erfolgt ist?«

Es dauerte ein paar Sekunden, bis die Antwort kam.

»Korrekt.«

»Es ist also eine Entscheidung, die Sie getroffen haben?«

»Offensichtlich.«

Es war ein seltsames Gefühl, mit einer körperlosen Stimme zu sprechen. Aber an dieser Sache war alles seltsam. Was zählte, war, dass er in einen Dialog getreten war.

»Und das WLAN? Sie haben es ausgeschaltet?«

»Ja.«

Da sie nun miteinander im Gespräch waren, war es an der Zeit, die wichtigste Frage zu stellen.

»Werden Sie uns zu unserem Zielort fliegen? Bringen Sie uns nach Portland?«

Aus der Gegensprechanlage ertönte ein leises Summen. Es hörte für ein paar Sekunden auf, dann setzte es wieder ein.

»Nein«, antwortete die Pilotin. »Nein, das werde ich nicht.«

Hinter ihm stieß Mary Jo, die Krankenschwester, der sie den Scheck überreicht hatten, ein gequältes Stöhnen aus. »Nein«, wimmerte sie. »Nicht das jetzt.«

»Wohin fliegen wir?«, hakte Chip nach.

»Das hängt von Ihnen ab.«

»Inwiefern hängt das von uns ab?«, wollte er wissen. »Was können wir tun?«

»Spielen Sie das Spiel«, antwortete sie. »Und wenn Sie mir geben, was ich will, dann fliege ich Sie nach Portland. Wenn nicht« – sie legte eine Pause ein –, »fliegen wir weiter nach Osten.«

»Im Osten ist nichts«, schaltete sich Jeff Ramos in einem

fast amüsierten Ton ein. Chip wünschte sich, er würde den Mund halten und die Sache ihm überlassen. Das Engegefühl in seiner Brust verstärkte sich. »Nur der Ozean. Uns wird der Treibstoff ausgehen, lange bevor wir Land erreichen.«

Die Pilotin reagierte nicht darauf.

»Das ist doch lächerlich«, schimpfte Kevin Anderson. »Was ist das für ein verdammtes Spiel?«

Chip sah ihn an und schüttelte den Kopf. Die beiden mussten sich da raushalten.

»Wie ich schon sagte.« Seine Stimme klang fest und vernünftig. »Was können wir tun?«

»Wie ich schon sagte«, wiederholte sie mit ebenso fester Stimme. »Geben Sie mir, was ich will.«

»Was wollen Sie genau? Können Sie es präziser formulieren?«

»Dass Sie das Spiel spielen.«

»Okay«, lenkte Chip ein. »Das können wir tun. Sagen Sie uns, wie.«

Das Summen in der Gegensprechanlage kehrte zurück.

»Es ist ein Krimi-Spiel«, sagte die Pilotin. »Wir werden ein Verbrechen aufklären.«

»Hören Sie zu«, schaltete sich nun wieder Kevin ein. »Lassen Sie uns mit dem ganzen Quatsch aufhören, ja? Wenn Sie etwas von uns wollen, sagen Sie einfach, was es ist. Wir können das klären. Es gibt keinen Grund für …«

Ein schriller Pfeifton, wie von einer akustischen Rückkopplung, erklang.

»Es reicht jetzt.« Die Stimme der Pilotin klang nun hart. »Sie werden tun, was ich sage.«

»Kevin«, fuhr Chip ihn an, »halten Sie verdammt noch mal die Klappe, ja? Also, das Spiel. Welche Art von Verbrechen werden wir aufklären?«

»Ich bin froh, dass Sie danach fragen«, antwortete die Pilotin. »Es handelt sich um Mord. Einer von Ihnen ist ein Mörder, und wir werden herausfinden, wer.«

BARROW, MAINE, 2018

Stacy Evanston

Wären da nicht die Maschinen gewesen, an die Cherry angeschlossen war, hätte sie auch einfach nur schlafen können. Sie lag auf dem Rücken, ihr Kiefer war entspannt und ihr Mund halb geöffnet. Aus beiden Nasenlöchern kam ein Schlauch, beide führten zu einer Maschine, die vermutlich Sauerstoff lieferte. An ihrem linken Zeigefinger trug sie ein Pulsoximeter – Stacy hatte während ihrer militärischen Ausbildung auch eines benutzt –, und ein Tropf war in ihrem rechten Arm. Links von ihrem Bett gab ein Herzmonitor einen gleichmäßigen Piepton von sich.

Stacy setzte sich auf einen Stuhl neben dem Bett und hielt ihre Hand. Sie drückte Cherrys Finger, doch sie reagierte nicht. Sie betrachtete das Gesicht ihrer Tochter. Ihre Haut war fahl und schimmerte gelblich, ihre Lippen waren röter als sonst. Unter ihren Augen waren tiefe dunkle Schatten. Ihr Brustkorb hob und senkte sich langsam.

Das erste Gefühl, das Stacy empfand, war Erleichterung: Noch vor einer Stunde hatte sie befürchtet, mitgeteilt zu bekommen, ihre Tochter sei gestorben oder habe schwere bleibende Schäden erlitten. Nun schien es, als wäre das Schlimmste überstanden, und dafür war sie sehr dankbar. Doch die Erleichterung verblasste, und ein Gefühl des Schocks trat an ihre Stelle, als sie ihre süße, hübsche Fünfjährige in einem Krankenhausbett liegend erblickte. Ja, sie war am Leben. Aber noch heute Morgen war sie so gewesen wie immer. Es hatte keinerlei Anzeichen für das gegeben, was anschließend geschehen war.

Und dann war da ja auch noch Ella.

Falls das vorhin wirklich Nicole, ihre Mom, gewesen war – und da war sich Stacy ziemlich sicher, auch wenn sie sie nur von Weitem gesehen hatte und nicht gerade auf der Höhe gewesen war –, dann bedeutete das, dass zwei Fünfjährige am selben Tag ins Krankenhaus eingeliefert worden waren, was wohl kaum Zufall sein konnte.

Sie nahm ihr Handy und tippte eine Nachricht an Nicole.

Alles in Ordnung? Wir sind im Krankenhaus. Cherry ist erkrankt – man weiß nicht, was es ist –, aber sie scheint auf dem Weg der Besserung.

Dan legte ihr eine Hand auf die Schulter. »Sieh sie dir an«, sinnierte er. »Sieh dir unser kleines Mädchen an.« Er beugte sich vor und küsste sie auf die Stirn. »Hoffentlich geht es ihr bald wieder gut. Ich könnte es nicht ertragen, wenn …«

»Sprich es nicht aus«, mahnte Stacy. »Sie wird schon wieder.« Ihr Handy summte, und sie öffnete die Nachricht. Sie war von Nicole:

Oh mein Gott, wir auch. Ella ist in der Schule erkrankt, als ich ankam, lag sie schon im Krankenwagen. Sie ist bewusstlos. Ich drehe fast durch. Was war das Problem mit C?

Weiß nicht genau. Sie liegt aber nicht mehr auf der Intensivstation. Ich wünsche dir alles Gute für Ella.

Danke. Bin froh, dass sie stabil ist. Fühle mich besser dadurch.

»Wer ist das?«, wollte Dan wissen.

»Nicole.« Sie legte das Handy weg. »Ich habe sie eben gesehen.«

»Wie meinst du das, eben?«

»Hier, vor dem Krankenhaus.«

»Nicole ist hier? Ich habe sie nicht gesehen.«

»Sie kam gerade an, als wir zu Cherry gehen durften. Ich habe sie vom Fenster aus gesehen.«

»Warum ist sie hier? Geht es ihr gut?«

»Es geht um Ella. Sie ist auch krank.«

Dan runzelte die Stirn. »Wirklich?«

»Ja. Gleiche Situation. Sie hat einen Anruf von der Schule bekommen. Ella war schon im Krankenwagen auf dem Weg hierher. Genau wie Cherry.«

Dan setzte sich hin und schaute sie an.

»Was zum Teufel ist da los?«

Dr. Williams

Dr. Neal Williams fiel es schwer, das Handy aus der Hand zu legen. Er sprach gerade mit Mindy, seine Partyplanerin, und sie hatte einige dringende Fragen die Gästeliste betreffend.

Seine Frau wurde vierzig. Er hasste Partys, aber sie hatten kleine Kinder, und er machte sich Sorgen, dass sie nicht genug Zeit ohne die Kinder verbrachte, also hatte er beschlossen, eine Überraschungsparty für sie zu schmeißen.

Das Problem war nur, dass er keine Ahnung hatte, wie er das angehen sollte. Er hatte damit begonnen, allen Freunden, die ihm in den Sinn kamen, eine Einladung zu schicken: ihren Mitbewohnern aus der College-Zeit, den wenigen aus Highschool-Zeiten, die er namentlich ausfindig machen konnte, den Moms aus der Vorschule, ihren Kollegen in der Historical Society, wo sie gearbeitet hatte, bevor ihr erster Sohn Riley zur Welt kam.

Dann machte er sich Sorgen, dass das nicht reichen würde, und er bat eine der Mütter aus der Vorschule um Hilfe.

Gibt es noch jemanden, den ich einladen sollte?

Ihre Yoga-Freundinnen haben Sie doch eingeladen, oder?

Hatte er nicht.

Und dann gibt es da noch die Gruppe von Frauen, mit denen sie manchmal ausgeht.

Von dieser Gruppe hatte er noch nie gehört. Unter Druck gesetzt, hätte er gesagt, er gehe davon aus, dass die

Vorschulmütter, der Yogakurs und ihre Kolleginnen alles abdeckten. Er fragte nach, worum es sich bei dieser Gruppe handele.

Es ist eine ziemlich lockere Gruppe. Bloß eine Reihe von Freundinnen, die sich gelegentlich treffen. Wer immer gerade Zeit hat.

Auf welchem Weg könnte ich sie einladen?

Möchten Sie, dass ich mich darum kümmere?

Er deutete an, dass er dies begrüßen würde.

Wie sich herausstellte, wollten zweiundvierzig Frauen kommen, die meisten mit Partner, fast alle mit Kindern.

Insgesamt waren es fast einhundertfünfzig Personen.

Was würden sie essen? Für so viele Gäste konnte er nicht kochen. Und womit würden sie sich beschäftigen? Er hatte ein Sacklochspiel, aber sie würden mehr als das brauchen, um sich die Zeit zu vertreiben. Und Getränke: Er würde einen Barkeeper benötigen.

Das brachte ihn auf die Idee: Er könnte ein Catering organisieren. Und vielleicht eine Band. Und Babysitter, damit sich die Erwachsenen ungestört amüsieren konnten.

Das war zwar eine hervorragende Idee, aber er hatte den Aufwand, den die Planung einer Party dieser Größenordnung mit sich bringen würde, gründlich unterschätzt. Nach einer Woche voller Telefonate wurde ihm klar, dass er in der Klemme steckte. Die Einladungen waren verschickt. Aber es war noch keine Party geplant. Und zu dieser Party würden so viele Gäste kommen wie zu einer Hochzeit, nur ohne die Zeremonie und ohne das Gelübde.

Das brachte ihn auf eine Idee. Seine Schwester hatte eine

Freundin, die Hochzeitsplanerin war. Vielleicht konnte sie ihm aus der Patsche helfen.

Wie sich zeigte, konnte sie das, gegen eine kleine Gebühr, wenn man mit *klein* ein kleines Vermögen meinte. Zum Glück konnte er den Veranstaltungsort stellen, denn sie hatten einen großen Garten. Aber die Freundin seiner Schwester meinte, sie bräuchten ein Zelt. Sie nannte es »Festzelt, so wie sie es beim Royal Ascot haben«, was immer das war.

Ein Zelt, eine Partyplanerin, Catering für einhundertfünfzig Gäste, eine Band, Babysitter und Getränke: Dabei kam insgesamt eine Heidensumme von … Nein, er hielt inne, bevor er nachrechnete. Wenn er auf Heller und Pfennig wüsste, was es ihn kostete – auch wenn er es eigentlich schon wusste –, könnte er es nicht mehr genießen.

»Mindy«, sagte er. »Ich bin noch bei der Arbeit. Da ist eine Patientin, die ich unbedingt …«

»Nur noch eine Sache. Soll es Austern geben?«

Austern? Das würde die Rechnung kaum erträglicher gestalten.

»Ich … Ich habe keine …«

»Dr. Williams?«

Das war Roland, ein Pfleger, der gerade im Krankenhaus angefangen hatte.

»Eine Sekunde«, bat er und deutete auf sein Handy. »Ich bin gleich für Sie da.«

»Austern sind verfügbar«, erklärte Mindy, »aber wir müssen heute bestellen. Das Dutzend kostet achtzehn Dollar, aber wenn man zehn Dutzend ordert, sind es nur sechzehn pro Dutzend. Ich schätze, die Hälfte der Gäste wird zwei oder drei davon essen, also brauchen wir vielleicht achtzehn Dutzend?«

Wovon zum Teufel redete sie da? Achtzehn, sechzehn, Dutzend dies, Dutzend das? Er war verwirrt, und seine Aufmerksamkeit wurde woanders gebraucht.

»Dr. Williams«, unterbrach ihn Roland in seinen Gedanken, und seine Stimme klang jetzt dringender. »Da ist noch eins.«

»Warten Sie, Mindy«, sagte Williams und wandte sich Roland zu. »Noch eins wovon?«

»Noch ein Kind mit Leberversagen. Es ist gerade in der Notaufnahme eingeliefert worden.«

»Neal«, drängte Mindy. »Wir müssen wirklich …«

»Tut mir leid, Mindy«, würgte er sie ab. »Ich muss Schluss machen. Tun Sie einfach, was Sie für das Beste halten, was die Austern angeht. Okay?«

Er legte auf. Roland sah ihn mit zusammengekniffenen Augen an.

»Austern?«

»Eine Party. Ich erkläre es Ihnen später. Kommen Sie rein. Sie sagten, es gibt noch einen Fall? Mit den gleichen Symptomen?«

Roland nickte.

»Bewusstlos?«

»Ja. Genau das Gleiche.«

»Junge oder Mädchen?«

»Ein Mädchen. Von der gleichen Schule.«

»Okay. Sprechen Sie mit der Krankenhausverwaltung –

am besten mit Diane – und sagen Sie ihr, sie soll den Rektor anweisen, die Schule für heute schließen zu lassen.«

»Wird gemacht.«

»Wo ist die Patientin?«

Roland winkte ihn zu sich. »Kommen Sie mit.«

Stacy Evanston

Stacy legte sich eine Hand auf den Bauch. Sie war einen Moment lang verblüfft – es war eine schützende Geste, die sie noch von ihrer ersten Schwangerschaft kannte.

Es ist wahr, dachte sie. *Ich bin tatsächlich schwanger. Mein Körper weiß es. Ausgerechnet jetzt bin ich schwanger.*

Sie beobachtete Dan. Er lächelte Cherry an und strich ihr über die Stirn. Sie hatte schon Freunde vor ihm gehabt – einige hatten besser ausgesehen, andere waren sportlicher gewesen, wieder andere hatten bessere Noten gehabt –, aber sie liebte Dan auf eine Art und Weise, die sie nie für möglich gehalten hätte. Was sie am meisten überraschte, war, dass sie ihn *bewunderte*. Sie wollte so sein wie er, hätte gerne sein ruhiges Selbstbewusstsein gehabt, diese Zuversicht, das Richtige zu tun und sein bestmögliches Leben zu leben.

Er war nicht neidisch auf das, was andere hatten, wollte kein schnelleres Auto oder einen neueren Pick-up – okay, einen neueren Pick-up vielleicht schon – oder ein größeres Haus. Er gierte nicht nach mehr Geld, begehrte nicht, was andere besaßen. Er hatte die Gabe, das zu genießen, was er besaß, und zwar genau in diesem Moment.

Zu Anfang ihrer Beziehung war er mal losgezogen, um Frühstück zu besorgen, und kam mit Bagels, Frischkäse und Obst zurück.

Schau dir diese Orange an, sagte er. *Sie wuchs an einem Baum in Florida, und jetzt ist sie hier. Und wir dürfen sie essen. Süß, saftig, köstlich. Gibt es etwas Besseres? Ganz ehrlich? Man könnte bis ans Ende der Welt fahren, um etwas Besseres zu suchen, aber diese Orange ist das Beste, was es gibt.*

Und das hatte er auch wirklich so gemeint. So lebte er sein Leben. Und selbst wenn, wie vorhin im Wartezimmer, seine Gelassenheit von ihm abfiel, liebte sie ihn noch mehr, denn das war der Beweis, dass sie nicht nur gespielt war.

Und wenn sie diese Sache überstanden hatten, würde sie ihm die Neuigkeit mitteilen, die er sich so sehr wünschte.

Ein zweites Kind.

»Sie ist wunderschön«, sagte sie. »Und sie hat Glück, einen Dad wie dich zu haben.«

»Nein«, entgegnete er. »Ich bin derjenige, der Glück hat. Sie ist die Beste. *Du* bist die Beste.« Er strich ihr über die Wange. »Wenn es ihr wieder besser geht, werden wir etwas Besonderes unternehmen. Disney. So etwas in der Art.«

»Disney in Kalifornien oder Disney in Florida?«

»Florida, natürlich. Wir können …« Er hielt inne und starrte ihre Tochter an. »Cherry?«

Stacy sprang auf. »Was ist? Geht es ihr gut?«

Er antwortete nicht, hatte seine Aufmerksamkeit ganz auf Cherry gerichtet.

»Dan? Was ist los?«

»Sie wacht auf«, erklärte er und grinste sie an. »Sie ist

wieder bei uns! Sie hat ›Disney‹ gehört, und jetzt ist sie wieder wach!«

Dr. Williams

1

Dr. Williams studierte das Krankenblatt. Die Leber des Mädchens versagte, und das Blutbild war eindeutig, aber er brauchte diese Informationen aus dem Krankenblatt nicht, um zu wissen, was los war. Das Problem war an der Gelbfärbung ihrer Haut und ihrer Augen zu erkennen, und er hatte vor Kurzem ähnliche Symptome gesehen.

Das erste Mädchen, Cherry, hatten sie stabilisiert, und es schien ihr besser zu gehen, also wandten sie hier die gleiche Behandlung an. Ohne zu wissen, was die Ursache dafür war, war das alles, was sie tun konnten.

Und er hatte keine Ahnung, was die Ursache war. Plötzlich auftretendes Leberversagen war selten und stand normalerweise im Zusammenhang mit einem chronisch ungesunden Lebensstil, der das Organ schädigte. Er bezweifelte sehr, dass diese beiden Fünfjährigen starke Trinkerinnen oder Drogenkonsumentinnen waren. Es könnte die Folge eines fetalen Alkoholsyndroms sein – fast –, aber die Wahrscheinlichkeit, dass dies bei zwei Kindern in derselben Schule am selben Tag passierte, war minimal. Um nicht zu sagen: praktisch ausgeschlossen.

Die Tatsache, dass es nun zwei waren, beunruhigte ihn

am meisten. Wäre es nur eines gewesen, hätte er vielleicht akzeptiert, dass sie nie erfahren würden, was dahintersteckte. Ein Mädchen wurde krank, ein Mädchen erholte sich. Manchmal passierten Dinge einfach, und man fand keine Erklärung dafür.

Aber zwei Fälle? Das deutete auf eine gemeinsame Ursache hin, die möglicherweise mit der Schule zusammenhing. Vielleicht waren sie aber auch zusammen woanders gewesen, dann konnte sich die Ursache dort befinden. Wie auch immer: Was immer die Krankheit der einen verursachte, hatte höchstwahrscheinlich auch die Krankheit der anderen ausgelöst.

Ihm kamen nur zwei Möglichkeiten in den Sinn: ein Hepatitis-Virus, gegen das es keine Impfung gab – und die kursierten in den USA sehr selten – oder ein Gift. Um Hepatitis zu bekommen, hätten sie mit dem Blut oder den Fäkalien einer infizierten Person in Kontakt kommen müssen, was hier in Barrow recht unwahrscheinlich war. Und was ein Gift anging: Er hatte keine Ahnung, was so etwas verursachen könnte.

Er rief einen befreundeten Arzt an, Peter Hall, der als Leberspezialist in Portland arbeitete. Peter brachte keine spontanen Vorschläge ein, sondern bat um die Krankenblätter und versprach, sie sich anzusehen, aber um wirklich herauszufinden, was los war, müssten sie weitere Analysen durchführen.

Er legte das Krankenblatt zur Seite und ging um das Bett herum, um das Mädchen genauer zu untersuchen. Ella Farmer. Sie hatte langes, dichtes, braunes Haar und trug ein pinkfarbenes T-Shirt mit Pailletten in Form eines Wals, die sich umdrehten, wenn man über sie strich, um ein neues Motiv zu bilden.

Ihre Atmung ging flach. Er fühlte ihren Puls. Er war schwach – schwächer, als er es in Erinnerung hatte. Er überprüfte den Bildschirm.

Ihr Blutsauerstoffgehalt war niedrig. Nicht kritisch, aber niedrig. Niedriger als bei ihrer Einlieferung.

Das war kein gutes Zeichen.

Er drückte einen Knopf, um eine Pflegekraft zu rufen. Roland kam.

»Was meinen Sie dazu?«, fragte er. Seiner Erfahrung nach konnten Krankenschwestern und -pfleger oft genauso zuverlässig einschätzen, ob es ein Problem gab, wie die Ärzte. Sie sahen diese Dinge jeden Tag.

Roland fühlte mit Zeige- und Mittelfinger den Puls am Hals des Mädchens. Er schaute auf den Bildschirm.

»Hmm«, sinnierte er. »Ich glaube, wir müssen etwas unternehmen.«

»Intubieren? Sauerstoff geben?«

Roland nickte. Er sah besorgt aus, und in seiner Stimme lag eine Vorahnung. »Ja. Ich leite alles in die Wege.«

2

Ellas Eltern saßen im Wartezimmer. Ihr Dad saß stocksteif auf einem Stuhl und starrte auf sein Handy. Er trug eine schicke graue Hose und ein Jackett und sah darin aus wie ein Professor vom örtlichen College. Ihre Mom schaute aus dem Fenster.

Er hielt die Tür auf. Sie eilten durch das Wartezimmer auf ihn zu.

»Kommen Sie hier herein«, bat er und führte sie in ein Sprechzimmer.

»Wie geht es ihr?«, erkundigte sich ihr Vater, noch bevor er sich setzte.

Er hasste diesen Teil seiner Arbeit. Kein Elternteil wollte hören, was er ihnen jetzt mitteilen würde.

»Sie liegt immer noch auf der Intensivstation«, berichtete er. »Leider mussten wir sie an ein Beatmungsgerät anschließen. Sie hatte Probleme mit der Atmung.«

Ellas Mom ließ sich auf ihren Stuhl sinken, und ihr wich das Blut aus dem Gesicht.

»Was ist los?«, flüsterte sie. »Was geschieht mit ihr?«

»Wir sind uns nicht sicher«, räumte Dr. Williams ein. »Es ist …« Er hielt inne. »Es ist sehr ungewöhnlich.«

»Sie meinten doch, es sei ein Leberproblem, als wir ankamen?«, sagte Ellas Dad. Er hatte große Mühe, seine Fassung zu bewahren und einen professionellen Eindruck zu machen.

»So ist es. Ihre Leber ist entzündet und arbeitet nicht richtig.«

»Wie ist das möglich?«, hakte er nach. »Sie ist *fünf.*«

»Ich weiß«, erwiderte Dr. Williams. »Diese Frage stelle ich mir auch. Möglicherweise hat es etwas mit Umwelteinflüssen zu tun.«

»Was genau meinen Sie damit?«

»Auch darauf habe ich noch keine Antwort. Ich wünschte, ich hätte eine.«

»Was also können Sie tun?«

»Wir werden sie intensiv beobachten. Die Beatmungshilfe bekommt sie so lange, wie sie sie braucht. Ich habe einen Leberspezialisten konsultiert, der sich ihren Fall ebenfalls ansieht. Er wird im Laufe des Tages aus Portland anreisen.«

Was er nicht aussprach, war, dass er kaum etwas in der Hand hatte. Ihre Optionen waren begrenzt. Ella war im Wesentlichen auf sich allein gestellt.

Ihr Dad nickte. »Danke. Und wenn wir irgendetwas tun können, dann fragen Sie bitte einfach nach. Wenn Sie eine Genehmigung für eine Behandlung brauchen, egal, ob von der Versicherung gedeckt oder nicht, erteilen wir sie hiermit. Zögern Sie nicht, Doktor Williams. Sie ist doch unser kleines Mädchen.«

Williams konnte ihrer beider Angst spüren, sie war fast mit Händen zu greifen. Als Eltern würden sie alles tun, was in ihrer Macht stand, um ihrer Tochter zu helfen. Er hatte keinen Zweifel daran, dass sie beide spontan ihre Leber zur Verfügung gestellt hätten, wenn er ihnen eröffnet hätte, die einzige Behandlung bestünde darin, dass einer von ihnen seine Leber spenden müsse.

»Das werden wir«, schloss der Vater. »Wir werden alles tun, was in unserer Macht steht.«

Er öffnete die Tür und trat auf den Korridor hinaus. Schwester Miranda Chan stand im Schwesternzimmer und blickte auf.

»Ich bin froh, dass Sie jetzt verfügbar sind«, eröffnete sie ihm. »Ich wollte Sie nicht stören, aber ich hätte reinkommen müssen, wenn Sie nicht in den nächsten Minuten rausgekommen wären.«

Er hatte das schreckliche Gefühl, schon zu wissen, was nun folgen würde.

»Worum geht es?«, fragte er.

»Da ist noch eins. Diesmal ein Junge. Sechs Jahre alt.«

»Nein«, stöhnte er. »Nein. Das ist doch nicht möglich.«

»Doch, das ist es«, beharrte Miranda mit grimmiger Miene. »Es ist nicht nur möglich, es geschieht bereits.«

23. DEZEMBER 2022

Jill Stearns

Jill schaute sich in der Kabine um.

Einer von Ihnen ist ein Mörder, und wir werden herausfinden, wer.

Rauschen drang aus der Sprechanlage, und die Pilotin sprach wieder.

»Meine Frage lautet: Wer von Ihnen ist es?«

»Hier spricht Jill Stearns«, stellte sie sich vor. »Ich bin die Geschäftsführerin von …«

»Ich weiß, wer Sie sind«, schnitt ihr die Pilotin das Wort ab.

»Dann wissen Sie auch, dass das hier absurd ist«, erklärte sie. »Keiner in diesem Flugzeug hat jemanden getötet. Das ist ein Irrtum.«

»Nein«, sagte die Pilotin. »Es ist kein Irrtum.«

»Ich glaube doch. Es ist undenkbar, dass jemand hier einen Mord begangen hat.«

»Einer von Ihnen hat es getan«, wiederholte die Pilotin. »Und ich will wissen, wer.«

»Wie kommen Sie zu dieser Annahme?«, sagte Jill. »Wer wurde getötet?«

»Einer von Ihnen weiß es«, erwiderte die Pilotin. »Und ich gebe Ihnen die Chance, reinen Tisch zu machen. Sie haben zwanzig Minuten Zeit, um zu gestehen. Wenn Sie das tun, ist die Sache vorbei. Wir landen, Sie gehen zur Polizei und erzählen ihr, was Sie getan haben, und Ihre Kollegen fahren nach Hause.« Sie hielt inne. »Andernfalls werde ich Maßnahmen ergreifen, um Sie dazu zu bringen.«

»Hören Sie«, sagte Jill. »Wir können das klären. Aber Sie müssen uns sagen, was hier vor sich geht. Sie müssen uns sagen, was Ihrer Meinung nach passiert ist. Dann können wir es erklären und weitermachen.«

»Es gibt keine Erklärung«, fuhr die Pilotin fort. »Sie haben zwanzig Minuten.«

Die Sprechanlage wurde ausgeschaltet, und ihr Gebrumme erstarb.

Jill schüttelte den Kopf. »Bitte«, flehte sie. »Geben Sie uns eine Chance. Geben Sie uns wenigstens die Möglichkeit, uns an einer Erklärung zu versuchen. Dann können wir, sofern ein Fehler gemacht wurde, zum nächsten Schritt übergehen. Ich sage nicht, dass wir etwas falsch gemacht haben, aber es liegt zumindest im Bereich des Möglichen. Geben Sie uns eine Chance. Das ist alles, worum ich Sie bitte.«

Es herrschte eine lange Stille, die von Marcias Hüsteln durchbrochen wurde. »Ich glaube, sie ist nicht mehr in der Leitung«, erklärte sie. »Und was jetzt?«

Chip Markham

Die Situation war rasch außer Kontrolle geraten. Er wusste nicht, was hier vor sich ging – die wahrscheinlichste Erklärung war, dass die Pilotin geistig verwirrt war, aber das machte es nicht besser, sondern nur noch schlimmer, denn es gab dann keine Möglichkeit, vernünftig mit ihr zu reden.

Er saß also in einem Flugzeug mit einer durchgeknallten Pilotin fest, das immer weiter nach Osten über den Atlantik flog.

Letztes Jahr um diese Zeit hätte es ihm nichts ausgemacht. Oder im Jahr davor. Eigentlich zu jedem Zeitpunkt in den fünf Jahren seit dem Tod von Sandra, mit der er fast dreißig Jahre lang verheiratet gewesen war. Er hatte ein gutes Leben gehabt, und die Aussicht, dass es enden würde, hätte ihn nicht im Geringsten gestört. Zweimal war er sogar kurz davor gewesen, seinem Leben selbst ein Ende zu setzen – sein Mittel der Wahl war es, eine Flasche Scotch zu trinken, das Garagentor zu schließen, in seinen Land Rover zu steigen und den Motor anzulassen –, und es gab Zeiten, in denen er nach wie vor mit diesem Gedanken spielte.

Die Wahrheit war, dass er seit Sandras Tod nichts mehr hatte, wofür es sich zu leben lohnte. Sie hatten einen Sohn, Matthew, aber der pflegte keinen Kontakt zu Chip. Ihrer beider Beziehung war in die Brüche gegangen, als Matthew noch ein Teenager gewesen war, und Chip hatte nicht gewusst, wie er sie kitten sollte. Matthew lebte in San Diego. Er hatte zwar fast jede Woche mit Sandra telefoniert, sich aber geweigert, mit seinem Vater zu sprechen, und Chip hatte sich eingeredet, dass es ihm egal sei. Matthew gehörte der Vergangenheit an, er war ein hoffnungsloser Fall.

Und er jagte keinen hoffnungslosen Fällen hinterher, auch wenn ein Teil von ihm es gerne getan hätte.

Er hatte kurz darüber nachgedacht, die Beziehung zu Marcia wieder aufleben zu lassen – sie hätte sich aus Stolz dagegen gesträubt, aber nicht lange –, hatte sich dann jedoch dagegen entschieden. Ihr Gesellschaft und der Sex wären ihm zwar willkommen gewesen, aber er wollte vermeiden, dass ihre übertriebene Anhänglichkeit noch einmal Teil seines Lebens sein würde.

An den meisten Tagen kam er gut zurecht, aber es gab Zeiten – Weihnachten und Thanksgiving waren mit die schlimmsten –, in denen er ohne Sandra nur allzu deutlich erkannte, wie leer sein Leben war, und er war nicht imstande, sich der Frage zu stellen, die ihm nicht aus dem Kopf ging: *Wozu die Mühe? Warum sich noch zehn, zwanzig, dreißig Jahre damit herumschlagen? Warum sich auch nur zehn, zwanzig, dreißig Tage damit herumschlagen?*

Er war einsam, traurig und gelangweilt, und er hatte das Leben satt.

Dann war die Pandemie gekommen, und das Büro wurde geschlossen. Seine Welt war zu einem Nichts in sich zusammengebrochen, es blieben nur noch die eigenen vier Wände und endlos lange Videotelefonate. Den ernsthaftesten Suizidversuch hatte er nach einem Monat in der ersten Lockdown-Phase unternommen: Er hatte eine Flasche Scotch getrunken, war in sein Auto gestiegen und hatte den Zündschlüssel umgedreht.

Ein Kohlenmonoxidmelder hatte ausgelöst, und der Alarm durchdrang – wozu er bestimmt war – seinen Vollrausch. Er wachte zusammengesackt auf dem Sitz auf, mit einem Brummschädel und eingenässter Hose. Seine erste

Emotion war Dankbarkeit, rasch gefolgt von einem brennenden Schamgefühl, dass er nicht den Mut gehabt hatte, dieser Farce, die sein Leben nur noch war, ein Ende zu setzen.

Den zweiten Versuch hatte er drei Tage später unternommen. Diesmal hatte er den Alarm ausgeschaltet und noch mehr Whisky in sich hineingekippt.

Das hatte dazu geführt, dass er sich erbrochen hatte. Er war wieder aufgewacht und landete zusammengekrümmt auf dem Garagenboden, während ihm Auswurf aus dem Mund quoll. Als sich die Abgase um ihn herum sammelten, hatte er begriffen, wenn auch nur unterbewusst, dass er nicht sterben wollte und keine Suizidgedanken mehr hegte.

Allerdings behielt er sich das Recht auf Selbsttötung für die Zukunft vor.

Also hätte ihn die Aussicht, in einem Flugzeug mit einer durchgeknallten Pilotin gefangen zu sein, nicht im Geringsten beunruhigt. Er hätte sein Schicksal mit Gleichmut hingenommen.

Jedenfalls bis vor einem Monat.

Es war ein Freitagabend gewesen, und er saß im Büro – er verkürzte das Wochenende immer so weit wie möglich – und las eine E-Mail von Jill, in der es um eine potenzielle Übernahme ging, die ihrer Meinung nach nicht zum Unternehmensportfolio passte. Das war ärgerlich, denn er hatte geraume Zeit daran gearbeitet, und nun schien die ganze Mühe für die Katz gewesen zu sein.

Er klappte seinen Rechner zu und spürte, wie sich Angst in seiner Brust ausbreitete beim Gedanken an die zwei

Tage, die vor ihm lagen. Was sollte er bloß mit dem Wochenende anfangen? Aufwachen, spazieren gehen? Sport gucken, Zeitungen lesen?

Er würde allein essen, so viel stand für ihn fest. Er würde eine teure Flasche Rotwein entkorken – vielleicht eine von denen, die er und Sandra auf einer ihrer Reisen an die Westküste erstanden hatten – und ihn trinken, wobei er sich vormachen würde, dass er vorzüglich war, obwohl der Wein ohne Sandra genauso gut aus einem Fünfzehn-Dollar-Pappkarton hätte stammen können.

So war sein Leben. Das war das Problem: Die Welt war farblos. Sein Leben hatte aus Arbeit und Sandra bestanden, das hatte ihm gereicht. Er hasste Golf und Tennis, und seine Freundschaften hatte er schon vor Jahren einschlafen lassen. Es hatte für ihn nur seine Arbeit und seine Frau gegeben.

Aber Sandra war nicht mehr da, und sein Leben war in zwei Hälften geteilt. Den Samstag zu überstehen, würde schon schwer genug sein.

Und dann war da noch der Sonntag. Ein weiterer Tag, den er irgendwie totschlagen musste, bevor die Arbeitswoche wieder begann.

Es war erbärmlich. *Er* war erbärmlich. Wenn seine Kollegen ahnen würden, dass er so war, würden sie jeden Respekt vor ihm verlieren. Bei der Arbeit war er ein in sich ruhender, weltgewandter, kluger Mensch. Nie hätten sie gedacht, dass er schon zu einem Nervenbündel wurde, wenn er auch nur an ein einsames Wochenende dachte.

Aber dann, an jenem besagten Freitag, hatte sich alles

geändert. Er war gerade dabei, sich einen Macallan einzuschenken – seinen dritten an diesem Abend –, als es an der Tür klingelte.

Er hielt inne, die Flasche noch in der Hand. Er erwartete niemanden, und er bekam auch nie Besuch. Das Grundstück mit dem Haus lag am Ende einer langen Privatstraße, die von der Hauptstraße aus nicht einsehbar war, und falls irgendwelche politischen Wahlwerber, die Unterschriften sammeln wollten, oder Verkäufer es doch auf sich nahmen, die Straße hinunterzufahren, prangte da ein Schild am Haupttor, das ihnen bedeutete, sie sollten sich die Mühe sparen.

Daher klingelte es nie an seiner Tür, und wer immer das jetzt auch sein mochte, er wollte nicht mit ihm oder ihr reden.

Er wartete ab, ob es noch einmal klingeln würde. Vielleicht würde er oder sie sich ja verziehen, wenn er nicht an die Tür ging.

Es klingelte erneut. Und dann, nach einer kurzen Pause, ein drittes Mal.

Er stellte die Flasche ab und ging an die Haustür. Er entriegelte sie und zog sie auf.

Da stand ein Mann in einer bauschigen schwarzen Jacke und mit einer medizinischen Maske, die sein Gesicht halb verdeckte. Chip brauchte einen Moment, um zu erkennen, wer es war.

»*Matthew?*«, fragte er.

»Hi, Dad«, antwortete sein Sohn.

Er war der Letzte, mit dem er gerechnet hätte. Seine

Beziehung zu Matthew war in die Brüche gegangen, unwiderruflich kaputt. Ihm war klar, dass es seine Schuld war. Er hatte als Vater versagt. Hätte er es besser machen können? Er hatte selbst keine Vaterfigur gehabt, an der er sich hätte orientieren können. Sein Dad hatte ihn und seine Mutter verlassen, als er noch ein Kleinkind gewesen war, und seine Mom hatte nie wieder geheiratet, was eine Art Rechtfertigung für sein Verhalten war. Er hätte also sagen können: vielleicht, ja. Aber er war stur. Sandra hatte ihn immer überreden wollen, sich mit Matthew auszusöhnen, aber er hatte sich geweigert, weil er davon überzeugt war, im Recht zu sein.

Das Problem war, dass Matthew seine Erwartungen nicht erfüllte. Er war ein bedächtiges Kind, das sich langsam bewegte, langsam dachte und zu Tagträumen neigte – eine Kombination, die ihn weder bei seinen Lehrern noch bei seinem Vater beliebt machte.

Er kam zu spät zur Schule, vergaß seine Tasche und erledigte seine Hausaufgaben nicht. Chip konnte partout nicht verstehen, warum er sich nicht einfach mehr Mühe gab. Ja, er war an anderen Dingen interessiert, aber was spielte das für eine Rolle? Es ging um die Schule, und zwar um eine teure, exklusive Eliteschule. Sie war wichtig, und Matthew verschwendete die Chance, die er bekommen hatte.

Schlimmer noch: Es schien ihm egal zu sein, dass er versagte. Später hegte Chip den Verdacht, dass es Matthew zwar doch nicht egal war, dass er aber nicht wusste, wie er den einmal eingeschlagenen Kurs korrigieren sollte. Und dass er die Erwartungen seines Vaters nicht erfüllen wollte und deswegen weiter so tat, als wäre es ihm egal. Damals hatte Chip das als vorsätzlich und absichtlich gegen ihn als seinen Dad gerichtet angesehen.

Je mehr er es mitbekam, desto mehr drängte er Matthew, sich zusammenzureißen, und desto mehr sträubte sich Matthew. Als er vierzehn war, gerieten sie in einen lautstarken Streit, in dessen Verlauf Chip ihm beschied, es sei an der Zeit, sich am Riemen zu reißen und eine anständige Arbeit anzunehmen.

Wenn ich so eine Enttäuschung für dich bin, warum machst du dir dann überhaupt die Mühe?

Chip rang um eine Antwort. *Ich weiß es nicht.*

Also bin ich es?

Bist was?

Eine Enttäuschung für dich?

Seine eigene Antwort verfolgte Chip bis zum heutigen Tag. *Das bist du wohl.*

Er hätte sich auf der Stelle entschuldigen müssen. Als er dies versäumte, hätte er sich am nächsten Tag, in der nächsten Woche oder irgendwann zu einem späteren Zeitpunkt entschuldigen müssen.

Das war ihm mittlerweile klar. Damals jedoch nicht. Er war zu stolz und zu stur gewesen, und er dachte, er könnte Matthew so formen, dass er ihm ähnlich wurde. Infolgedessen gerieten er und sein Sohn in eine verfahrene Situation. Sandra warnte ihn, er beschädige die Beziehung zu ihrer beider einzigem Kind, er aber erklärte ihr, es sei eine Lektion für den Jungen, eine Lektion in der realen Welt.

Und dann, mit achtzehn, nach Jahren einer distanzierten, kühlen Beziehung, ging Matthew auf die Kunsthochschule.

*Kunst*hochschule.

Es war, als wollte er Chip damit vor den Kopf stoßen. Von all den Wegen, die er hätte einschlagen können, hatte sich sein Sohn ausgerechnet für die *Kunst*hochschule entschieden.

Auffangbecken für Abbrecher, Nichtskönner und Verlierer.

Am Ende seines ersten Jahrs dort fand eine Ausstellung statt, und Chip, von Sandra dazu gedrängt, erschien.

Die Kunst – wenn man sie so nennen konnte – war ein Mischmasch aus abstrakten Farbklecksen und Skulpturen, die so aussahen, als hätte ein Zweijähriger sie fabriziert. Chip war ungläubig umhergelaufen. Nach einer Weile trat Matthew mit einem zaghaften Lächeln auf dem Gesicht an ihn heran, den Arm um eine junge Asiatin in einer mit Farbe bespritzten Latzhose gelegt.

Das ist mein Dad, stellte er sie vor. *Was hältst du von der Ausstellung?*

Chip schüttelte den Kopf. *Hast du das gemacht?*

Matthew nickte.

Das ist … Das ist gut.

Das Lächeln seines Sohnes erstarb. *Das war es? Ist das alles, was du dazu sagen kannst?*

Es ist gut, sagte Chip. *Wirklich. Aber ich verstehe es wohl nicht, denke ich …*

Matthew wirkte entrüstet. *Du* verstehst *das nicht? Das war jetzt Chip Markham für: Ich finde, das ist Müll.*

Die Leute schauten in ihre Richtung. Obwohl das hier ja nur eine Kunsthochschule war, wollte Chip keine Szene machen.

Ist es nicht so, Dad? Du denkst, es ist Müll?

Chip sträubte sich. Sein Sohn reagierte immer noch emotional, selbst mit neunzehn. Er spürte, dass sein Blick auf ihn gerichtet war. Das hier wurde langsam peinlich, und er war genervt.

Das habe ich nicht gesagt.

Du hast es aber gemeint.

Nein. Ich meinte das, was ich gesagt habe. Wenn ich etwas anderes gemeint hätte, hätte ich etwas anderes gesagt.

Matthew grinste höhnisch. *Du bist ein Arsch. Es ist mir egal, was du von meiner Kunst hältst.*

Mir gefällt deine …, er hielt inne, *… Arbeit.*

Meine Kunst.

Deine Kunst.

Nein, tust du nicht. Du bist ein Heuchler, Dad. Ein Dummschwätzer.

Chip war eigentlich klar, dass er nicht darauf herumreiten sollte – er war der Erwachsene in diesem Gespräch –, aber in diesem Fall war das Kind schon in den Brunnen gefallen.

Ja, begann Chip. *Dann ist es vielleicht an der Zeit, dass ich nicht mehr mit dir nur dummschwätze. Du willst wissen, was ich von dieser Art Kunst halte? Ich denke nicht, dass das Müll ist. So gut ist es nicht. Es ist Kacke. Ist es das, wofür ich bezahle? Denn dann könnte ich genauso gut …*

Vergiss es, Dad. Du wirst es nie kapieren.

Und das war's gewesen. Danach hatte er Matthew zwar noch gesehen, wenn er im Sommer zu Besuch nach Hause kam, und er war auch bei seiner Abschlussfeier dabei, aber ihre Beziehung war frostig. Als er nach San Diego gezogen war, hatte Chip ihm angeboten, ihm bei der Anzahlung für ein Haus zu helfen, aber Matthew hatte es abgelehnt.

Seitdem hatten sie nicht mehr miteinander gesprochen. Er hatte Matthew auf Sandras Beerdigung gesehen, aber außer einem steifen *Hallo* hatten sie kaum ein Wort miteinander gewechselt. Matthew hatte deutlich zu verstehen gegeben, dass er nicht daran interessiert war.

Und Chip verstand das. Das Recht, etwas anderes einzufordern, hatte er nicht verdient. Er hatte Matthew wie einen Versager behandelt, weil er ihn für einen hielt. Er war tatsächlich enttäuscht von ihm. Matthew hatte seine Erwartungen nicht erfüllt.

Erst als Sandra nicht mehr da war, erkannte er, dass seine Erwartungen das Problem waren. Aber da war es zu spät, um noch etwas daran zu ändern.

Und jetzt stand Matthew auf einmal vor seiner Tür.

»Das kommt jetzt unerwartet«, begann er.

»Ich habe nachgedacht«, erklärte Matthew. »Vielleicht können wir es besser hinbekommen.«

Chip nickte. Mit einem Mal war es sein einziger Wunsch, es besser hinzubekommen. Er wies mit einer Geste hinter sich ins Haus.

»Komm rein«, bot er an.

»Das werde ich. Aber vorher möchte ich dir noch jemanden vorstellen.«

Matthew drehte sich zu dem Auto hinter ihm um und nickte. Die hintere Tür öffnete sich, und eine Frau stieg aus. Chip hatte Fotos gesehen. Es war Matthews Freundin Esme.

Sie hielt ein Baby auf dem Arm.

»Das ist Otis«, erklärte Matthew. »Dein Enkel.«

Nachdem er selbst Vater geworden war, hatte Matthew beschlossen, seinem eigenen Vater eine zweite Chance zu geben. Sie waren übers Wochenende geblieben, und am nächsten Morgen hatte Chip sich bei ihm entschuldigt, wie er es schon vor Jahren hätte tun sollen.

Es war nicht alles perfekt zwischen ihnen, aber es war ein Anfang.

Otis hingegen war perfekt, und Chip liebte ihn vom ersten Moment an, als er ihn auf dem Arm hielt. Er war nur traurig, dass Sandra nicht mehr da war, um ihn kennenzulernen.

Sie reisten am Sonntagabend mit dem Versprechen ab, wiederzukommen. Ein Versprechen, das sich in den Plan verwandelt hatte, das Weihnachtsfest als Familie zu begehen.

Chip schaute aus dem Fenster. Die Sonne ging im Westen unter und hing schon tief über dem Meeresspiegel.

Sie würden heute Abend für die Weihnachtstage anreisen. Daher war es ihm jetzt nicht egal, ob er es nach Hause schaffte.

Ganz und gar nicht egal.

»Jill«, sagte er. »So kann das nicht weitergehen. Wir müssen etwas tun.«

So kann das nicht weitergehen, tönte Chip gerade, was ja auch verdammt richtig und gut war, aber was wollte er dagegen unternehmen?

Sie waren hier nicht im Büro, wo irgendein Untergebener beim Klang seiner Stimme in die Knie sinken würde. Natürlich nannte man sie nicht Untergebene, aber das waren sie eben doch, und es war ein verdammter Witz, etwas anderes auch nur zu denken. Sie waren Untergebene, Arbeitssklaven, Personal: Wenn der Big Boss sagte: *Lass dich jetzt nicht von deiner wichtigen Arbeit ablenken, aber sobald du dazu kommst, würde ich gerne mehr über den Marktforschungsbericht erfahren, der gerade herausgekommen ist,* dann bedeutete das – und das wussten alle –, dass alles andere stehen und liegen gelassen wurde, bis der Marktforschungsbericht verdammt gut analysiert und ausgewertet und in eine PowerPoint-Präsentation gegossen worden war, bei der jede Seite genau geprüft und durchforstet worden war, damit jedes Wort und jede Zahl für den Finanzchef bereitlag.

Es war ekelhaft, wirklich ekelhaft. Ein absolut obszönes Spektakel. Jill stolzierte gerne die Flure entlang, schüttelte Hände und strahlte dabei einen Hauch von Ungezwungenheit aus: *Wir sind alle gleich! Wir sind alle Mitglieder eines Teams! Ja, das sind wir!*

Sie waren nichts dergleichen.

Die Mitarbeiter waren dazu da, zu dienen. Chip und Jill und ihre Geschäftsführungskumpels – Kevin eingeschlossen – waren das moderne Pendant der Prinzen, Könige und Königinnen mittelalterlicher Stadtstaaten. Sie hockten auf dem Thron in ihrer Miniwelt, bis jemand kam und sie stürzte. Sie waren nur sich selbst gegenüber loyal und führten eine Angstherrschaft. Die Abmachung war klar: Wenn du mich verärgerst, gewähre ich dir nicht meine Gunst – ein Lehen, ein militärisches Kommando oder einen lukrativen Steuereintreiberposten –, oder vielleicht, wenn ich wirklich verärgert bin, werfe ich dich sogar in ein finsteres Verlies. Im modernen Amerika der Konzerne war es nicht viel anders, nur wurden statt Lehen oder Verliesen Beförderungen und Boni in Aussicht gestellt oder mit Arbeitslosigkeit gedroht.

Es ging – wie es immer schon gewesen war – um Macht und den Kampf darum, sie an sich zu reißen und zu behalten. All das Gerede von »Bei uns gibt es flache Hierarchien« und »Wir arbeiten in unserer Firma teamorientiert Hand in Hand« war Blödsinn und nichts als heiße Luft, mit der sie sich selbst etwas vormachten.

Wenn man es bis an die Spitze schaffte, war das super. Wenn nicht – tja, schade drum.

Kevin war eine Führungspersönlichkeit, und den Leuten, die für ihn arbeiteten, war das klar. Er konnte ihnen mit einer kritischen Bemerkung den Tag verderben oder sie wortwörtlich krank machen vor Sorge, wenn er es wollte. Er tat nicht so, als würde er es leugnen, verhielt sich nicht wie ihr Freund. Er war nicht ihr Freund. Entweder sie taten, was er wollte, und ließen ihn gut aussehen, oder er entledigte sich ihrer.

Wenn sie nicht spurten, stand eine Menge Geld auf dem

Spiel. Oft mehr, als die Leute vermuteten. Als Betriebsleiter strich er 1,5 Millionen Dollar ein, plus noch einmal den gleichen Betrag als Bonus, zusätzlich zu drei Millionen in Aktienoptionen.

Und das jedes Jahr aufs Neue.

Er liebte es. Er liebte das Geld. Alle zwei Wochen, wenn sein Gehalt auf dem Konto landete, freute er sich. Dadurch fühlte er sich wie ein Gott, denn es war eine numerische Darstellung dessen, dass er besser war als alle anderen. Und wenn sein Bonus angewiesen wurde, hatte das fast schon etwas Erotisches.

Aber ihm war immer klar, dass Chip – ganz zu schweigen von Jill – *viel mehr* einstrich.

Deshalb war ihm auch klar, wenn er sie über *Mission* und *Werte* reden hörte und darüber, wie sehr sie *liebte, was dieses Unternehmen tut*, dass das alles nur ein Haufen gequirlte Scheiße war.

Sie war scharf auf das Geld. Genau wie er. Genau wie *alle anderen* auch.

Und sie waren diejenigen, die den Schlüssel in der Hand hielten, die jede Karriere fördern oder vernichten konnten. Also, ja: Die Leute taten, was er, Chip und Jill forderten.

Aber hier waren sie nicht im Büro. Hier waren sie in der echten, der wirklichen Welt. Was also würde Chip *tun*, wenn die Pilotin ihn ignorierte? Was sicherlich passieren würde.

Sie zurechtweisen? Zur Personalabteilung rennen und mit ihr ein Performance-Management vereinbaren? Ihr einen lausigen Bonus auszahlen?

Nein, er würde überhaupt nichts tun. Er würde den starken Mann markieren und große Töne spucken, aber nichts davon würde einen Unterschied machen. Sie waren dieser durchgeknallten Frau auf Gedeih und Verderb ausgeliefert, und nichts von dem, was Chip von sich gab, würde daran etwas ändern.

Und sie war eindeutig krank im Kopf. Es gab keinen Mörder in diesem Flieger. Sicher, sie waren egoistisch und gierig und hätten ihre Freunde und Familienmitglieder verraten – die meisten von ihnen hatten es wahrscheinlich schon getan –, um die nächste Stufe auf der Karriereleiter zu erklimmen. Ja, sie hatten ihre Beziehungen zu Ehefrauen und Ehemännern, Freunden und Freundinnen und Kindern geopfert, um noch an einem weiteren Meeting teilzunehmen, noch eine weitere E-Mail zu verschicken, um noch für eine weitere Beförderung ausgewählt zu werden. Die Arbeit bedeutete alles für sie, und auch wenn sie dadurch nicht zu guten Menschen wurden, so machte es sie doch erfolgreich, und diesen Preis waren sie allzu gerne bereit zu zahlen.

Aber sie waren keine Mörder. Schon allein die Vorstellung war lächerlich. Aber es lag auf der Hand, dass die Pilotin – wer immer diese dumme Schlampe war – sich das in den Kopf gesetzt hatte, und deshalb hatte sie sich so außergewöhnlich viel Mühe gegeben, diese Nummer hier abzuziehen.

Und was immer Chip oder irgendwer anders sagte, würde ihre Meinung nicht ändern. Sie handelte nicht rational, also würde auch kein rationales Argument ihre Meinung ändern.

Und wenn Worte nutzlos waren, blieben nur noch Taten.

Und er hatte einen Plan.

Er malte sich schon aus, wie sie landen und er Katie eine Textnachricht schicken würde. Sie war das perfekte Beispiel dafür, warum er seinen Job liebte, das Gehalt und die Boni. Eine scharfe kleine Achtundzwanzigjährige wie sie interessierte sich nicht für ihn wegen seines guten Aussehens und seines Charmes, das wussten sie beide. Er würde ihr schreiben: *Hey, wir sollten uns treffen, es ist gerade etwas total Verrücktes passiert*, worauf sie antworten würde: *Was denn? Was ist passiert?*, und er würde zurückschreiben: *Ich war im Jet* – das war schon mal an sich ein guter Anfang –, *und da hat uns so eine verrückte Schlampe als Geiseln genommen,* und sie würde antworten: *Oh mein Gott, das ist ja unglaublich, geht es dir gut?*, und dann das Finale, der entscheidende Satz, der den Deckel draufmachen und sie zum Abendessen mit ihm und in sein Bett bringen würde, wo er sie endlich durchvögeln könnte, bis ihr schwindelig würde: *Ja, es ist alles in Ordnung, ich habe die Sache geklärt. Es war zwar ein bisschen riskant, aber ich habe es hinbekommen.*

Also ja, er hatte einen Plan. Und der würde funktionieren.

Varun Miller

Befand sich tatsächlich ein Mörder im Flugzeug? Das schien höchst unwahrscheinlich, aber wie konnte er sich da sicher sein? Und wenn es einen gab, dann waren er und sie alle in etwas verwickelt, das in einer Katastrophe enden konnte.

Unmöglich. Es musste ein Hirngespinst der Pilotin sein. Sie lag falsch bei dieser Sache. Sie würden sie davon überzeugen, und dann wäre der Spuk vorbei. Es sei denn, sie hatte sich das alles nur ausgedacht. Es sei denn, dies war nur ein Vorwand, um sie zu entführen und mit ihnen ins Meer zu stürzen, um berühmt zu werden. Tot, ja, aber trotzdem berühmt.

Er wünschte, er hätte die E-Mail sofort nach ihrem Eingang gelesen. Dann wäre ihm bestimmt klar geworden, dass es dumm war, im Flieger sitzen zu bleiben, und er wäre jetzt am Boden und auf dem Weg zu einem anderen Flughafen, oder er würde die fünfzehnhundert Meilen nach Hause fahren.

Er hatte ihn vor Augen, diesen alternativen Weg, verlockend, ja quälend nahe – einen Weg, der ihn in Sicherheit gebracht hätte.

Auf dem sein *Leben* sicher gewesen wäre.

Denn er war davon überzeugt, dass er sterben würde. Sie alle würden sterben.

Er spürte, wie sein Verstand zu rasen begann, seine Fähigkeit, überhaupt zu denken, von Panik pulverisiert wurde. Er holte tief Luft, dann noch einmal, schließlich ein drittes Mal.

Es musste doch einen Ausweg aus dieser vertrackten Situation geben. Es gab *immer* einen Ausweg. Er musste ihn nur finden.

Er konnte doch Ari nicht einfach vaterlos zurücklassen. Wenn er starb, wäre das für ihn persönlich in Ordnung, aber für seine Frau und seinen Sohn eine verdammte

Katastrophe. Er wollte nicht sterben. Jetzt, da er sich damit konfrontiert sah, wurde ihm klar, dass er Angst vor dem Sterben hatte. Es gab so vieles, was er noch tun wollte, das meiste davon mit Ari, und er konnte den Gedanken nicht ertragen, dass er all das nicht mehr erleben würde.

Aber letztendlich war ihm klar, dass es vorbei wäre, wenn er sterben würde. Er wäre nicht mehr da. Er war katholisch erzogen worden, aber seinen Glauben hatte er schon vor vielen Jahren aufgegeben. Es gab kein Leben nach dem Tod, nur ein anhaltendes Nichts. Es war nicht so, dass man anfangen würde, das Nichts zu erfahren. Es gab kein Ich, um es wahrzunehmen – man kehrte in denselben Zustand der Nichtexistenz zurück, der vor der Geburt geherrscht hatte. Er hegte also keinen Zweifel daran, dass nicht er selbst leiden würde, wenn er tot war. Es waren sein Sohn und seine Frau, die darunter leiden würden.

Genau wie all die anderen, die zurückbleiben würden.

Hinter ihm stand die Krankenschwester auf. »Hören Sie«, erklang ihre Stimme. »Pilotin, ich rede mit Ihnen. Ich weiß, dass Sie mich hören können. Ich *weiß*, dass Sie mich hören können, also werde ich meinen Teil sagen, auch wenn Sie nicht antworten.«

Es kam keine Antwort.

»Was soll's«, fuhr sie fort. »Ich bin Krankenschwester. Ich arbeite nicht für diese Firma. Ich habe mit dieser Sache nichts zu tun. Mein Mann liegt im Sterben, und ich muss unbedingt nach Hause zurück. Also bitte, lassen Sie mich gehen.«

»Würden Sie bitte …?«, schaltete sich Kevin Anderson

ein. »Ich glaube nicht, dass das hilfreich ist. Wir brauchen …«

»Ich *versuche* gar nicht, hilfreich zu sein«, fauchte ihn Mary Jo an. »Ich will nur, dass sie weiß, wer alles in diesem Flieger sitzt. Ich habe mit dieser Sache nichts zu tun. Mit Ihnen. Mit keinem von Ihnen. Ich habe niemanden umgebracht.«

»Woher sollen wir das wissen?«, erwiderte Anderson.

»Kevin«, mahnte Stearns und hob die Hand. »Bitte. Nicht jetzt.«

»Also, woher sollen wir uns da sicher sein?«, insistierte Kevin. »Wir kennen sie nicht. Wir sind schon viele, viele Male in diesem Flieger unterwegs gewesen, und gleich beim ersten Mal, als sie mitfliegt, passiert so etwas. Ist das ein Zufall?«

»Ja«, erwiderte Mary Jo. »Das ist es.«

»Nun, ich glaube nicht an Zufälle. Sie sind doch Krankenschwester, oder?« Er wartete nicht auf eine Antwort. »Wer hat leichteren Zugang zu Menschen, die er oder sie töten will? Ich? Oder Sie? Wenn man von kranken Menschen umgeben ist, hat man dann vielleicht nicht irgendwann das Gefühl, dass man Erbarmen zeigen sollte, und gibt einem Patienten zu viel Morphium?«

»Ich *helfe* Menschen!«, protestierte Mary Jo. »Ich habe noch nie einem Patienten Schaden zugefügt.«

»Das behaupten Sie.«

»Kevin.« Die CEO schüttelte den Kopf. »Lassen Sie das.«

Die Krankenschwester hämmerte mit der Hand gegen

die Kopfstütze. »Wird irgendjemand es zugeben?«, rief sie. »Nun? *Irgendjemand*? Denn einer von Ihnen muss es tun!« Sie wandte sich dem Mann zu, Kevin. »Ich bin es nicht! Es ist einer von Ihnen. Nur so kommen wir hier raus. So fliegen wir nach Hause! Also, kommen Sie!«

Keiner gab einen Mucks von sich. Varun überprüfte sein Handy in der Hoffnung, dass er Empfang hatte, obwohl er wusste, dass es sinnlos war.

Aber da war nichts. Das war verrückt. Heutzutage konnte man *immer* ein Signal bekommen.

Aber nicht hier. Nicht in diesem furchtbaren Flieger. Er befand sich im lokalen Netzwerk des Fliegers – der Router funktionierte, und die Telefone empfingen sein Signal im Flugzeug, aber er kommunizierte mit nichts außerhalb des Fliegers. Die Pilotin hatte die Verbindung zum Satelliten abgeschaltet. Er hatte keine Ahnung, wie. Vermutlich gab es eine Art Antenne, die sie ausgesteckt haben könnte, oder eine Funktion des Routers, die sie ausgeschaltet hatte.

Des Routers, mit dem sein Handy – sinnloserweise – verbunden war.

Vielleicht konnte er sich durch Verhandlungsgeschick Zugang zum Cockpit verschaffen, ihr anbieten, mit ihr zu verhandeln und dann, wenn sie gerade nicht hinsah, das WLAN wieder einschalten. Danach könnte er sich zurückziehen, die Verhandlungen wären beendet, aber wenn er zu seinem Platz zurückkehrte, würde wieder eine Verbindung zur Außenwelt bestehen.

Wem wollte er etwas vormachen? Selbst wenn er sie ablenken konnte – was angesichts der Tatsache, wie misstrauisch sie sein würde, unwahrscheinlich war –, würde er nicht erkennen, welcher der zig Schalter im Cockpit der richtige war.

Seine einzige Verbindung zum Router lief über das lokale Netzwerk, und genau das war ja das eigentliche Problem.

Allerdings war er mit dem Router verbunden. Er hielt inne.

Möglicherweise gab es eine Einstellung am Router, die geändert werden konnte, um ihn wieder mit der Außenwelt zu verbinden. Wenn sich jemand Zugang verschaffen könnte – sich in den Router hacken könnte –, dann könnte er vielleicht diese Einstellung ändern.

In der Highschool hatte er sich mit Programmierung beschäftigt, seinen eigenen Computer konfiguriert und sich, um seine erste Freundin Madison zu beeindrucken, in die Online-Daten der Schule gehackt und den Namen ihrer Lehrerin in *Maleficent* geändert.

Das war zwar schon eine kleine Ewigkeit her, aber es war einen Versuch wert.

Und es war die einzige Idee, die er hatte.

Kevin Anderson

Das alles hier war die reinste Zeitverschwendung. Chip, die Krankenschwester, die sie für den Fototermin hatten einfliegen lassen, Stearns, die bettelte: Nichts, was sie der Pilotin mitteilten, würde etwas ändern. Es war Zeit für eine direkte Aktion.

Er löste seinen Sicherheitsgurt und erhob sich, die Hände auf den Rückenlehnen zu beiden Seiten von ihm ruhend.

»Kevin«, sagte Jill. »Was haben Sie vor?«

»Ich bringe das in Ordnung.«

Als er das so formulierte – wie ein Spruch, den Clint Eastwood von sich gegeben hätte –, wurde ihm klar, dass der einzige Fehler, den er gemacht hatte, darin bestand, dies nicht sofort getan zu haben. Die Worte und das tiefe, knallharte Knurren, mit dem er sie ausgesprochen hatte, verliehen ihm Auftrieb.

»Es ist wahrscheinlich das Beste, wenn wir sitzen bleiben«, mahnte Jill. »Wir sollten nichts unternehmen, was die Sache noch verschlimmern könnte.«

»Es wird sie nicht verschlimmern.«

Er ging den Gang hinunter und ließ dabei seine Hände von Rückenlehne zu Rückenlehne wandern. Als er Jill erreichte, trat sie ein Stück in den Gang.

»Ich meine es ernst, Kevin«, mahnte sie. »Wir sollten vorsichtig sein.«

»Scheiß auf vorsichtig«, entgegnete er.

Sie hielt seinem Blick eine ganze Weile stand. Einen Moment lang dachte er, sie würde sich ihm in den Weg stellen – und dann hätte er sich irgendwie an ihr vorbeidrängen müssen, weil er nicht zu seinem Platz zurückgehen würde –, aber schließlich trat sie zur Seite.

Er schritt an ihr vorbei. Zu seiner Linken befand sich die Außentür. Vor ihm war die Cockpittür.

Er klopfte energisch dagegen.

»Aufmachen!«, forderte er.

Keine Antwort.

Er hämmerte erneut dagegen. »Aufmachen. Sofort.«

Er griff nach dem Türknauf und versuchte, ihn zu drehen, doch die Tür war verriegelt und ließ sich nicht öffnen. Kevin drehte sich zur Kabine um. Sechs Augenpaare sahen ihn an, halb skeptisch, halb erwartungsvoll.

Vielleicht ist er der Held, dachten sie. *Vielleicht wird er uns retten.*

»In meiner Tasche befindet sich eine Metallflasche«, erklärte er. »Reicht sie mir nach vorn.«

Miller beugte sich vor, öffnete die Tasche und nahm eine Flasche heraus. Sie war aus mattem Silber und sah schwer aus. »Diese hier?«

Kevin nickte und streckte beide Hände nach ihr aus. Miller warf sie, und er fing sie auf. Sie war mit Wasser gefüllt, er schraubte den Deckel ab und genehmigte sich erst einmal einen Schluck. Das war eine sehr coole Aktion.

Dann klopfte er mit dem Flaschenboden gegen den Türknauf. Ein scharfer, metallischer Klang ertönte. Er klopfte erneut und wappnete sich. Das jetzt war der Moment. Das war der Moment, in dem er dieses Ding aufbrechen würde.

Er klopfte noch einmal dagegen, um seine Reichweite zu ermitteln, und schlug dann so fest zu, wie er konnte.

Das Klirren erklang ohrenbetäubend durch den kleinen Raum, und jemand stieß einen Schrei aus. Der Aufprall ließ seinen Arm und seine Schulter erbeben, und er war einen kurzen Moment benommen.

Der Türknauf senkte sich etwa einen halben Zentimeter. Das war doch schon mal was.

»Er bewegt sich«, konstatierte er. »Es funktioniert.«

Er schlug erneut so heftig zu, dass ihn der Aufprall erbeben ließ, dann noch einmal, schließlich ein drittes Mal. Der Knauf bewegte sich nicht weiter. Kevin hob die Flasche über den Kopf und ließ sie mit aller Kraft, die er aufbringen konnte, niedersausen.

»Scheiße!«, fluchte er. »Jetzt rührt er sich nicht mehr.«

Er packte den Türknauf und zog daran, um an der Tür zu rütteln, dann trat er frustriert dagegen. Schließlich rammte er seine Schulter dagegen, um zu sehen, ob sie sich bewegen ließ.

Allmählich kam er sich ein bisschen albern vor. Nein, sehr sogar, aber es war noch nicht vorbei. Wenn er fest genug zuschlug, konnte er sie vielleicht öffnen. Er war groß, war einmal Footballspieler gewesen und brachte immer noch fast zwei Zentner auf die Waage, das meiste davon Muskeln. Er hielt sich fit – es war zwar hauptsächlich das Geld, das Katie interessierte, aber das war nicht alles.

Er trat einen Schritt zurück und warf sich dann gegen die Tür.

Er machte sich auf einen schmerzhaften Aufprall an der Schulter gefasst und darauf, dass die Tür aufspringen oder zumindest eingedrückt werden würde, sodass er etwas zwischen Tür und Rahmen klemmen und sie aufhebeln konnte.

Aber er stieß gegen keinen Widerstand.

Stattdessen schlingerte das Flugzeug wild nach unten und nach links, worauf er nach rechts flog, seine Füße vom Boden abhoben, sein Körper für einen kurzen Moment schwerelos wurde. Dann prallte er gegen den Schrank in der Bordküche, wobei die Tür aufflog und kleine Schachteln mit Nüssen und Salzbrezeln in alle Richtungen flogen.

Als er die Orientierung wiedergefunden hatte, schaukelte sich das Flugzeug in die entgegengesetzte Richtung auf, und er flog quer durch die Kabine. Er streckte eine Hand aus, um den Sturz abzufedern. Sie krachte mit voller Wucht und seinem ganzen Gewicht gegen die Wand. Er vernahm ein lautes Knacken, sah, wie sein Handgelenk in einem unnatürlichen Winkel abstand, und dachte noch kurz: »*Das sieht nicht gut aus*«, bevor der Schmerz sich jäh ausbreitete und ihm bewusst wurde, dass es gebrochen war. Übel gebrochen.

Schließlich pendelte die Maschine sich wieder ein, und er sank auf die Knie und umklammerte sein Handgelenk. Als er nach unten schaute, sah er einen Knochen aus der Haut herausragen. Er war schockierend weiß, wie unberührter, frisch gefallener Schnee.

Und dann setzte der Schmerz ein. Oh Gott, dieser *Schmerz.*

Er schrie auf, fühlte sich der Ohnmacht nahe, ihm wurde schummrig vor Augen, und er sackte mit dem Rücken an der Wand zu Boden.

Sein Atem ging schwer, und er rang mit aller Kraft darum, ihn unter Kontrolle zu bekommen. Er sah zu seinen Kollegen auf. Sie saßen blass und wie erstarrt auf ihren Sitzen. Jill umklammerte die Armlehnen so fest, dass ihre Fingerknöchel weiß hervortraten.

Dann lockerte sie ihren Griff und starrte Kevin an. Ein kleines Lächeln umspielte ihre Lippen.

»Das ist ja richtig gut gelaufen«, kommentierte sie.

Er biss sich auf die Lippe. »Fick dich«, murmelte er. Eine Sekunde lang dämpfte die Genugtuung, es ausgesprochen zu haben, den Schmerz, aber dann kam er schlagartig zurück, und Kevin stieß einen schrillen Schrei aus.

Eine Hand legte sich auf seine Schulter. Es war die Krankenschwester. Ihr Gesichtsausdruck war zu gleichen Teilen von Mitgefühl und Abscheu geprägt.

»Lassen Sie mich das mal ansehen.«

Mit tränenverschwommenen Augen blickte er zu ihr auf. Er fragte sich, ob er sich gleich übergeben musste. Das war das Letzte, was sie in diesem geschlossenen Raum jetzt brauchten.

Mary Jo wandte sich Marcia zu. »Gibt es Handtücher im Toilettenraum?«

»Ich glaube schon.«

»Wenn ja, würden Sie mir welche holen?«

Marcia nickte und sprang auf. Mit einer Handvoll Papierhandtüchern und einem ordentlich gefalteten Stoffhandtuch mit einem eingestickten goldenen Emblem darauf kehrte sie zurück. Mary Jo nahm alles entgegen, ging zu Kevin hinüber und hockte sich neben ihn.

»Strecken Sie die Beine flach auf dem Boden aus.«

Er tat, wie ihm geheißen, und sie nahm sein Handgelenk in die Hände und bettete es auf das Handtuch. Blut sickerte in den weißen Stoff.

Sein Handgelenk war schwer verletzt. Es war stark nach links geknickt, und gleich über dem Daumen stach der Knochensplitter aus der Haut.

»Es muss operiert werden«, erklärte sie. »Aber ich werde sehen, was ich tun kann.«

Das Flugzeug geriet in eine leichte Turbulenz und schlingerte. Er zuckte vor Schmerzen zusammen.

»Scheiße!«, fluchte er. »Das tut höllisch weh.«

»Das glaube ich Ihnen gerne.«

Sie berührte der Reihe nach seine Finger. »Spüren Sie das?«

»Ja. Ich glaube schon.«

»Sie *glauben* es?«

»Ich kann es spüren. Es ist nur so, dass der Schmerz alles andere überlagert.«

»Das ist gut.«

Sie betrachtete sein Handgelenk. »Es ist gebrochen. Aber wie schlimm und wo genau, kann ich nicht sagen. Es muss geröntgt werden, und dann muss ein Orthopäde entscheiden, wie der Bruch gerichtet werden kann.«

»Können Sie etwas tun?«, fragte er. »Können Sie es wieder richten?«

Sie schüttelte den Kopf. »Nicht hier. Sie müssen warten, bis Sie einen Chirurgen aufsuchen können. Es wird wehtun, aber Sie werden wieder gesund.«

»Können Sie es nicht wieder gerade biegen?«

»Nein. Ich kann nichts machen. Das könnte es nur noch schlimmer machen.«

»Mein Gott!«, stieß er aus. »Der Schmerz ist das eine, aber noch schlimmer ist das Gefühl, dass es irgendwie falsch ist. Es ist an der falschen Stelle.«

»Ich habe Ibuprofen«, versuchte sie ihn zu beruhigen.

»Das könnte gegen die Schwellung und den Schmerz helfen, zumindest ein bisschen. Gibt es Eis an Bord?«

»Im Gefrierfach«, antwortete er. »Genau mir gegenüber.«

Sie wandte sich um und öffnete den Kühlschrank. Er war voll mit Wasser, Limonade und Fruchtsaft. Ganz oben befand sich ein kleines Gefrierfach. Sie nahm die Eisschale heraus und klopfte die Eiswürfel in das Handtuch, dann wickelte sie die Würfel darin ein und schlang es vorsichtig um sein Handgelenk.

»Fühlt sich schon besser an«, erklärte er. »Wenn es taub wird, wird es noch besser sein.«

»Das ist der Plan.« Sie holte eine Flasche Wasser aus dem Kühlschrank und füllte die Schale wieder auf. »Ich hoffe, dass wir landen, bevor es gefroren ist, aber nur für den Fall.«

Die Pilotin

Der Treibstoff reichte nur noch für etwas mehr als eine Stunde. In zwanzig, vielleicht dreißig Minuten würden sie zu weit vom Festland entfernt sein, um Portland noch erreichen zu können.

Und kurz danach auch keinen anderen Flughafen mehr.

Es musste also rasch etwas geschehen.

Sie hatte keinen Zweifel mehr daran, dass ihre Passagiere den Ernst der Lage begriffen hatten. Einer von ihnen hatte versucht, die Tür aufzubrechen, indem er mit einem Metallgegenstand gegen den Knauf gehämmert hatte. Sie war sich sicher, dass sie das aushalten würde – diese Türen waren dafür ausgelegt, Angriffen standzuhalten –, aber es gefiel ihr nicht.

Sie hätte ihn bitten können, damit aufzuhören. Sie hätte *verlangen* können, dass er aufhörte. Aber sie wollte nicht den Eindruck erwecken, dass es hier in irgendeiner Weise um eine Verhandlung ging. Dass es ein Gespräch unter Gleichen wäre. Dass sie um etwas bat und sie entscheiden könnten, ob sie ihrer Bitte nachkommen wollten oder nicht.

Nein, so war es nicht, und es war wichtig, dies unmissverständlich klarzustellen.

Es war wichtig wegen dem, was als Nächstes kommen würde.

Deshalb war sie in einen Sturzflug übergegangen und hatte gleichzeitig eine scharfe Linkskurve beschrieben. Das war eine nützliche Physiklektion für ihn: Wenn du dich in einem Flugzeug befindest, das mit fünfhundert Meilen pro Stunde fliegt, fliegst du selbst auch mit fünfhundert Meilen pro Stunde. Und wenn dieses Flugzeug plötzlich den Kurs ändert, fliegst du weiter in die vorherige Richtung, bis dich etwas stoppt. Zum Beispiel die Decke oder die Kabinenwand der Maschine, in der du dich befindest.

Es hörte sich so an, als hätte er sich verletzt, zumindest wenn man den Schreien Glauben schenken durfte.

Gut so. Das würde ihnen dort hinten einheizen. Das schärfte ihren Verstand.

Und den würden sie schon bald brauchen.

Kevin Anderson – was für ein Vollpfosten. Das war so typisch für ihn: Lautes Getöse und leere Drohungen. Er musste immer etwas unternehmen, musste immer den großen Macker raushängen lassen. So war er schon seit dem Tag, an dem er in der Firma aufgetaucht war. Eingebildet, arrogant und mit einer überzogenen Vorstellung von seinen eigenen Fähigkeiten. Nun, jetzt zahlte er den Preis dafür.

Gut so. Er hatte es verdient. Ramos hasste Leute wie Anderson. Beim Militär waren ihm viele dieser Typen untergekommen. Sie waren nicht bereit, persönliche Opfer zu bringen, und auch nicht an Teamarbeit interessiert, sondern nur an großen Gesten und daran, den Helden zu spielen. Das funktionierte nie und erfüllte nur den Zweck, ihr Ego zu streicheln. Verdammtes Arschloch. Wenn sie hier rauskamen, würde er es sich zur Aufgabe machen, Andersons Berufsleben zu einer tagtäglichen Hölle zu machen.

»Okay«, beschied er. »Es ist an der Zeit, voranzukommen. Denken Sie daran: Sie kann alles mithören. Hat jemand etwas zu sagen? Irgendwelche Geständnisse?«

Er schaute einen nach dem anderen an. Alle schüttelten den Kopf.

»Was für eine Überraschung. Jill, hätten Sie etwas dagegen, wenn ich ein paar Worte an unsere Pilotin richte?«

»Nur zu.«

»Okay«, begann er. »Sie haben Ihren Standpunkt klargemacht. Aber niemand hier wird gestehen, denn niemand hier hat jemanden getötet. Die Vorstellung ist lächerlich. Also lassen Sie uns weitermachen. Sie sagen uns, was Sie wollen, und wir werden sehen, ob wir etwas für Sie organisieren können. Geld. Einfluss. Eine öffentliche Bühne für Ihr Anliegen. Was immer Sie wollen. Aber das hier muss ein Ende haben.«

Nach einer langen Stille ertönte ein Klicken und dann das Summen der Gegensprechanlage.

»War das alles?«, fragte die Pilotin.

Das Summen verstummte. Ramos runzelte die Stirn.

»Was meinen Sie damit?«, fragte er.

»Ist das Ihre endgültige Antwort?«

»Worauf?«

»Auf meine Frage, wer der Mörder ist.«

Er sah sich um. Jill zuckte mit den Schultern.

»Ja«, bestätigte er. »Endgültige Antwort.«

Es entstand eine lange Pause. »Ich verstehe.«

Die Gegensprechanlage erstarb.

»Haben Sie sonst nichts dazu zu sagen?«, hakte Ramos nach.

Das Klicken kam wieder.

»Doch, ich habe etwas dazu zu sagen.« Die Stimme der Pilotin klang jetzt leiser und ernster als zuvor. »Ich weiß, dass einer von Ihnen schuldig ist und das verbrochen hat, was ich vorhin angesprochen habe. Ich habe Ihnen die Chance gegeben, zu gestehen. Deshalb bleibt mir jetzt keine andere Wahl, als eine Entscheidung zu erzwingen.«

»Und wie?«, wollte Jill Stearns wissen.

»Sie gestehen«, erwiderte sie. »Entweder Sie sagen mir,

wer von Ihnen es getan hat, und wir fliegen den nächsten Flughafen an. Oder Sie tun es nicht.«

»Oder wir können es nicht«, warf Stearns ein. »Vergessen Sie das nicht. Vielleicht können wir es nicht.«

Die Pilotin lachte. »Mag sein. Aber das macht keinen Unterschied.«

Sie machte eine Pause.

»Einer von Ihnen gesteht, oder ich bringe das Flugzeug zum Absturz, und wir sterben alle.«

BARROW, MAINE, 2018

Elizabeth Carter

Er war ihr einziges Kind.

Das war das Erste, was sie dachte. Er war ihrer beider einziges Kind.

Ihr Sohn, Nathan. Nate. »Der Junge«. Natey. Nate-Bärchen.

Sie hatten sich mehr Kinder gewünscht, mindestens zwei, vielleicht sogar drei oder vier. Das war der Plan gewesen. Manchmal schaute sie sich Fotos von sich und Scott in ihren Zwanzigern an – richtige Fotos, die aufgenommen wurden, bevor Hinz und Kunz eine Handykamera in der Tasche hatte –, und darauf sahen sie anders aus. Nicht nur jünger, sondern anders. Voller Hoffnung. Nicht wissend, wie grausam das Leben sein konnte.

Nicht wissend, wie grausam es sein *würde*.

Eine Zeit lang hatte sie Nathan als ihrer beider drittes Kind angesehen. Bei den ersten hatte sie Fehlgeburten erlitten. Sie hasste das Wort *Fehlgeburt*. Es suggerierte, dass sie beim Austragen des Babys einen Fehler gemacht habe.

Dabei hatte sie nichts falsch gemacht – nein, sie hatte alles richtig gemacht. Sie hatte sämtliche Ratschläge für Schwangere befolgt, nichts Verbotenes gegessen, Folsäure eingenommen und alle Vorsorgeuntersuchungen gewissenhaft wahrgenommen. Aber sie hatte die Babys verloren.

Sie schloss sich einer großen Gruppe von Frauen an, die das Gleiche durchlitten hatten. *Ein Viertel aller Frauen hat Fehlgeburten.* Das hatte Stella, ihre beste Freundin, ihr gesagt. Jemand anders behauptete, es sei sogar ein Drittel. So oder so waren es viel zu viele. Es passierte. Es war brutal und schmerzhaft, aber es passierte.

Nach der ersten Fehlgeburt tröstete sie sich mit diesen Zahlen und mit dem, was alle behaupteten. *Mach dir keine Sorgen. Du wirst schon wieder schwanger werden. Das nächste Mal wird es schon klappen.*

Und sie wurde tatsächlich wieder schwanger.

Aber es klappte wieder nicht.

Eine weitere Fehlgeburt folgte, diesmal in der achtzehnten Woche, als sie schon zu glauben begann, dass alles gut werden, dass sie Eltern werden würden. Ihr waren immer leise Zweifel geblieben, sie war nicht gewillt, sich vorbehaltlos auf ihre Schwangerschaft einzulassen. Scott hingegen konnte nicht anders: In seiner Fantasie ging er bereits mit seinem Baby im Park spazieren, wechselte seine Windeln – das Geschlecht wurde nie bestimmt, das war zu riskant – und saß nachts wach bei ihm.

Daher war er am Boden zerstört. Beim ersten Mal war er ihr Fels in der Brandung gewesen. Dieses Mal zog er sich in sich selbst zurück. Sie konnte spüren, was er befürchtete: Es wird nie klappen.

Sie konnte spüren, was er dachte: *Mit ihr stimmt etwas nicht.*

Doch dem war nicht so. Sie wurde erneut schwanger. Es war eine düstere, freudlose Schwangerschaft. Keiner von ihnen wagte daran zu glauben, dass es diesmal klappen würde. Sie erwähnten es kaum, richteten das Kinderzimmer nicht her, kauften keine Babykleidung.

Als Nathan dann tatsächlich das Licht der Welt erblickte, herrschte daher ein ziemliches Durcheinander. Nach der Geburt hatte sie mehrere Tage lang immer mal wieder geweint. Es waren Tränen der Freude, der Erleichterung und des Glücks. Scott ging es genauso: Sie sahen erst sich und dann Nathan an, und im nächsten Moment weinten sie, umarmten sich und dankten dem Universum für das Geschenk, das es ihnen bereitet hatte.

Und dann – ein Jahr später – war sie wieder schwanger. Diesmal gestatteten sie es sich, ihre Schwangerschaft zu genießen. Sie erfuhren, dass es ein Mädchen werden würde, kauften ihr Babykleidung, suchten einen Namen für die Kleine aus – ein Name, bei dessen Klang Elizabeth später immer der Atem stockte, ein Name, der ihr nie mehr über ihre Lippen kommen würde –, und dann setzten die Wehen ein.

Es schien alles in Ordnung zu sein.

Bis ein Arzt herbeieilte und sie in den Operationssaal gerollt wurde, der praktischerweise neben dem Kreißsaal lag. Um sie herum entstand hektische Aktivität. Niemand informierte sie, was vor sich ging, weil alle zu sehr damit beschäftigt waren, sie und das Baby zu retten, als dass sie Zeit gehabt hätten, mit ihr zu sprechen.

Sie retteten sie. Monatelang wünschte sie sich, sie hätten es nicht getan.

Ihre Tochter wurde tot geboren.

Tot geboren. Noch so ein Wort, das sie hasste, und dies nicht nur wegen seiner Bedeutung. Das Baby war nicht tot geboren worden. Es war tot.

Das Baby – ihr Baby – war tot.

Die Trauer war so tief, der Schmerz so intensiv, dass sie dachte, sie würde daran sterben. Nur Nathans Existenz half ihr da durch.

Das war das letzte Mal gewesen, dass sie versuchten, ein weiteres Kind zu bekommen. Sie konnte es nicht noch einmal durchstehen.

Die Erlebnisse veränderten sie beide. Was kein Wunder war. Sie wurden misstrauisch und schotteten sich ab, weil sie bei ihrem Sohn kein Risiko eingehen wollten. Sie hielten ihn dicht bei sich, sorgten dafür, dass immer jemand auf ihn aufpasste, ließen nie zu, dass er etwas Riskantes unternahm. Jedes Mal, wenn er sich erkältete, geriet Elizabeth in Panik. Jedes Mal, wenn er Fieber bekam, war sie überzeugt davon, dass er sterben würde.

Hirnhautentzündung. Das war ihre größte Angst. Aber er bekam sie nie.

Er hatte sich etwas anderes eingefangen.

Nach all den wohlbehüteten Jahren hatte er sich etwas Schwerwiegendes zugezogen. Jemand von der Schule hatte angerufen, um ihr mitzuteilen, dass Nathan im Klassenzimmer zusammengebrochen war und mit dem Krankenwagen in die Klinik transportiert wurde.

Er war ihr einziges Kind. Ihr einziges überlebendes Kind. Er durfte ihr nicht genommen werden. Was würde dann für sie beide noch bleiben? Er war ihrer beider Leben, ihre Hoffnung. Alles, was sie sich für ihn – für sie beide – erträumt hatte, schwand dahin: Nathan, der einen Korb für das Junior-Highschool-Basketballteam warf, Saxofon bei einem Auftritt seiner Band spielte, seinen Highschool-Abschluss machte und zum Abschied winkte, als sie ihn an einem hoffentlich nicht allzu weit entfernten College absetzten.

Wenn sie ihn verlieren würden, wäre das das Ende von allem.

Und sie würde es dem- oder derjenigen nie verzeihen, wer immer dafür verantwortlich war. Sie würde es zu ihrer Lebensaufgabe machen, diesen Menschen zur Rechenschaft zu ziehen.

Und wenn sie das nicht konnte, würde sie ihn bis ans Ende der Welt verfolgen, um sich zu rächen.

Dr. Williams

Der Junge – Nathan Carter – war im gleichen Zustand eingeliefert worden wie die beiden Mädchen. Er lag im Koma und hatte eine entzündete Leber. Dr. Williams hegte keinen Zweifel mehr daran, dass die Ursache mit der Umwelt der Kinder in Zusammenhang stand – was es war, wusste er nicht –, aber bei drei kleinen Kindern, die am selben Tag mit denselben seltenen Symptomen eingeliefert wurden, gab es kaum eine andere Erklärung.

Das warf eine wichtige Frage auf: Was zur Hölle war es, und wie viele Opfer würde es noch geben?

Er saß an seinem Schreibtisch und studierte die Patientenakten. Es gab keinerlei Anhaltspunkte, die auf etwas hinwiesen, das diese Symptome verursacht hatte. Sie würden weitere Analysen durchführen müssen, um die Ursache herauszufinden, aber er wollte damit keinen seiner Patienten behelligen, bevor sie wieder vollständig genesen waren.

Das erste Mädchen – Cherry – machte allmählich kleine Fortschritte, und er hoffte, dass er sie bald entlassen konnte, vielleicht schon morgen. Ihre Eltern würden sie weiter beobachten müssen, und sie würde sich erneut ins Krankenhaus begeben müssen, wo geprüft werden würde, ob ihre Leberfunktion wiederhergestellt war, aber er war zuversichtlich, dass sie sich erholen würde.

Die beiden anderen befanden sich in einer wesentlich prekäreren Verfassung. Keiner der beiden hatte bisher das Bewusstsein wiedererlangt, beide lagen nach wie vor auf der Intensivstation. Wenn sie die gleichen Fortschritte machen würden wie Cherry, würden sie vielleicht ebenfalls genesen, aber dafür gab es keinerlei Garantie. Sie konnten dem Auslöser stärker ausgesetzt gewesen sein oder einfach anders darauf reagiert haben.

Das waren die schlimmsten Momente im Berufsleben eines Mediziners. Der Gedanke, dass diese Kinder in einem so lebensbedrohlichen Zustand schwebten, war für ihn unerträglich. Er konnte und wollte sich nicht vorstellen, wie es für die Eltern sein musste. Denn das machte die Sache nur noch schlimmer, verstärkte den Druck nur noch mehr, einen Weg finden zu müssen, wie sich das Problem lösen ließ.

Vielleicht wusste Dr. Hall einen Rat. Er sollte jeden Moment aus Portland eintreffen. Als Leberspezialist würde er hoffentlich Licht ins Dunkel bringen. Wenn nicht, blieb ihnen nichts anderes übrig, als abzuwarten.

Ein Hüsteln ertönte, und er blickte von den Notizen auf. Roland stand neben seinem Schreibtisch.

»Da ist ein Anruf für Sie«, informierte er. »Von der Schule der Kinder. Ich habe vorhin mit der Rektorin gesprochen und darum gebeten, dass die Schule bis auf Weiteres geschlossen wird.«

Dr. Williams griff nach dem Hörer des Telefons auf dem Schreibtisch, doch Roland schüttelte den Kopf und hielt ihm sein iPhone entgegen. »Ich hatte ihr meine Nummer gegeben. Damit sie auf jeden Fall durchkommt.«

»Ich bin mir nicht sicher, ob Sie so etwas tun sollten.«

»Mag sein. Aber ich wollte sichergehen, dass sie uns erreichen können.« Er drückte auf den Bildschirm und reichte ihm das Handy. »Ich habe auf Lautsprecher gestellt.«

Williams hielt sich das Handy ans Ohr. »Dr. Williams.«

»Hier ist Carol Smalling. Ich bin die Rektorin der Paul-Tyler-Grundschule.«

»Sie hatten einen nervenaufreibenden Tag.«

»Das kann man wohl sagen.«

»Wie ich höre, haben Sie die Schule geschlossen?«

»Ja. Glauben Sie, dass etwas in der Schule die Ursache sein könnte?«

»Ich weiß es nicht. Ich wüsste nicht, was es sein könnte, aber möglich wäre es.«

»Wie geht es den Kindern? Der Pfleger, der mich angerufen hat, sprach von Leberschäden. Ich verstehe einfach nicht, wie so etwas passieren konnte.«

»Es könnte ein Virus oder ein bakterieller Keim sein, aber am wahrscheinlichsten ist – zum gegenwärtigen Zeitpunkt – ein Gift.«

»Was zum Beispiel?«

»Ich weiß es nicht. Ein Pilz? Etwas, das die Kinder in einem Vorratsschrank gefunden haben? Schwer zu sagen.«

»Das ist verrückt«, sagte die Rektorin. »Ich unterrichte hier seit über dreißig Jahren, aber so etwas habe ich noch nie erlebt.«

»Ich auch nicht«, erwiderte Williams. »Aber wir werden der Sache auf den Grund gehen.«

»Geht es den Kindern gut? Dürfen Sie mir etwas dazu sagen?«

»Ich darf keine Details preisgeben«, antwortete er. »Aber die Situation ist nach wie vor ernst.«

Sie wollte noch etwas loswerden, doch die Worte blieben ihr im Hals stecken. »Es tut mir leid«, stammelte sie schließlich. »Es ist so furchtbar. Ich muss ständig an die betroffenen Eltern und Geschwister denken – das ist erschütternd.«

»Das kann ich mir vorstellen.«

In der Leitung hörte er das Geräusch einer sich öffnenden Tür und eine Stimme im Hintergrund.

»Entschuldigen Sie mich einen Moment«, bat sie. »Es scheint wichtig zu sein.«

Er wartete einen Moment und lauschte den Geräuschen ihres Gesprächs, bis sie in die Leitung zurückkam.

»Dr. Williams«, sagte sie mit atemloser Stimme. »Da ist noch einer. Es sind jetzt vier.«

Stacy Evanston

Die Krankenschwester drückte auf einen Knopf, worauf sich das Kopfende des Bettes mit einem mechanischen Surren hob und Cherry in eine sitzende Position brachte.

»So etwas brauchen wir zu Hause auch«, erklärte Dan. »Sehr bequem.«

»Sie können eins kaufen«, informierte ihn die Krankenschwester. »Aber ich glaube, die sind ziemlich teuer.« Sie nahm ein Glas mit Wasser vom Tisch. Es hatte einen Deckel mit einem Loch in der Mitte, in dem ein Papierstrohhalm steckte, und sie hielt es Cherry an die Lippen.

»Durstig?«, wollte sie wissen.

Cherry nickte und trank. »Hast du auch Saft?«, fragte sie.

»Im Moment gibt es nur das hier«, antwortete die Schwester. »In diesem Wasser ist etwas drin, das dir helfen wird, wieder gesund zu werden.«

»Wie Medizin?«

»Genau.« Sie wartete, bis Cherry ausgetrunken hatte. »Wie fühlst du dich?«

»Müde.«

»Gut müde, wie zur Schlafenszeit? Aber wenn dir jemand eine Geschichte vorliest, kannst du noch wach bleiben? Oder so müde, dass du gleich schlafen *musst*?«

»Gut müde. Liest du mir eine Geschichte vor?«

»Vielleicht später. Jetzt muss ich erst einmal arbeiten.«

»Liest du mir eine Geschichte vor, Mom?«

»Ich habe kein Buch mitgebracht«, sagte Stacy.

»Vielleicht kann ich etwas auftreiben«, erbot sich die Krankenschwester. »Bestimmt finde ich was. Ich bin gleich wieder da.«

»Danke«, sagte Stacy. »Aber es eilt nicht.«

»Kein Problem.« Die Schwester lächelte. »Bis gleich.«

»Ich bin gespannt, welches Buch sie hier haben«, sagte Cherry. »Hoffentlich gefällt es mir.«

»Wenn Mom es vorliest, wird es dir schon gefallen«, mutmaßte Dan. »Sie kann lustige Stimmen machen.«

»Ich bin es nicht, die lustige Stimmen macht«, widersprach Stacy. »Das ist die Sache von Dad.«

»Tut mir leid«, zog Dan sie auf. »Ich dachte, du machst so was. Willst du etwa sagen, dass das einfach nur deine natürliche Stimme ist?«

Sie rollte mit den Augen. »Sehr witzig. Wie mir scheint, bist du schon fast wieder ganz der Alte.« Sie schaute auf ihr Handy. »Ich habe nichts von Nicole gehört. Ich versuche mal, sie anzurufen.«

»Ich hoffe, es ist alles in Ordnung.«

»Nicole?«, schaltete sich mit einem Mal Cherry ein. »Ella's Mom?«

Es war erstaunlich, wie viel sie mit ihren fünf Jahren schon aufschnappte. Sie mussten vorsichtig sein mit dem, was sie in ihrer Gegenwart sagten.

»Ja. Ich muss mit ihr reden.« Sie blickte zu Dan auf. »Nichts Ernstes.«

Dan setzte sich zu ihr aufs Bett. »Ich will dir von Bangor erzählen«, begann er. »Ich war gerade dort. Dort gibt es einen großen Flughafen.«

Stacy ging zum Fenster hinüber und rief Nicole an. Es läutete dreimal, dann sprang die Mailbox an.

Das bedeutete, dass Nicole – oder jemand anders, vielleicht ihr Mann Jonah – den Anruf weggedrückt hatte, statt ihn anzunehmen.

Das bedeutete, dass die beiden nicht reden wollten.

Stacys Kopfhaut kribbelte. Das war nicht gut. Es musste nicht unbedingt etwas bedeuten. Es konnte sein, dass die beiden gerade mit dem Arzt sprachen und nicht unterbrochen werden wollten.

Es konnte aber auch sein, dass Nicole mit überhaupt niemandem reden wollte. Nun, wenn Ersteres der Fall war, würde sie zurückrufen, sobald sie fertig war mit dem, was sie gerade beschäftigte. Andernfalls – Stacy verdrängte den Gedanken. Sie wollte es sich nicht einmal vorstellen.

Steve Murdoch

Steve Murdoch wusste, wer für den ganzen Schlamassel verantwortlich war. Es war seine Schlampe von Ex-Freundin. Sie hatte ihr Zeug herumliegen lassen, und der Junge hatte es irgendwie in die Finger bekommen.

Er hätte nie zulassen dürfen, dass sie ihn von der Schule abholte. Normalerweise tat er das auch nicht. Sie sollte eigentlich nicht allein mit ihm sein, aus genau diesem verdammten Grund, aber die Schule war geschlossen worden, und Bren hatte jemanden gebraucht, der hinfuhr und ihn abholte, und Kris – sie hieß zwar Christina, aber wenn sie ihren Namen abkürzte, schrieb sie ihn mit K – hatte angeboten, dies zu übernehmen. Er war bei der Arbeit und nicht abkömmlich, und Kris hatte ihm eine Textnachricht geschickt, um ihm mitzuteilen, dass sie gehört hatte, die Schule sei geschlossen worden, und dass sie Bren abholen und ein paar Stunden bei sich behalten könnte, wenn das helfen würde.

Dämlicherweise – und er ahnte, dass er dies für den Rest seines Lebens bereuen würde – hatte er ihr zugestimmt. Damit hatte er ein kurzfristig aufgetretenes Problem gelöst, und welchen Schaden konnte sie schon an einem einzigen Nachmittag anrichten?

Nun, es gab einen Grund dafür, warum sie im ersten Jahr nach ihrer beider Trennung einen vom Gericht bestellten Sozialarbeiter zugewiesen bekommen hatte, der ihre Besuche bei Bren überwachte, und er war soeben daran erinnert worden. Sie war nicht in der Lage, für sich selbst zu sorgen, geschweige denn für ein Kind.

Er hätte die Anzeichen erkennen müssen, als sie sich kennenlernten. Sie waren da gewesen, ganz sicher: Wenn sie einmal mit dem Trinken anfing, war sie nicht in der Lage, damit aufzuhören. Bei einem ihrer ersten Dates waren sie essen gegangen, und er hatte mit eigenen Augen gesehen, wie sie in einer Bar zwei Cocktails, den größten Teil einer Flasche Wein und dann noch einen großen Wodka mit Soda in sich hineinschüttete. Danach hatte sie ihn zu sich nach Hause eingeladen, in ein kleines Einfamilienhaus in Barrow, und mit Erstaunen hatte er dort dann gesehen, dass sie als Erstes das Gefrierfach ihres Kühlschranks öffnete und sich ein großes Glas Wodka auf Eis einschenkte. Er selbst hatte die Hälfte von dem getrunken, was sie in sich hineingekippt hatte, und konnte keinen Tropfen mehr runterkriegen, aber ihr Verlangen war unersättlich.

Sie war bei allem unersättlich, ob es um Essen ging oder Sport, um Geselligkeit oder um Sex. Sie wollte immer mehr. Ständig wurde sie zu Partys und Veranstaltungen eingeladen, und er begleitete sie. Es war berauschend, besonders für jemanden wie ihn, der von Natur aus eher zurückhaltend war. Er hatte sich schon immer schwer damit getan, in Kontakt mit Leuten zu kommen, aber mit Kris geriet er in einen unglaublichen Wirbel aus Spaß und Vergnügen.

Und dann war da der Sex. Er war fester Bestandteil ihrer Beziehung. Morgens vor der Arbeit sagte sie immer: *Schnell, wir haben noch Zeit.* Es war das Erste, was sie taten, wenn sie von der Arbeit zurückkamen. Und dann gab es ein denkwürdiges Ereignis *während* der Arbeit. Sein Büro befand sich in einem Bürogebäude aus den 1970er-Jahren in Portland, wo jeder seine eigene Kabine hatte und es ein Gewirr von Besprechungsräumen gab. Kris hatte ihn in einen von diesen gezerrt, einen Stuhl unter die Türklinke geschoben – fertig.

Abends gingen sie dann aus, und wer wusste schon, was alles passieren würde? Sex auf einer Toilette, im Park, im Auto.

Oft fragte er sich, was sie wohl in ihm sah. Er nahm an,

dass andere Männer sich das ebenfalls gefragt hatten, fand aber einfach, dass er es genießen sollte, solange es dauerte.

Und genau das war das Problem. Er rechnete damit, dass es irgendwann zu Ende sein würde, also achtete er nicht auf die Dinge, auf die er hätte achten müssen. Sicher, sie trank zu viel, aber wenigstens trainierte sie jeden Tag und funktionierte gut genug, warum also sollte er sich Sorgen machen? Klar, auf lange Sicht würde man das in Ordnung bringen müssen, aber bis dahin würde er ohnehin Geschichte sein.

Nur dass sie sich gar nicht trennten. Und sie bekam ihr Trinken nicht in den Griff. Es wurde immer exzessiver, und dann passierte der Unfall.

Als sie nach Hause fuhr – natürlich betrunken –, kam sie von der Straße ab und prallte gegen einen Brückenpfeiler. Zum Glück war niemand anders beteiligt, aber sie zog sich einen komplizierten Knochenbruch am rechten Oberschenkel zu. Die Operation war insofern erfolgreich, als dass sie wieder würde gehen können, aber sie würde hinken und nicht mehr ernsthaft trainieren können. Doch bevor sie sich darüber den Kopf zerbrechen konnte, musste sie erst einmal einen Monat ans Bett gefesselt verbringen, einige weitere Monate an Krücken gehen und dann noch viele weitere Monate Krankengymnastik machen.

Die Schmerzen waren furchtbar. Das Mittel dagegen war ein Rezept für betäubungsmittelhaltige Schmerztabletten.

Sie *liebte* sie, und als sie sie nicht mehr gegen die Schmerzen brauchte, war das Kind schon in den Brunnen gefallen. Sie brauchte sie für alles andere, aber als sie dann mehr oder weniger süchtig danach geworden war, entschied der Arzt, es sei an der Zeit, das Medikament abzusetzen.

Opiate waren teuer, also tat sie, was alle anderen Süchtigen auch taten: Sie wechselte zur billigeren Variante: Heroin. Maine wurde überschwemmt damit, und sie nutzte den Überfluss voll aus.

Erstaunlicherweise bekam Steve nichts davon mit. Sie ging wieder zur Arbeit, war auf den Beinen, und er nahm an, dass ihr Zustand an den Abenden darauf zurückzuführen war, dass sie so viel trank. Mittlerweile machte er sich ernsthafte Sorgen und sagte ihr dies auch, aber sie lachte nur und tat es mit dem Mantra der Süchtigen ab: *Ich kann jederzeit aufhören, wenn ich nur will. Ich möchte doch einfach nur Spaß haben.*

Er glaubte ihr das keinen Moment lang und wollte ihr gerade ein Ultimatum stellen – ich oder der Alkohol –, als der nächste Unfall passierte.

Sie eröffnete ihm, dass sie schwanger war.

Eigentlich nahm sie die Pille. Er vermutete, dass sie so betrunken gewesen war, dass sie sie einmal oder mehrmals vergessen hatte. Sie hingegen schwor Stein und Bein, dem sei nicht so gewesen, sondern die Pille habe einfach versagt.

Aber das war schon in Ordnung, sie konnte ja eine Abtreibung vornehmen lassen. Er versicherte ihr, es sei zwar traurig, aber sie seien nicht dazu bereit, ein Kind großzuziehen, also sollten sie es so bald wie möglich in die Wege leiten, um die emotionalen Auswirkungen so gering wie möglich zu halten.

Ihre Antwort war unmissverständlich.

Auf gar keinen Fall, verdammt.

Genau so lauteten ihre Worte. *Auf gar keinen Fall, verdammt.*

Und dann: *Ich kann nicht glauben, dass du denkst, ich wäre zu so etwas in der Lage. Es ist mein* Kind. *Auf keinen Fall werde ich es umbringen. Auf keinen Fall. Ich liebe es jetzt schon.*

Er versuchte, sie umzustimmen, aber nichts, was er sagte, änderte ihre Meinung. Sie würde das Baby bekommen.

Die meiste Zeit ihrer Schwangerschaft und die ersten Monate in Brens Leben blieb sie clean. *Siehst du*, sagte sie. *Ich habe dir doch gesagt, dass ich aufhören kann.*

Aber sie konnte es eben nicht. Als ihr Sohn drei Jahre alt war, ging es ihr schlechter als je zuvor. Alkohol kam nicht mehr infrage, denn sie hatte ihren Job verloren und konnte sich keinen Alkohol mehr leisten, und Steve weigerte sich, welchen für sie zu kaufen. Also griff sie zu Meth und Heroin, das sie – wie er entsetzt von einem aschfahl aussehenden Freund erfuhr – als Gegenleistung für Sex bekam. Als sie ihm dies gestand, beendete er die Beziehung ein für alle Mal.

Er bekam das Sorgerecht für Bren zugestanden, das stand außer Frage, und ihre Besuche bei ihm standen unter Aufsicht.

Danach fiel sie in ein noch tieferes Loch. Jedes Mal, wenn sein Handy klingelte, fragte er sich, ob die Polizei anrief, um ihm mitzuteilen, dass sie tot aufgefunden worden war, gestorben vielleicht an einer Überdosis, durch Erfrieren in einer eisigen Winternacht oder durch die Hand eines durchgeknallten Freiers.

In letzter Zeit hatte sie behauptet, clean zu sein, und als er sie das letzte Mal gesehen hatte – als er Bren für seinen Besuch bei ihr absetzte –, hatte sie tatsächlich einen besseren Eindruck gemacht. Ihre Haut war weniger wächsern, und ihre Augen leuchteten. Es hatte menschliche Wärme darin gelegen, und es war nicht nur der leere Blick wie in den letzten Jahren.

Vielleicht war das der Grund, warum er eingewilligt hatte, dass sie Bren von der Schule abholen durfte.

Was für ein Narr er doch war. Er hätte es besser wissen müssen. Einmal Junkie, immer Junkie. Und jetzt zahlte er den Preis dafür.

Sie hatte angerufen, um ihm mitzuteilen, dass sein Sohn in einem Krankenwagen unterwegs war. Sie fuhr mit dem Auto hinterher. Als sie ihm gerade Käsemakkaroni hatte kochen wollen, habe sie Schmerzensschreie vernommen. Als sie dann ins Wohnzimmer ging, habe er leblos auf der Couch gelegen. Da sie ihn nicht habe wachrütteln können, habe sie einen Krankenwagen gerufen.

Was hast du da irgendwo rumliegen gelassen, das er finden konnte?, schrie er sie an. *Meth? Wodka? Heroin?*

Nichts. Ich bin clean. Ich habe nichts im Haus, ehrlich.

Na, klar. Du bist schuld daran, verdammt noch mal, Kris. Du taugst nicht für eine Mom. Und das ist der Beweis dafür. Du ziehst diese Scheiße dem Wohl deines Kindes vor. Das ist verdammt ekelhaft.

Steve, ich schwöre es. Ich bin clean. Und ich liebe ihn. Ich würde ihm nie schaden. Das weißt du doch.

Was ich weiß, ist, dass du ihn nie wieder sehen wirst.

Doch jetzt – selbst nach alledem – fühlte er sich schuldig. Er hätte ihr das alles nicht an den Kopf werfen dürfen. Nach ihrer Trennung hatte er eine Therapeutin aufgesucht, die ihm klargemacht hatte, dass Sucht eine Krankheit ist und dass Kris eine Behandlung brauchte, keinen Tadel und kein vernichtendes Urteil.

Er glaubte das und wollte ihr helfen, aber die Theorie zu kennen, war eine Sache, und jemandem dabei zuzusehen, wie er sein Leben zerstörte, eine ganz andere. Vor allem, wenn es sich um einen Elternteil handelte. Bren liebte seine Mom, und wie konnte sie, obwohl sie dies wusste, so handeln?

Aber Steve hielt sich immer wieder vor Augen, dass es eine Krankheit war. Sie brauchte Hilfe und Unterstützung.

Doch jetzt, als er zu seinem Sohn ins Krankenhaus raste, fiel es ihm schwer, etwas anderes als Hass und Reue zu empfinden.

Dr. Williams

Noch ein Kind. Noch ein Junge, gleiches Alter, gleiche Schule. Er war zu Hause, als es passierte. Die Krankenwagenfahrer mutmaßten, es könne eine drogen- oder alkoholbedingte Ursache geben, aber Dr. Williams glaubte das nicht.

Diese Symptome waren identisch.

Er schloss die Tür zu seinem Büro und setzte sich Dr. Hall gegenüber.

»Es ist noch ein Fall eingetroffen, ein Junge«, konstatierte er. »Es könnten noch mehr reinkommen.«

Dr. Hall nickte. »Gut möglich. Sogar wahrscheinlich.«

»Was denken Sie?«

»Schwer zu sagen.« Er studierte die Patientenakten. »Das Blutbild des ersten Mädchens ist analysiert. Es gibt keinen Hinweis auf ein Virus. Es ist zwar möglich, dass es eine bakterielle Ursache gibt, die nicht nachgewiesen werden kann – etwas in der Wasserversorgung, vielleicht eine fäkale Verunreinigung –, aber das scheint unwahrscheinlich. Und wenn sich der Grund im Wasser fände, würden wir mehr Fälle reinbekommen. Es könnte auf die Wasserversorgung der Schule beschränkt sein, aber selbst dann wären vermutlich viel mehr Menschen betroffen.«

»Was bleibt?«

»Ein Gift.«

»Wie Alkohol? Oder eine andere Droge?«

»Ja, aber die Blutwerte weisen keine Anzeichen dafür auf.«

»Was dann?«

Hall zuckte mit den Schultern. »Keine Ahnung. Etwas, das die Kinder gefunden und geschluckt haben? Vielleicht ein Pilz. Wir sollten einen Mykologen hinzuziehen und recherchieren, ob es Pilze gibt, die solche Symptome verursachen. Das würde Sinn ergeben. Es gibt Pilze mit psychotroper Wirkung, was die Bewusstlosigkeit erklären würde.«

»Wenn das die Ursache ist, wie gehen wir dann weiter vor?«

»Genauso wie bisher.«

»Wir müssen der Sache auf den Grund gehen. Damit so etwas nicht noch einmal passiert.«

»Neal, ich stimme Ihnen zu«, bestätigte Dr. Hall. »Aber möglicherweise werden wir es nie erfahren.«

Dr. Williams öffnete die Tür zu Cherrys Krankenzimmer. Er lächelte. Sie saß aufrecht im Bett und hielt die Fernbedienung für den in der Ecke montierten Fernseher in der Hand.

Das waren gute Aussichten für die anderen.

»Hallo, Cherry«, begrüßte er sie. »Wie geht es dir?«

»Gut. Ich schaue gerade *Peppa Pig*.«

»Eine meiner Lieblingssendungen.«

»Wirklich?«

»Na klar.«

Ein Ausdruck von Überraschung – und leichtem Unglauben – huschte über ihr Gesicht, bevor sie sich wieder dem Fernseher zuwandte.

Er setzte sich auf die Bettkante. Ihre Mom saß links von ihr, ihr Dad stand an der Tür. »Es scheint ihr schon viel besser zu gehen«, stellte er fest.

»Kann sie wieder nach Hause?«, wollte ihr Dad wissen.

»Noch nicht. Wir werden sie weiter beobachten und weitreichendere Blutuntersuchungen durchführen, um die Ursache festzustellen und um zu sehen, wie sich ihr Zustand verändert. Wir werden auch einen Ultraschall ihrer Leber durchführen, um uns ein Bild von der Entzündung zu machen.«

»Meinen Sie, sie ist noch vorhanden?«

»Das schon, aber so, wie es ihr geht, ist es wohl weniger schwerwiegend als zuvor. Wir haben ihr ziemlich starke Entzündungshemmer verabreicht, die bei jemandem in ihrem Alter schnell wirken. Es könnte zu Narbenbildung kommen, aber die Leber hat eine erstaunliche Fähigkeit, sich zu regenerieren. Wir werden sie aber im Auge behalten müssen.«

Ihr Dad verschränkte die Arme. »Ist es überstanden? Zumindest das Schlimmste?«

»Sie ist noch nicht über den Berg, aber die Genesung scheint fortzuschreiten. Ich will wissen, was passiert ist, damit wir solche Fälle in Zukunft verhindern können.«

Cherrys Mom schaute ihn an.

»Ich weiß«, sagte sie. »Das wollen wir alle.«

Steve Murdoch

Steve Murdoch tigerte im Wartezimmer auf und ab. Er war schon seit einer Stunde hier, und das Tageslicht draußen wurde langsam schwächer. Eine Krankenschwester hatte ihn darüber informiert, dass Bren von einem Ärzteteam behandelt wurde und dass er Nachricht bekommen würde, sobald es etwas Neues gab.

Er konnte nicht fassen, dass er hier war, und er konnte es sich sparen, Kris dafür die Schuld in die Schuhe zu schieben. Es war seine Schuld. Sie war drogenabhängig, hätte nie mit einem Kind allein sein dürfen. Ja, genau genommen war sie diejenige, die bei Bren gewesen war, aber die

Schuld trug die Person, die das Kind dieser Situation ausgesetzt hatte, und diese Person war er.

Daran führte kein Weg vorbei. Es war alles seine Schuld.

Unwillkürlich stieß er einen spitzen Schrei aus. Eine ältere Frau drehte sich um und schaute dann weg, als sie sah, dass er es bemerkte.

Er sank in die Hocke und legte sich die Hände vors Gesicht. Er fühlte sich wie ein anderer Mensch, ausgehöhlt und leer.

»Mr Murdoch?«

Ein Arzt stand da. Er sah müde aus, seine Augen waren gerötet.

»Ja.«

»Ich bin Dr. Neal Williams.«

»Behandeln Sie Bren?«

»Das tun wir. Wir tun unser Bestes.«

Ihm gefiel nicht, wie sich das anhörte. Der Arzt hatte nicht gesagt: *Ja, und es geht ihm jetzt besser.*

»Wie geht es ihm?«

»Er ist immer noch auf der Intensivstation. Er befindet sich in einem kritischen Zustand.«

»Woran liegt es?«, wollte Steve wissen. »Meth? Heroin? Alkohol?«

»Wie bitte?«

»Was war die Ursache? Es klingt nach einer Überdosis.«

»Mr Murdoch, warum sollte Ihr Sohn eine Überdosis bekommen haben?«

»Seine Mutter ist ein Junkie. Er war bei ihr zu Hause. Das sollte eigentlich gar nicht der Fall sein, aber die Schule wurde geschlossen, und da habe ich ihr erlaubt, ihn abzuholen. Er muss ihre Drogen in die Finger bekommen haben.«

»Wir werden das natürlich überprüfen, aber ich glaube nicht, dass das die Ursache ist.«

Steve starrte ihn an. »Was denn sonst? Genau so sehen doch die Symptome einer Überdosis aus. Glauben Sie mir, da ich mit seiner Mom zusammengelebt habe, habe ich einige Erfahrung mit so etwas.«

»Ich würde Ihnen ja recht geben, Mr Murdoch. Aber er ist nicht der Einzige. Es gibt drei weitere Kinder, alle aus seiner Schule, die mit den gleichen Symptomen eingeliefert wurden.«

Steve hielt inne. Er fühlte eine Mischung aus Erleichterung – es war keine Überdosis – und Angst. Es war etwas anderes.

»Was ist es dann?«

»Das wissen wir noch nicht.«

Er stellte die Frage, die kein Elternteil jemals stellen wollte. »Wird er wieder gesund?«

»Ich kann zum jetzigen Zeitpunkt keine Aussage dazu machen.«

Steve konnte sich nicht mehr auf den Beinen halten. Er sackte auf einem Stuhl zusammen.

»Bitte«, flehte er. Er fing den Blick des Arztes auf. »Bitte lassen Sie ihn nicht sterben.«

Dr. Williams erwiderte seinen Blick für einen Moment, wich ihm dann aber aus.

»Wir tun alles, was in unserer Macht steht. Das verspreche ich Ihnen.«

Stacy Evanston

Stacy wachte auf dem Klappbett in Cherrys Zimmer auf. Sie hatte einen steifen Rücken. Das Bett war schmal und hing in der Mitte durch, und es war ihr schwergefallen, es sich darauf bequem zu machen. Sie setzte sich auf und streckte sich. Schließlich stand sie auf, schwang die Arme von links nach rechts und war froh darüber, dass die körperliche Anspannung nachließ.

Cherry schlief noch. Eine Sekunde lang dachte Stacy, sie atmete nicht, und geriet in Panik, sodass sich ihr Rücken erneut anspannte. Aber dann sah sie, dass sich der Brustkorb ihrer Tochter hob und senkte.

Sie nahm ihre Tasche und verließ das Zimmer. Eine Krankenschwester – Gloria, verriet das Namensschild auf ihrem Kittel – stand im Flur und ordnete gerade das medizinische Material auf einem Rollwagen.

»Guten Morgen«, begrüßte sie sie. »Gut geschlafen?«

»Großartig. Perfekt.«

»Sie müssen nicht flunkern. Ich habe auch schon auf diesen Klappbetten geschlafen. Mein Sohn lag ein paar Tage lang hier.«

»Geht es ihm gut?«

»Ja, inzwischen schon. Er hatte eine Infektion. Es hat eine Weile gedauert, bis sie abgeklungen ist. Ich weiß genau, wie unbequem diese Betten sind.«

»So schlimm war es nicht. Und es macht mir nichts aus.«

»Ich weiß. Für unsere Kinder tun wir alles, nicht wahr?«

Stacy nickte. Es stimmte: Wie die meisten Eltern würde sie wirklich so ziemlich alles für ihr Kind tun. Sie fragte sich, wo genau die rote Linie verlief. Was wäre sie nicht bereit, für Cherry zu tun? Lügen? Stehlen? Töten?

»Geht es hier zu den Toiletten?«

Gloria nickte. »Wie wäre es mit einem Kaffee?«

»Liebend gerne.«

»Ich stelle Ihnen eine Tasse aufs Zimmer.«

Im Toilettenvorraum öffnete sie ihre Tasche und zog den Kulturbeutel heraus. Dan war gestern Abend nach Hause gefahren und hatte ihr Zahnbürste, Zahnpasta und Kleidung zum Wechseln ins Krankenhaus gebracht, aber da war noch etwas anderes in ihrer Tasche, neben dem Beutel.

Eine Pappschachtel.

Der Schwangerschaftstest, den sie am Tag zuvor gekauft hatte, nachdem sie Cherry in der Schule abgesetzt hatte.

Sie lächelte. Es war Morgen – die Tageszeit, an der man die Tests machen sollte – warum also nicht? Sie konnte es Dan sagen, wenn sie mit Cherry nach Hause fuhren. Dann hatten sie gleich zwei Anlässe zu feiern.

Sie setzte sich auf eine Toilette und hielt den Teststreifen in den Urinstrahl. Dann hockte sie da, hielt ihn in den Händen und wartete darauf, dass die zweite rote Linie erschien.

Langsam wurde sie sichtbar.

Sie zog scharf den Atem ein und sog an ihrer Unterlippe.

Sie hatte es *gewusst*. Sie war wirklich schwanger!

Sie stieß einen aufgeregten Schrei aus und stand dann auf. Am liebsten wäre sie auf den Korridor gerannt und hätte die Neuigkeit verkündet, aber sie hielt sich zurück. Dan sollte der Erste sein, der davon erfuhr.

Als sie zurückkam, stand eine Tasse Kaffee auf dem Tisch neben dem Klappbett. Sie setzte sich an das Fußende und nippte daran. Dan hatte zu Hause geschlafen. Nachdem er ihr die Sachen gebracht hatte, war er noch eine Weile geblieben und dann gefahren. Sie tippte eine Nachricht.

Bin früh aufgewacht. Nicht gerade super geschlafen! Aber C geht es gut. Sie schläft noch.

Bin bald da. Hoffentlich können wir sie heute mit nach Hause nehmen.

Ich drücke uns alle Daumen und Zehen.

Den zweiten Grund, warum sie unbedingt mit Cherry nach Hause wollte – damit sie ihm sagen konnte, dass sie schwanger war –, erwähnte sie nicht. Sie hätte es ihm hier und jetzt sagen können, aber das war nicht der passende Ort. Zu Hause war der richtige Ort.

Hast du was von Nicole gehört?

Das hatte sie nicht und es bereitete ihr ein flaues Gefühl. Doch sie redete sich ein, dass Menschen unterschiedlich mit Stress umgingen. Manche zogen sich eben in ein Schneckenhaus zurück. Nichts Schlimmes also.

Noch nichts. Ich versuche es später noch mal, aber ich will sie nicht stören.

Da hast du recht. Bis nachher. Liebe dich.

Lieb dich auch.

Auf einmal wurde ihr klar, wie sehr sie ihn *wirklich* liebte. Es war nicht nur eine Floskel, die man am Ende einer Textnachricht schrieb. Es bedeutete etwas, und was genau, wurde einem erst in Zeiten wie diesen klar. Er und Cherry – und jetzt Baby Nummer zwei – bedeuteten alles für sie. Ihr Leben drehte sich fundamental um sie. Sie waren in allem, was sie tat, präsent.

Und der Gedanke, einen von ihnen zu verlieren, war schier unerträglich.

Sie beugte sich über Cherry und drückte ihr einen Kuss auf die Stirn. Die Lider ihrer Tochter flatterten, und sie öffnete die Augen. Sie waren hell und klar. Eine Spur von Gelb war noch zu erkennen, aber Stacy konnte es deutlich sehen:

Cherry würde wieder gesund werden.

Dr. Williams

»Wie geht es Cherry?«, erkundigte sich Dr. Williams.

Gloria tippte auf der Tastatur ihres Computers herum

und drehte den Bildschirm in seine Richtung. »Stabil heute Morgen. Viel besser.«

Er betrachtete den Bildschirm. »Die Blutwerte von gestern?«

»Noch nicht da.«

»Okay. Ich werde sie mir mal ansehen.«

Er schritt den Flur entlang zu dem Zimmer, in dem Cherry lag, und klopfte an die Tür.

»Guten Morgen«, grüßte er. »Alles gut hier?«

Cherrys Mom nickte. »Sieht so aus.«

»Und unsere Patientin? Wie geht es Cherry?«

Sie aß gerade Apfelmus. Er setzte sich zu ihr aufs Bett.

»Fühlst du dich heute Morgen gut?«, erkundigte er sich.

»Ja.«

»Nicht krank?« Er legte ihr eine Hand auf die Stirn. »Kein Fieber?«

Sie aß das Apfelmus auf und hielt ihrer Mom die leere Packung hin. »Kann ich noch was haben?«

»Keine Appetitlosigkeit«, konstatierte er. »Ich glaube, junge Dame, du kannst heute nach Hause.«

»Mir gefällt es hier«, befand Cherry. »Ich bin hier für die Fernbedienung zuständig.«

Dr. Williams lachte. »Ja, ich bin sicher, dass das toll für dich ist. Aber Krankenhäuser sind für kranke Menschen da. Wenn es dir also besser geht, können wir dich nicht hierbehalten.« Er wandte sich ihrer Mom zu. »Es wird noch etwas dauern, aber Sie können sich schon fertig machen.«

Der Ausdruck auf ihrem Gesicht wechselte von Erleichterung zu Freude. Tränen traten ihr in die Augen.

»Danke«, schniefte sie. »Ich kann Ihnen gar nicht sagen, wie dankbar ich bin.«

»Wir sind alle sehr froh, dass es ihr wieder gut geht. Wenn es so weit ist, wird eine Schwester mit Ihnen die Entlassungspapiere durchgehen. Es gibt da ein paar Dinge, auf die Sie achten sollten, und Medikamente. Wenn Sie irgendwelche Fragen haben, können Sie sich jederzeit melden.«

»Auf welche Dinge müssen wir achten?«

»Sie müssen ihre Temperatur kontrollieren und Ähnliches. Die Schwester wird es Ihnen erklären. Und ich ordne Nachuntersuchungen an – vielleicht morgen und übermorgen. Nur zur Sicherheit.«

»Okay. Und nochmals vielen Dank.«

»Gern geschehen.«

Die Tür öffnete sich, und Gloria steckte den Kopf herein.

»Dr. Williams«, unterbrach sie. »Hätten Sie Zeit?«

Sie lächelte, aber ihr Lächeln erreichte nicht die Augen. Sie fixierte ihn mit einem dringlichen Ausdruck im Gesicht. Aus Höflichkeit fragte sie, ob er Zeit hätte, aber ihre Miene sprach Bände. Sie machte deutlich: *Sie müssen sofort kommen.*

»Natürlich. Cherry darf heute nach Hause.« Er winkte ihr und ihrer Mom zu. »Kommen Sie gut nach Hause.«

Er schloss die Tür hinter sich. Glorias Lächeln war wie weggewischt.

»Was ist los?«

»Es geht um eines der anderen Kinder. Ella. Ihr Zustand verschlechtert sich rapide.«

Nicole Farmer

Nicole Farmer saß auf einem unbequemen Stuhl und stützte den Kopf an der Wand des Zimmers auf der Intensivstation ab, in dem Ella lag. Ihr Ischiasnerv war gereizt und verursachte ihr heftige Beschwerden. Sie hatte versucht, eine andere Position einzunehmen oder aufzustehen und durch den Raum zu gehen, aber nichts davon verschaffte ihr Linderung. Es war der Stress: Die Muskeln in ihrem unteren Rücken waren total verspannt, und das verursachte die Nervenschmerzen.

Es war ihr egal. Alles, woran sie denken konnte, war ihre Tochter.

Jonah stand an der Tür und starrte zu Ella hinüber. Sie war bewusstlos, Schläuche kamen aus ihren Nasenlöchern, ein Tropf war an einem Arm angeschlossen und irgendein Überwachungsgerät am anderen. Cherry, Ellas beste Freundin, lag ebenfalls irgendwo hier im Krankenhaus. Nicole fragte sich, ob sie sich in demselben Zustand befand und an Maschinen angeschlossen war, die sie am Leben erhielten.

Was zum Teufel ging hier vor? Leberschaden? Koma? Es kam ihr nicht real vor. Sie hatte den Anruf von der Schule entgegengenommen, und das Nächste, was sie wusste, war, dass sie und Jonah einem Krankenwagen in die Klinik folgten, um dort zu erfahren, dass ihre Tochter auf der Intensivstation lag.

Und dann hatte dieser Albtraum begonnen. Es war, als

irrte man durch einen langen, dunklen Tunnel, ohne das Gefühl, seinem Ende näher zu kommen. Ihr ganzes Leben war wie auf Stand-by geschaltet. Sie befand sich in einem Zustand der Lähmung, wartete nur auf das, was als Nächstes geschehen würde, und wünschte sich, dass es gute Nachrichten wären.

Sie hatte Angst, dass es keine guten sein würden.

Ihr Handy leuchtete in der Tasche auf. Es war lautlos gestellt, denn sie wollte jetzt nicht gestört werden. Als sie jedoch einen Blick auf das Display warf, sah sie, dass Stacy versuchte, sie zu erreichen.

Cherry hatte das Gleiche. Wenn Stacy also schlechte Nachrichten hatte, würde es ihr womöglich ebenfalls so ergehen. Falls es hingegen gute Nachrichten waren, dann würde ihr das vielleicht, nur vielleicht, etwas Hoffnung spenden.

Sie griff nach dem Handy und öffnete die Nachricht.

> Hi. Wir dürfen nachher nach Hause. Cherry geht es viel besser. Wir drücken euch die Daumen.

Zum ersten Mal seit ihrer Ankunft verspürte sie einen Hauch von Optimismus. Sie freute sich natürlich für Stacy und Dan. Wenn sie das Gleiche durchmachten wie sie und Jonah, wie sollte sie dann nicht froh darüber sein, dass es vorbei war? Aber eigentlich drehte sich alles darum, wie es für sie selbst ausging. War sie deshalb egoistisch? Vielleicht. Aber vor allem machte es sie menschlich.

Sie las es noch einmal.

Cherry ging es *viel besser.*

Was auch immer die Ursache für Cherrys Erkrankung gewesen war, es war auch die Ursache für Ellas.

Vielleicht würde es Ella also auch bald viel besser gehen.

Sie wollte das Schicksal nicht herausfordern, aber sie musste es Jonah mitteilen. Oder lieber doch nicht? Würde die Aussage »Ich glaube, es wird ihr bald wieder besser gehen« dazu führen, dass es ihr *nicht* besser ging? War das nur törichter Aberglaube? Höchstwahrscheinlich, aber warum das Risiko eingehen?

Nein: Es würde ihm guttun. Er hatte es verdient, davon zu wissen.

»Jonah«, sagte sie. Ihre Stimme klang laut inmitten des Brummens der Maschinen. »Ich habe eine Nachricht von Stacy.«

Er wandte den Blick von Ella ab. »Oh?«

»Sie schreibt …«

Ein lauter Alarm ertönte von einer der Maschinen, dann erklang ein durchdringendes Piepen.

»Was ist das?«, wollte Jonah wissen. »Hast du etwas angefasst?«

»Nein!« Sie sah sich hektisch im Raum um. »Ich weiß nicht, was los ist.«

Ella lag immer noch da, und ihre Brust hob und senkte sich, aber ihr Gesicht war gerötet.

»Oh Gott!«, rief Jonah. »Irgendwas passiert gerade.«

Die Tür flog auf, und drei Krankenschwestern stürmten herein. Eine beugte sich über Ella und überprüfte die

Schläuche, die andere las Daten auf den Bildschirmen ab. Sie rief ein paar Anweisungen und hantierte an dem Tropf herum.

»Ruf den Arzt«, ordnete sie an. »Schnell!«

Eine der anderen Schwestern nickte und rannte aus dem Zimmer. Die dritte begann, die Feststellbremsen am Bett zu lösen.

»Was ist los?«, fragte Nicole. »Was machen Sie da?«

»Wir müssen sie in den OP bringen«, erklärte eine von ihnen. Sie schob das Bett samt Maschinen zur Tür. Jonah folgte ihnen. »Es ist besser, wenn Sie hier warten«, erklärte sie. »Es tut mir leid.«

Nicole sah ihnen hinterher. Als die Tür hinter ihnen zuschwang, stand sie da, ihre Hand in Jonahs Hand, in der Stille des Raums.

Stacy Evanston

Am frühen Abend kamen sie zu Hause an.

Es war seltsam, wieder hier zu sein. Fast erkannte sie das Haus nicht wieder. Es kam ihr so vor, als wären sie Monate fort gewesen. Es war in der Zwischenzeit so viel passiert, dass sie sich darüber wunderte, dass das Haus unverändert war, dass sie nicht im Sommer abgereist und im tiefen Winter zurückgekehrt waren.

Sie öffnete die Haustür. Der Geruch war vertraut und beruhigend, und sie spürte, dass sie, sie alle, zu Hause waren.

Es hätte auch ganz anders kommen können. Wenn sie ohne Cherry zurückgekommen wären – der Gedanke daran ließ sie erschauern –, hätte es genauso gerochen, aber es wäre nicht mehr ihr Zuhause gewesen. Es wäre nur ein Haus gewesen – ein Haus, das sie nie wieder hätte sehen wollen.

Cherry drängte sich an ihr vorbei, rannte ins Wohnzimmer und schnappte sich die Fernbedienung.

»Kann ich wieder zuständig sein?«

Stacy nickte. »Fürs Erste, ja.«

Dan stellte sich hinter sie und schlang die Arme um ihre Taille. Er küsste sie auf den Nacken.

»Sie ist beschäftigt«, säuselte er. »Magst du mit nach oben kommen und ein paar Dinge mit mir anschauen?«

»Mag ich.« Sie wandte sich zu ihm um und küsste ihn. Sie würde ihm von Baby Nummer zwei erzählen, wenn sie oben waren. »Gehen wir.«

Ihr Handy in ihrer Gesäßtasche klingelte.

»Ignorier es«, bat er. Er nahm es heraus und legte es auf den Tisch neben der Tür. »Das kann warten.«

Sie küsste ihn wieder, warf dabei jedoch einen Blick über seine Schulter auf das Display. Es war Nicole. Sie stellte sich Ella in einem Krankenhausbett vor, wie sie die Augen öffnete, als sie zu sich kam. Der Verlauf ihrer Erkrankung hinkte ein paar Stunden hinter dem von Cherry her, also würde es ungefähr jetzt so weit sein, dass sie sich erholte. Zweifellos rief Nicole an, um es ihr mitzuteilen. Sie spürte, wie ihr ein Stein vom Herzen fiel. Am Ende würde diese ganze Geschichte gut ausgehen. Sie konnten später noch herausfinden, was zum Teufel da passiert war.

»Ich muss da rangehen«, erklärte sie. »Ich fasse mich kurz.«

Er drehte sich um und ging die Treppe hinauf. »Ich warte auf dich.«

»Hi«, meldete sie sich. »Wie geht es dir?«

Einige Sekunden lang hörte Stacy keinen Ton. Dann ertönte ein Schluchzen aus tiefster Kehle, rasch gefolgt von einem weiteren und noch einem.

Stacys Brust zog sich zusammen, ein beklemmendes Gefühl kam in ihrer Brust auf. *Oh Gott*, dachte sie. *Bitte nicht.*

»Nicole?«, fragte sie. »Nicole?«

Nicole versuchte, etwas über die Lippen zu bringen, aber jedes Mal lösten sich ihre Worte in Schluchzen auf.

»Nicole«, sagte sie. »Was ist passiert?«

»Ella«, stieß sie mühsam hervor, wobei jede Silbe von einem heftigen Schluchzen unterbrochen wurde. »Sie ist … Sie ist tot!«

23. DEZEMBER 2022

Die Pilotin

Sie schaute aus dem Cockpitfenster. Strahlend blauer Himmel und ein dunkelblauer Ozean, so weit das Auge reichte. Ein Gefühl des absoluten Friedens überkam sie.

Sie hatte getan, was sie sich geschworen hatte zu tun, und jetzt würde sie es durchziehen, egal, welchen Ausgang es nehmen würde.

Eine sichere Landung oder ein katastrophaler Absturz. Leben oder Tod, das machte für sie keinen Unterschied. Das war es, was sie so gefährlich machte. Die Zukunft war ihr gleichgültig. Ein Sturzflug in einen eiskalten Ozean hatte für sie durchaus seine Vorteile. Nicht dass die Temperatur eine Rolle spielen würde. Sie würden alle beim Aufprall zerschmettert werden.

Sie war zum Äußersten bereit. Sie war bereit zu sterben. Das war sie schon seit Langem. Selbst wenn ihr Flug mit einer sicheren Landung endete, würde sie vielleicht nicht weiterleben wollen. Aber das würde sie dann entscheiden, wenn – falls – es dazu kam. Vielleicht würde sie das Leben dann besser finden, optimistischer sein.

Vielleicht auch nicht. Es war ihr egal. Diesen Schritt würde sie gehen, wenn es so weit war.

Sie war im Reinen mit sich, obwohl eine Kleinigkeit sie störte.

Die Krankenschwester.

Wenn es wirklich eine Krankenschwester war, dann hatte sie nichts damit zu tun. Es war das »wenn«, auf das sie sich konzentrierte. Sie hatte den Verdacht, dass es sich um eine Art Trick handelte. Warum sollte hier eine Krankenschwester im Flieger sein? Es war möglich – sogar wahrscheinlich, je mehr sie darüber nachdachte –, dass es in Wirklichkeit gar keine Krankenschwester war.

Alle liebten Krankenschwestern. Wenn man an das Gewissen eines Menschen appellieren wollte, würde man es mit einer Krankenschwester tun.

Und dann auch noch eine, deren Mann im Sterben lag.

Ja, je mehr sie darüber nachdachte, desto offensichtlicher wurde es. Es war zu passend. Sie stellte sich vor, wie sie hinten in der Kabine einen Zettel herumreichten: *Behaupten Sie, Sie wären Krankenschwester, seien unschuldig und müssten freigelassen werden.* Darauf schrieb die »Krankenschwester«: *Noch besser wär's, wenn ich einen im Sterben liegenden Mann hätte, oder?*

Also konnte sie die Frau ignorieren. Jedenfalls hatte sie keine Wahl, sie konnte jetzt keinen Rückzieher mehr machen. Und Schuldlosigkeit spielte keine Rolle. Einige der anderen Passagiere waren auch unschuldig, aber sie hatte kein Problem damit, sie mit in den Tod zu reißen. Warum sollte es bei der Krankenschwester anders sein?

Sie blickte hinunter auf den weit unter ihnen liegenden Ozean. Würde sie es am Ende tun? Würde sie sie alle töten und mit ihnen auch sich selbst?

Diese Frage hatte sie sich schon oft gestellt. Sie wusste,

dass sie es nur herausfinden konnte, wenn sie sich in diese Situation begab.

Und jetzt, wo sie so weit gekommen war, wusste sie, dass sie es tun würde.

Sie würde es, ohne zu zögern, tun. Entweder sie gaben ihr, was sie wollte, oder sie starben.

Ihre Familien würden um sie trauern. Kinder würden als Waisen zurückbleiben, Eltern ohne ihre Kinder.

Sie wusste das alles, aber es war ihr gleichgültig.

Marcia Fournier

Sie sagen mir, wer von Ihnen es getan hat, und wir fliegen den nächsten Flughafen an. Oder ich bringe das Flugzeug zum Absturz, und wir sterben alle.

Die Worte schwebten einen Moment lang unbegreifbar im Raum. Marcia dachte erst: *Wir werden sterben.* Und dann: *Ich brauche einen Drink.*

Der Schweiß juckte ihr auf der Haut, und ihre Atmung wurde flach. Sie zwang sich dazu, nachzudenken und die nervöse, panikbefeuerte Anspannung zu lösen, so gut sie konnte.

Die Pilotin drohte damit, sie würde das Flugzeug zum Absturz bringen und sie alle töten – sich selbst eingeschlossen –, wenn nicht einer von ihnen einen *Mord* gestehen würde?

Es war lächerlich, aber es war real. Es erinnerte sie an das Gefühl, das sie befiel, bevor sich das Verlangen nach einem

Drink einstellte. Am Ende des Tages war sie sich immer sicher, dass etwas schieflief, dass sie es irgendwie vermasselt hatte, dass etwas Schlimmes passieren würde und dass sie der Auslöser dafür war.

Ob der Alkohol das verursachte oder behob, wusste sie nicht. Während des Trinkens linderte er die Angst natürlich, aber verschlimmerte er sie am nächsten Morgen? Nährte er die Bestie, die in ihr hauste? Die Bestie, die sie zu hassen schien, die sie für alles Schlechte in der Welt verantwortlich machte, ihr einredete, dass niemand sie leiden konnte, dass sie schlecht in ihrem Job war, dass sie irgendwann auffliegen würde und alle über ihre Demütigung lachen und tuscheln würden: *Ich wusste, dass es früher oder später passieren würde, ihre Zeit ist längst abgelaufen.* Ließ der Alkohol diese Stimme durchdringender klingen?

Sie hatte keine Ahnung. Es war schon so lange her, dass sie versucht hatte, ohne ihn zu leben, sodass sie sich nicht mehr daran erinnern konnte, wie es war.

Sie wusste nur, dass die Stimme in ihrem Kopf und die nervöse Anspannung in ihrem Magen für ein paar glückselige Stunden verschwunden waren.

Aber jetzt war sowohl das eine wie das andere wieder präsent, trotz des vertilgten Wodkas. Denn dieses Mal war es real.

Du wirst sterben. Dieses Flugzeug wird abstürzen, und du wirst sterben. Und du wirst als Säuferin sterben. So viel zu deinen Plänen, trocken zu werden. Du hättest schon früher damit aufhören sollen, aber du bist zu schwach.

Ihr Mund war wie ausgedörrt. Die nervöse Anspannung

in ihrem Magen verwandelte sich in einen stechenden Schmerz, und ihr Herz raste. Sie wollte jetzt mehr denn je noch einen Drink.

Aber sie hatte nichts mehr.

Die Panik verursachte ihr Schwindel. Einen Moment lang wünschte sie sich, das Flugzeug würde abstürzen, damit das alles ein Ende hätte. Wenn sie keinen Drink mehr bekommen konnte, wäre sie lieber tot.

Sie ertappte sich dabei, wie sich dieser Gedanke in ihrem Kopf verfestigte.

Wenn sie keinen Drink mehr bekommen konnte, wäre sie lieber tot.

War es das, was aus ihr geworden war? War sie so tief gesunken?

Einen Moment lang dachte sie, dass dies der entscheidende Moment war: der Wendepunkt, der Punkt, an dem sich der Vorhang hob und sie den Weg nach vorn sah, und sie war felsenfest davon überzeugt, dass sie nie wieder einen Tropfen anrühren würde. Und dann kam das Verlangen zurück.

Sie öffnete ihre Tasche. Vielleicht war ja noch etwas drin. Sie wusste, dass nichts mehr da war, aber vielleicht ja doch. Vielleicht war ein Wunder geschehen.

War es wirklich so eine Situation, bei der Gott seine Wunder einsetzte? Aus dem Nichts heraus Alkohol für alternde Trinkerinnen herbeizaubern? Sie stieß ein ersticktes Lachen aus.

Jeff Ramos starrte sie an. »Was zum Teufel hat die Pilotin da gerade gesagt?« Er hatte sich halb aufgerichtet, die

Ellbogen auf die Rückenlehne vor ihm gestützt. »Hat sie gesagt, was ich *glaube*, das sie gesagt hat?« Er sah sich im Flugzeug um. »Hat sie das?«

»Das hat sie«, bestätigte Jill Stearns. »Wenn ich mich nicht verhört habe.«

»Sie hat gesagt, sie bringt das Flugzeug zum Absturz, wenn nicht einer von uns einen *Mord* gesteht?«

»Ich weiß.« Jills Stimme klang ruhig. »Ich weiß.«

»Dann sollte, wer immer so etwas getan hat, besser verdammt noch mal gestehen«, drängte Jeff.

Es herrschte ein lang anhaltendes Schweigen.

»Niemand hat so etwas getan«, erklärte Jill schließlich. »Niemand von uns ist ein Mörder.«

»Sie kann Sie hören«, sagte Kevin Anderson, während er vor Schmerz zusammenzuckte, sein zertrümmertes Handgelenk auf den Oberschenkel gebettet. »Vergessen Sie das nicht.«

»Sie muss es erfahren«, befand Jill. »Das hier ist schon weit genug gegangen.«

»Also sagen wir ihr das, und dann sterben wir alle?«, spekulierte Ramos. »Ist das der Plan? Denn wenn ja, bin ich da raus. Dieser Plan gefällt mir ganz und gar nicht.«

»Was ist die Alternative, Jeff?«, fragte Jill.

Mit zu Schlitzen verengten Augen schaute er sich im Flugzeug um.

»Sprechen wir doch mal über den Elefanten im Raum, ja?« Er schnaubte. »Sie hat das nicht aus einer Laune heraus getan. Wenn sie nur ein paar böse Lebensmittelkonzernmanager umbringen wollte, gäbe es einen einfacheren Weg.

Sie hat das hier aus einem bestimmten Grund getan. Und einer von euch kennt ihn.«

»Das glaube ich nicht«, wandte Jill ein. »Ich glaube, sie irrt sich, und wir müssen es ihr sagen.«

»Und wenn sie sich nicht irrt?«, beharrte Jeff. »Was, wenn sie recht hat und einer von euch ein Mörder *ist*? Wer immer es ist, sollte jetzt sofort gestehen.« Er starrte Jill an. »Was, wenn Sie es sind?«

»Was, wenn *Sie* es sind?«, konterte Jill. »Sie scheinen sich ja sehr sicher zu sein, dass sie recht hat. Ich denke, sie ist davon überzeugt, dass es so ist, aber sie irrt sich. Menschen werfen einem Unternehmen wie dem unseren alles Mögliche vor. Das heißt aber nicht, dass sie damit richtigliegen.«

Ein Husten ertönte. Mary Jo hielt ein Stück Papier hoch. Sie legte sich einen Finger an die Lippen und reichte den Zettel an Jeff Ramos weiter. Der las ihn und reichte ihn an Chip weiter. Chip fügte noch etwas hinzu und reichte ihn dann an Marcia weiter.

Jemand sagt, dass er oder sie es getan hat. Jemand sagt, dass er es war, und dann landen wir und steigen aus dem Flugzeug aus.

Darunter standen in roter Tinte die Worte, die Chip hinzugefügt hatte:

Wer? Und wie reagieren Sie, wenn sie fragt, was genau Sie getan haben?

Marcia zog einen Stift aus ihrer Tasche hervor. Sie drehte die Kappe ab und hielt ihn über das Papier. Dann schrieb sie.

Ich werde es tun. Ich lasse mir etwas einfallen.
Marcia

Kevin Anderson

Es war die Hölle. Solche Schmerzen hatte er noch nie gehabt. Zuerst war es ein stechender, schneidender Schmerz gewesen, im Nachhinein betrachtet recht erträglich. Es war die Art Schmerz, die er kannte – ein Tritt oder ein Pferdekuss, den man auf dem Footballfeld einsteckte, der brennende Schmerz, wenn man sich einen Faustschlag einhandelte. Es war eine andere Kategorie, ja, aber es war dieselbe Art von Schmerz.

Jetzt hingegen fühlte es sich so an, als hätte der Schmerz seinen ganzen Körper in Beschlag genommen. Mit jedem Schlag seines Herzens pulsierte sein Handgelenk vor Schmerz. Es war, als ob sein Blut sich seinen Weg durch beschädigte und unterbrochene Blutbahnen erkämpfen müsste und sie dabei jedes Mal aufs Neue zerreißen würde. Sein ganzer Körper rebellierte gegen ihn.

Selbst wenn sie es zurück schafften, würde es heute Abend keine heiße Nummer mit Katie geben. Bevor er sich an etwas so Energiegeaufwendigem versuchte, musste er sich dieses verdammte Handgelenk richten lassen. Obwohl er sich darauf freute, ihr zu erzählen, wie er sich diese Verletzung zugezogen hatte.

Wollte die Tür einschlagen. Irgendjemand musste ja etwas tun. Die anderen saßen alle einfach nur da wie die Schafe. Ich habe es wenigstens versucht.

Immerhin wussten sie jetzt wenigstens, worum es ging. Er fühlte sich seltsam gelassen. Er hatte keine Angst vor dem Sterben. War es sein Handgelenk, das ihn so sehr ablenkte? Wenigstens müsste er dann keine Schmerzen mehr ertragen.

Aber das glaubte er nicht. Er hatte einfach keine Angst vor dem Tod. Was hatte es denn schon zu bedeuten, wenn man starb? Ein kurzer Moment des Schmerzes – nicht so schlimm wie das, was er gerade durchmachte –, und dann nichts mehr. Tatsächlich hatte er nie Angst. Er wurde wütend, wenn er nicht bekam, was er wollte, aber Angst hatte er nie. Was auch immer ihm passierte, er konnte damit umgehen, und es kümmerte ihn nicht wirklich, was mit anderen Menschen geschah. Wenn Katie für ihn nicht verfügbar war, weil sie etwas anderes unternahm, war das ärgerlich. Wenn sie starb, würde er einfach weitermachen. Gleiches galt, wenn sie fett oder hässlich werden würde. Sie wäre dann nicht mehr von Nutzen für ihn, also warum in so einem Fall seine Zeit mit ihr verschwenden?

Schon früh in seinem Leben hatte er begriffen, dass andere Menschen für ihn nur Objekte waren. Er konnte sich nicht vorstellen, dass sie etwas dachten oder fühlten oder irgendeine Art von Innenleben hatten. Sie waren einfach da, und solange sie für ihn von Interesse oder Nutzen waren, behielt er sie in seiner Nähe. Andernfalls entledigte er sich ihrer.

Warum andere Menschen nicht dasselbe taten, konnte er nicht begreifen. Er hatte College-Freunde, die ihre Frauen hassten, sich darüber beklagten, dass sie nie Sex hatten, sich von Wochenendtouren mit ihren Kumpels zurückzogen, weil ihnen das zu viel Ärger von ihrer besseren Hälfte einbrachte. Warum es nicht einfach trotzdem tun? Oder sich von ihnen scheiden lassen und eine andere auftreiben? Es war doch ganz einfach: Wenn man ein halbwegs respektabler Mann in den Vierzigern war, dann hatte man die Wahl unter all den einsamen Geschiedenen und den verzweifelten Frauen, die nie geheiratet hatten und damit konfrontiert waren, dass ihnen immer weniger Optionen blieben.

Warum also nicht? War es die Angst, ihre Frauen zu verärgern? Aber wenn man sie doch hasste, was spielte das dann für eine Rolle? Oder den Kindern Schaden zuzufügen? Na und? Jede Menge Kinder hatten Eltern, die sich scheiden ließen. Sie würden darüber hinwegkommen.

Die wichtigste Frage jedoch war simpel. Wenn man die Scheidung wollte, warum sollte man sich dann darum scheren, was andere dachten?

Der Zettel, den die Krankenschwester geschrieben hatte, machte erneut die Runde. Jill reichte ihn ihm.

Ich werde es tun. Ich lasse mir etwas einfallen.
Marcia

Marcia. Früher war sie heiß gewesen. Als er vor zweiundzwanzig Jahren bei der Firma angefangen hatte, hatte er versucht, sie anzumachen. Damals gab es den Begriff zwar noch nicht, aber sie war eine MILF. Und sie hatte etwas leicht Verzweifeltes an sich, eine Verletzlichkeit, die er unwiderstehlich fand.

Aber es hatte nicht hingehauen. Sie war die eine, die ihm nicht ins Netz gegangen war. Er würde es trotzdem wieder tun. Für jemanden von Anfang sechzig war sie noch ganz gut in Form. Wenn sich also die Gelegenheit ergab, warum nicht? Es schadete ja niemandem.

Also würde sie gestehen. Einen Versuch war das wert. Aber sie sollte lieber vorsichtig sein. Es war möglich, dass die Pilotin diesen Flieger landete, alle anderen aussteigen ließ, Marcia jedoch bei sich an Bord behielt. Vielleicht würde sie dann wieder abheben, nur um sie hinauszuwerfen, oder sie hatte eine Waffe und *Peng!* Bye-bye, Marcia.

Er konnte sich die Szene genau vorstellen.

Nein! Ich habe nur gestanden, um Sie zur Landung zu bewegen! Ich war es nicht!

Das war keine Situation, in der er sich befinden wollte. Er hätte seine Warnung zu Papier bringen können, aber dann hätte sie die Nummer vielleicht nicht durchgezogen, und im Moment war das ihrer aller beste Chance. Also scheiß drauf. Sollte sie es doch versuchen. Wenn es für sie nicht gut ausging, der Rest von ihnen aber in Sicherheit war, war es den Preis wert.

Er sah sich in der Kabine um und nickte, dann zeigte er Marcia die Daumen nach oben. *Danke*, formte er mit den Lippen. Sie lächelte verschämt.

Er legte den Zettel vor Chip. Der saß schweigend da, die Handflächen auf den Oberschenkeln, den Blick fest auf seine Hände gerichtet.

»Hier«, flüsterte er. »Nehmen Sie ihn.«

Chip schob ihn weg. Er schüttelte fast unmerklich den Kopf, wobei sich sein Mund lautlos öffnete und wieder schloss. Seine Augen waren fest zusammengekniffen, und seine Hände ballten sich zu Fäusten, entspannten sich und ballten sich erneut.

Nun verstärkte sich sein Kopfschütteln, und Kevin sah, dass ihm Tränen über das Gesicht liefen.

Kevin langte um den Sitz herum und ergriff den Zettel wieder. Chip schien es gar nicht zu bemerken.

So, so, Chip hatte also die Nerven verloren. Es waren nie die, von denen man es erwartet hätte. Er hätte Chip für cool gehalten, wenn er unter Druck stand, und nicht für ein so klägliches Nervenbündel.

Aber vielleicht war es das gar nicht. Chip war grau angelaufen.

»Chip?«, fragte er. »Alles okay?«

Varun Miller

Es klappte. Er war erstaunt, dass es funktionierte.

Irgendwo gab es eine Antenne, die den Router des Flugzeugs mit einem Satellitennetzwerk verband, und dieser Router baute das Netzwerk im Flieger auf. Das Netzwerk war noch da, aber der Router war mit nichts verbunden.

Seine Vermutung, dass der Router nicht physisch vom Satelliten getrennt worden war, sondern dass es sich lediglich um eine Konfiguration innerhalb des Geräts selbst handelte, die geändert werden konnte, wenn er sich Zugang dazu verschaffen konnte, war richtig gewesen.

Und er hatte es geschafft, sich in den Router zu hacken. Nicht in die Systeme des Flugzeugs – die befanden sich vermutlich in einem separaten Netzwerk, sodass Passagiere nicht auf sie zugreifen konnten –, sondern nur in den Router selbst.

Das bedeutete, er konnte ihn wieder mit dem Satelliten verbinden.

Falls er herausfinden würde, wie das funktionierte. Das Problem war nur, dass er nicht wusste, wie. Er konnte ja schlecht lauthals verkünden, was er da gerade tat, und um Hilfe bitten. Nicht dass er glaubte, einer von ihnen hätte mehr Ahnung als er. Jeff Ramos hatte vielleicht eine Idee – er war technischer Direktor, also kannte er sich auf diesem Gebiet aus, auch wenn er diese Position eher wegen seiner Führungsqualitäten und seiner langjährigen Zugehörigkeit zur Firma innehatte als aufgrund wirklichen technischen Know-hows –, aber das war es dann auch schon.

Varun war weit gekommen, aber noch nicht weit genug.

Dann ging ihm ein Licht auf. Er erkannte, wie es gemacht werden konnte.

Er tippte ein paar Befehle ein – und da war es. Er war verbunden.

Zumindest teilweise. Das Problem war, dass es zwei Übertragungskanäle gab, ein Breitband und ein Schmalband, und er konnte nur das Schmalband reaktivieren. Ob das nun konstruktionsbedingt war oder an seinen mangelnden Fähigkeiten lag, stand auf einem anderen Blatt.

Jedenfalls war er mit dem Internet verbunden, wenn auch nur mittels einer langsamen Verbindung.

Das bedeutete vielerlei, aber am wichtigsten war, dass er Hilfe rufen konnte.

Er schloss alle Anwendungen, damit sie keine Bandbreite beanspruchten, und öffnete dann Google Maps, um herauszufinden, wo genau sie sich befanden. Indem er herauszoomte, konnte er abschätzen, wie viele Meilen von der Küste entfernt sie sich befanden (etwa hundertfünfzig) und welche Stadt hinter ihnen lag.

Er schloss das Fenster, öffnete sein E-Mail-Programm und tippte eine Nachricht an seine Assistentin Sharon.

Flugzeug entführt. Schicken Sie Hilfe. Bestätigen Sie Empfang.

Er fügte die Daten ihres Standorts hinzu und drückte auf *Senden.*

Eine Minute verstrich, dann noch eine. Er konnte nicht begreifen, warum sie nicht antwortete. Sharon würde noch arbeiten, und sie würde die E-Mail mit Sicherheit lesen. Die Nachricht stand ja im Betreff. *Flugzeug entführt.*

Das hieß, falls sie gesendet worden war. Vielleicht hatte es eine Störung im System gegeben, oder die Verbindung war unterbrochen worden.

Scheiße.

Er war so nahe dran. Ari und Susheela waren zum Greifen nahe, verlockend nahe. Und doch so weit weg. Und die Pilotin hatte sich klar ausgedrückt. Sie würde sie alle umbringen. Varun zweifelte nicht eine Sekunde daran, dass sie es ernst meinte. Sonst hätte sie sich nicht so viel Mühe gemacht.

Umso wichtiger war es daher, dass Sharon die E-Mail erhielt.

Er wartete noch eine Minute. Dann noch eine.

Dann blinkte es in der Ecke seines Bildschirms auf. Eine eingehende E-Mail.

> Was? Ist das Ihr Ernst? Tut mir leid – natürlich. Ich werde die Behörden alarmieren. Halten Sie durch, Varun!

Er hatte es geschafft.

Er hatte eine Nachricht versendet. Hilfe war auf dem Weg.

Er tippte eine weitere Nachricht ein.

> Gott sei Dank. Sagen Sie denen, sie sollen sich beeilen. Und sagen Sie Susheela und Ari, dass ich sie liebe.

Chip Markham

Er war kurz davor, sich hier auf seinem Sitz zu übergeben. Die Übelkeit war überwältigend, und ihm brach kalter Schweiß am ganzen Körper aus. Er hatte etwas auf Marcias

Zettel geschrieben, und als er ihn weiterreichte, wurde ihm speiübel.

So elend hatte er sich noch nie gefühlt. Jede Zelle seines Körpers war davon durchdrungen. Alles, was er denken konnte, war: *Ich werde sterben. Das war's. Dies ist das Ende.*

Dann dachte er an Matthew und Otis und Esme – wie sie gemeinsam Weihnachten feiern würden. Er hatte einen Truthahn bestellt. Er hatte zwar keine Ahnung, wie man ihn zubereitete, aber den Rezepten zufolge, die er gelesen hatte, schien es einfach zu sein. Man musste ihn nur ein paar Stunden in den Ofen schieben. Doch für den Fall, dass es gründlich in die Hose ging, hatte er vorsorglich Steaks besorgt. Sogar er war in der Lage, ein Steak zuzubereiten.

Er hatte sich vorgenommen, Matthew und Esme anzubieten, dass sie sich eine Ruhepause gönnen sollten, während er mit Otis spielte und die ganzen Geschenke unter dem Baum drapierte. Ihnen ein Glas Champagner zu reichen – er besaß eine Kiste Jahrgangschampagner von Laurent-Perrier – und sie sich entspannen zu lassen. Er hatte geplant, es perfekt zu gestalten, schlicht und klassisch, ein warmherziges, glückliches Familienweihnachten.

Darauf hatte er schon seit Jahren gehofft. Seit Jahrzehnten.

Und es sollte das erste von vielen sein. Er hatte diese Sache zu Anfang vermasselt, und er wollte es nicht noch einmal in den Sand setzen. Es war ihm egal, wenn Matthew nicht der Sohn war, den er sich vorgestellt hatte. Er hätte sich diesbezüglich lieber überhaupt nichts vorstellen, sondern einfach nur genießen sollen, was er an ihm hatte, aber er war zu dumm und zu arrogant gewesen, um sich das zu gestatten.

Nun, er hatte vor, seine Fehler auszubügeln.

Bloß würde er jetzt sterben – entweder an dem, was diese unerträglichen Schmerzen verursachte, oder beim Absturz dieses Flugzeugs –, und es würde zu nichts von alledem kommen. Er würde sterben, ohne den größten Fehler behoben zu haben, den er je begangen hatte. Er würde als Versager sterben. Reich, erfolgreich, das schon, aber deswegen nicht weniger ein Versager.

Das war es, was ihn lähmte: die Erkenntnis, dass sein Leben eine Verschwendung gewesen war. Ihm war die Chance gegeben worden, es wiedergutzumachen, aber sie war ihm wieder entrissen worden.

Und alles, was sie hatten, um die Pilotin umzustimmen, war Marcia Fournier, die vorgeben wollte, das getan zu haben, von dem diese verrückte Schlampe glaubte, dass es geschehen war. Das würde nicht funktionieren. Es würde nur Zeit und Treibstoff verschwenden und das Ende näher bringen.

Er wusste jetzt, dass es auf keinen Fall funktionieren würde, denn es ging um mehr als nur darum, dass eine Durchgeknallte ein Flugzeug entführt hatte. Jeff hatte es gesagt: Sie tat dies aus einem bestimmten Grund.

Chip war der gleichen Meinung, aber er war überrascht, wie schnell Jeff zu diesem Schluss gekommen war. Er hatte es klar und früh erkannt und war erstaunlich wenig beeindruckt. Wusste er etwas? Oder hatte er etwas davon? Erst eine Krise auslösen und dann zur Rettung eilen?

Urplötzlich ergab alles einen Sinn. Das war es. Er musste es den anderen mitteilen. Er wollte etwas sagen, brachte jedoch nur ein gurgelndes Geräusch zustande.

Er ballte die Fäuste und rang darum, seine Atmung zu kontrollieren. Sein Herz schlug zu schnell, es fühlte sich an, als würde es galoppieren und gegen die Rippen seines Brustkorbs schlagen.

Es fühlte sich falsch an. Seine Hand kribbelte, dann fühlte sie sich kalt und taub an.

Ihm brach wieder der Schweiß aus. Das Einatmen fiel ihm schwer, eiserne Bänder umschlossen seine Brust.

Er beugte sich nach vorn, seine Wahrnehmung trübte sich, es wurde dunkel um ihn.

Und allmählich schwarz.

Jill Stearns

Chip gab ein seltsames, beunruhigendes Geräusch von sich. Sie sah ihn an und sah weißlichen Schaum auf seinen Lippen.

»Scheiße!«, rief sie. »Chip? Alles okay?«

Er sah alles andere als okay aus. Er war blass, und seine Stirn war schweißnass.

Und er war vornübergekippt, die Augen geschlossen, die rechte Hand auf die Brust gepresst.

Es war offensichtlich, was hier passiert war. Er hatte einen Herzinfarkt.

»Mary Jo!«, rief sie. »Chip braucht Hilfe.«

Mary Jo warf ihr einen langen, durchdringenden Blick zu, dann löste sie ihren Sicherheitsgurt und erhob sich.

»Ich werde nichts unternehmen«, versicherte sie. »Ich meine Sie, die Pilotin. Halten Sie das Flugzeug also waagerecht. Wir haben einen medizinischen Notfall.«

»Herzinfarkt?«, fragte Jill.

»Vielleicht«, antwortete Mary Jo. »Ich sehe ihn mir mal an.«

Sie kniete sich neben den Mann und nahm sein Handgelenk in ihre Hand. Es war das zweite Handgelenk, das sie in den letzten zehn Minuten in die Hand nahm.

»Sein Puls ist schwach und unregelmäßig, aber er hat noch einen«, konstatierte sie. Sie winkte Jill zu sich. »Wir müssen ihn anheben, damit die Knie nahe an der Brust sind. Legen wir ihn mit dem Rücken zum Fenster, dann können wir seine Beine auf den Sitz legen, Richtung Gang.«

Sie manövrierten ihn in die von Mary Jo gewünschte Position. Seine Augen waren geschlossen, seine Atmung ging flach.

»Bleiben Sie bei ihm«, bat Mary Jo, ging zu ihrem Sitzplatz und öffnete ihren Rucksack. Sie nahm einen kleinen Verbandskasten heraus und kramte darin herum. Schließlich zog sie eine Schachtel Tabletten heraus und schnappte sich dann einige der Papiertücher, die Marcia für Kevin mitgebracht hatte.

Sie öffnete eine Flasche Wasser und goss etwas davon auf die Papierhandtücher. Eines davon reichte sie Jill. »Versuchen Sie, ihn wieder zu sich zu bringen. Legen Sie ihm das auf die Stirn.« Sie reichte ihr die Wasserflasche. »Und wenn Sie können, bringen Sie ihn dazu, einen Schluck zu trinken.«

Jill tupfte mit dem Papierhandtuch Chips Stirn ab. Seine Lider flatterten und öffneten sich. Sie hob die Wasserflasche an seine Lippen.

»Nehmen Sie einen Schluck.«

Sie schwenkte sie nach oben, worauf er einen Schluck trank. Mary Jo öffnete die Tablettenschachtel und entnahm ihr zwei kleine, runde, weiße Pillen.

»Aspirin«, erklärte sie. »Das verdünnt das Blut. Es macht alles ein bisschen leichter.« Sie drückte sie ihm an die Lippen, und er öffnete sie. Jill hob die Flasche an, und er schluckte die Tabletten mit etwas Wasser hinunter.

»Danke«, röchelte er mit gequälter Stimme.

»Schon in Ordnung.«

Sie wischte ihm mit dem Papierhandtuch den Schweiß von der Stirn.

»Wie fühlen Sie sich? Okay?«

Er schüttelte den Kopf und klopfte sich auf die Brust.

»Ganz ruhig«, besänftigte ihn Mary Jo. »Versuchen Sie, sich zu entspannen. Sie müssen Stress vermeiden. Nicht so einfach in diesem Flugzeug.«

Chip nickte schwach. Er bemühte sich offenkundig, etwas zu erwidern, brachte jedoch lediglich ein leises Stöhnen hervor.

»Wollen Sie uns etwas mitteilen, Chip?«, fragte Jill.

Er versuchte es noch einmal, doch ein Ausdruck von Schmerz legte sich auf sein Gesicht. Langsam schlossen sich seine Augen.

Jill fing Mary Jos Blick auf. »Wie geht es ihm?«

Mary Jo zog eine Augenbraue hoch. »Nicht gut.« Sie sah zur Cockpittür und sprach nun wieder mit erhobener Stimme. »Er hatte einen Herzinfarkt, verdammt noch mal. Er hatte einen Herzinfarkt und muss sofort ins Krankenhaus! Haben Sie denn gar kein Erbarmen?«

Sie wartete, bevor sie die Frage wiederholte. Die Worte verklangen in der Stille.

»Haben Sie denn gar kein Erbarmen?«

Marcia Fournier

Dies war die perfekte Gelegenheit. Sie hatte sich in einem Moment von – Trunkenheit? Besorgnis? Schwer zu sagen – dazu bereit erklärt, und jetzt war sie dazu verpflichtet, es auch zu tun. Ehrlich gesagt hatte sie das alles noch gar nicht richtig durchdacht. *Ich werde mir etwas einfallen lassen.* Aber was? Was würde sie sich denn einfallen lassen?

Und wann? Würde sie einfach irgendwann damit herausplatzen?

Doch jetzt war es deutlich vorgezeichnet, was sie tun sollte. Chip hatte einen Herzanfall erlitten. Die Anspannung in der Kabine war groß.

Gab es einen besseren Zeitpunkt für ein Geständnis?

Sie holte tief Luft. »Ich habe etwas zu sagen«, verkündete sie. »Ich möchte gestehen.«

Alle außer Chip drehten sich zu ihr um und sahen sie an.

»Ich war es«, sagte sie und hob dabei ihre Stimme an. »Ich war es.«

Die Gegensprechanlage surrte, als der Kanal geöffnet wurde. »Wie ist Ihr Name?« Die Stimme der Pilotin klang misstrauisch.

»Marcia Fournier. Ich habe es getan. Jetzt haben Sie, was Sie wollten.«

»Ist das so?«, entgegnete die Pilotin.

»Ja. Sie haben Ihr Geständnis. Sie sagten, einer von uns muss gestehen, und dann landen wir. Nun, ich habe es getan.«

»Sie haben was getan?«

Das war jetzt der Moment. Dies war der Moment, in dem ihr *Ich werde mir etwas einfallen lassen* real wurde. Sie zögerte, und dann hatte sie eine Idee.

»Ich will es nicht sagen.«

»Das werden Sie aber tun müssen.«

»Ich will es nicht, und ich werde es auch nicht.«

Das Summen der offenen Leitung verstummte. Panik kam in Marcia auf.

»Sie sagten, Sie würden das Flugzeug landen!«, kreischte sie. »Sie haben gelogen!«

Die Leitung öffnete sich wieder. »Ich habe nicht gelogen. Sagen Sie mir, was genau Sie gestehen, und ich werde das Flugzeug landen.«

Da war so vieles, was Marcia hätte gestehen können. Die Affären – die mit Chip war eine von vielen, alle nur von kurzer Dauer, alle harmlos, alle so zerstörerisch für ihr Selbstwertgefühl wie notwendig, damit sie sich gut fühlte.

Der heimliche Alkoholkonsum, die Abtreibung, die sie während ihrer Zeit auf dem College hatte vornehmen lassen, als sie von Anton schwanger geworden war, dem Mann ihrer besten Freundin Rayna, mit dem Marcia einen Monat nach der Geburt des ersten Kindes der beiden geschlafen hatte. Sie waren auf der Hochzeitsfeier eines gemeinsamen Freundes in Atlanta gewesen. Rayna war mit dem Baby zu Hause geblieben. Sie tranken zu viel, eins führte zum anderen – und dann, um drei Uhr morgens, taumelte sie in ihr eigenes Hotelzimmer, kniete sich vor der Toilette und übergab sich, sowohl aus Scham und Selbsthass als auch wegen des Alkohols.

Ihre Unfähigkeit, Versuchungen zu widerstehen, zog sich wie ein roter Faden durch ihr ganzes Leben. Es war schon immer so gewesen. Sie war gar nicht auf Affären aus, aber wenn sie die Gelegenheit witterte, konnte sie nicht widerstehen. Es war der Nervenkitzel, der Kick, die *Flucht*. Mit dem Alkohol war es dasselbe. Sie könnte das alles jetzt gestehen, ihnen von dem Wodka erzählen, den sie an Bord geschmuggelt und aus Wasserflaschen getrunken hatte. Sie wollte es. Sie wollte alles aussprechen und Absolution erteilt bekommen.

Aber es würde keine Absolution geben. Ihre Sünden würden ihr nicht vergeben werden. Sie würden immer noch auf ihr lasten und sie daran erinnern, wer sie war, wer sie *wirklich* war.

Und es würde nicht helfen. Das war nicht das, was die Pilotin wollte.

»Das sage ich nicht«, beharrte sie. »Nicht vor allen Leuten. Das sind meine Kollegen und Freunde, und ich schäme mich zu sehr.«

»Sagen Sie mir, was Sie getan haben.«

»Nein! Ich werde mich nicht vor ihnen erniedrigen. Wir können darüber reden, wenn wir landen, und ich werde Ihnen alles erzählen. Aber nicht hier und jetzt.«

Das war eine gute Antwort. Überzeugend. Sie wartete auf eine Reaktion.

Die Leitung war tot.

Die Pilotin

War sie es gewesen? War es Fournier gewesen? Das war durchaus möglich. Es hätte jeder im Flugzeug sein können – außer vielleicht die Krankenschwester, wenn sie denn eine war –, deswegen befanden sie sich an Bord.

Aber *war* sie es?

Sie konnte sich nicht sicher sein. Doch sie musste sicher sein, sonst würde das alles hier nicht funktionieren.

Und dies war eine Situation, mit der sie gerechnet hatte: ein fingiertes Geständnis, das nach der Landung widerrufen wurde. Weshalb sie eine genauere Erklärung eingefordert hatte.

Sie hatte angenommen, dass es schnell herausgekommen wäre, wenn das Geständnis fingiert war. Aber Fournier hatte einen Grund für ihr Schweigen angegeben. Er war plausibel.

Nicht überzeugend, aber plausibel.

Aber es wäre sicherer, wenn die Frau auch Details über ihr Geständnis preisgeben würde. Und Gewissheit war erforderlich.

Also blieb ihr keine andere Wahl.

Sie drückte die Taste und sprach in das Mikrofon.

»Das reicht mir nicht.«

Die Reaktion ließ nicht auf sich warten. »Das wird es aber müssen. Ich werde hier und jetzt nicht sagen, was genau ich getan habe.«

»Dann hat sich nichts geändert. Die Zeit läuft ab. Entweder Sie sagen mir, was Sie getan haben, oder wir werden alle sterben.«

Sie trennte die Verbindung. Es gab nichts mehr mitzuteilen.

BARROW, MAINE, 2018

Stacy Evanston

Ella war tot.

Ella, dieser schöne, strahlende Lebensfunke, diese Hoffnung für die Zukunft, war nicht mehr. Stacy konnte kaum glauben, dass dies möglich war, geschweige denn, dass es wirklich geschehen war.

Das Telefonat hatte sich mehr aufgelöst, als dass es zu Ende geführt worden wäre. Nachdem Nicole ihr mitgeteilt hatte, dass Ella tot war, hatte Stacy immer wieder beteuert: *Es tut mir leid, es tut mir so furchtbar leid.* Aber Nicole war nicht in der Lage gewesen, etwas zu antworten.

Stacy hatte ihre Freundin weinen hören, und dann war die Leitung auf einmal tot gewesen.

Sie hatte ihr Handy mit dem Display nach unten abgelegt, die Hände vor das Gesicht geschlagen und ihren Tränen freien Lauf gelassen. Dass sie hemmungslos weinte, nahm sie erst wahr, als Dan mit leicht enttäuschtem Gesichtsausdruck die Treppe herunterkam, sich neben sie setzte und den Arm um ihre Schultern legte.

»Stace«, sagte er. »Was hast du denn?«

»Ella«, stammelte sie. »Sie ist …« Sie konnte das Wort nicht aussprechen. »Sie ist von uns gegangen.«

Es dauerte einen Moment, bis er den Sinn ihrer Worte begriff, dann wich das Blut aus seinem Gesicht.

»Was?«, japste er. »Das kann nicht sein. Das muss ein Irrtum sein.«

Sie schüttelte den Kopf. »Ich habe gerade mit Nicole telefoniert. Ella ist tot, Dan.«

Er fing an zu zittern. »Nein«, stammelte er. »Nein.«

»Ich weiß«, jammerte sie. »Ich muss ständig an Cherry denken und daran, dass sie es hätte sein können.«

»Tu das nicht«, warnte er. »Ich möchte überhaupt nicht an so etwas denken.«

Sie war im Begriff gewesen, noch etwas anderes zu sagen, aber sie hielt sich zurück. Cherry war am Leben, aber was, wenn sie noch nicht über den Berg war? Was, wenn die Krankheit – oder was auch immer sie ausgelöst hatte – immer noch in ihr schlummerte, immer noch irgendwo in ihrem Körper lauerte, bereit, wieder aufzuflammen?

Sie musste den Arzt anrufen. Sie musste ihn fragen, ob Cherry wirklich außer Gefahr war.

Aber zuerst musste sie nach ihrer Tochter sehen. Sie erhob sich mit wackeligen Beinen und ging ins Wohnzimmer. Cherry saß auf der Couch, die Fernbedienung in der Hand, den Blick auf den Fernseher geheftet.

Stacy setzte sich neben sie und zog sie fest an ihre Brust. Cherry befreite sich aus ihrer Umarmung.

»Ich kann nichts sehen!«, protestierte sie. »Du zerquetschst mich ja.«

»Ich liebe dich«, sagte sie. »Ich liebe dich so sehr.«

»Ich hab dich auch lieb, Mum«, sagte Cherry. »Aber kannst du mich trotzdem meine Show weiterschauen lassen?«

Dr. Williams

Dr. Williams saß an seinem Schreibtisch und hatte die Patientenakten aller vier Kinder vor sich ausgebreitet.

Er war erschöpft, geistig wie körperlich. Es war eine lange Schicht gewesen – eigentlich war sie bereits vorbei, aber er konnte noch nicht gehen –, aber was ihn so ausgelaugt hatte, lag an dem, was passiert war.

Sie hatten das Mädchen nicht retten können.

Das war der schlimmste Teil des Jobs. Er konnte durch Nachtschichten verursachten Schlafentzug wegstecken, wütende Patienten oder inkompetente Verwaltungsangestellte verkraften, aber einen Patienten zu verlieren, war entsetzlich.

Und wenn dieser Patient dann auch noch ein Kind war, war es unfassbar.

Hätte er etwas anders machen können? War ihm etwas entgangen? Trug er in irgendeiner Weise Schuld, wie geringfügig auch immer?

Er würde sich diese Fragen noch lange Zeit stellen. Vielleicht sein restliches Leben.

Sie hatten in der medizinischen Fakultät darüber diskutiert, mit erfahrenen Ärzten über die Anforderungen des Jobs gesprochen, darüber, dass man keine Bindung mit seinen Patienten eingehen sollte, dass man leidenschaftslos und ruhig bleiben sollte angesichts der Unausweichlichkeit des Todes.

Darüber, dass man es tun musste, weil Leben auf dem Spiel standen.

Darüber, dass es, selbst wenn man alles richtig machte, manchmal trotzdem nicht genug war.

Er hatte das alles in der Theorie verstanden, aber erst hier, in einem Krankenhaus mit echten kranken Patienten, wurde einem klar, dass man es überhaupt nicht verstanden hatte.

Und wenn es dann noch ein Kind war …

Er hielt inne und studierte die Akten.

Ella, bewusstlos, Leberversagen, verstorben.

Bren, bewusstlos, Leberversagen, auf der Intensivstation.

Nathan, bewusstlos, Leberversagen, ebenfalls auf der Intensivstation.

Cherry, bewusstlos, Leberversagen, anscheinend auf dem Weg der Besserung.

Warum gab es diese unterschiedlichen Verläufe? Warum erholte sich eines der Kinder?

Er las die Unterlagen noch einmal von Anfang an durch. Cherry hatte sich im Klassenraum übergeben und war dann ins Büro der Schulschwester gebracht worden, wo sie das Bewusstsein verlor. Bei Ella und Nathan war es dasselbe, zwar etwas später als bei Cherry, aber im Grunde derselbe Verlauf. Bren hatte es sogar bis zu seiner Mutter nach Hause geschafft.

Aber abgesehen vom zeitlichen Verlauf war alles gleich.

Etwas schwirrte in seinem Hinterkopf herum. Da war etwas, etwas, das sein Unterbewusstsein wahrgenommen hatte, das er aber nicht recht benennen konnte. Gloria ging an seiner Tür vorbei. Er rief ihr hinterher.

»Haben Sie einen Moment Zeit?«

»Für Sie, Dr. Williams? Immer.«

Er reichte ihr die Akten.

»Was übersehe ich?«, fragte er. »Da ist etwas, ich kann es spüren. Aber ich kann es nicht genau ausmachen.«

»Wonach suchen Sie?«, wollte sie wissen.

»Sie hatten alle die gleichen Symptome, aber eine von ihnen hat sich erholt. Die anderen sind entweder tot oder befinden sich in einem äußerst kritischen Zustand.« Er fing ihren Blick auf. »Warum hat sich die eine erholt?«

Sie lächelte. »Sie sind der Arzt.«

»Das hilft mir im Moment nicht weiter. Sehen Sie sich die Akten mal an.«

Sie las die Unterlagen durch.

»Sehen Sie?«, sagte er. »Gleiche Symptome, anderes Ergebnis.«

»Nicht *ganz* dasselbe«, stellte sie fest. »Es gibt einen Unterschied.«

Er beugte sich vor. »Und der wäre?«

»Cherry hat sich übergeben.«

»Die anderen nicht?«

»Vielleicht auch, aber das wird hier nicht erwähnt.«

Er hielt inne. »Das würde einen Sinn ergeben«, sinnierte er mit gedehnter Stimme. »Wenn sie etwas gegessen oder getrunken haben und einer von ihnen sich dann erbrochen hat, früh, dann würde sich diese Person vielleicht – fast sicher – schneller erholen.«

»Wir haben ihnen allen den Magen ausgepumpt, als sie eingeliefert wurden«, konstatierte Gloria. »Aber diese zusätzliche Stunde? Könnte das den Unterschied ausmachen?«

»Oh ja. Es könnte einen riesigen Unterschied machen. Sie sind ein Genie, Gloria. Aber wir müssen herausfinden, ob sich die anderen auch erbrochen haben oder nicht. Ich rufe die Rektorin an. Der Junge, Bren, war bei seiner Mutter, als es passierte. Ist sie hier?«

»Der Vater schon. Sie dann vielleicht auch.«

»Wenn ja, könnten Sie sie fragen? Wenn nicht, finden Sie es auf andere Weise irgendwie heraus.«

Gloria nickte. »Schon unterwegs.«

Steve Murdoch

»Mr Murdoch?«

Steve blickte von dem Stuhl auf, auf dem er zusammengesackt war. Eine Krankenschwester kam auf ihn zu.

»Ja?«

»Ich bin Schwester Gloria. Der Doktor hat eine Frage, die ich Ihnen stellen soll.«

»Alles, was helfen könnte.«

Sie sah in den Unterlagen nach, die sie in der Hand hielt. »Bren war bei Ihrer Frau, als er erkrankt ist?«

»Ja. Sie ist nicht meine Frau. Wir sind …« Er winkte ab. »Vergessen Sie's. Er war bei Kris, ja.«

»Wissen Sie vielleicht, in welchem Zustand er sich befand, als sie erkannte, dass er in Not war?«

»Er war bewusstlos.«

»Hat er sich vorher übergeben?«

Er konnte sich nicht genau erinnern, was Kris gesagt

hatte. »Ich weiß es nicht. Fragen Sie doch Kris selbst. Sie ist auch hier.«

»Wir konnten sie nicht finden. Sie hat im Ostflügel gewartet, aber dort ist sie nicht mehr.«

Steve ließ die Worte auf sich wirken. Bren, ihr Sohn, lag auf der Intensivstation, und Kris war nicht da, wo sie sein sollte. Er hatte dies schon oft mit ihr erlebt. Jedes Mal, wenn sie nicht nach Hause gekommen, nicht auf einer Geburtstagsfeier erschienen war oder Geld aus seiner Brieftasche entwendet hatte. Geld, das er für die Miete, für Lebensmittel oder für die Anmeldung von Bren in einem Ferienlager verwenden wollte. Es war ein vertrautes Gefühl: Enttäuschung, Wut auf sie, weil sie es tat; Wut auf sich selbst, weil er so dumm war zu glauben, sie würde sich ändern; Traurigkeit über das, was sie sich selbst antat, denn er liebte sie trotzdem, auf eine klägliche, tragische Weise.

Und da war es nun wieder.

»Ich rufe sie an«, bot er an. »Geben Sie mir eine Minute.« Er hielt inne. »Wie geht es Bren?«

»Unverändert, fürchte ich.«

Einen Moment stockte ihm der Atem, dann nahm er sein Handy in die Hand.

Sie ging nicht ran, also rief er erneut an. Auch beim zweiten Anruf nahm sie nicht ab. Er tippte eine Textnachricht ein.

Wo bist Du? Die Ärzte brauchen ein paar Informationen.

»Tut mir leid«, sagte er und erinnerte sich dabei schmerzlich daran, dass er es gewohnt war, sich für Kris zu entschuldigen. »Sie geht aus irgendeinem Grund nicht ran.«

Dann summte sein Handy.

Ich bin draußen. Da ist ein Garten.
Was wollen die denn wissen?

Scheißtypisch. Draußen sein, Meth rauchen oder Wodka trinken. Sie konnte nicht aufhören. Sie konnte wirklich nicht aufhören.

Sie wollen wissen, ob
Bren sich übergeben hat.

Am unteren Rand des Bildschirms scrollten Punkte.

Nein, das hat er nicht. Das
hätte ich mitbekommen.

Er sah die Krankenschwester an und schüttelte den Kopf.

Dr. Williams

Dr. Williams wählte die Nummer der Rektorin. Sie nahm den Anruf nach dem zweiten Klingeln entgegen, ihre Stimme klang angespannt und besorgt.

»Carol Smalling.«

»Hier ist Dr. Williams.«

»Oh Gott«, sagte sie. »Ist da … Ist noch ein anderer Schüler …«

»Nein«, beruhigte er sie. »Der Zustand von Bren und Nathan ist immer noch ernst, aber sie sind am Leben.«

»Gott sei Dank. Ich weiß nicht, wie ich es verkraften würde, wenn wir … wenn wir ein weiteres Kind verlieren würden.«

»Deshalb rufe ich an«, erklärte er. »Ich habe eine Frage, bei der Sie mir vielleicht helfen können.«

»Was immer Sie benötigen.«

»Ich frage mich, ob Nathan oder Ella sich erbrochen haben, bevor sie das Bewusstsein verloren. Ich weiß, dass es bei Cherry so war.«

»Ich … Ich weiß es nicht«, erwiderte sie. »Sie wurden ins Büro der Schulschwester gebracht.«

»Können Sie das überprüfen?«

»Natürlich. Ich rufe Sie sofort zurück.«

Er legte sein Handy beiseite. Die Tür öffnete sich, und Gloria betrat das Büro. Sie schüttelte den Kopf.

»Kein Erbrechen, zumindest laut seiner Mom. Ich bin mir aber nicht sicher, wie zuverlässig ihre Angaben sind.«

»Sie würde es wahrscheinlich wissen. Wenn er also nichts davon gesagt hat, dass er sich erbrochen habe, hat er es wohl auch nicht.«

»So würde ich das auch sehen. Und die anderen?«

»Ich warte noch auf den Rückruf von der Schule.«

Während er sprach, klingelte sein Handy. »Das wird die Rektorin sein«, sagte er und nahm das Gespräch an.

»Hi!« Es dauerte einen Moment, bis er die Stimme erkannte. »Hier ist Mindy.«

»Oh«, sagte er. »Richtig. Ja. Wie kann ich Ihnen helfen?«

»Ich habe das mit den Austern organisiert. Ich wollte nur noch wegen einer Sache nachfragen. Die müssen wissen, ob Sie einen brauchen, der sie herauslöst.«

»Der was?«, fragte er nach.

»Der die Austern aus ihrer Schale herauslöst. Jemanden, der sie für die Gäste öffnet.«

Sein Handy summte. Jemand anders – vielleicht die Rektorin – rief an.

»Es tut mir leid«, unterbrach er. »Ich muss auflegen.«

»Aber ich muss denen sagen …«

Er brach den Anruf ab und schaltete auf den eingehenden Anruf um.

»Dr. Williams.«

»Hier ist Carol Smalling. Ich habe mit der Schulschwester gesprochen.«

»Und?«

»Sie sagte, soweit sie sich erinnern kann – und sie bat mich zu betonen, dass es eine sehr stressige Situation war, sodass sie sich nicht zu hundert Prozent sicher sein kann –, glaubt sie, dass sie sich nicht übergeben haben. Sie ist sich ziemlich sicher, dass sie sich daran erinnern würde, denn sie erinnert sich sehr wohl daran, dass Cherry sich übergeben *hat.*«

»Vielen Dank«, sagte Dr. Williams. »Das ist sehr hilfreich.«

»Kann ich sonst noch etwas für Sie tun?«

»Im Moment nicht. Ich rufe Sie an, wenn es etwas gibt.«

Er legte auf und sah Gloria an.

»Drei haben sich nicht erbrochen, eine schon«, resümierte er. »Und diese drei sind entweder schwer krank oder tot. Es ist etwas, das sie gegessen oder getrunken haben. Wir müssen nur herausfinden, was es war.«

Stacy Evanston

Es fühlte sich eigenartig an, ihm in einem solchen Moment gute Nachrichten mitzuteilen, aber sie musste es tun. Er hatte es verdient, es zu wissen.

Cherry lag schlafend auf der Couch, den Kopf auf Stacys Schoß gebettet. Stacy schob ihr ein Kissen unter und ging in die Küche. Auf dem Weg schnappte sie sich ihre Handtasche von der Treppe.

Dan hackte gerade eine Zwiebel. Er war ein guter, wenn auch einfacher Koch. Wenn sie beide zu Hause waren, war er es, der das Abendessen zubereitete. Sein Repertoire beschränkte sich auf das, was er als »deftig und bekömmlich« bezeichnete – Eintöpfe, Suppen, Brathähnchen, Rind- oder Schweinefleisch, gebackenen Fisch, vielleicht auch mal ein Curry oder eine Pastete. Wenn man sie gefragt hätte, hätte sie zugegeben, dass sie diese Mahlzeiten ein wenig eintönig fand. Sie hätte lieber mehr Salate, ein paar delikate Pastasoßen oder vegetarische Gerichte auf dem Teller gehabt, aber sie beschwerte sich nicht. Das konnte sie alles selbst kochen, wenn sie wollte.

»Du fängst mit einer Zwiebel an«, kommentierte sie. »Das passt gar nicht zu dir.«

»Das gibt mehr Geschmack«, erklärte er fachmännisch. »Je feiner du sie hackst, desto mehr Geschmack hat das Gericht.« Er zwinkerte ihr verschwörerisch zu. »Ein Profi-Tipp.«

»Was bereitest du denn zu?«

»Ein Soufflé.«

»Echt jetzt?« Das war eine radikale Programmänderung, auch wenn sie nicht begriff, wo dabei die Zwiebel ins Spiel kam.

»Nee. Pikante Pastinakensuppe und Hähnchenschenkel.« Er wackelte mit dem Kopf hin und her. »Wenn dir nach Exotischem zumute ist, kannst du noch etwas Teriyaki drauftun.«

»Probier es mit dem hier.«

Sie griff in ihre Tasche und ließ die Hand darin ruhen.

»Was ist das? Soße oder so etwas?«

»Nicht wirklich.«

Sie zog den Schwangerschaftsteststreifen hervor und hielt ihn ihm vor die Nase.

»Ist es das, was ich denke, das es ist?«

Sie nickte. Er nahm ihn und betrachtete das kleine Sichtfenster.

»Zwei Linien bedeuten Ja?«, fragte er mit tiefer, leiser Stimme.

»Zwei Linien bedeuten Ja«, bestätigte sie.

»Wann hast du ihn gemacht?«

»Heute Morgen. Ich wollte warten, bis wir zu Hause sind, um es dir hier zu sagen.«

Er lachte, nahm sie dann schmunzelnd in die Arme und drückte sie fest an seine Brust. »Stacy«, murmelte er. »Stacy, Stacy, Stacy. Ich kann es nicht fassen. Das ist die beste Nachricht aller Zeiten. Na ja, mal abgesehen von Cherry.«

»Ich weiß. Ich hatte schon fast den Glauben daran verloren, dass es passieren würde. Meine Periode ist überfällig, und ich habe das Gefühl, dass ich schwanger bin. Es fühlt sich genauso an wie zu der Zeit, als ich mit Cherry schwanger war.«

»Wann ist es denn so weit?«

Sie lachte. »Es ist noch lange hin! Es sind jetzt etwa drei Wochen.«

»Ich weiß. Aber das fragen die Leute doch immer, oder?« Er ließ seine Hand auf ihrem Bauch ruhen. »Da ist ein Baby drin. *Unser* Baby. Es ist unglaublich.«

»Nicht wahr?« Tränen traten ihr in die Augen. »Es hat so lange gedauert.«

»Wie fühlst du dich?«

»Gut.«

»Keine morgendliche Übelkeit?«

»Noch nicht. Und das letzte Mal war es auch nicht ganz so oft, also drücken wir die Daumen, dass sich das nicht ändert.«

»Ich werde aber schon mal ein paar Avocados besorgen.« Er zog eine Augenbraue hoch. »Du weißt doch, wie du auf Avocados reagierst, wenn du schwanger bist.«

»Und Hüttenkäse.«

»Den Hüttenkäse hatte ich ganz vergessen.«

Während ihrer ersten Schwangerschaft hatte Stacy einen

unbändigen Heißhunger auf Avocados und Hüttenkäse entwickelt. Sie mochte Avocados, aber Hüttenkäse hatte sie eigentlich immer gehasst: die klumpige Textur, die weichen, verdächtigen Klumpen, der Hauch von Fäulnis im Geschmack, aber das alles störte sie damals nicht. Etwa drei Wochen lang wollte sie einzig und allein mit Hüttenkäse gefüllte Avocados vertilgen.

Allerdings traf das Wort »wollte« nicht wirklich zu. Es war vielmehr ein allumfassendes *Verlangen*. Es war das Einzige, was sie essen wollte. Eines Tages war sie nach Hause gekommen, und Dan saß am Tisch, eine Avocado und Hüttenkäse vor sich, und sie rastete völlig aus.

Du isst mein Essen!

Er warf die Hände in die Luft. *Ist schon gut. Es gibt noch jede Menge mehr davon, und im Kühlschrank stehen mindestens noch drei Becher Hüttenkäse.*

Das ist mir doch egal! Es ging nicht darum, ob noch etwas da war – sie konnte einfach die Vorstellung nicht ertragen, dass er ihr Essen aß.

Sie machte einen Satz nach vorn und schnappte sich seinen Teller. *Gib das her.*

Stacy, versuchte er sie zu besänftigen. *Das Problem ist, dass wir nichts anderes im Kühlschrank haben, und ich habe Hunger. Wenn du mich das hier essen lässt, ziehe ich danach sofort los und besorge Nachschub.*

Nein! Iss dein eigenes Essen.

Er erhob sich. *Na schön. Wir sehen uns später.*

Sie setzte sich mit drei Avocados und einer Schüssel voller Hüttenkäse vor den Fernseher und zappte durch die

Kanäle. Sie war gerade mit Essen fertig, als die Tür aufging und er hereinkam.

Er trug eine große Kiste in den Händen und hatte ein breites Grinsen aufgesetzt.

Das sollte reichen. Er stellte die Kiste auf den Tisch. *Mehr hatten sie nicht vorrätig.*

Sie war voll mit Avocados.

Im Auto steht noch eine Kiste mit Hüttenkäse. Kann ich jetzt eine haben?

Unglaublicherweise schrie ihr Instinkt förmlich *Nein!*, aber sie atmete tief ein und hielt einige Sekunden lang die Luft an.

Na gut. Aber nur eine, okay?

Sie beugte sich vor und küsste ihn. »Bis es so weit ist, haben wir noch etwas Zeit«, erklärte sie. »Und es ist auch noch ein wenig Zeit, bevor Cherry aufwacht. Hast du eine Idee, was wir damit anfangen können?«

»Die eine oder andere hätte ich schon.«

»Ich auch. Denken wir wohl an das Gleiche?«

Er legte seine Hände auf ihre Hüften.

»Ich glaube, das tun wir«, erwiderte er.

Dr. Williams

Dr. Williams saß Sandy Price gegenüber, dem Geschäftsführer der Klinik. Price war ein dunkelhaariger Mann mit runder Brille. Im vergangenen Jahr hatte er viel Gewicht verloren. Es hatte Spekulationen gegeben, er sei krank – er war nicht sonderlich beliebt, sodass einiges davon eher Wunschdenken war –, aber es stellte sich heraus, dass er lediglich eine effektive Diät hielt.

Die Tür ging auf, und Dr. Hall trat ein. Er setzte sich und überprüfte sein Handy.

»Peter«, begrüßte ihn Dr. Williams. »Danke, dass Sie sich die Zeit genommen haben.«

»Kein Problem. Es ist ein faszinierender Fall. Ich bin gespannt, was Sie zu berichten haben. Ich fürchte, ich habe selbst noch nichts zu bieten.«

»Ich habe eine Idee«, begann Dr. Williams. »Da war etwas in den Akten.«

Sandy Price beugte sich vor. »Sie haben eine Erklärung für die Erkrankung der Kinder?«

»Ich habe eine Theorie.«

Price bedeutete ihm, er solle fortfahren. »Und?«

»Ich glaube, sie haben etwas gegessen oder getrunken, das hochtoxisch war.«

»Könnte sein«, mutmaßte Price. »Das wäre möglich.«

»Könnte sein?«, echote Williams. »Und es ist mehr als möglich. Es ist wahrscheinlich.«

»Das wissen Sie nicht mit Gewissheit«, entgegnete Price.

»Das nicht. Aber ich habe Grund zu der Annahme.«

Price machte Anstalten, den Kopf zu schütteln, doch Peter Hall hob die Hand.

»Lassen Sie ihn ausreden, Sandy«, bat er.

»Danke, Peter.« Williams trommelte mit den Fingern auf den Schreibtisch. »Das Mädchen, das sich erholt hat, hatte sich erbrochen, die anderen drei nicht.«

Dr. Hall nickte. »Und das lässt Sie vermuten …«

»Dass Cherry Evanston das Gift – das Toxin – wieder loswurde, bevor es vom Magen in den Darm gelangte und vollständig absorbiert wurde. Bei den anderen war das nicht der Fall.«

»Das ist eine interessante Theorie«, befand Hall. »Aber wir sollten keine voreiligen Schlüsse ziehen. Es könnte auch andere Erklärungen geben.«

»Mag sein«, räumte Williams ein. »Darüber habe ich mir auch den Kopf zerbrochen. Aber mir ist keine eingefallen.«

»Viraler Ursprung?«, mutmaßte Dr. Hall. »Vielleicht bekamen die anderen drei bei der Exposition eine höhere Viruslast? Ähnlich wäre es bei etwas Bakteriellem.«

»Alles, was viral oder bakteriell gewesen wäre, das mir in den Sinn kommt, hätte in den Analysen zum Vorschein kommen müssen«, erklärte Williams.

»Analysen können unzuverlässig sein«, wandte Dr. Hall ein. »Vielleicht hat sich der Erreger den Analysen entzogen. Oder sie waren fehlerhaft. Oder es handelt sich um etwas Seltenes, auf das wir normalerweise nicht testen.« Er hob die Hände. »Ich weiß, das sind unwahrscheinliche Erklärungsversuche. Aber ich weise nur darauf hin, dass wir nicht mit Sicherheit sagen können, dass es sich um ein Toxin handelt, das sie gegessen oder getrunken haben.«

»Es ist die wahrscheinlichste Erklärung«, beharrte Williams.

»Was könnte es gewesen sein?«, fragte Price. »Bleichmittel? Etwas, auf das sie im Hausmeisterraum gestoßen sind?«

»Nein«, widersprach Williams. »Das glaube ich nicht. Es

müsste etwas sein, das die Leber und ihre Fähigkeit, es zu verarbeiten, überfordert hat.«

Hall schürzte die Lippen. »Da kommt mir nichts in den Sinn«, sinnierte er. »Alkohol vielleicht, aber das ist es nicht.«

»Es gibt einen einfachen Weg, es herauszufinden«, erklärte Williams. »Wir können sie fragen.«

»Vorausgesetzt, sie kommen wieder zu Bewusstsein«, gab Price zu bedenken.

»Ja«, erwiderte Williams. »Und selbst wenn nicht, können wir Cherry Evanston befragen. Sie wird sich erinnern, ob sie etwas Ungewöhnliches zu sich genommen hat.«

»Ich glaube wirklich nicht, dass dies der richtige Weg ist«, wandte Price ein. »Ich möchte weder die Zeit von irgendjemandem verschwenden noch das Kind verstören.«

Williams starrte Price an. Warum zum Teufel mischte er sich in diese medizinische Angelegenheit ein? Er war doch Verwaltungsbeamter. »Es ist keine Zeitverschwendung«, sagte er. »Es ist der naheliegende nächste Schritt.«

»Sie sollte nicht verstört werden«, wiederholte Price.

»Ich werde vorsichtig vorgehen.«

»Sie könnten bewirken, dass sie sich schuldig fühlt«, erklärte Price. Um Unterstützung heischend, richtete er seinen Blick auf Dr. Hall. »Meinen Sie nicht auch, Peter?«

»Teils, teils«, äußerte Dr. Hall. »Ich denke, es besteht das Risiko, die Familie zu irritieren. Vielleicht warten wir noch ein oder zwei Tage ab.«

»Peter«, unterbrach ihn Williams. »Das ist doch lächerlich! Seine Reaktion überrascht mich nicht« – er machte eine abschätzige Geste in Richtung Sandy Price –, »aber Sie sollten es besser wissen. Sie wissen, dass ich sie befragen muss.«

Dr. Hall nickte bedächtig. »Sie haben recht«, räumte er ein. »Fragen müssen wir.«

Price schaute auf seine Uhr. »Gut. Es ist schon spät. Vielleicht lieber morgen?«

»Vielleicht«, lenkte Williams ein und stand auf. »Das war's dann also. Ich bin müde und habe Feierabend, also sehen wir uns morgen früh.«

»Ja«, stimmte Price zu. »Und danke für Ihren ganzen Einsatz. Das wissen wir sehr zu schätzen. Wir alle.«

»Gern geschehen«, schloss Williams.

Price wandte sich an Dr. Hall. »Peter, könnten Sie noch einen Moment bleiben? Es gibt da ein paar Dinge, die ich mit Ihnen besprechen muss. Hauptsächlich Verwaltungsangelegenheiten. Lästig, aber da Sie nun mal gerade hier sind …?«

Dr. Hall zuckte mit den Schultern. »Gar kein Problem. Ich helfe gerne.«

Steve Murdoch

Steve Murdoch nippte an seinem Kaffee. Der war dünn und schmeckte fade, und eigentlich wollte er gar keinen, aber so konnte er zumindest ein paar Minuten herumbringen: zur Cafeteria gehen, einen Becher füllen lassen, Milch hinzufügen, bezahlen, zurückgehen. Es war keine große Sache, aber es kostete keine Überwindung und war die einzige Art von geistloser Aktivität, zu der er im Moment fähig war.

Am anderen Ende des Raums warteten ein Mann und eine Frau. Der Mann saß reglos da, die Frau ging auf und ab. Sie waren ein paar Jahre älter als er, vielleicht Mitte vierzig, und er fragte sich, weshalb sie wohl hier waren. In Anbetracht ihres Alters wahrscheinlich wegen eines Elternteils.

Und so sollte es auch sein. Traurig, ja, aber nicht diese Umkehrung der normalen Lebensordnung. Seine Eltern waren Mitte sechzig und noch bei guter Gesundheit, aber ihm war bewusst, dass sie irgendwann sterben würden. Er würde um sie trauern, er würde sie vermissen, ihr Tod würde eine große Lücke in seinem Leben hinterlassen, aber er würde sich nicht mit einer daran haftenden Ungerechtigkeit oder Verkehrtheit auseinandersetzen müssen.

Bren hatte gestern Abend erstmals ein Kapitel aus einem Buch gelesen. Es war etwas Einfaches, aber er strahlte vor Stolz über seine Leistung. Steve hatte ihn umarmt und gesagt: *Das ist der Beginn einer lebenslangen Reise für dich. Du wirst für den Rest deines Lebens lesen.*

Sei nicht albern, Daddy, hatte Bren erwidert. *Ich werde dieses Buch auslesen, bevor ich sechs Jahre alt werde!*

Nicht nur dieses Buch! All die anderen Bücher.

Das durfte ihm doch nicht genommen werden. Brens Leben lag doch noch vor und nicht hinter ihm.

Er nahm noch einen Schluck Kaffee und sah der Frau zu, wie sie weiter auf und ab ging. Sie tigerte an der Fensterfront entlang, hin und her, pausenlos. Sie hatte etwas Vertrautes an sich, das er nicht einordnen konnte. Vielleicht war sie bei einem Treffen gewesen, an dem er teilgenommen hatte, oder er hatte sie einfach nur mal in der Stadt gesehen.

Er hatte jedoch definitiv das Gefühl, sie von irgendwoher zu kennen.

Die Tür zu den Behandlungsräumen öffnete sich, und ein Arzt trat heraus. Es war nicht der, den er vorhin gesehen hatte. Er sah erst Steve an und ging dann auf das Paar zu.

Dort angekommen, begann er zu sprechen. Steve konnte das leise Murmeln seiner Stimme vernehmen, vermochte die einzelnen Worte aber nicht zu verstehen.

Was auch immer er gesagt hatte, er hatte keine guten Nachrichten überbracht. Die Frau stieß einen so wehklagenden Schrei aus, wie ihn Steve noch nie gehört hatte. Es klang fast unmenschlich, ein Geräusch wie ihrer Seele entrissen, der Klang reinsten Kummers. Sie fiel auf die Knie und umklammerte ihren Kopf mit den Händen. Der Mann sackte auf seinem Stuhl zusammen und schüttelte den Kopf.

Der Arzt ging vor den beiden in die Hocke und legte der Frau eine Hand auf die Schulter. Er sagte noch etwas, dann stand er auf und ging mit grimmiger Miene zurück in die Behandlungsräume.

Das deutete nicht auf den Tod eines älteren Verwandten hin.

Die Frau richtete sich langsam auf und sah ihm direkt ins Gesicht.

Steve verspannte sich.

Jetzt erkannte er sie wieder.

Er wusste, wo er sie schon einmal gesehen hatte.

Sie war die Mutter eines Kindes an Brens Schule, Nick vielleicht, oder Nathan. Ja, das war sein Name: Nathan.

Er nahm wieder einen Schluck Kaffee. Er schmeckte wie Asche, und er spuckte ihn zurück in den Becher.

Dr. Williams

Dr. Williams öffnete gerade sein zweites Bier – er war nicht sicher, ob er die Flasche noch austrinken würde, bevor er einschlief –, als sein Telefon klingelte. Es war das Krankenhaus.

»Williams.«

»Dr. Williams, hier spricht Schwester Gloria.«

Er ahnte, warum sie anrief, aber ein Teil von ihm hegte die Hoffnung, dass es einen anderen Grund dafür gab.

»Was gibt es?«

»Wir haben noch einen Patienten verloren. Nathan.«

Ihm war, als würde ihm das Herz herausgerissen. Er schloss die Augen.

»Wann?«

»Vor einer halben Stunde.«

»Wissen die Eltern Bescheid?«

»Dr. Hall hat es ihnen mitgeteilt.«

Er fragte nicht, wie es ihnen ging. Das war nicht nötig.

»Und Bren? Wie geht es ihm?«

»Keine Besserung.«

Er schob sein Bier weg. Ihm war nicht mehr nach Trinken zumute.

»Wenn sich sein Zustand verschlechtert, rufen Sie mich an. Okay?«

***

Zwanzig Minuten später rief sie tatsächlich noch einmal an. Er las gerade etwas über Leberversagen und mögliche ungewöhnliche Ursachen. Als er die Nummer im Display erkannte, hätte er das Telefon am liebsten quer durch den Raum geworfen.

»Es gibt schlechte Nachrichten. Dem anderen Jungen – Bren – geht es immer schlechter. Es sieht gar nicht gut aus.«

Ihm drohte schwindelig zu werden.

»Danke für Ihren Anruf. Ich bin schon auf dem Weg.«

Als er die Station erreichte, wartete Gloria schon auf ihn.

Sie schüttelte den Kopf.

»Es tut mir leid«, sagte sie.

»Wann?«

»Vor ein paar Minuten. Wir konnten nichts machen.«

»Ich werde mit den Eltern sprechen. Wo sind sie?«

»Der Vater wartet in Zimmer sieben. Die Mutter ist unterwegs.«

»Warten Sie.« Die Stimme kam vom Ende des Korridors. Es war Dr. Hall. »Ich werde mit ihnen sprechen.«

»Das würde ich gerne übernehmen«, entgegnete Williams.

»Schon gut. Ich war dabei.«

»Ich war von Anfang an dabei.«

»Neal!«, beharrte Hall. »Das ist jetzt nicht der richtige

Zeitpunkt für einen Streit. Sie sind nicht im Dienst. Es ist in Ordnung. Wir kümmern uns darum.«

»Ich möchte mit ihnen sprechen.«

Die Tür ging auf, und Sandy Price kam herein. Er trug eine teuer aussehende Daunenjacke.

»Ich wollte gerade gehen, als ich es erfuhr«, erklärte er. »Es ist furchtbar.« Er sah Williams an. »Ich dachte, Sie wären gegangen.«

»Ich bin zurückgekommen. Ich wollte hier sein.«

»Ich verstehe«, sagte Price.

»Ich werde die Eltern informieren«, erklärte Dr. Hall.

»Ich übernehme das«, erwiderte Williams. »Ehrlich gesagt halte ich es für meine Pflicht.«

Price machte Williams gegenüber eine Geste, wies mit dem Kopf in Richtung eines unbesetzten Büros. »Kommen Sie mal einen Moment mit«, forderte er ihn auf.

Williams folgte ihm hinein. Er schloss die Tür hinter ihnen.

»Ist alles in Ordnung?«, fragte Price. »Mir ist klar, dass es eine große Belastung war.«

»Alles in Ordnung. Ich denke, ich sollte für die Eltern da sein. Ich weiß am meisten über den Fall.«

»Dr. Hall ist ein guter Arzt.«

»Darum geht es hier nicht!«

»Bitte werden Sie nicht laut«, mahnte Price. Dann hielt er inne, als ob ihm etwas aufgefallen wäre. »Haben Sie getrunken?«

»Nein!«

»Wirklich nicht?«

»Nicht wirklich. Ein einziges Bier.«

»Neal«, fuhr Price fort. »Ich habe vollstes Verständnis für Sie. Das war eine schwierige Situation. Sehen Sie zu, dass Sie nach Hause kommen, und zwar sofort, bevor Sie noch Schaden anrichten.«

Price hielt seinem Blick stand. Sein Gesichtsausdruck war ernst, und Williams wusste, dass ihm keine andere Wahl blieb, als zu gehen. Selbst ein Drink war schon zu viel.

»Okay«, gab er schließlich nach. »Ich gehe. Aber morgen müssen wir herausfinden, wie das alles passieren konnte. Ich werde mit der Familie des Mädchens sprechen, das überlebt hat, um zu erfahren, was zum Teufel diese Kinder zu sich genommen haben.«

Price starrte ihn an. »Das steht dann für morgen an«, schloss er. »Gute Nacht.«

Stacy Evanston

1

Stacys Handy klingelte. Sie kannte die Nummer nicht. Normalerweise hätte sie den Anruf nicht entgegengenommen, aber nach den letzten Tagen wollte sie auf keinen Fall etwas Wichtiges verpassen.

»Stacy Evanston«, meldete sie sich.

»Mrs Evanston? Hier spricht Dr. Williams.«

Diesen Anruf wollte sie nicht. Sie wollte nicht wissen,

was er herausgefunden hatte und warum es schlechte Nachrichten für Cherry waren, warum es Komplikationen gab, die bedeuteten, dass sie ihre Tochter für weitere Untersuchungen wieder ins Krankenhaus einliefern musste, oder, schlimmer noch, dass es ernste, langfristige gesundheitliche Schäden geben würde.

»Ja«, antwortete sie. »Was ist denn?«

»Haben Sie einen Moment Zeit?«

»Gibt es ein Problem mit Cherry?«, wollte sie wissen.

»Nein«, versuchte er sie zu beruhigen. »Darum geht es nicht.«

»Worum geht es dann?«

»Es gab noch andere Kinder«, erklärte er. »Die etwa zur gleichen Zeit erkrankt sind.«

»Ella war Cherrys Freundin«, bestätigte sie. »Das ist so traurig.«

»Da waren noch mehr.«

»Sind sie … Leben sie noch?«

»Ich darf darüber nicht viel sagen. Keine Details, aber zwei andere sind nicht durchgekommen.«

Sie hörte sich selbst nach Luft schnappen. Damit waren es jetzt drei, was bedeutete, dass Cherry unwahrscheinliches Glück gehabt hatte.

»Die anderen befanden sich in einem etwas anderen Zustand als Ihre Tochter«, fuhr er fort. »Keines der anderen Kinder hat sich unmittelbar nach dem Kontakt mit dem, was immer dies verursacht hat, erbrochen.«

»Glauben Sie, dass das von Bedeutung ist?«

»Ich denke, es könnte entscheidend gewesen sein. Ich

würde mich gerne mal mit Ihrer Tochter unterhalten, wenn das möglich ist, und sie fragen, ob sie etwas Ungewöhnliches gegessen oder getrunken hat. Eine Pflanze, einen Pilz, irgendetwas.«

»Sie schläft«, sagte Stacy.

»Vielleicht morgen? Gleich frühmorgens.«

»Wir sind zu Hause«, versicherte Stacy. »Sie können uns unter dieser Nummer erreichen.«

»Wahrscheinlich ist es besser, wenn ich persönlich vorbeischaue. Wäre das in Ordnung?«

»Ich denke schon. Ich wüsste nicht, was dagegen spricht. Aber geben Sie uns Bescheid, bevor Sie kommen, falls sie schläft oder uns etwas dazwischenkommt.«

»Rufen Sie mich doch einfach an und sagen Sie mir, wann es bei Ihnen passt. Ich bin von sechs bis vierzehn Uhr im Krankenhaus, also danach dann?«

»Okay«, schloss sie. »Wir können morgen reden.«

2

Stacy wachte um kurz nach neun auf. Es war – wie lange? – Monate, wahrscheinlich eher Jahre her, dass sie so lange geschlafen hatte. Vielleicht hatte sie es mal an einem Wochenende in ihren Zwanzigern nach einer durchzechten Nacht gemacht, aber sicher nicht mehr seit Cherrys Geburt. Dan war Frühaufsteher. Als Cherry noch ein Baby gewesen war, war er oft schon um fünf oder sechs Uhr aufgestanden, um mit ihr einen kleinen Spaziergang zu machen, aber selbst an solchen Tagen war Stacy um halb acht, spätestens acht wach und bereit für alles, was der Tag mit sich brachte.

Eines Morgens war sie in absoluter Stille aufgewacht. Nicht in einem ruhigen Haus, sondern in einer ruhigen *Welt*. Sie erkannte es sofort wieder: Es war die Art von Stille, die während eines Schneefalls herrscht. Kein großer, windiger Nordoststurm, sondern einer dieser anhaltenden, leisen Schneefälle, die die ganze Nacht hindurch andauern und Zentimeter für Zentimeter Schnee auf dem Boden auftürmen, bis beim Aufwachen die ganze Welt in Weiß gehüllt ist und sich nichts mehr bewegt. Keine Autos, keine Menschen, die Welt im Stillstand.

Und weder Dan noch Cherry waren im Haus.

Sie schaute aus dem Küchenfenster und sah die Abdrücke, die zum hinteren Tor führten, fast schon wieder zugeschneit vom Neuschnee. Es waren zwei Paar Spuren, beide mit dem großen Oval von Schneeschuhen, eine in der Größe, die auf einen sechsunddreißigjährigen Mann schließen ließ, die andere auf ein vierjähriges Mädchen.

Der Schnee fiel nach wie vor in dicken Flocken.

Ihr Telefon summte.

Unwetterwarnung: Schneesturm

Na toll. Gut gemacht, Dan. Ein Morgenspaziergang in einem Schneesturm mit ihrer Vierjährigen, bei – sie überprüfte ihr Handy – Temperaturen, die weit unter denen im Gefrierschrank lagen.

Sie stellte sich die beiden vor, wie sie sich im Wald aneinanderkuschelten, um sich zu wärmen. Dan würde so eine romantische Vorstellung von Cherry haben, wie sie mit nach oben gewandtem Gesicht die fallenden Schneeflocken anschaute, die schmolzen, sobald sie auf ihren rosigen Wangen landeten.

Aber so würde es nicht sein. Sie würde vor Unbehagen wimmern und darum betteln, wieder nach Hause zu kommen.

Es hat ihr nicht gefallen, würde er sagen. *Ich dachte, es würde ihr Spaß machen.*

Es ist ein Schneesturm, würde Stacy antworten. *Sie ist erst vier.*

Aber zumindest versuchte er es. Dafür liebte sie ihn.

Eine Stunde später machte sie sich allmählich Sorgen. Dans Handy lag auf dem Küchentresen, sodass es keine Möglichkeit gab, ihn zu erreichen. Der Schneesturm hatte sich noch verstärkt, die Luft war weiß und undurchdringlich. Sie überlegte gerade, ob sie ihre Schneeschuhe anziehen, hinausgehen und nach ihnen Ausschau halten sollte, als die Haustür mit einem dumpfen Krachen geöffnet wurde.

Mannomann! Es war Dans Stimme. *Es ist kalt da draußen.*

Stacy stand auf und ging in den Flur. *Ihr wart sehr lange unterwegs.*

Cherrys Gesicht war puterrot, und sie hatte blaue Lippen. Ihre Augen waren dunkle Tüpfelchen, ihr Mantel nass von geschmolzenem Schnee.

Alles in Ordnung?, fragte Stacy.

Mom. Cherrys Stimme klang eindringlich, und Stacy machte sich schon darauf gefasst, dass Cherry ihren Vater anprangern würde, gefasst auf eine Tirade darüber, dass er sie zu so etwas Schrecklichem gezwungen hätte. *Es ist so cool da draußen. Wir haben Spuren von Rehen gesehen! Dad hat gesagt, dass ich später mal eines schießen kann!*

Sie schaute Dan an, der mit den Schultern zuckte.

Das ist ja fantastisch! Ich freue mich sehr.

Und uns war überhaupt nicht kalt. Na ja, nur ein bisschen.

Dieser Morgen jetzt war anders. Sie hörte das Geräusch des laufenden Fernsehers und Dan, der in der Küche mit Geschirr hantierte. Es waren die Geräusche des Zuhauses einer Familie. Ein Zuhause, das so leicht hätte zerstört werden können, so wie es bei drei anderen der Fall war.

Gemeinsam mit Cherry würde sie mit Dr. Williams sprechen und schauen, ob es etwas gab, womit sie ihm weiterhelfen konnten. Sie griff nach ihrem Handy. Er hatte gesagt, er habe um vierzehn Uhr Dienstschluss, also würde sie anrufen und ihm eine Nachricht hinterlassen, dass er direkt nach der Arbeit kommen sollte. Je eher sie es hinter sich hatten, desto besser.

Die Empfangsdame nahm ihren Anruf entgegen.

»Hallo, hier ist Stacy Evanston. Meine Tochter war bei Ihnen in der Klinik, und Dr. Williams wollte sie heute Nachmittag noch einmal sehen. Ich würde gerne eine Nachricht für ihn hinterlassen.«

Es entstand eine Pause.

»Wie, sagten Sie noch, ist Ihr Name?«

»Stacy Evanston.«

»Danke, Mrs Evanston. Bleiben Sie einen Moment dran, bitte.«

Stacy lauschte der blechernen Musik in der Warteschleife. Nach ein paar Minuten meldete sich eine Männerstimme in der Leitung.

»Mrs Evanston? Hier spricht Sandy Price. Ich bin der Geschäftsführer der Klinik. Mir wurde gesagt, Sie möchten mit Dr. Williams sprechen?«

»Ja. Er wollte heute mit meiner Tochter Cherry sprechen. Sie war …«

»Ich kenne den Fall Ihrer Tochter«, unterbrach er sie. »Ich bin heilfroh – wie wir alle –, dass es ihr wieder gut geht.«

»Nun, Dr. Williams wollte sie gerne heute sehen. Er wollte ihr ein paar Fragen darüber stellen, ob sie etwas Ungewöhnliches gegessen hat. Ich rufe an, um einen Termin mit ihm zu vereinbaren.«

»Ja.« Der Mann, Sandy Price, stieß eine Art Seufzer aus. »Es tut mir leid, dass ich Ihnen die schlechte Nachricht mitteilen muss, aber Dr. Williams kann nicht mit Ihnen sprechen.«

»Geht es ihm gut?«

»Bedauerlicherweise nicht. Dr. Williams ist letzte Nacht verstorben.«

Die Worte drangen nicht zu ihr durch.

»Sagten Sie gerade …?«

»Ja, leider.«

»Das ist doch Wahnsinn! Was ist denn passiert?«

»Es ist noch nicht öffentlich bekannt, aber er hat sich das Leben genommen.« Price hielt inne. »Es ist nicht klar, was genau passiert ist oder warum, aber soweit ich informiert wurde, war er großem Stress ausgesetzt – schon lange vor dem Fall mit Ihrer Tochter –, und es wurde wohl zu viel für ihn. Es tut mir sehr leid, dass ich Ihnen dies mitteilen muss.«

Von allen Dingen, die er hätte sagen können, war Suizid wohl das Letzte, was sie erwartet hatte.

»Es tut mir auch für Sie leid«, versicherte Stacy.

»Danke. Und wenn es irgendetwas gibt, das wir in der Klinik für Sie tun können, zögern Sie bitte nicht, sich an uns zu wenden.«

23. DEZEMBER 2022

Marcia Fournier

Das war nicht gerade gut gelaufen.

Nein, das war noch untertrieben. Es war ein kompletter, absoluter Reinfall gewesen. Ein Fehlschlag, von Anfang an zum Scheitern verurteilt. Als sie die Worte *Ich werde mir etwas einfallen lassen* auf den Zettel geschrieben hatte, hatte sie einen Adrenalinstoß verspürt, das Gefühl, dass ihr Moment gekommen war. Sie hatte sich stark gefühlt – ja, sie würde sich etwas einfallen lassen! Sie war stark und zu allem fähig, und nichts war unmöglich für sie.

Ja, schon klar. Sie war angetrunken und voller Illusionen. Dies war ein Paradebeispiel dafür, was aus ihrem Leben geworden war, obwohl »geworden« das falsche Wort war – zu passiv. Es war das, wozu sie ihr Leben *gemacht* hatte.

Nun, sie hatte die Nase gestrichen voll.

»Es tut mir leid«, begann sie.

»Ist schon gut«, antwortete Jill Stearns. »Es war einen Versuch wert.«

»Jill«, fuhr Marcia fort. »Das ist es nicht, was mir leidtut. Es tut mir leid, dass ich gelogen habe. Vorhin gegenüber der Pilotin, aber auch wegen all der anderen Lügen.«

Sie schaute von Passagier zu Passagier.

»Das ist es, was mir leidtut«, verkündete sie. »Es dürfte

für Sie keine Rolle spielen – was kümmert es Sie, ob ich lüge? –, aber mir tut es leid wegen all der Lügen, die ich aufgetischt habe. Ihnen gegenüber, meinen Freunden, Mick, meiner Tochter, meiner wunderschönen Enkelin und sogar mir selbst gegenüber. Denn ich belüge mich nun schon seit Jahren auch selbst. Jeden Tag beim Aufwachen rede ich mir ein, dass es das letzte Mal ist, dass ich verkatert aufwache. Das ist die erste Lüge des Tages. Andere folgen. ›Wie viele Drinks hattest du, Marce?‹ ›Nur zwei, Mick.‹ Sie schnaubte, ein höhnisches Lachen. ›Wie wäre es mit sechs. Oder acht.‹ ›Sie haben Ihr eigenes Wasser mit ins Flugzeug genommen, Marcia?‹ Das haben Sie mich letzte Woche gefragt, Kevin. Ich hatte zwei von diesen dabei« – sie zog eine der leeren Flaschen hervor – »genau wie heute. Aber da war gar kein Wasser drin.« Sie beugte sich vor. »*Wodka.* Genauer gesagt. Halb Wasser, halb Wodka. Es schmeckt nicht einmal gut. Es ist gerade genug, um den Flug zu überstehen, aber nicht so viel, dass ich nicht nach Hause fahren kann. Das heißt, ich funktioniere noch. Rechtlich gesehen sollte ich jedoch nicht einmal in der Nähe eines Steuers sitzen.«

»Marcia«, schaltete sich Jill ein. »Sie müssen uns das nicht erzählen.«

»Ich möchte es aber. Ich möchte, dass Sie es alle wissen. Ich möchte, dass Mick es weiß. Denn sonst werde ich nie aufhören, mir selbst die größte aller Lügen aufzutischen.« Sie holte tief Luft. »Die Lüge, dass ich jederzeit aufhören könnte, wenn ich nur wollte. Das ist meine Version des Irrglaubens aller Alkoholiker. Dass ich noch die Kontrolle habe – irgendeine Art von Kontrolle. Zumindest gilt das für mich. Ich habe überhaupt keine Kontrolle mehr über meinen Alkoholkonsum.«

Jill legte Marcia eine Hand auf die Schulter. »Es ist sehr mutig, das zu tun, was Sie gerade getan haben«, erklärte sie. »Wir werden für Sie da sein. Das verspreche ich Ihnen.«

Sie fühlte sich leicht, geradezu schwebend, als wäre ihr eine schwere Bürde von den Schultern genommen worden. Es war ein körperliches Gefühl, eine große Last loszulassen. Und ihr Verstand war so klar wie seit Jahren nicht mehr.

Sie war, trotz der Umstände, optimistisch. Das war ein Gefühl, das sie ganz vergessen hatte.

»Danke«, schloss sie. »Es ist noch ein langer Weg, aber das hier ist der erste Schritt.«

»Das ist ja toll.« Kevin Anderson klopfte wie zum Applaus auf die Rückenlehne des Sitzes vor ihm. »Es ist entzückend, diese ganze fröhlich-ausgelassene Beichte abzunehmen, und ich bin froh, dass Sie sich jetzt dazu entschieden haben, wo Sie am absoluten Tiefpunkt angelangt sind. Ich wünsche Ihnen alles Gute auf Ihrem Weg zur Genesung. Aber hier liegt Dringenderes an.« Er hob die Stimme. »Wird verflucht noch mal irgendjemand irgendetwas *unternehmen*?«

Varun Miller

Hilfe ist unterwegs.

Er las die E-Mail von Sharon erneut.

Hilfe ist unterwegs.

Varun sah zu Kevin Anderson hinüber. Der starrte Jill Stearns an und trommelte dabei mit den Fingern auf die Plastikablage vor ihm.

Wird verflucht noch mal irgendjemand irgendetwas unternehmen?

Wer glaubte er eigentlich zu sein, dass er so mit ihnen redete? Varun stellte durchaus gerne heikle Fragen, führte knifflige Gespräche, konfrontierte die Leute mit unbequemen Wahrheiten, denn schließlich war er ein Topanwalt, aber für schlechte Manieren gab es seiner Meinung nach keine Entschuldigung. Sein Vater war Lokalpolitiker in der Stadt in Pennsylvania gewesen, in der er aufgewachsen war, und am Ende seiner dreißigjährigen Karriere hatte die Stadt eine Feier zu seinen Ehren veranstaltet. Ganz am Schluss hatte sich seine erbittertste politische Gegnerin erhoben und den Blick über den vollbesetzten Saal schweifen lassen.

Die versammelten Gäste hatten den Atem angehalten. Bis zu diesem Zeitpunkt war alles, was gesagt worden war, geradezu überschwängliches Lob gewesen.

Bei Diana Christensen hingegen war es weniger wahrscheinlich, dass sie sich so überschwänglich äußern würde.

Ich werde mich kurz fassen, begann sie. *Ram und ich waren in den letzten drei Jahrzehnten in fast allen Fragen unterschiedlicher Meinung. Meiner Meinung nach lag er bei so gut wie jeder Frage und jedem Problem, mit dem wir es zu tun hatten, falsch. Aber trotzdem hat er mich immer mit Respekt und guten Manieren behandelt, was nicht auf viele Menschen zutrifft, denen ich in diesem Saal begegnet bin. Ich bin beleidigt worden, meine Integrität wurde infrage gestellt, ich wurde unflätig beschimpft und bedroht, aber nicht ein einziges Mal von Ram. Ja, wir waren uns bei fast allem uneins, aber ich benutze dieses Wort – fast – ganz bewusst. Denn das Einzige, worüber wir uns einig waren, war unser Respekt für andere Menschen und der Glaube an die Bedeutung unserer gemeinsamen Menschlichkeit.*

In den Tagen vor seinem Tod erzählte sein Dad, dies sei der Höhepunkt seiner Karriere gewesen. Varun hoffte, dass er es ihm eines Tages gleichtun würde.

Kevin Anderson würde das nie gelingen. Er war das genaue Gegenteil von dem, was Varuns Dad gewesen war. Ungehobelt, selbstsüchtig, arrogant, vergnügungssüchtig und völlig auf sich selbst fixiert.

Denn die Wahrheit war – und Varun würde sie ihm eines Tages auf höfliche und respektvolle Weise beibringen –, dass er, Kevin Anderson, kein Opfer umgekehrter Diskriminierung war. Wenn überhaupt, dann wurde er sogar übermäßig gefördert. Sein Urteilsvermögen wurde durch seine Vorurteile getrübt, und er war faul. Beides ging Hand in Hand: Es war einfacher, sich eine Meinung zu bilden, indem man seine Vorurteile zurate zog, als sämtliche Fakten zu berücksichtigen.

Und Varun befand, es wäre gut, ihn das wissen zu lassen, auch wenn sein Vater so etwas nicht gutgeheißen hätte.

Man brauchte sich doch nur diese Situation anzuschauen: Kevin fluchte, während er sein gebrochenes Handgelenk umklammerte, nachdem er daran gescheitert war, irgendetwas zur Lösung dieses Problems beizutragen. Varun hingegen hatte Hilfe gerufen.

Darin lag der Unterschied zwischen ihnen beiden. Kevin drängte sich in den Vordergrund und markierte den großen Macker. Varun hingegen erledigte den Job.

Und er freute sich darauf, dies Kevin wissen zu lassen.

Jill Stearns

Was nun?

Mary Jo saß bei Chip, sie umfasste sein Handgelenk und kontrollierte seinen Puls. Worum immer es ging, er brauchte sofort medizinische Hilfe. Aber im Moment war das wohl ein Luxus, der ihm nicht vergönnt war.

Sie würden ins Meer stürzen, da war sie sich sicher, also war ihr sein Herzproblem egal. Er würde sterben, wie sie alle.

Es hatte ein stinknormaler Flug nach Hause werden sollen, wie all die anderen, die sie unternommen hatte, und nun war daraus *das* geworden.

Chip Markham schwebte in ernster Gefahr. Kevin Anderson wimmerte vor Schmerzen. Die anderen waren voller Angst vor dem, was ihnen bevorstand.

Sie selbst war gleichermaßen verängstigt. Es war schon komisch, welche Form diese Angst annahm. Sie dachte nicht an den Moment, in dem das Flugzeug auf dem Wasser aufschlagen würde, oder daran, ob es einen Himmel oder eine Hölle gab – stattdessen fragte sie sich, was wohl Milas Neuigkeiten waren.

Ein Baby? Eine Heirat? Mittlerweile war es ihr egal, was

von beidem es war. Sie wollte es einfach nur wissen und ihrer Tochter sagen, dass sie sie liebte und jede Entscheidung unterstützte, die sie traf. Denn diese Sache zeigte ihr, wie zerbrechlich das Leben war und dass man – trotz aller Sorgfalt, die man walten ließ, um eine solide Grundlage zu schaffen, hart zu arbeiten, Ersparnisse zu haben, gesund zu sein und ein Zuhause zu haben – nie weit davon entfernt war, dass alles in sich zusammenfiel. Sicherheit ist eine Illusion, die es einem ermöglicht weiterzumachen. Ohne sie wäre man gelähmt von dem Wissen, dass man über einem bodenlosen Nichts schwebt.

Sie tippte Mary Jo auf die Schulter. »Wie geht es ihm?«

»Nicht besser.«

»Erzählen Sie mir von Ihrem Mann.«

»Wollen Sie das wirklich wissen?«

Jill nickte. »Wenn Sie es mir erzählen wollen.«

Mary Jos Gesichtsausdruck war einen Moment lang abwesend. Dann lächelte sie. »Wir haben es gut gehabt«, resümierte sie. »Wir haben uns jung kennengelernt und gemerkt, dass wir füreinander bestimmt sind, denke ich. Und wir haben es all die Jahre durchgehalten.«

»Kinder?«

»Eins. Nancy. Sie lebt jetzt im Westen. Und Sie?«

»Eine Tochter, Mila. Ich liebe sie, aber es war nicht immer einfach.«

»Die Teenagerjahre?«

»Ganz genau.«

»Wissen Sie«, begann Mary Jo, »wir hatten damals so manche Schwierigkeiten. Sie war depressiv, blieb die ganze

Zeit in ihrem Zimmer. Ich habe mich immer gefragt, was wir falsch gemacht hatten, wo unsere entspannte, selbstbewusste Tochter geblieben war.«

»Ging es ihr später wieder gut?«

»Irgendwann schaffte sie es da raus. Sie hatte eine Therapeutin und die richtigen Medikamente, und sie schaffte es da raus. Ein Jahr später nahm sich eine ihrer Klassenkameradinnen das Leben – keine gute Freundin, aber eben jemand, die sie kannte. Auch sie hatte unter Depressionen gelitten, und sie hat es nicht geschafft.«

»Tut mir leid, das zu hören.«

»In dem Moment habe ich begriffen, dass wir noch von Glück reden konnten. Nancy war der Kanarienvogel in der Kohlemine. Heutzutage haben meine jüngeren Kollegen ständig mit Angstzuständen und Depressionen bei ihren Kindern im Teenageralter zu kämpfen.« Sie hielt Jills Blick stand. »Was tun wir unseren Kindern nur an? Was für ein Druck lastet auf ihnen?«

»Ich weiß, wovon Sie sprechen. Ich sehe es bei der Arbeit. Da kommen diese ganzen tollen Absolventen zu uns, und alles, was sie bisher geschafft haben, ist es, gute Noten zu ergattern und ihren Lebenslauf auszubauen. Spaß zu haben, scheint nicht mehr auf der Tagesordnung zu stehen.«

»Wissen Sie, was ich mal zu Ray – meinem Mann – gesagt habe? Ich sagte: ›Ich bin froh, dass sie ihre Teenagerjahre überlebt hat.‹« Sie schüttelte den Kopf. »*Überlebt.* Ist es das, was wir uns mittlerweile für unsere Kinder erhoffen: Überleben?«

»Und jetzt ist Ray krank?«

»Todkrank. Ihm bleiben noch wenige Monate. Wir haben Glück gehabt«, sagte sie. »Trotzdem werde ich das Gefühl nicht los, betrogen worden zu sein. Ich hatte mich auf die goldenen Jahre mit ihm gefreut, verstehen Sie? Ruhestand, Reisen, Enkelkinder. Aber daraus wird wohl nichts mehr.«

»Das ist sehr traurig«, sagte Jill. »Das tut mir leid.«

»Und jetzt sieht es so aus, als würde er mich nicht einmal in seinen letzten Monaten um sich haben.«

»Da können wir uns nicht sicher sein.«

»Wirklich? Keiner gesteht. Keiner weiß, was er oder sie gestehen soll. Das bedeutet, dass die Pilotin gestört ist, und das ist nicht gerade beruhigend. Wir wissen nicht einmal, worum es hier geht.«

Sie ließ Chips Handgelenk los und hielt Jills Blick stand.

»Das ist ja gerade das Verrückte. Wir wissen nicht einmal das.« Sie hob die Stimme. »Darf ich Ihnen eine Frage stellen?«, rief sie in Richtung Cockpit. »Was, hoffen Sie, das jemand gestehen wird? Wer genau ist ermordet worden? Können Sie uns wenigstens mehr dazu sagen, worum es hier geht?«

Die Pilotin

Worum *ging* es hier denn?

Es ging um Gerechtigkeit.

Es ging darum, die Wahrheit ans Licht zu bringen.

Sie hatte sich das ganze herzzerreißende Gerede der Krankenschwester angehört – wenn sie denn eine Krankenschwester war – und war dann zu ihrem Schluss gekommen.

Es war alles Blödsinn, dazu gedacht, Zweifel in ihr zu säen. Nun, das würde nicht funktionieren. Es verhärtete ihr Herz nur noch mehr.

Das war die einzige Möglichkeit, dem, was geschehen war, eine Bedeutung zu geben. Andernfalls wäre es nur ihr persönlicher Kreuzzug. Vielleicht war es also an der Zeit, ihnen mitzuteilen, was genau passiert war.

Sie griff nach dem Mikrofon und drückte die Taste.

»Ella Farmer«, verkündete sie. »Kennen Sie diesen Namen?«

Sie wartete auf eine Antwort aus der Kabine. Es kam keine.

»Nun«, bohrte sie nach. »Haben Sie ihn schon einmal gehört?«

Das Schweigen, das folgte, machte sie wütend. Sie wusste, dass der Name Ella Farmer für einen von ihnen da hinten eine Bedeutung hatte.

Einer von ihnen dachte: *Wenn ich mich einfach bedeckt halte, wird sich das vielleicht von selbst erledigen.*

Aber jetzt wussten sie, um wen es ging.

Ella Farmer. Wenn sie diesen Namen hörten, würden sie verstehen, dass es ernst wurde und die Zeit gekommen war, den Preis zu zahlen.

Die Frage war nur, ob sie es tun würden oder ob sie dazu gezwungen werden mussten.

Sie schaute auf die Treibstoffanzeige. Fünfzehn Minuten noch, höchstens, bevor es zu spät war.

Sie hatte ihnen den Namen genannt. Es war an der Zeit, zur Schlussphase überzugehen.

»Haben Sie den Namen verstanden?«, wiederholte sie. »Ella Farmer. Sagt Ihnen der Name etwas?«

Kevin Anderson

Ella Farmer. Sagt Ihnen der Name etwas?

Das also war es. Der Grund für all das hier. Jemand hatte den Namen Ella Farmer genannt.

»Ella Farmer«, wiederholte er. »Wer kennt diesen Namen?«

In der Kabine herrschte tiefes Schweigen.

»Irgendwer?«, hakte Kevin nach. »Hat jemand ihn schon mal gehört?«

»Ich nicht«, machte Ramos den Anfang. »Habe ihn noch nie im Leben gehört.«

Jill: »Ich auch nicht.«

Er sah Marcia an. Vielleicht war das der Grund, warum sie trank. »Kennen Sie diesen Namen?«

»Nein. Tut mir leid. Ich habe ihn noch nie gehört.«

»Also kennt niemand hier Ella Farmer?«

Auf dem vorderen Sitz stieß Chip ein Stöhnen aus. Mary Jo stand auf und ging zu ihm hinüber.

»Chip?«

Seine Haut war grau. Eine Speichelspur zog sich über

sein Kinn. Sie tastete nach seinem Puls. Er ging, wenn überhaupt, noch schwächer.

»Wollten Sie etwas sagen?«

Er stöhnte erneut, und seine Augenlider flatterten.

»Wasser«, brachte er hervor.

Mary Jo öffnete den Kühlschrank und holte eine Flasche Wasser heraus.

Sie öffnete sie und hielt sie ihm an die Lippen. Mühevoll nahm er einen Schluck zu sich. Dabei schwappte ihm Wasser aus den Mundwinkeln und lief ihm über die Lippen.

»Der Name«, versuchte sie es. »Kennen Sie ihn? Oder brauchten Sie nur etwas zu trinken?«

Er nickte, sein Gesicht verzog sich vor Schmerz bei der Anstrengung.

»Kenne ihn.« Sein Atem ging stoßweise, und seine Worte waren kaum zu verstehen. »Ich kenne ihn.«

»Woher?«, fragte Mary Jo. »Woher kennen Sie ihn?«

»Das Mädchen«, nuschelte er. »Sie war ein Kind. Sie ist gestorben.«

Die Worte hingen in der Luft, die Andeutung war schockierend.

»Scheiße«, sagte Jeff Ramos. »Das ist *real.*«

Chip Markham

Er verlor immer wieder das Bewusstsein. Es gab Momente, in denen er bei Bewusstsein war, wahrnahm, was um ihn herum geschah, hörte, was die anderen sagten, Durst verspürte oder Panik oder Schmerzen. Momente, in denen er verstand, dass seine Atemnot ein Problem war – ein ernstes Problem –, und in denen er sich wünschte, die Beklemmung in seiner Brust würde sich lösen, alles um ihn herum würde verblassen, der Schmerz würde sich auflösen, und er selbst würde sich in das glückselige Gefühl des Nichts fallen lassen.

Aber danach rang er immer wieder darum, wieder zu sich zu kommen. Ein Überlebensinstinkt setzte ein, das Verlangen, zu kämpfen, denn er wusste, wenn er sich zu tief fallen ließ, würde er nie wieder zurückkommen. Es wäre das Ende, und das wollte er nicht.

Er wollte seinen Sohn und seinen Enkel sehen, wollte Weihnachten mit ihnen feiern, wollte all die Fehler aus der Vergangenheit wiedergutmachen. Er war ihm jetzt klar, er erkannte, wie man ein guter Vater sein konnte – spät, ja, aber besser spät als nie –, und er konnte den Gedanken nicht ertragen, dass ihm das genommen werden würde.

Es war ungerecht, und die Ungerechtigkeit machte ihn wütend, und die Wut ließ ihn kämpfen, also kämpfte er sich zurück ins Bewusstsein. Aber dann kamen der Schmerz, die stechenden Schmerzen in seinem Arm und das Gefühl, dass sein Herz nicht richtig schlug, dass es in seiner Brust herumsprang, dass es wie verrückt flatterte, und es fiel ihm schwer zu atmen, und er fühlte sich schwach und müde, und er wollte schlafen, zurück in die Dunkelheit fallen.

Er musste wach bleiben. Er musste wach bleiben, sonst würde er sterben und seinen Sohn und seinen Enkel nie wieder sehen.

Und er musste den anderen mitteilen, dass er einen Verdacht gegen Ramos hegte.

Vor allem aber musste er für seine Familie wach bleiben.

Aber er war nicht dazu in der Lage.

Er saß da, die Knie dicht an die Brust gepresst, den Rücken an die Kabinenwand der Maschine gelehnt, während sich das Vibrieren der Triebwerke auf seine Wirbelsäule übertrug, und er atmete ein und aus, flache, schwer erkämpfte Atemzüge.

Durch den Schmerz hindurch hörte er die Pilotin sprechen. *Haben Sie den Namen verstanden? Ella Farmer. Sagt Ihnen der Name etwas?*

Dann sprach die Krankenschwester, diejenige, die ihm geholfen hatte. Sie fragte, ob jemand den Namen kenne, und er wollte ihr helfen. Er *kannte* den Namen – zumindest glaubte er das.

Er erinnerte sich daran von vor langer Zeit. Aber wer war es? Woher kannte er ihn?

Ella Farmer.

Es war ein Mädchen, oder? Ein kleines Mädchen. Aber warum sagte ihm der Namen irgendetwas? Sein Verstand war benebelt. Es kostete ihn Mühe, auch nur einen einzigen klaren Gedanken zu fassen.

Er versuchte zu sprechen, aber sein Mund war zu trocken. Die Schwester reichte ihm Wasser. Dann kamen die Worte.

Das Mädchen. Sie war ein Kind. Sie ist gestorben.

Die Krankenschwester hielt seine Hände.

Wie?, fragte sie. *Wie ist sie gestorben?*

Er schloss die Augen und versuchte, sich zu erinnern. Es war da, aber er konnte es nicht fassen. Der Name schwebte vor seinem inneren Auge.

Ein Mädchen. Wer war sie?

Er wusste es nicht mehr. Er erinnerte sich nur an den Namen.

Aber er wusste, dass der Name Ärger bedeutete.

Großen Ärger. Urplötzlich fiel ihm alles wieder ein.

Er spürte, wie die Ermüdung immer näher kam, und er begriff, dass seine Zeit abgelaufen war.

Und in Anbetracht dessen, was kommen würde, war er froh darüber.

Und dann – zum Glück – herrschte nur noch Dunkelheit.

Varun Miller

Er lauschte Chips Worten. Das Mädchen war gestorben. Das änderte die Dinge. Wie Ramos sagte – dies war real.

Die Krankenschwester fragte ihn nach dem Wie, aber er gab keine Antwort mehr. Ein besorgter Ausdruck machte sich auf ihrem Gesicht breit, und sie beugte sich über Chip.

»Geht es ihm gut?«, erkundigte sich Jill Stearns.

Die Krankenschwester warf einen Blick über ihre Schulter. »Nein. Es geht ihm ganz und gar nicht gut.«

»Aber er ist am Leben?«, fragte Stearns.

»Noch.«

»Wenn er es war«, mutmaßte Kevin Anderson, »und er stirbt, bevor er gestehen kann, sind wir alle am Arsch. Können Sie ihn aufwecken?«

Die Krankenschwester schüttelte den Kopf, den Mund halb geöffnet vor Empörung. »Nein, das kann ich nicht. Und ich würde es auch nicht tun, wenn ich es könnte.«

»Warum nicht?«, entgegnete Anderson. »Er kannte den Namen. Wahrscheinlich war er es, der für alles verantwortlich ist. Er wollte es gerade gestehen. Es ist in unser aller Interesse, wenn er es tut.«

»Das können Sie doch gar nicht wissen«, wandte sie ein.

»Es scheint aber wahrscheinlich.« Anderson stand auf und beugte sich über ihre Schulter. Er machte Anstalten, Markham mit seiner gesunden Hand wach zu rütteln, zuckte dabei jedoch vor Schmerz zusammen. Er setzte sich wieder hin, das gebrochene Handgelenk erneut auf seinen Schoß gebettet.

»Chip!«, rief er. »Wachen Sie auf. Wir müssen hören, was Sie zu sagen haben.«

Chip gab keinen Laut von sich.

»Kevin, hören Sie auf.«, mahnte Stearns. »Das ist nicht hilfreich.«

Er sah sie an und lachte. »Als ob Sie etwas unternommen hätten? Seien wir doch mal ehrlich: Sie sind ja wohl kaum der Typ furchtloser Anführer, oder?«

»Es tut mir leid, dass ich eine Enttäuschung für Sie bin«, sagte sie. »Aber das ist wohl kaum der richtige Zeitpunkt für diese Ansprache.«

Er lachte wieder. »Wir können später darüber reden.

Uns darüber austauschen, wie Sie sich geschlagen haben, wenn wir uns alle wieder gesund und munter am Boden befinden. Was halten Sie davon?«

Sie starrte ihn an, und Varun erkannte in ihren Augen, wie sie es geschafft hatte, so weit zu kommen. Ihr Gesicht war zu einem leichten, fast schon freundlichen Lächeln verzogen, aber der Ausdruck in ihren Augen war hart und leer. Sie blinzelte.

»Ich freue mich schon darauf.«

Varun klappte seinen Laptop auf und lud den Webbrowser. Es war wie in der Anfangszeit des Internets, als sich die Seiten langsam aufbauten. Er tippte den Namen des Mädchens bei Google ein und drückte auf *Suchen*.

Er sah zu, wie die Ergebnisse langsam sichtbar wurden. Es gab Facebook-Posts, Nachrichtenmeldungen und eine Online-Gedenkseite. Er wählte die Gedenkseite aus.

»Was machen Sie da?«, wollte Anderson wissen. Er deutete mit dem Kopf auf den Laptop. »Hat das Ding eine Verbindung zum Internet?«

»Ich probiere aus, ob ich es dazu bringen kann«, erklärte Varun. »Vielleicht empfängt es irgendwie ein Signal.«

»Ja?« Anderson wirkte misstrauisch. »Irgendwas?«

Varun wollte ihm nicht auf die Nase binden, dass er eine Verbindung hatte. Er hätte es tun können – vielleicht sogar sollen –, aber er verabscheute Kevin Anderson plötzlich und wollte nichts mit ihm zu tun haben.

»Noch nicht. Aber ich werde es weiter versuchen.«

Er drehte den Laptop zu sich hin, um den Bildschirm zu verbergen. Die Gedenkseite hatte sich aufgebaut.

Im Gedenken an unsere wunderbare Tochter Ella

Wie viele von euch wissen, ist Ella zu den Engeln gegangen. Wir waren mit ihrer Gegenwart gesegnet, aber nur für eine viel zu kurze Zeit. Sie war das Licht in unserem Leben, und …

Er überflog den Text und suchte nach Details über das, was geschehen war.

… Es ist ein Trost, dass sie nicht lange leiden musste. Die Krankheit, die sie dahingerafft hat, kam schnell und riss sie mit sich, bevor sie zu viel Schmerz erleiden musste. Wir hätten gerne die Gelegenheit gehabt, ihr zu sagen

Er las es noch einmal. *Die Krankheit, die sie dahingerafft hat.*

Sie war an einer Krankheit gestorben. Es lag kein Mord vor. Das alles hier war ein Irrtum.

Er las bis zum Ende, nur für den Fall.

Die Trauerfeier fand in der Church of Our Lady in ihrer Heimatstadt Borrow, Maine, statt.

Er erstarrte.

Barrow, Maine.

Er kannte den Ort. Er hatte dort gelebt.

Das Unternehmen unterhielt dort ein Forschungs- und Produktionszentrum, eine der größten Einrichtungen des Landes. Es war eines der ersten gewesen, und obwohl es im

Laufe der Jahre immer wieder Bestrebungen gegeben hatte, es zu schließen, wurde dort nach wie vor produziert. Es war ein Teil der Unternehmensgeschichte. Außer ihm gab es nicht viel anderes in der Stadt.

Er hatte ein paar Jahre dort gearbeitet, etwa zu der Zeit, als das Mädchen gestorben war.

Er schaute sich im Flugzeug um.

Das hatten sie *alle*.

BARROW, MAINE, 2018

Stacy Evanston

1

Dr. Williams war tot.

Ella, Dr. Williams.

Und zwei weitere Kinder. Es war Gesprächsthema Nummer eins in der ganzen Stadt. Erst vier kranke Kinder, dann drei von ihnen tot. Ella, Nathan und Bren.

Alle tot.

Cherry hätte auch eines von ihnen sein können. Sie hatte sich erbrochen, die anderen nicht. Dieses eine kleine Detail hatte ihr das Leben gerettet und die anderen zu einem frühen – viel zu frühen – Tod verurteilt. Stacy schwankte zwischen Erleichterung und Schuldgefühlen, dass nur sie ihr Kind behalten durfte.

Die anderen würden Antworten fordern, würden die Ärzte und das Krankenhaus so lange bedrängen, bis sie herausgefunden hatten, wer dafür verantwortlich war. Stacy hätte dasselbe getan.

Und dann war da noch der Arzt. Ein weiteres Opfer. Hatte er zu viel Druck verspürt, zu viele Schuldgefühle empfunden wegen des Verlusts der Kinder? Hatte er in irgendeiner Weise nachlässig gehandelt? Er hatte dem Anschein nach alles getan, was in seiner Macht stand, aber vielleicht war ihm ein Fehler unterlaufen. Das würde sich alles schlussendlich herausstellen.

Ihr Telefon summte. Es war Molly, eine Freundin aus ihrem Spinning-Kurs.

»Hi«, meldete sich Stacy. »Wie geht es dir?«

»Gut. Aber um mich geht es nicht«, begann Molly. »Wie geht es *dir*?«

»Alles in allem geht es uns, den Umständen entsprechend, gut«, erwiderte Stacy. »Zumindest sind wir am Leben.«

»Ich habe das mit Ella gehört. Und mit den anderen.«

»Ich weiß. Ich kann mir gar nicht vorstellen, was die Familien jetzt durchmachen. Und vier Tote in einer kleinen Stadt? Das wird verheerende Auswirkungen haben.«

»Vier?«, fragte Molly nach. »Es gibt noch einen?«

»Der Arzt. Dr. Williams.«

»Der Arzt ist *gestorben*?«

»Ich weiß. Verrückt, oder?«

»Wie denn?«

»Suizid. Ich habe gestern versucht, ihn anzurufen, und jemand von der Klinik – der Geschäftsführer oder so – hat es mir mitgeteilt. Offenbar hatte er eine schwere Zeit, und die Ereignisse der letzten Tage haben ihn dann endgültig aus der Bahn geworfen.«

»Das ist ja furchtbar«, sagte Molly. »Dr. Williams, sagtest du?«

»Ja. Ich glaube, sein Vorname war Neal.«

»Oh Gott. Ich kenne seine Frau. Sie hat bald Geburtstag. Er hat eine riesige Party geplant« – sie brach in Tränen aus –, »sie muss am Boden zerstört sein.«

»Es tut mir leid, Mols.«

»Und dann Ellas Mom und Dad und die anderen Eltern.«

»Kanntest du sie?«

»Nein«, antwortete Molly. »Es waren zwei Jungen. Bren Murdoch und Nathan Carter.«

Stacy schloss die Augen.

»Nathan kannte ich«, sagte sie. »Bren auch. Cherry war mit ihm in der Vorschule in einer Klasse. Er wohnte bei seinem Dad. Ein echt feiner Kerl.« Sie spürte, wie ihre Lippen zu beben begannen. »Das ist so schrecklich, Molly.«

»Ich weiß. Aber ich bin froh, dass es dir gut geht. Und Cherry.«

»Der Arzt glaubt, es liege daran, dass sie sich erbrochen hat und die anderen nicht. Vielleicht haben sie etwas Giftiges gegessen, und sie konnte es loswerden.«

»Gott sei Dank. Können wir uns treffen? Ich muss dich sehen. Dich umarmen.«

»Morgen früh?«, schlug Stacy vor. »Komm jederzeit vorbei. Ich brauche diese Umarmung auch.«

»Dann also morgen. Hab dich lieb.«

»Hab dich auch lieb.«

Sie legte auf. Was *hatten* sie denn gegessen? Dr. Williams hatte vorgehabt, Cherry zu fragen. Vielleicht sollte *sie* sie fragen. Wenn er es für wichtig gehalten hatte, dann sollte sie vielleicht herausfinden, was es gewesen war.

Cherry war immer noch blass, schien sich jedoch mehr oder weniger vollständig erholt zu haben. Zumindest hatte sie wieder Appetit: Zum Frühstück hatte sie drei Schalen Cornflakes verputzt und war schon wieder hungrig.

»Ich schmiere dir einen Bagel mit Frischkäse«, bot Stacy an. »Aber kann ich dich vorher noch etwas fragen?«

»Aber ich bin am *Verhungern*!«

»Hallo, Verhungernde!«, rief Dan von der anderen Seite des Raums. »Ich bin Dad. Freut mich, dich kennenzulernen.«

»Daaaad!«, kreischte Cherry. »Hör auf damit!«

»Tut mir leid, Verhungernde! Ich hör ja schon auf.«

»Eine kurze Frage?«, schlug Stacy vor. »Und anschließend gibt es den Bagel?«

Cherry nickte. »Was willst du denn wissen?«

»Danke, Verhungernde«, sagte Stacy. »Hier ist die Frage. Denk erst mal darüber nach, okay? Also, hast du in der Schule, bevor du krank wurdest, etwas Ungewöhnliches gegessen oder getrunken?«

»Was denn zum Beispiel?«

»Zum Beispiel einen Pilz? Auf dem Spielplatz?«

»Nein, Mom!« Cherry lachte. »Ich mag doch gar keine Pilze!«

»Oder etwas anderes?«

»Kingsley hat mir Süßigkeiten gegeben.«

»Kingsley?«

»Er ist in meiner Klasse.«

»Was denn für Süßigkeiten?«

»Ich weiß es nicht. So kleine Dinger. Sie sahen aus wie Schokolade. Solche habe ich vorher noch nie gesehen.«

»Hat Kingsley sie auch gegessen?«

Sie schüttelte den Kopf. »Er ist allergisch. Er ist gegen alles Mögliche allergisch.«

»Weißt du zufällig, ob er die Süßigkeiten auch noch anderen Kindern gegeben hat?«

Sie nickte. »Ella. Er hatte vier Stück davon, und er gab eines mir und eines Ella. Kann ich Ella treffen? Ich möchte mit ihr spielen.«

Stacy blinzelte die Tränen weg und rang darum, ihre Stimme nicht brechen zu lassen. »Später«, vertröstete sie Cherry. »Wem hat er noch welche gegeben?«

»Ein paar Jungen. Ich kann mich nicht erinnern.«

»War Bren einer von ihnen?«

Cherry lächelte. »Ja! Es war Bren. Und sein Freund, Nathan.«

»Okay«, sagte Stacy. »Danke. Jetzt hast du dir deinen Bagel verdient, Verhungernde.«

2

Stacy rief im Krankenhaus an, wollte noch einmal mit dem Mann sprechen, der sie über Dr. Williams' Suizid informiert hatte. Sie hatte nach dem Geschäftsführer und dem Namen des Krankenhauses gegoogelt, und da war der Name aufgetaucht. Sandy Price.

Die Telefonistin legte sie in die Warteschleife. Normalerweise hätte er einen Anruf der Angehörigen einer Patientin bestimmt nicht entgegengenommen, aber als Elternteil eines Kindes, das als einziges von den vier, die vor ein paar Tagen eingeliefert worden waren, überlebt hatte, hatte sie immer noch eine Art verqueren Prominentenstatus inne.

Es funktionierte. Wenige Augenblicke später war er in der Leitung.

»Mrs Evanston. Wie geht es Ihnen?«

»Gut.«

»Und Cherry? Ist alles in Ordnung mit ihr?«

»Es scheint so, ja. Wir behalten sie im Auge, wie Dr. Williams es uns geraten hatte.«

»Sehr gut.«

»Deswegen rufe ich auch an.«

Es war spürbar, dass er nicht begriff. »Oh?«

»Es geht um etwas, das Dr. Williams gesagt hat. Er sprach davon, er habe den Verdacht, Cherry und die anderen könnten etwas Giftiges gegessen oder getrunken haben, das die Symptome verursacht hat. Die anderen, so sagte Dr. Williams, hatten sich nicht erbrochen, Cherry hingegen schon, was erklären könnte, warum sie überlebt hat.«

»Er hat das auch mit uns besprochen«, räumte Price ein. »Aber Dr. Hall, ein Leberexperte aus Portland, war nicht überzeugt. Möglich wäre es wohl, nehme ich an.«

»Er wollte Cherry danach fragen, ob sie und die anderen etwas Ungewöhnliches gegessen hatten.«

»Schade, dass er das nun nicht mehr kann.«

»Das ist es. Aber ich habe sie gefragt.«

Er hielt inne. »Tatsächlich?«

»Ja. Und sie berichtete mir, dass sie *tatsächlich* etwas Ungewöhnliches gegessen haben.«

»Wirklich? Was denn?«

»Süßigkeiten.«

»Das hört sich nicht sehr ungewöhnlich an, Mrs Evanston.«

»Ich weiß. Aber sie wusste nicht, um was für eine Süßigkeit es sich handelte. Ein Junge namens Kingsley hatte sie dabei. Er hatte sie von zu Hause mitgebracht.«

»Süßigkeiten sind wohl kaum ein Gift.« Er gab ein leises Kichern von sich. »Zumindest nicht in kleinen Mengen.«

»Das sehe ich auch so. Aber es scheint mir merkwürdig, dass Kingsley vier davon hatte und sie Cherry, Ella, Bren und Nathan gab. Das ist ein sonderbarer Zufall, finden Sie nicht auch?«

»Doch, doch, das ist es.« Er holte tief Luft. »Aber mehr steckt nicht dahinter, davon bin ich überzeugt. Süßigkeiten verursachen diese Art von Krankheit nicht.«

»Aber Sie sollten dieser Spur nachgehen. Wenigstens, um es auszuschließen.«

»Selbstverständlich, Mrs Evanston. Wir werden allem nachgehen, was Licht in diese tragischen Ereignisse bringen könnte.«

»Vielen Dank.«

»Kann ich sonst noch etwas für Sie tun?«

»Nein«, erwiderte sie. »Ich denke … Ich denke, das war's.«

»Dann wünsche ich Ihnen noch einen schönen Tag, und danke für den Anruf.«

Die Leitung war tot. Ihr war klar, dass Sandy Price ein viel beschäftigter Mann war. Aber wieso hatte sie das Gefühl, gerade abgewimmelt worden zu sein?

Und warum hatte sie das Gefühl, dass Sandy Price mehr wusste, als er zugeben wollte?

Es gab noch einen weiteren Anruf zu tätigen. Frances, die Mom von Kingsley.

Der Anruf ging auf die Mailbox. Stacy hinterließ eine Nachricht, in der sie mitteilte, sie sei Cherrys Mom, und es gehe ihr gut, aber sie habe da eine Frage, bei der sie vielleicht helfen könne.

Frances rief zwei Minuten später zurück.

»Hi«, meldete sie sich. »Ich habe Ihre Nachricht gehört. Es tut mir furchtbar leid, was Ihnen passiert ist.«

»Danke. Uns geht es mittlerweile wieder gut.«

Eine längere Pause entstand. »Sie sagten, Sie hätten eine Frage an mich?«

»Ja«, bestätigte Stacy. »Es ist wahrscheinlich nichts, aber ich versuche herauszufinden, ob Cherry etwas Ungewöhnliches gegessen hat, was die Krankheit verursacht haben könnte. Sie erwähnte eine Süßigkeit, die Kingsley ihr und den drei – den drei anderen Kindern – gegeben hat.«

»Wollen Sie damit andeuten« – Frances' Stimme verhärtete sich –, »dass es Kingsleys Schuld ist?«

»Nein, ganz und gar nicht«, versicherte Stacy. »Ich versuche nur herauszufinden, was mit meiner Tochter und mit Ella, Bren und Nathan geschehen ist.«

»Ich möchte Sie bitten, uns in Ruhe zu lassen«, forderte Frances. »Sie sollten nicht uns die Schuld geben.«

»Ich gebe Ihnen nicht die Schuld. Ich bitte Sie nur …«

»Sie machen die Drecksarbeit für diesen Arzt. Er hat gestern angerufen und die gleichen Fragen gestellt. Ich wollte nicht mit ihm sprechen, und ich werde auch nicht mit Ihnen sprechen. Ich verstehe, dass das, was passiert ist, traumatisch war, aber das gibt Ihnen nicht das Recht, andere Menschen zu belästigen. Rufen Sie mich nicht mehr an.«

Sie legte auf. Stacy starrte auf ihr Telefon. Dr. Williams hatte Frances auch angerufen? Warum? Was hatte er gehört?

Hatte er etwas herausgefunden, das ihn dazu getrieben hatte, sich das Leben zu nehmen?

Oder war es sogar noch schlimmer?

Ein Schauer lief ihr über den Rücken, als sich ihr ein weiterer Gedanke aufdrängte.

Hatte er sich umgebracht? Oder hatte er etwas herausgefunden, das ihn das Leben gekostet hatte?

23. DEZEMBER 2022

Varun Miller

Sie hatten alle in dem Forschungszentrum in Barrow, Maine, gearbeitet. Sie hatten alle in der Stadt gearbeitet, in der das Mädchen gestorben war. Aber sie war an einer Krankheit gestorben, nicht, weil jemand sie getötet hatte.

Zumindest soweit er wusste.

Vielleicht steckte ja mehr dahinter. Er gab ihren Namen erneut bei Google ein.

ELLA FARMER, TOD

Eine Reihe ähnlicher Ergebnisse wurde angezeigt. Er scrollte sie durch und hielt dabei nach etwas Ungewöhnlichem Ausschau.

Plötzlich fiel ihm etwas ins Auge.

Die Suchbegriffe waren hervorgehoben, aber das war es nicht, was seine Aufmerksamkeit erregte. Es waren die Wörter um sie herum.

ELLA FARMER, TOD … ZWEI WEITERE SCHÜLER DER SCHULE KAMEN UMS LEBEN … NATHAN CARTER UND BREN MURDOCH

Er klickte auf den Link. Es war ein Artikel aus dem *Barrow Times Record*.

Was darin stand, war schockierend. Sein Magen krampfte sich zusammen, und er musste sich beherrschen, um sich nicht zu übergeben.

ZWEI WEITERE SCHÜLER STARBEN IN DIESER NACHT, BEIDE AN DERSELBEN MYSTERIÖSEN KRANKHEIT. NATHAN CARTER UND BREN MURDOCH ERKRANKTEN EBENFALLS UND VERSTARBEN IM MEMORIAL HOSPITAL. NOCH EIN WEITERES KIND, CHERRY EVANSTON, LITT AN DER GLEICHEN KRANKHEIT. GLÜCKLICHERWEISE ÜBERLEBTE SIE.

Es gab noch zwei weitere Kinder und ein weiteres, das erkrankt war?

»Hey,« sagte er mit erhobener Stimme. »Ich habe eine Frage an Sie. An Sie, die Pilotin. Wegen Ella Farmer.«

Die Gegensprechanlage erwachte summend zum Leben.

»Fragen Sie.«

»Das Mädchen, Ella Farmer. Sie ist gestorben, nicht wahr? Das hat Chip gesagt.«

Die Stimme der Pilotin klang kühl. »Das ist sie. Sie wurde getötet.«

Das stimmte zwar nicht mit den Nachrichtenmeldungen überein, aber darauf konnte er später noch zurückkommen.

»Okay. Meine Frage … Meine Frage an Sie lautet: War sie die Einzige, die gestorben ist?«

Die Pilotin legte eine Pause ein.

»Nein. Es gab noch mehr.«

Jill Stearns sah ihn mit zusammengekniffenen Augen an und zog fragend eine Augenbraue hoch.

»Wie viele?«, wollte er wissen.

»Noch zwei. Zwei Jungen.«

»Wie sind sie gestorben?«

»Auf die gleiche Weise.«

»Also drei Morde?«, fuhr er fort. »Sie glauben, dass jemand hier für drei Morde verantwortlich ist?«

»Für noch mehr.«

Er beugte sich nach vorn. In dem Zeitungsartikel waren keine weiteren erwähnt worden.

»Wie viele noch?«

»Noch drei weitere«, erwiderte die Pilotin.

»Und sind sie auf die gleiche Weise gestorben?«

»Nein.«

»Wie sind sie dann ums Leben gekommen?«, fragte er.

Die Antwort ließ lange auf sich warten.

BARROW, MAINE, 2018

Stacy Evanston

Urplötzlich schreckte Stacy hoch. Sie hatte tief und fest geschlafen und merkte sofort, dass etwas nicht stimmte.

Irgendetwas hatte sie schlagartig geweckt. Irgendetwas hatte sie in ihrem Unterbewusstsein getriggert und ihren Körper mit Adrenalin geflutet. Sie war auf der Stelle hellwach. Und wusste auch sofort, was es war.

Eine archaische, primitive menschliche Angst, eine der ältesten und schrecklichsten von allen.

Angst vor Feuer.

Zuerst hörte sie es nur, das Knistern und Knacken von Flammen, die sich in ihre Nahrung fraßen. Das Bersten von trockenem, altem Holz, das der Hitze erlag.

Dann war da noch der Geruch, der beißende Gestank von Farbe, Rigipsplatten und anderen Dingen, die nicht brennen sollten.

Es brannte.

In ihrem Haus.

Wo ihre Kleine schlief.

Sie stieß Dan heftig in die Seite. »Dan!«, schrie sie. »Wach auf!«

Er öffnete erst verschlafen die Augen, doch dann bewirkten die gleichen Warnsignale, die sie alarmiert hatten, dass auch er schlagartig hellwach war.

»Feuer?«, stieß er hervor. »Cherry!«

Er sprang aus dem Bett, splitternackt, und rannte durch den Raum. Sie folgte ihm aus der Tür und in den Flur.

Ihr Herz setzte einen Schlag aus. Sie erblickte ein Inferno. Die glühenden Flammen tauchten die Wände in Rot. Zu ihrer Linken befand sich Cherrys Zimmer, dorthin wollte sie eilen, aber die Hitze war wie eine undurchdringliche Barriere.

Rechts war die Treppe – nur noch ein glühender Schlund. Es gab keinen Weg mehr nach unten.

»Oh Gott!«, rief Dan. »Kletter du aus dem Schlafzimmerfenster. Ich hole Cherry.«

»Ich komme mit!«, keuchte sie. »Ich helfe dir.«

Er schüttelte den Kopf. »Nein. Kletter raus und hol das Trampolin. Zieh es unter ihr Fenster. Dann springen wir raus.«

»Dan. Ich will …«

»Nein! Mach schon, sofort!« Er wies mit harter Miene auf ihr Schlafzimmer. »Stacy, sofort. Bevor es noch schlimmer wird.« Er ging einen Schritt den Flur entlang, schirmte sich dabei mit den Händen gegen die Hitze ab, stieß die Tür von Cherrys Zimmer auf und trat ein.

Stacy rannte ins Schlafzimmer zurück. Darin war es kühler, weniger rauchig, und sie sog tief Luft ein. Das Feuer würde den Sauerstoff verbrauchen. Während ihrer Militärausbildung hatte sie einen Kurs über Brandbekämpfung gemacht und wusste, woran die meisten Menschen bei einem Feuer starben – nicht durch die Flammen, sondern an Sauerstoffmangel.

Das Schiebefenster war groß genug, dass eine Person hindurchklettern konnte. Darunter befand sich das Schrägdach, das über der Essecke lag und aus der Küche herausragte. Sie kletterte hinaus und stellte sich auf die Dachziegel. Sie fühlten sich kühl an ihren nackten Fußsohlen an. Sie setzte sich hin, stützte sich mit den Händen ab und rutschte Zentimeter für Zentimeter nach unten.

Als sie den Rand des Daches erreichte, stieß ihr rechter Fuß gegen etwas – vielleicht ein Stück Moos –, und sie rutschte von der Kante ab. Sie drehte sich nach rechts und griff nach den Ziegeln, um sich an etwas festzuhalten. Vergeblich kratzten ihre Finger auf dem Dach entlang, und sie stürzte ab, wirbelte durch die warme Luft.

Als sie auf dem Boden aufschlug, blieb ihr der Atem weg. Einen Moment lang war sie benommen, dann gewann sie ihre Orientierung zurück und stützte sich auf die Ellbogen. Sie musste Dan helfen, musste Cherry helfen.

Sie ergriff den Rahmen des Trampolins und zerrte es unter das Fenster von Cherrys Schlafzimmer. Sie spürte einen stechenden Schmerz in den Rippen. Etwas war gebrochen, aber darum konnte sie sich später kümmern.

Sie schob das Trampolin gegen die Hauswand.

»Dan!«, schrie sie. »Dan!«

Sie schaute zum Fenster hinauf und hoffte, dass es geöffnet wurde. Hinter der Scheibe sah sie den roten Schein des Feuers.

Und wusste, dass niemand da drinnen überlebt haben konnte.

Aber sie würde nicht aufgeben. Sie rannte zur Hintertür

und stieß sie auf. Wie viele andere in der Kleinstadt Maine schlossen auch sie ihre Türen nicht ab. Sie trat ein, und ihre schlimmsten Befürchtungen bestätigten sich.

Das Herz des Hauses, ihr Zuhause, war heiß wie ein Glutofen. Die Hitze trieb sie zurück. Es gab keine Möglichkeit, die Treppe hinaufzukommen, keine Möglichkeit, auch nur ein paar Schritte ins Haus zu gelangen.

»Nein«, stöhnte sie. »Nein.«

Wie war es dazu gekommen? Wie konnte ein Feuer in einem Haus wie dem ihren entstehen? Sie hatten zwar einen Holzofen, aber der war jetzt natürlich nicht in Betrieb. Ein Leck im Propangastank? Hatten sie eine Herdplatte angelassen? Wie konnte so etwas passieren?

Schemenhaft dachte sie an den Arzt und an die Frage, die ihr in den Sinn gekommen war.

Hatte er sich wirklich umgebracht?

War das hier wirklich ein Unfall?

Sie hörte Sirenen und trat zurück. Dan und Cherry waren tot, daran gab es keinen Zweifel, und plötzlich war ihr eines klar: Sie wollte nicht, dass jemand erfuhr, dass sie dem Feuer entkommen war. Barfuß, wie sie war, lief sie in die hintere Ecke des Hofes und kauerte sich unter einen Baum. Vor dem Haus hielt ein Feuerwehrwagen an, gefolgt von einem weiteren, dann einem dritten. Aus ihnen schwärmten gelb gekleidete Gestalten aus und rannten auf das Haus zu.

Ein Feuerwehrmann erschien neben dem Trampolin. Er schob es aus dem Weg, ein zweiter schwang eine Leiter gegen die Wand, kletterte hinauf und hebelte das Fenster mit einer Axt auf.

Dann lehnte er sich wegen der Hitze zurück und schüttelte den Kopf.

Ein Kopfschütteln, das alles sagte. Stacy senkte den Blick.

Als sie wieder aufsah, bespritzten die Feuerwehrleute ihr Haus mit Wasser und Schaum. Gallonenweise schoss beides in dicken weißen Bändern aus den Schläuchen und landete zischend auf dem Haus, in dem sie ihr Kind großgezogen hatte.

Keiner konnte das überlebt haben.

Aber sie musste sicher sein. Als der Brand gelöscht und ihr Haus nur noch eine schwelende Ruine war, sah sie zu, wie sich die Feuerwehrleute mit Atemmasken auf dem Gesicht und Sauerstoffflaschen auf dem Rücken einen Weg ins Haus bahnten.

Als sie wieder herauskamen, hatten sie nicht die hustenden Cherry und Dan in den Armen.

Sie stapften geschlagen und mit leeren Händen heraus und würden in derselben Zukunft leben wie sie. Aber für sie waren ihre Familien noch Teil dieser Zukunft.

Für Stacy hingegen war es eine Zukunft in Einsamkeit.

Barfuß und im Nachthemd ging sie stumm in den Wald hinein.

Zweiter Teil

BARROW, MAINE, 2018

Stacy Evanston

1

Sie irrte die ganze Nacht Waldwege entlang, bis sie bei Sonnenaufgang zu ihrem Zuhause zurückkehrte.

Ihrem früheren Zuhause.

Sie wollte es noch ein letztes Mal sehen.

Sie hockte sich unter den Ahornbaum und vernahm noch einmal Cherrys Stimme, wie sie im vergangenen Sommer geklungen hatte.

Können wir von ihm Ahornsirup machen, Mom?

Klar, warum nicht?

Dans Lachen. *Mit dem, was wir von einem Baum bekommen, können wir vielleicht ein oder zwei Mäuse füttern, aber einen Versuch ist es wert.*

Sie hatten den Stamm angezapft und einen Eimer daran gehängt. Als der Saft ausgelaufen war, war der Eimer halb voll gewesen. Dan hatte ihn Cherry gezeigt.

Sieht aus, als hätten wir Ahornsirup gewonnen.

Kann ich ihn essen?

Ich muss ihn erst aufkochen.

Am nächsten Tag kam er mit einem Einmachglas voll dunkelbraunem Ahornsirup in die Küche. *Hier ist er. Cherrys Ahornsirup.*

Er hatte ihn im Laden gekauft und in das Glas geschüttet. Es war nicht einmal echter Ahornsirup, sondern das billige Zeug, das man auf Pancakes gab. Cherry liebte ihn und erzählte allen, dass sie ihn selbst geerntet habe.

Stacy schaute an ihrem Haus empor.

Zu dem, was davon übrig war.

Es war eine ausgebrannte Ruine. Ein Skelett aus verkohlten Knochen. Ein leeres schwarzes Chaos.

Die perfekte Metapher für ihre Zukunft.

Sie hatte mitangesehen, wie es brannte. Sie hatte zugeschaut, wie ihre Familie und ihr Haus – ihr ganzes Leben – von den Flammen verschlungen wurden.

Dokumente, Fotos, Bücher. Kleidungsstücke.

Alles weg.

Alle waren weg. Niemand außer ihr war aus dem Haus entkommen. Dan nicht, und auch Cherry nicht. Und da drinnen hätte niemand überleben können.

Die beiden waren nicht mehr. Ihr Mann und ihre Tochter. Asche zu Asche, Staub zu Staub.

Sie erschauderte bei dem Gedanken an sie in dem Haus, umringt von Flammen. Wie war es wohl abgelaufen? War Cherry schon tot gewesen, als Dan in ihr Zimmer stürzte? Oder hatte er versucht, sie zu retten, und sie hatten es nicht mehr rausgeschafft? Vielleicht waren sie zusammen gestorben, einander in den Armen liegend.

Sie wünschte, sie wäre bei ihnen gewesen. Sie hätte ihn begleiten sollen. Das wäre besser gewesen als das hier. Alles wäre besser als das hier. Sie war wie betäubt von dem Schock, aber sie wusste bereits, dass der Schmerz, wenn er sie voll und ganz erfassen würde, größer sein würde als alles, was sie hatte ertragen müssen. Wie nichts, was sie sich je vorgestellt hatte.

Sie stöhnte auf, weil ihre Rippe angeknackst oder gebrochen war. Sie begrüßte den Schmerz, hatte ihn verdient. Sie hätte die beiden nicht sterben lassen dürfen, hätte etwas unternehmen müssen.

Aber was? Was hätte sie tun können? Es spielte keine Rolle. Sie hätte irgendetwas tun müssen, anstatt im Hinterhof herumzuhocken und zuzusehen.

Selbst wenn es sie das Leben gekostet hätte, sie hätte etwas tun müssen.

Was nun?

Ihr Leben war zu Ende, vorbei. Einfach weiterzumachen, war unmöglich, nicht nach alledem hier.

Ihre zitternde Hand bewegte sich zu ihrem Bauch hinunter. Sie musste an ihr zweites Baby denken. Durfte sie sich das Leben nehmen, wenn sie ein weiteres in sich trug?

Sie war sich nicht sicher. Aber sie wusste auch nicht, wie sie weiterleben sollte.

Die Morgendämmerung milderte die Schatten der Nacht. Ein neuer Tag brach heran. Ein Tag ohne Dan und Cherry.

Der erste von vielen.

Ein Schluchzen durchzuckte ihren Körper. Schmerzen in ihrer Rippe schossen durch ihre Brust. Ein weiterer Schluchzer folgte, dann noch einer. Sie kippte vornüber und schlug mit den Händen auf das taufeuchte Gras.

»Hallo?«

Sie hörte die Stimme in der Ferne, registrierte sie jedoch nicht.

»Ist hier jemand?« Die Stimme war jetzt lauter.

Stacy erkannte sie. Molly. Sie wusste, was jetzt kommen würde. Eine Hand auf ihrer Schulter. Eine kühle Hand auf ihrem Hinterkopf. Molly, die ihr versicherte, wie leid es ihr täte.

Das wollte sie nicht. Sie wollte gar nichts.

Leise erhob sie sich und glitt zurück in den Schatten des Baums. Sie beobachtete, wie Molly an der Seite des ausgebrannten Gebäudes erschien, das einmal Stacys Zuhause gewesen war. Mit einem Mal war ihr wirklich klar, was es bedeutete, einen Ort sein Zuhause zu nennen. Es umfasste so viel mehr als das eigentliche Gebäude, als das Holz, die Rigipsplatten, die Nägel und die Möbel, die zu Asche zerfallen waren. Es waren die Erinnerungen, das Lachen, die Liebe und die Aussicht, dass noch so viel mehr kommen würde. Das war es, was ihr genommen worden war.

Sie wollte niemanden sehen und mit niemandem sprechen.

Denn im Moment wusste keiner, dass sie noch am Leben war. Man würde annehmen, dass auch sie im Haus war, ihr Körper so sehr von den Flammen zerstört, dass er nicht mehr zu identifizieren war. Bei einem so zerstörerischen Feuer wäre es unmöglich, die Leichen zu zählen, also würden sie nur durch einen DNA-Test erfahren, wer darin gewesen war.

Und warum sollten sie einen solchen Test machen? Wenn sie nicht außerhalb des Hauses war, dann musste sie drinnen sein.

Und zumindest im Moment war sie froh, wenn sie das dachten.

2

Sie saß in einem Imbiss am Stadtrand von Barrow, eine Kappe tief über die Stirn gezogen. Sie trug Trainingskleidung, die sie in ihrem Auto vergessen hatte. Sie war ungewaschen und roch nach Schweiß, aber das war ihr egal. Auch ein paar Zwanziger hatte sie noch in der Sporttasche gefunden. Nicht viel, aber genug für ein paar Tage.

Sie umklammerte ihre Kaffeetasse mit beiden Händen. Sie hatte einen Schluck getrunken, aber mehr bekam sie nicht hinunter. Es fühlte sich falsch an, zu essen oder zu trinken, so als ob ihr Körper nicht ihr eigener wäre. Sie hatte keine Verbindung mehr zu sich selbst. Was war ein Körper? Wieso war ein Körper dasselbe wie ein Mensch? War Cherry fort, weil ihr Körper zerstört worden war? War Dan es? Oder würde sie sie sehen, wenn ihr eigener Körper aufhörte zu funktionieren?

Sie wusste es nicht. Aber sie wollte es herausfinden. Im besten Fall wären sie dann wiedervereint. Im schlimmsten Fall gerieten sie in Vergessenheit.

Aber vielleicht wäre das auch das Beste.

Sie schaute auf ihre Beine. Sie trug eine graue Spandex-Leggins. Das war alles, was ihr noch geblieben war.

Sie hatte nichts Eigenes mehr.

Alles war weg.

Die Kellnerin kam und schwenkte die Kaffeekanne.

»Noch etwas?«

Sie schüttelte den Kopf. »Ich habe genug. Danke.«

Selbst jetzt war Höflichkeit ein Reflex.

»Sagen Sie Bescheid, wenn Sie noch etwas brauchen«, bot die Frau an.

»Meine Rippe tut weh.«

Die Kellnerin warf ihr einen seltsamen Blick zu. »Möchten Sie eine Ibuprofen?«

Sie hatte es einfach gesagt. Sie hatte den Schmerz in ihrem Brustkorb gespürt und gesagt, dass es wehtat. Sie wollte aber nichts. Was sollte sie denn wollen?

»Sehr gerne«, erwiderte sie. »Das wäre toll.«

»Ich bringe Ihnen eine.«

Als sie ging, zuckte Stacy zusammen.

Aber das war nicht die Rippe. Das war etwas anderes. Ein Schmerz im Unterleib, ein unangenehmes Ziehen. Es war, als bekäme sie ihre Periode.

Sie spürte Feuchtigkeit.

Sie wusste sofort, was es war. Fast rannte sie zum WC und setzte sich auf die Toilette.

Blut. Und keine Periode.

Sie war schwanger gewesen. Jetzt war sie es nicht mehr.

Nach alledem eine Fehlgeburt.

Jetzt war sie wirklich und tatsächlich ganz allein.

23. DEZEMBER 2022

Die Pilotin

»Es gab drei weitere Tote«, sprach sie in ihr Headset. »Einer war ein Suizid – jedenfalls so arrangiert, dass es so aussah.« Sie holte tief Luft und schaute auf den Ozean hinaus. Die Dämmerung setzte ein, der Himmel verdunkelte sich vor ihnen.

»Die anderen beiden starben bei einem Brand«, setzte sie hinzu. »Ein Feuer in ihrem Haus.«

Sie überprüfte die Instrumente. Die Treibstoffanzeige näherte sich dem Punkt, an dem sie umkehren mussten, sonst blieb ihnen keinerlei Option mehr.

Und mittlerweile war sie sich sicher, dass sie auch den letzten Schritt gehen würde. Keiner von denen würde gestehen.

Sie war enttäuscht. Sie war so nahe dran gewesen.

»Wer waren sie?«, fragte die Stimme eines Mannes. »Die Brandopfer?«

»Ihre Namen waren Cherry und Dan. Cherry und Dan Evanston. Das macht sechs. Sechs Menschen wurden getötet. Sechs Menschen ermordet. Vier Kinder, zwei Erwachsene.«

Sie hielt inne.

»Jetzt begreifen Sie also, wie ernst es mir ist. Und es ist an der Zeit, reinen Tisch zu machen. Einer von Ihnen ist dafür verantwortlich. Und Sie haben – noch – Zeit zu gestehen. Aber der Treibstoff wird knapp. Es wird bald zu spät sein, um umzukehren.«

»Darf ich etwas sagen?« Diesmal war es eine Frau. Jill Stearns, glaubte sie.

»Sie dürfen.«

»Das sind doch nur Namen. Sie sagen keinem von uns hier im Flugzeug etwas.«

»Das stimmt nicht. Einem von Ihnen sagen sie etwas. Einem von Ihnen sagen sie *alles.*«

»Können Sie uns weiterhelfen? Uns mehr Kontext geben?«

Die Pilotin dachte über ihre Antwort nach und einen Augenblick lang herrschte Stille.

»Ja«, erwiderte sie dann. »Ich sage Ihnen, wo all diese Morde geschehen sind.«

»Und wo?«

»In Barrow, Maine.« Sie hielt inne. »Dort, wo Sie alle gearbeitet haben, als es passierte.«

Varun Miller

Er gab die Namen, die sie soeben erfahren hatten, in die Suchmaschine ein.

Dan Evanston und Cherry Evanston. Er fügte *Hausbrand* hinzu und drückte auf *Suchen.*

Das Ergebnis kam relativ schnell. Ein Hausbrand in Barrow, Maine. Er öffnete die Nachrichtenmeldung.

Tragisches Feuer fordert drei Todesopfer

Ein Haus in Barrow, Maine, brannte gestern Abend bis auf die Grundmauern nieder, wobei alle drei Bewohner ums Leben kamen. Feuerwehrchef Eric Chandler teilte mit, dass jede Hilfe für die Bewohner zu spät kam, obwohl drei Löschmannschaften vor Ort zum Einsatz kamen.

»Dies war einer der heftigsten Brände, mit denen wir es je zu tun hatten«, erklärte er. »Das Feuer breitete sich mit unglaublicher Geschwindigkeit aus, und die Bewohner des Hauses hatten keine Chance zu entkommen.«

Die Opfer waren Stacy und Dan Evanston, 36 und 37 Jahre alt, und ihre Tochter Cherry.

Miller erstarrte.

Cherry. Er erkannte den Namen wieder. Er hatte ihn vorhin in den Nachrichtenmeldungen gelesen, als es um die Kinder ging, die an der mysteriösen Krankheit gestorben waren. Aber das Mädchen konnte doch nicht an beidem gestorben sein.

Er rief wieder den anderen Artikel auf.

Zwei weitere Schüler starben in dieser Nacht, beide an derselben mysteriösen Krankheit. Nathan Carter und Bren Murdoch erkrankten ebenfalls und verstarben im Memorial Hospital. Ein weiteres Kind – Cherry Evanston – überlebte.

Cherry hatte also die Krankheit überlebt, nur um dann zusammen mit ihrer Mutter und ihrem Vater bei dem Hausbrand ums Leben zu kommen. Aber die Pilotin hatte gesagt, dass nur *zwei* Menschen bei dem Feuer umgekommen waren, und hier wurden *drei* erwähnt.

Vielleicht irrte sie sich. Er konnte sie aber schlecht danach fragen, ohne preiszugeben, dass er eine Internetverbindung hatte. Er nahm ein Stück Papier und schrieb eine Notiz an Jill.

Die drei Kinder starben an einer mysteriösen Krankheit. Es gab noch ein weiteres Kind, das erkrankte, jedoch überlebte. Dieses Mädchen hieß Cherry. Sie kam zusammen mit ihren Eltern bei dem Feuer ums Leben. Und dann ist da noch der Suizid. Das macht sieben Todesfälle, nicht sechs. Sie irrt sich wahrscheinlich nur.

Er winkte Jill zu sich und reichte ihr den Zettel. Jeff Ramos wollte etwas sagen, aber Miller legte sich einen Finger auf die Lippen.

Jill las den Zettel. Ihre Augen weiteten sich schockiert, und sie drehte sich um, um ihn anzustarren. An die Stelle des Schreckens in ihren Augen trat rasch etwas anderes, beinahe Unglauben. Und dann, zu Millers Überraschung: Angst.

Schließlich verhärtete sich ihre Miene, und sie schrieb auf den Zettel:

Wie haben Sie das alles in Erfahrung gebracht?

Er schrieb eine Antwort und reichte ihn zurück.

Ich habe eine Internetverbindung. Habe den Router gehackt. Ich habe um Hilfe gerufen. Müsste auf dem Weg sein.

Jill nickte und streckte die Daumen nach oben. Sie schrieb etwas.

Verstanden. Ich spreche mit ihr.

Jill Stearns

»Hören Sie mich?«, fragte sie. Ihre Stimme klang ernst und geschäftsmäßig, tonlos, fast ohne jede Emotion. »Ich würde gerne mit Ihnen sprechen.«

Eine Pause entstand.

Dann antwortete die Pilotin.

»Ich höre. Aber ich möchte nur wissen, wer von Ihnen für das alles verantwortlich ist.«

»Genau darüber möchte ich mit Ihnen sprechen.«

»Dann bin ich ganz Ohr.«

»Ich glaube nicht, dass Ihnen gefallen wird, was ich zu sagen habe.«

»Das werde ich selbst beurteilen.«

Sie beobachtete, wie der Zettel, den Miller geschrieben hatte, in der Kabine herumgereicht wurde, sah, wie die Hoffnung die Gesichter ihrer Kollegen zum Strahlen brachte, als sie lasen, dass Hilfe unterwegs war. Marcia schrieb etwas und hielt es hoch, damit Jill es lesen konnte.

Halten Sie sie am Reden. Hilfe ist auf dem Weg.

Jill nickte.

»Ich erinnere mich an die Ereignisse, von denen Sie sprechen«, erklärte sie. »Ich habe seinerzeit in Barrow gelebt. Die Geschichte war in aller Munde. Die plötzlichen Erkrankungen, der Tod von drei Kindern und das Feuer. Aber Sie irren sich, wenn Sie glauben, einer von uns hätte etwas damit zu tun. Das ist schlichtweg nicht der Fall.«

Die Pilotin lachte humorlos. »Natürlich nicht.«

»Ja, wir haben dort gearbeitet, aber das taten auch viele andere. Wenn es eine Verbindung gegeben hätte, wäre sie damals ans Licht gekommen. Diese Art von Vorfällen wird untersucht.«

»Was also ist passiert?«, fragte die Pilotin.

»Nichts«, antwortete Jill, »abgesehen von den Ereignissen selbst. Sie glauben an eine Verschwörung, suchen nach jemandem, dem Sie die Schuld geben können. Aber es existiert niemand. Es gibt nur die tragischen, schrecklichen Ereignisse.«

»Nein. Sie lügen.«

»Ich lüge nicht«, beharrte Jill. »Ich lüge nicht. Es liegt kein Mord vor. Es gibt keine Verschwörung. Und wir können das alles beenden, jetzt sofort. Bringen Sie uns nach Hause, und ich verspreche Ihnen, dass wir keine Polizei einschalten.«

»Die Polizei ist mir egal«, erwiderte die Pilotin. »Und ich fliege Sie nicht zurück. Ich fliege Sie nirgendwohin.« Sie hielt inne. »Uns bleiben noch etwa zehn Minuten, bevor es zu spät ist. Richten Sie nicht wieder das Wort an mich. Stellen Sie mir keine weiteren Fragen. Sagen Sie nichts, außer es ist ein Geständnis. Verstanden?«

»Verstanden«, erwiderte Jill. »Nur eine Sache noch. Ich erinnere mich, dass es drei Opfer bei diesem Hausbrand gab. Sie haben nur zwei erwähnt?«

Es herrschte eine lange Stille. Als die Pilotin dann wieder sprach, schwang Argwohn in ihrer Stimme mit. »Daran erinnern Sie sich noch?«

Jill musste vorsichtig vorgehen. »Wie ich schon sagte, die Geschichte war in aller Munde. Ich weiß noch, wie traurig ich es fand, dass eine ganze Familie bei dem Unglück ausgelöscht wurde.«

»Sie erinnern sich richtig. Die Presse berichtete von drei Opfern.«

»Berichtete?«, wiederholte Stearns.

»Berichtete. Aber das entsprach nicht der Wahrheit. Es gab nur zwei Opfer.«

Jill spürte, wie ihr ein Schauer über den Rücken lief. »Was ist mit der dritten Person passiert?«

»Sie ist dem Feuer entronnen. Alle nahmen an, sie wäre ebenfalls umgekommen, aber sie irrten sich.«

»Warum?«, hakte Jill nach. »Warum hat sie die Leute glauben lassen, sie sei tot?«

»Weil sie es war. Innerlich. Aber sie hat ein neues Leben begonnen.« Sie lachte wieder. »Sie war bei der US Air

Force, also ließ sie sich zur Pilotin ausbilden, falls Sie sich fragen, was sie mit ihrem Leben danach gemacht hat.«

Stearns schaute einem nach dem anderen ins Gesicht. Jetzt wussten sie also, wer ihr Flugzeug flog.

»Wie dem auch sei«, schloss die Pilotin. »Ihnen bleiben noch zehn Minuten.«

Varun Miller

Es bestand nun kein Zweifel mehr daran, dass das Ende unausweichlich war.

Diese Frau hatte alles verloren und war davon überzeugt, dass jemand in diesem Flieger dafür verantwortlich war. Sie war bereit, sie alle in den Tod zu reißen, um zu bekommen, was sie wollte. Und sie war bereit, selbst dafür zu sterben.

Der einzige Ausweg, die einzige Möglichkeit, Ari und Susheela wiederzusehen, bestand darin, dass die Person, die diese Menschen auf dem Gewissen hatte, gestand.

Aber was, wenn die Pilotin sich irrte? Was, wenn es nur eine Theorie war, die sie sich in ihrem Gram zurechtgelegt hatte?

Dann waren sie alle dem Tod geweiht.

Der Gedanke hinterließ bei ihm ein Gefühl der Leere, obwohl er trotz alledem recht gelassen war. Er hatte sich oft gefragt, wie es wäre, dem Tod ins Auge zu sehen, und jetzt wusste er es.

Zu seiner Rechten saß Mary Jo neben Chip und hielt seine Hand. Sein Gesicht war gräulich, die Haut wächsern.

Es sah gar nicht gut für ihn aus, aber wenigstens hatten sie die Krankenschwester an Bord.

»Hören Sie«, begann diese nun. »Ich weiß nicht, was Ihnen allen durch den Kopf geht. Aber diese Frau ist bereit, das durchzuziehen. Das ist kein Bluff. Und ich kenne Sie nicht und weiß nicht, ob einer von Ihnen etwas damit zu tun hat, und ich will es auch gar nicht wissen. Aber wenn das, was sie sagt, der Wahrheit entspricht, sollte besser einer von Ihnen gestehen, sonst werden wir alle sterben.«

»Ich kenne alle hier«, sagte Jill. »Und keiner von ihnen hat das getan.«

»Ach ja?«, spottete Kevin Anderson. »Davon sind Sie überzeugt? Die meisten von Ihnen würden doch ihre eigene Großmutter – oder ihren Großvater, man muss ja heutzutage überall gendern, nicht wahr? – verkaufen, wenn sie dafür die nächste Sprosse auf der Karriereleiter erklimmen könnten. Also tun wir doch bitte nicht so, als ob es anders wäre.«

»Sprechen Sie für sich selbst, Kevin?«, fragte Jill. »Oder war das ein Geständnis?«

»Nein, das war es nicht«, entgegnete er. »Aber wenn ich meine Meinung ändere, werde ich es Sie natürlich wissen lassen, Ms Stearns.«

»Vielen Dank.«

Mary Jo stand auf. »Wir haben weniger als zehn Minuten«, erklärte sie. »Bitte, wenn einer von Ihnen das verhindern kann, dann bitte ich inständig darum, es zu tun. Ich weiß, dass ich unschuldig bin. Ich habe das hier nicht verdient.«

Das hatte sie wirklich nicht. Varun hatte Mitleid mit ihr. Sie hatte nur das Pech, sich zur falschen Zeit am falschen Ort zu befinden.

Mary Jo Fernandez. Eine unschuldige Unbeteiligte, verwickelt in Ereignisse, die sie nicht kontrollieren konnte.

Er gab ihren Namen im Internet ein. Sie hatte ein Facebook-Profil und auch ein LinkedIn-Profil. Er öffnete es.

Sie arbeitete als Krankenschwester in Portland, war seit drei Jahren bei ihrem derzeitigen Arbeitgeber. Davor war sie Stationsleiterin in einem anderen Krankenhaus gewesen.

In einer Klinik in Barrow.

Er richtete sich auf. Als es zu den Todesfällen gekommen war, hatte sie in Barrow in einem Krankenhaus gearbeitet.

»Mary Jo«, begann er. »Ich habe eine Frage an Sie.«

»Bitte.«

»Kennen *Sie* Barrow?«

Sie wandte sich ihm zu. »Warum fragen Sie das?«

»Ich frage mich das nur, weil der Ort ja eine zentrale Rolle in dieser Sache zu spielen scheint.«

»Ich kenne ihn.«

Aller Augen richteten sich auf sie.

»Inwiefern?«, hakte Varun nach.

»Ja«, schaltete sich Anderson ein. »Woher kennen Sie Barrow?«

»Ich habe dort gearbeitet«, sagte Mary Jo.

»Als Krankenschwester?«, bohrte Ramos nach.

»Ja.«

»Wann?«

»2018.«

»Das stimmt«, bestätigte Miller. »Sie waren Krankenschwester in dem Krankenhaus, in dem die Kinder gestorben sind. Und Sie haben nicht daran gedacht, das früher zu erwähnen?«

BARROW, MAINE, 2018

Stacy Evanston

1

Bill Standish lebte mit seiner Frau Frances und seinem Sohn Kingsley in einer Neubausiedlung am Stadtrand von Barrow. Für den Fall, dass ihr jemand entgegenkam, ging Stacy mit gesenktem Kopf die Waldwege entlang. Sie musste die Stadt so schnell wie möglich verlassen, aber vorher wollte sie noch eine Sache erledigen.

Wenn sie zu Hause waren, konnte sie die Sache vergessen, denn sie durfte nicht gesehen werden. Niemand durfte wissen, dass sie das Feuer überlebt hatte. Sie wusste selbst nicht, warum das so wichtig war, aber sie war sich sicher, *dass* es so war.

So oder so: Wenn das Haus unbewohnt war, hatte sie einen Plan. Sie würde eindringen, um die Süßigkeiten ausfindig zu machen, die ihre Tochter gegessen hatte. Denn das war der springende Punkt bei dem, was passiert war. Dr. Williams hatte die Standishs aus einem bestimmten Grund angerufen, und nun war er tot. Sie hatte es ebenfalls getan, und sie sollte ebenfalls tot sein.

Sie näherte sich der Siedlung, die aus sechs Häusern auf einer Lichtung im Wald bestand. Als sie gebaut wurden, war das Projekt umstritten gewesen, da die Einheimischen lieber die natürliche Umgebung erhalten wollten, aber der Bedarf an neuen Wohnungen war zu groß gewesen.

Nur bei einem Haus stand ein Auto vor der Tür. Es befand sich am entgegengesetzten Ende der Straße, weit entfernt vom Haus der Standishs. Also huschte sie am Waldrand entlang, bis sie die Ecke ihres Gartens erreicht hatte.

Hastig rannte sie dann über die Rasenfläche zur Hintertür. Sie war unverschlossen – typisch Maine und nützlich für sie –, und Stacy stieß sie auf.

Im Haus schien niemand zu sein. Sie lauschte auf ein Geräusch. Als sie keines vernahm, betrat sie die Küche.

Irgendetwas war hier seltsam. Sie schaute sich um. Es hingen keine Bilder an der Wand, nichts war mit Magneten an den Kühlschrank geheftet.

Durch die Glasscheibe in der Durchreiche konnte sie erkennen, dass sich auch dahinter nichts befand.

Sie öffnete einen Schrank.

Leer.

Sie betrat das Wohnzimmer. Dort standen zwei Bücherregale, in denen sich jedoch kein einziges Buch mehr befand. Sie fuhr mit den Fingern über den Staub, der sich an den Rändern festgesetzt hatte. Leseratten gab es hier offenkundig keine.

Sie wusste jetzt, dass die Bewohner nicht bei der Arbeit waren.

Sie waren ausgezogen.

Zwei Stunden später saß sie an einem Computerterminal in der Stadtbücherei von Auburn. Hier kannte sie niemand.

Sie hatte auf Facebook, Instagram, Twitter und LinkedIn nach Bill Standish und nach Frances Standish gesucht.

Fehlanzeige. Falls sie jemals Profile in den sozialen Netzwerken gehabt hatten, waren sie gelöscht worden. Sie hatten die Stadt verlassen und jede Spur von sich aus dem Internet getilgt.

Alle, bis auf eine.

Es gab einen ein Jahr alten Artikel aus dem *Barrow Times Record*. Bill Standish hatte an einer Spendengala für den Barrow Educational Fund teilgenommen und als Vertreter eines Großspenders eine Rede gehalten.

Sein Arbeitgeber war der Lebensmittelkonzern, der ein Forschungszentrum in Barrow unterhielt.

Ein Forschungszentrum, in dem er der Leiter der Abteilung Forschung und Entwicklung gewesen war.

2

Sie hatte keine andere Möglichkeit, als von einer Telefonzelle aus anzurufen. Es gab nur noch äußerst wenige, aber am Busbahnhof machte sie eine ausfindig. Sie war schwer in die Jahre gekommen und verkratzt, und einen Moment lang fragte sie sich, ob ihre Münzen überhaupt angenommen werden würden, aber sie fielen in den Schlitz, und ihr Guthaben wurde blinkend auf dem Display angezeigt.

Irgendetwas ging hier vor sich. Etwas, das mit dem Tod von Ella, Bren und Nathan und ihrer Tochter und ihrem Mann ein Ende genommen hatte.

Sie wunderte sich darüber, wie sie sich fühlte. Gebrochen, verletzt, leer. Aber nicht hoffnungslos. Fast sogar stärker.

Und dann war da noch der Arzt gewesen. Er hatte – allem Anschein nach – Suizid begangen. Aber je länger sie darüber nachdachte, desto öfter fragte sie sich, ob nicht etwas anderes, viel Unheilvolleres geschehen war.

Sie glaubte zu ahnen, was es war.

Sie betrachtete den Zettel in ihrer Hand. In der Absicht, Sandy Price noch einmal anzurufen, hatte sie sich die Nummer des Krankenhauses notiert.

Sie hielt inne. Wie sich das jetzt anhören würde, war ihr klar. Sie wusste, dass es wie eine wahnwitzige Verschwörungstheorie klingen würde. Es kursierten alle möglichen lächerlichen Beispiele für derlei Theorien in der Welt, von getürkten Mondlandungen über Area 51 bis hin zum angeblichen Tod von Paul McCartney und dunklen Kabalen, die die Regierungen der Welt lenkten.

Aber dann gab es auch noch die echten Fälle. Unternehmen, die Beweise dafür unter Verschluss hielten, dass Rauchen gesundheitsschädlich ist, dass sie Flüsse verunreinigten oder Versicherungspolicen unter Vorspiegelung falscher Tatsachen verkauften.

Und was hier geschehen war, war ein Fall von dieser Sorte, davon war sie überzeugt.

Was, wenn Kingsleys Dad, Bill, den Kindern eine neue Süßigkeit geschenkt hätte, die noch nicht ausgereift war? Die sich als giftig herausstellte? Und seine Firma dann beschlossen hatte, dies zu vertuschen?

Wie würde so eine Vertuschung aussehen?

Wenn es einen allzu wissbegierigen Arzt gäbe, der zu viele Fragen stellte – nun, dann würde er zum Schweigen gebracht werden. Umso besser, wenn man es wie einen Suizid aussehen lassen konnte. Ein anderer Arzt müsste als Ursache der Todesfälle einen Virus oder eine Infektion bescheinigen.

Und wenn es Überlebende gäbe, müssten diese beseitigt werden.

Es war schwer zu glauben, dass so etwas geschehen war, aber sie musste es herausfinden.

Und sie hatte eine Möglichkeit, dies zu tun.

Sie wählte die Nummer des Krankenhauses.

3

»Sandy Price.« Seine Stimme klang ernst, kalt und abweisend.

»Mr Price?« Sie sprach mit höherer Stimme und mit breitem Südstaaten-Dialekt. »Ich wollte fragen, ob Sie ein paar Minuten Ihrer Zeit für mich opfern würden.«

»Sind Sie Journalistin?«

»Genau.« In der Hoffnung, er werde ihren Anruf entgegennehmen, hatte sie der Telefonzentrale mitgeteilt, sie riefe im Auftrag einer Bostoner Internet-Nachrichtenseite an. »Matty Prine. Von Treetop News in Boston.«

»Sie kommen aber nicht ursprünglich aus Boston?«

»Nein, Sir. Ich bin in Georgia aufgewachsen, aber der

Schnee hat mich immer schon fasziniert, deswegen bin ich vor ein paar Jahren hierhergezogen.«

»Wie kann ich Ihnen behilflich sein?«

»Ich hätte ein paar Fragen zu Dr. Neal Williams. Anscheinend hat er Selbstmord begangen?«

»So ist es. Tragisch und ein großer Verlust für unsere Klinik.«

»Können Sie uns etwas zu den Gründen sagen, warum er sich zu diesem Schritt entschieden haben könnte?«

»Nein, ich fürchte, das kann ich nicht.« Er legte eine Pause ein. »Warum, wenn ich fragen darf, sind Sie daran interessiert? Dr. Williams war ein guter Arzt, aber ich verstehe nicht, warum sein Tod, so vorzeitig er auch war, für eine Bostoner Nachrichtenseite von Interesse sein sollte.«

»Nun«, fuhr sie fort. »Ich habe auch gehört, dass eine mysteriöse Krankheit ausgebrochen war. Daran sind drei Kinder gestorben, ein weiteres ist schwer erkrankt, und da wollte ich nachfragen, ob es einen Zusammenhang zwischen dem einen und dem anderen gibt.«

»Sie meinen, ob er durch den Stress, den dieser Fall mit sich brachte, aus der Bahn geworfen wurde? Das ist sicherlich möglich, aber …«

»Nein, Sir, das meine ich nicht. Ich hörte, dass diese Kinder möglicherweise einer Substanz ausgesetzt waren, die der Grund für ihre Erkrankung war, und dass Dr. Williams versuchte herauszufinden, um was es sich dabei handelte. Und vielleicht …«

»Das ist absurd«, fiel Price ihr ins Wort. »Dr. Hall, ein äußerst renommierter Spezialist, hat diese Patienten ebenfalls betreut und war sich ganz sicher, dass es eine tragische, nicht erklärbare Krankheit war. Bedauerlicherweise, Ms Prine, geschehen trotz zahlreicher Fortschritte in der medizinischen Wissenschaft immer noch viele Dinge, die wir nicht erklären können, und von Zeit zu Zeit treten solche Ereignisse auf. Wenn Sie etwas anderes dahinter vermuten, sind Sie auf dem Holzweg. Ich möchte noch hinzufügen: Wenn Sie irgendetwas veröffentlichen, das nahelegt, unsere Klinik wäre in Vorkommnisse verwickelt, die nicht hundertprozentig – und ich meine wirklich *einhundertprozentig* – mit allen Gesetzen und Vorschriften konform gehen, werden Sie und Ihre Zeitung sich vor Gericht rechtfertigen müssen.«

»Ich glaube nicht, Mr Price ...«

»Dieses Gespräch ist beendet. Ich bin gerne bereit, jedwede vernünftige Frage mit Ihnen zu besprechen, aber diese ungeheuerlichen Anschuldigungen sind inakzeptabel.«

»Tut mir leid, Mr Price. Nur eine Frage noch: Was hat es mit dem Hausbrand auf sich?«

Es entstand eine Pause.

»Wie bitte?«

»Das Feuer, bei dem das andere Mädchen ums Leben kam. Und ihre Eltern. Ist es nicht das letzte Puzzlestück, dass sie gestorben ist?«

»Was wollen Sie damit sagen?«

»Ich stelle nur Fragen, Sir. Und mir ist zu Ohren gekommen, dass Mr Bill Standish – dessen Sohn mit den erkrankten Kindern in eine Schule ging – die Stadt verlassen hat.«

»Woher haben Sie diese Informationen?«, wollte Price wissen.

»Sagen Sie damit, dass es stimmt?«

»Nein! Das sage ich damit ganz und gar nicht! Und wenn Sie etwas Gegenteiliges drucken, werden Sie es bereuen! Ich frage Sie, wer Ihnen diese Lügenmärchen aufgetischt hat!«

»Das kann ich Ihnen alles berichten«, entgegnete sie. »Wenn Sie bereit sind, sich mit mir zu treffen.«

4

Stacy hatte das Krankenhaus als Treffpunkt vorgeschlagen, aber das lehnte Price ab. Er wollte nicht mit ihr an seinem Arbeitsplatz gesehen werden, also würden sie sich an einem anderen Ort treffen müssen.

Mehr Beweise brauchte sie nicht. Wenn an ihren Vorwürfen nichts dran wäre, dann hätte er sich nicht dazu bereit erklärt, sich mit ihr zu treffen, denn dafür hätte er dann keinen Grund gehabt. Sie wäre nur ein lästiges Übel, das er getrost ignorieren konnte. War hingegen *doch* etwas an der Sache dran, dann würde er wissen wollen, was sie wusste und von wem.

Und dann konnte er sie nicht einfach so ziehen lassen.

Er schlug ein kleines Diner eine Meile vom Krankenhaus entfernt vor und vereinbarte mit ihr, sie solle um 18 Uhr auf dem Parkplatz auf ihn warten.

Stacy traf dreißig Minuten früher dort ein, zu Fuß. Hinter dem Parkplatzgelände lag eine Kirche, dazwischen ein hoher Lattenzaun. Sie umrundete den Zaun, bis sie ans Tor des Kirchengrundstücks kam und es öffnete. Die Kirche war unbeleuchtet und menschenleer. Stacy ging nun auf der anderen Seite am Zaun entlang und suchte nach einer Lücke. Als sie eine fand, setzte sie sich auf den Boden und wartete.

Um zehn Minuten vor sechs fuhr ein schwarzer Chevy Suburban auf den Parkplatz und glitt langsam in den hinteren Bereich. Der Fahrer setzte rückwärts in die Parklücke zu Stacys Rechter und stellte den Motor ab.

Niemand stieg aus.

Sie überlief eine Gänsehaut.

Um zwei Minuten nach sechs bog ein grauer schnittiger Mercedes ein. Er bewegte sich nahezu geräuschlos über den Asphalt und kam ein paar Parkplätze vom Suburban entfernt zum Stehen.

Sie konnte den Fahrer ausmachen. Er hatte kurz geschnittenes, dunkles Haar und trug eine runde Brille. Er sah sich auf dem Parkplatz um, erwartete offensichtlich jemanden.

Es war Price, da hegte sie keinen Zweifel.

Er war hier und wartete auf sie.

Aber sie hatte nicht die geringste Absicht, mit ihm zu sprechen. Das war überhaupt nicht ihr Plan, denn sie hatte etwas ganz anderes im Sinn.

Sie wartete, während die Minuten verstrichen. Um zehn nach sechs ging die Tür des Mercedes auf, und Price stieg aus. Er ging auf dem Parkplatz umher und sah sich die anderen Autos genauer an.

Den Suburban überprüfte er nicht.

Als er sich vergewissert hatte, dass in keinem Auto jemand saß, ging er in das Restaurant. Vielleicht war Matty Prine ja drinnen, aß einen Pie und schlürfte einen Mimosa.

Ein paar Minuten später kam er zurück, jetzt mit finsterer Miene. Er stieg wieder in seinen Wagen und verschränkte die Arme.

Um 18 Uhr 25 stieg er aus und ging zum Suburban hinüber. Dessen Fensterscheibe glitt herunter.

»Wann sind Sie hier eingetroffen?«, blaffte er.

Die Antwort war gerade noch so laut, dass sie sie verstehen konnte. »Zehn Minuten vor sechs. Wie Sie angeordnet hatten.«

»Haben Sie sie gesehen?«

»Nein. Es war niemand hier, und es ist auch niemand angekommen.«

»Verdammt!« Price schlug mit der Hand auf das Dach des Suburbans. Dann holte er sein Handy aus der Tasche. »Dieses kleine Miststück. Die werde ich lehren, sich mit mir anzulegen.«

»Was machen Sie da?«

»Ich rufe ihren Chef an. Ihr könnt euch vom Acker machen.«

Stacy unterdrückte ein Lachen, als der Suburban losfuhr. Prices Stirnrunzeln verfinsterte sich, da er gerade, wie sie annahm, die Suchbegriffe *Matty Prine* und *Treetop News* eingab.

Weder die eine noch das andere existierten.

Es bereitete ihr großes Vergnügen zuzusehen, wie ihm aufging, dass er hereingelegt worden war.

Und noch mehr Vergnügen bereitete ihr sein Blick: Er war besorgt.

23. DEZEMBER 2022

Kevin Anderson

»Tja, das war's dann ja wohl«, höhnte er. »Sie und Ihr« – er setzte einen spöttischen Tonfall auf – »*›mein Mann liegt im Sterben, und ich möchte ihn sehen. Ich bin nur eine unschuldige kleine Krankenschwester‹*, und dabei haben Sie die ganze Zeit Ihr schmutziges kleines Geheimnis verborgen. *Sie* waren es.«

»Kevin, halten Sie den Mund«, befahl Ramos.

»Warum? Ist das denn nicht offensichtlich? Wie oft waren wir alle schon mit diesem Flugzeug unterwegs? Und das eine Mal, wo sie mit an Bord ist, passiert so etwas. Da stimmt doch was nicht. Also halten *Sie* den Mund, Jeff.« Er wandte sich der Krankenschwester zu. »Haben Sie etwas dazu zu sagen?«

»Ich habe dort gearbeitet«, räumte sie ein. »Aber nicht in der Notaufnahme.«

»Und natürlich haben Sie noch nie etwas von diesen Kindern gehört, die gestorben sind?«

»Doch, das habe ich. Jeder hat davon gehört. Aber meine Station hatte nichts damit zu tun.«

»Sehr praktisch.«

»Eigentlich nicht«, widersprach sie. »Ich habe auf der NICU gearbeitet.«

»Der was?«

»Auf der NICU«, wiederholte sie. »Der neonatologischen Intensivstation.«

»Was zum Teufel das auch immer sein soll.«

»Haben Sie Kinder?«, fragte sie.

»Nein.«

»Das ist wahrscheinlich auch besser so«, sagte Mary Jo. »Aber wenn Sie welche hätten, wüssten Sie, was das ist. Sie hätten von jemandem gehört, dessen Kind einmal dort lag. Dort werden Neugeborene mit schweren Krankheiten behandelt. Herzprobleme, Organversagen, Atemnot oder Schwierigkeiten, Nahrung bei sich zu behalten. Ihre Eltern bringen sie zu uns, und wir versuchen, ihre Kleinen am Leben zu erhalten. Einige von ihnen schaffen es nicht. Es ist die Art von Job, der nicht viel Raum für anderes lässt. Man neigt dazu, sich ganz dem zu widmen, was um einen herum passiert.«

»Genau wie bei Ihrem sterbenden Mann«, ätzte er. »Praktisch. Ich kehre nicht gerne den Zyniker raus, aber wir können alle erkennen, welches Muster hier vorliegt.«

Die Krankenschwester hielt seinem Blick eine Weile stand. Ihre Augen waren hart und glitzernd. Von der Frau ging jetzt eine gewisse Schärfe aus, die er nicht erwartet hatte und die seine Vermutung nur bestätigte.

»Was soll das genau heißen?«, fragte sie.

»Sie haben sie getötet. Als eine Art ›Barmherzigkeitsengel‹. Aber Sie sind eine Psychopathin, und diese verdammte Pilotin hat irgendwie herausgefunden, dass Sie in diesem Flieger sein würden. Keine Ahnung, wie. Aber die Sache ist die: Sie sind nicht die Person, die Sie vorgeben zu sein.«

»Nein«, sagte sie. »Das bin ich tatsächlich nicht.«

»Aha«, entgegnete Kevin und grinste dabei. »Hier kommt das Geständnis.«

»Sie halten mich für mitfühlend und warmherzig. Eben eine typische Krankenschwester, freundlich und fürsorglich, die einen Beruf ausübt, den sie liebt und der ihr Befriedigung verleiht. Aber ich bin zynisch und verbittert. Und erschöpft. Haben Sie eine Ahnung, wie die letzten Jahre für Menschen wie mich waren?« Sie schaute sich in der Kabine um. »Irgendjemand von Ihnen? Klar, Sie haben in den Nachrichten darüber gelesen, aber ich – und meine Kolleginnen und Kollegen – haben es *erlebt.* Die endlose Reihe von Patienten, die immer schwächer wurden und schließlich starben, die ihre geliebten Angehörigen nicht mehr sehen konnten, um sich zu verabschieden. All die Tage, an denen man sich schwitzend in Schutzkleidung abrackerte, die Schichten, die ineinander überzugehen schienen. Es war die Hölle auf Erden.« Sie stieß ein trockenes, humorloses Lachen aus. »Und Sie geben uns einen Scheck über eine Million Dollar. Das ist weniger als Ihr Jahresbonus. Das ist eine Beleidigung. Eine winzige Abgabe, um Ihr Gewissen zu beruhigen. Wie kann es gerecht sein, dass Lehrer und Krankenschwestern und Fleischverpacker ihr Leben riskieren müssen, um die Welt am Laufen zu halten, während Sie von Ihrem Home-Office aus mit Blick auf den Ozean arbeiten? Dabei streichen Sie Millionen ein, während die anderen einen Hungerlohn verdienen, nur eine einzige Arztrechnung davon entfernt, ihr Haus zu verlieren, oder sich zwischen dem Kauf von Kleidung und Essen entscheiden müssen.«

Sie machte eine ausladende Geste, die den ganzen Jet einbezog. »Haben Sie eine Ahnung, wie *ekelhaft* das ist? Wie ungerecht? Dass Sie in einem Privatjet herumdüsen, überzeugt davon, Sie wären besser und talentierter und hätten mehr verdient als der Rest von uns? Sie sind *schlimmer*. Sie sind egoistisch, gierig und hinterhältig. Ich habe mein ganzes Berufsleben dem Ziel gewidmet, anderen zu helfen. Sie hingegen haben nur das eine Ziel: Geld scheffeln.«

»Mir scheint, Sie wären ganz froh, wenn wir ins Meer stürzen.« Kevin verschränkte die Arme. »Sterbender Ehemann? Nichts mehr, wofür es sich zu leben lohnt? Warum nicht auch die Leute beseitigen, die Sie hassen? Ist es das? Stecken Sie mit der Pilotin unter einer Decke?«

»Sie tun mir leid«, erklärte sie. »Aber ich vergebe Ihnen. Wenn dies wirklich meine letzten Minuten sind, dann habe ich nicht vor, sie mit jemandem wie Ihnen zu verschwenden.«

Sie schloss die Augen, legte die Hände in den Schoß, und ihre Lippen formten ein stilles Gebet.

Marcia Fournier

Ihr dröhnte der Schädel, und sie gierte nach einem Drink. An mehr konnte sie nicht denken. Sie war leer, nur noch eine Hülle. Es war nichts mehr in ihr.

Jeff Ramos schritt an ihr vorbei und ging neben Chip Markham in die Hocke. Jill legte ihm die Hand auf die Schulter.

»Was machen Sie da?«, fragte sie.

»Ich versuche mit Chip zu sprechen. Vielleicht weiß er etwas.«

»Er ist nicht in der Lage zu sprechen. Sie könnten ihm noch mehr Stress bereiten. Es schlimmer machen.«

»Ich muss es versuchen. Und es macht jetzt sowieso keinen Unterschied mehr. Es ist ja nicht so, als könnte es noch schlimmer werden.«

Jill nickte, worauf Ramos sich neben ihn kniete.

»Chip«, begann er. »Können Sie mich hören?«

Chip hatte die Augen geschlossen, sein Atem ging flach und langsam. Er schien um zwanzig Jahre gealtert zu sein. Tatsächlich sah er bereits halb tot aus.

Egal, was geschah – Marcia glaubte nicht, dass er es schaffen würde.

»Chip«, wiederholte Jeff und legte die Hand auf Chips Handgelenk. »Ich hoffe, Sie sind okay, Mann. Das wird schon wieder.«

Marcia war überrascht, dass Ramos sich Sorgen machte oder zumindest diesen Eindruck erweckte. Sie hatte ihn schon an seinem ersten Tag in der Firma kennengelernt, vor fast zwei Jahrzehnten, hatte aber bis heute keine Ahnung, was für ein Mensch er wirklich war. Sie wusste nur, dass er nach einer herausragenden Militärkarriere zum Unternehmen gestoßen, unverheiratet und kinderlos war. Aber abgesehen davon war sein Privatleben für sie – und, soweit sie wusste, auch für alle anderen – ein Rätsel.

Einmal hatte sie versucht, mit ihm zu flirten, am Rande einer Konferenz in Miami. Es war die perfekte Gelegenheit für einen Seitensprung gewesen: weit weg von zu Hause, niemand, der sie zusammen sehen konnte, sie war im Ehebruch geübt und er Single. Was gab es da zu verlieren? Die Vorfreude war groß, und dann hatte sie einen ersten Schritt gemacht, einen subtilen Hinweis darauf gegeben, dass sie zu haben war. Eine Hand auf seinen Ellbogen gelegt und ihm einen bedeutungsvollen Blick zugeworfen, der dem seinen einen Moment zu lange standhielt.

Er hatte sie angeschaut, als wäre sie eine Art Insekt. Als wäre sie verachtenswert und der Gedanke an das, was sie anbot, absolut ekelhaft. Es lag keinerlei Emotion in seinen Augen. Nur kalte Ablehnung, keine Spur von Menschlichkeit.

Deshalb war es für sie eine Überraschung zu sehen, dass er sich jetzt so verhielt.

»Chip«, versuchte er es erneut. »Wir stecken hier voll in der Scheiße. Ich brauche Ihre Hilfe, wenn Sie können. Erinnern Sie sich an etwas das Mädchen betreffend, das ums Leben gekommen ist? Ella? Sie kannten ihren Namen. Erinnern Sie sich sonst noch an etwas?«

Chips Atmung beschleunigte sich, und seine Lippen öffneten sich.

»Na, kommen Sie schon, Chip«, drängte Jeff. »Sie schaffen das.«

Chips Atmung verlangsamte sich wieder, als wäre die Anstrengung zu groß.

»Chip.« Jeff ließ nicht locker. »Wissen Sie, wie das Mädchen ums Leben gekommen ist?«

Chip schwankte leicht nach vorn. Seine Augen öffneten sich, und er fing Jeffs Blick auf. »Matty«, stammelte er.

»Matty?«, erwiderte Ramos. »Wer ist Matty?«

»M-M…« Chip keuchte, und seine Wangen waren schweißnass. »M-Mein Sohn.« Seine Worte wurden von einem keuchenden Atemzug unterbrochen. »Matthew. Sagen Sie ihm, ich liebe ihn. Und dass es mir leidtut.«

Er sank wieder zurück, und seine Atmung wurde allmählich langsamer, bis sie schließlich ganz aussetzte.

Jeff tastete nach seinem Puls.

»Verdammter Mist«, fluchte er. »Er ist tot.«

»Was?«, rief Marcia. »Was haben Sie da gesagt?«

Das war unmöglich. Chip durfte nicht tot sein. Er war ein – was? Freund? Kollege? Ein ehemaliger Liebhaber?

Alles davon. Aber vor allem war er immer *da* gewesen. Sie konnte sich eine Welt ohne Chip kaum vorstellen, aber sie war bereits bittere Realität.

Und diese bittere Realität stand auch ihrer Familie bevor. Sie würden einen Anruf erhalten, bei dem ihnen mitgeteilt werden würde, dass sie tot war, und ihre Welt würde sich für immer verändern.

»Er ist tot«, bestätigte Ramos. »Verdammt.«

»Tja, das ist ja wirklich klasse«, schaltete sich nun wieder Kevin Anderson ein. »Wenn es Chip war, dann sind wir jetzt am Arsch, denn der wird nie wieder einen Mucks von sich geben.«

Sie wandte sich ihm zu und sah ihn an. »Zeigen Sie etwas Respekt«, bat Marcia. »Bitte.«

»Für Chip? Das lasse ich mal schön bleiben.«

»Wissen Sie«, sagte sie, »ich finde, Sie beschweren sich zu viel. Und Sie versuchen ständig, anderen die Schuld in die Schuhe zu schieben. Gibt es etwas, das Sie uns sagen wollen, Kevin?«

Er stieß ein lang anhaltendes, raues Lachen aus. »Sie verdächtigen mich?«

»Wieso nicht? Sie lebten zu der Zeit auch in Barrow. Sie könnten darin verwickelt gewesen sein.«

»Worin genau verwickelt? Ein paar Kinder wurden krank, und ein Haus ist abgebrannt. Keine große Sache. So was passiert ständig.«

»Ich weiß nicht«, sagte Marcia. »Aber irgendjemand scheint zu glauben, dass es einen Zusammenhang gibt, und Sie scheinen unbedingt suggerieren zu wollen, dass andere Leute der Grund dafür sind.«

»Haben Sie noch irgendwo Fusel versteckt?«, höhnte er. »Falls ja, dürfen Sie ihn gerne mit mir teilen.«

»Nein. Ich habe mit dem Trinken abgeschlossen.«

»Ach, wirklich? Einmal Säufer, immer Säufer. Heißt es nicht so?« Er schürzte die Lippen. »Wie viele Nächte hatten Sie einen Blackout, als Sie in Barrow lebten? Eine ganze Menge, würde ich vermuten.«

»Damit hätten Sie recht.«

»Haben Sie in diesen Nächten etwas getan, das Sie nicht hätten tun sollen?«

Fast hätte sie laut losgelacht. Sie hatte in diesen Nächten *nichts* getan. Das war ja gerade der Punkt. Sie trank, bis sich alles um sie herum in nichts auflöste und sie in einen traumlosen Schlaf fiel, bis sie mit dumpfen Kopfschmerzen und einem höllischen Durst aufwachte und sich schwor, dass dies das letzte Mal gewesen war.

Diese Versprechen um vier Uhr morgens schienen jedoch nie lange Bestand zu haben.

Jeff Ramos stand auf. »Können Sie verdammt noch mal die Klappe halten, Kevin?«, fuhr er ihn an. »Das würden wir alle sehr zu schätzen wissen.«

»Ja«, pflichtete Miller ihm bei. »Das sehe ich genauso.«

Kevin Anderson starrte erst Jeff Ramos an, um sich dann Varun Miller zuzuwenden. »Fick dich doch, du nutzloser brauner Bastard!«

Marcia rang nach Luft. »So etwas dürfen Sie nicht sagen!«

»Nein? Aber wahr ist es doch, oder? Wir alle wissen es. Er ist ein nutzloser Bastard, der seinen Job nur bekommen hat, damit Jill ihre verdammte Quote erfüllen konnte.« Er grinste. »Wir werden alle sterben, also können wir uns genauso gut die Wahrheit ins Gesicht sagen! Und ich will, dass dieses Arschloch weiß, dass wir ihn alle durchschauen. Denken Sie in Ihren letzten Sekunden daran, Miller.«

Sie sah, wie sich Ramos' Gesicht verfinsterte. Er trat einen Schritt vor.

Miller schüttelte den Kopf. »Tun Sie es nicht«, besänftigte er ihn. »Ich habe eine bessere Idee.«

Varun Miller

Er begriff, dass die anderen ihn für großmütig halten mussten und glaubten, er bewiese heldenhafte Zurückhaltung angesichts dieser unerhörten Provokation.

Es war nichts dergleichen.

Ihm war von Anfang an klar gewesen, dass Kevin Anderson ihn nicht leiden konnte. Was kein Problem war. Sie waren Kollegen. Sie mussten sich nicht mögen, sie mussten sich nur professionell verhalten und zusammenarbeiten.

Die Sache war nur die, dass Kevin Anderson ihn bei der Mitarbeiterbewertung nicht berücksichtigte.

Und das machte ihn wütend. Er hatte einen Abschluss von einer renommierteren Hochschule, hatte umfassende und relevante Erfahrungen gesammelt, sein Karriereweg war steiler und er war fleißiger und beliebter als andere.

Aber trotz alledem war Kevin Anderson der Meinung, dass Varun seinen Job nur aus einem Grund bekommen hatte, aus einem einzigen Grund. Nämlich wegen seiner Hautfarbe.

Der Titel, die Berufserfahrung, die vielen Stunden des aufopferungsvollen Einsatzes, der hart erarbeitete Respekt seiner Kollegen – all das war Kevin egal. Er war und blieb der Meinung, dass es Varuns Hautfarbe war, die ihm den Job beschert hatte.

Er war ein brauner Bastard, und Kevin wollte, dass er das wusste.

Nun, es gab da so einiges, das *er* Kevin sagen wollte.

Zum Beispiel die Sache mit dem Outsourcing-Vertrag, an dem sie 2017 gemeinsam gearbeitet hatten und bei dem er einen Fehler in Andersons Arbeit entdeckt hatte, der dessen Laufbahn beendet hätte, und den er für ihn korrigiert hatte. Er hatte die entsprechenden Aufzeichnungen aufbewahrt.

Oder das eine Mal, als er Anderson gedeckt hatte: Der war zu spät und mit einer Fahne zu einer Anklageverlesung erschienen, und Miller hatte ihn nach Hause geschickt und dem Gericht erklärt, sein Kollege sei krank.

Auch darüber hatte er Aufzeichnungen.

Und es gab noch andere Vorfälle. Eine Menge.

Aber das war alles Zeitverschwendung. Er brauchte einen Weg, um seine Botschaft auf prägnantere Art und Weise zu vermitteln.

Und er hatte genau die richtige Idee.

Er löste seinen Sicherheitsgurt und erhob sich.

»Sie«, begann er, »sind ein verdammter Idiot.«

»Fick dich, Miller«, entgegnete Kevin und rollte mit den Augen. »Sie ...«

Miller streckte die Hand aus, packte Andersons verletztes Handgelenk und verdrehte es leicht.

Andersons Augen traten aus den Höhlen hervor. Er öffnete den Mund, brachte jedoch nur ein hohes Winseln hervor.

Miller drehte ein wenig weiter. Er spürte, wie Knochen unter der Haut knirschten. Das Geräusch war ausgesprochen befriedigend.

Anderson schüttelte den Kopf. »Nein!«, keuchte er. »Hören Sie auf. Bitte nicht, nein. Das tut weh.«

»Ich habe hin und her überlegt, wie ich Ihnen deutlich machen könnte, wie Sie auf mich wirken. Ich habe überlegt, wie ich Ihnen unmissverständlich zu verstehen geben könnte, was geschieht, wenn ich mich in Ihrer Gegenwart befinde. Und dann ist es mir eingefallen.«

Er drehte weiter, und Anderson stöhnte. Sein Gesicht war schweißnass.

»Eigentlich lag es auf der Hand.« Er drehte weiter. »Das, was Sie jetzt durchmachen, Kevin, ist die Wirkung, die Sie auf mich haben, und wahrscheinlich auch auf andere.«

Er ließ los, und Anderson sackte in seinem Sitz zusammen.

»Verstanden?«

Anderson antwortete nicht.

»Bestimmt haben Sie verstanden. Ich glaube, ich habe mich klar und deutlich ausgedrückt.« Er beugte sich zu ihm hinunter und flüsterte Anderson etwas ins Ohr. »Und nennen Sie mich nie wieder einen braunen Bastard, verstanden? Sonst werde ich Ihnen noch etwas ganz anderes verdrehen als nur das Handgelenk.«

BARROW, MAINE, 2018

Stacy Evanston

1

Da waren sie alle.

Sie schaute sich die Liste der Namen an. Sie hatte sie von der Unternehmenswebsite, aus Pressemitteilungen und verschiedenen LinkedIn-Profilen zusammengestellt.

Sie hatte sich ein neues Profil zugelegt, um danach zu suchen. Sie würden bemerken, dass sich Lindsey Sandbrook, Personalchefin, ihre Seiten angeschaut hatte. Ohne Zweifel würden sie einen Nervenkitzel verspüren: eine Headhunterin, die ihr Profil anschaute!

Wenn sie die Wahrheit wüssten, würden ihnen die Nerven blank liegen.

Denn es gab zwar eine Headhunterin in ihrem Leben, aber sie war nicht von der Sorte, die man willkommen hieß.

Sie las die Namen:

Jill Stearns, Geschäftsführerin
Chip Markham, Finanzleiter
Jeff Ramos, Technischer Direktor
Marcia Fournier, Vertriebsleiterin
Varun Miller, Chefjustiziar
Kevin Anderson, Betriebsleiter

Einer von ihnen, vielleicht mehrere, aber wenigstens einer wusste, was wirklich geschehen war. Vielleicht waren sie unmittelbar daran beteiligt gewesen, vielleicht waren sie nur über die Vorkommnisse informiert. Aber irgendwer war schuld am Tod von Ella, Nathan und Bren, und es war vertuscht worden.

Und als Teil der Vertuschung waren ihr Mann und ihre Tochter umgebracht worden.

Sie wusste, dass es sinnlos war, sich an die Polizei zu wenden. Bei den Behörden würde ihr niemand zuhören. Und selbst wenn, würde die Firma sie irgendwie unter Druck setzen. Ein hoher Beamter, ein Senator oder eine andere Person mit Einfluss und Macht würde jedwede Untersuchung still und leise im Keim ersticken.

Und dann würde sie einen Unfall haben. Vielleicht würden die Bremsen ihres Wagens versagen. Oder sie würde beim Wandern abstürzen. Oder Suizid begehen – eine trauernde Mutter, die an ihrem Kummer zerbrochen war.

Vielleicht würde sie auch nur eines Nachts einfach verschwinden. Wer würde schon nach ihr suchen? Wer war denn noch übrig?

Also nein: Sie würde nicht zur Polizei gehen. Sie würde die Sache selbst in die Hand nehmen. Wie, wusste sie noch nicht. Aber sie würde es tun.

Sie steckte die Liste in ihre Tasche. Sie war ihr Grund weiterzuleben. Der einzige. Ohne diese Liste würde sie sich das Leben nehmen, das stand fest.

Aber mit ihr hatte sie ein Ziel.

Ich bin Headhunterin, dachte sie. *Das gefällt mir.*

2

Sie saß am Tresen. Sie hatte sich die Haare metallisch rot gefärbt, trug hautenge Jeans und ein bauchfreies Top. Ihr Outfit war ein bisschen schlampenhaft. Sie ging davon aus, dass Kevin Anderson die Art von Mann war, dem das gefallen könnte.

Das würde sie sehr bald herausfinden. Er stand nämlich direkt neben ihr und schaute auf sein Smartphone.

Sie hatte seine Adresse online ausfindig gemacht und war dann nach Portland gefahren, um sich in der Nähe seiner Wohnung ein wenig umzuschauen. Die Wohnung lag im Geschäftsviertel der Stadt. Sie setzte sich auf eine Bank und wartete. Kurz nach 18 Uhr war ein Taxi vorgefahren, und ein Mann in Kakihose und einem teuren Hemd war ausgestiegen. Er hatte seine Tasche in die Wohnung gebracht, war dann zu Fuß ins Zentrum von Portland gelaufen und hatte dort eine Bar aufgesucht.

Und jetzt saß sie neben ihm und nippte an einem Glas Weißwein. Sie warf einen Blick zu ihm hinüber, und er sah auf. Sie lächelte und hob ihr Glas.

»Sláinte.«

»Sind Sie Irin?«, fragte er.

»Sind wir das nicht alle?«

Er schüttelte den Kopf. »Ich nicht.«

»Schade. Ich mag die Iren.«

Er grinste. »Erlauben Sie mir, mich vorzustellen. Patrick O'Guinness.«

Sie lachte. »Sehr gut. Ich bin Tara.«

»Kevin.«

»Wohnen Sie in der Nähe?«

»Die Straße hoch. Bin gerade von der Arbeit gekommen.«

»Wo arbeiten Sie?«

»Nun, heute war ich in New York.«

Sie zog eine Augenbraue hoch. »Ganz schön weit weg.«

Er zuckte mit den Schultern. »Ich habe Glück. Ich darf das Flugzeug der Firma benutzen.«

Sie machte große Augen. »So was wie ein Privatjet?«

Er nickte und nippte an seinem Cocktail. »Wie ein Privatjet.«

»Wow. Sie müssen ein Macher sein.«

»In gewisser Weise schon.«

»Fliegen Sie denn häufig?«

»Ziemlich oft.« Er deutete auf ihr Glas. »Noch einen?«

Sie schaute sich um. »Sollen wir vielleicht woanders hingehen, wo es etwas weniger verstaubt ist?«

Er grinste, und die Aussicht auf diese leichte Beute ließ seine Augen aufblitzen. »Klingt gut. Ich übernehme das hier.«

Er holte seine Brieftasche aus der Innentasche seines Jacketts und legte einen Hundert-Dollar-Schein auf den Tresen. Dann steckte er die Brieftasche wieder zurück und stand auf. »Toilette. Bin gleich wieder da.«

Sie schenkte ihm ein warmes, ermutigendes Lächeln und sah zu, wie er im hinteren Bereich der Bar verschwand. Dann schob sie die Hand in seine Jackettasche und fischte seine Brieftasche heraus. Sie stand auf und ging.

Es steckten siebenhundertfünfzig Dollar in bar darin, dazu ein Haufen Kreditkarten und sein Ausweis. Sie nahm das Geld und warf die Brieftasche in die Casco Bay.

Das war ein Anfang. Als Nächstes brauchte sie einen Ausweis. Das war ganz einfach. Sie musste nur eine Frau finden, die ihr sehr ähnlich sah, und ihn ihr wegnehmen. Das würde ausreichen, um mit einem Bus nach Boston zu kommen.

Und wenn sie erst einmal dort war, konnte man sich für tausend Dollar eine Sozialversicherungsnummer auf einen beliebigen Namen organisieren. Bei der Air Force hatte sie einen Kurs über Identitätsdiebstahl besucht. Sie hätte nie gedacht, dass er mal so nützlich sein würde.

Und wenn sie ihre neue Identität erst einmal hatte, gefiel ihr die Idee, Pilotin zu werden, recht gut.

23. DEZEMBER 2022

Die Pilotin

Verkehrsflugzeuge waren nicht mit einem Radar ausgestattet, das andere Flugzeuge erfassen konnte. Daher bemerkte sie die Jets erst, als sie sie sah.

Sie fuhr in ihrem Sitz hoch. Die beiden Maschinen schossen am Privatjet vorbei, eine links, eine rechts. Sie machte sich auf den Lärm gefasst, der folgen würde.

Sekunden später ertönte ein ohrenbetäubendes Dröhnen und ein Sog, der das kleine Flugzeug durchschüttelte.

Die Jets beschrieben einen Bogen und kehrten zurück. Einer flog über ihnen, einer unter ihnen. Sie verlor sie aus den Augen, aber das spielte keine Rolle. Sie würden zurückkommen.

Woher hatten sie gewusst, wo sie sich befand? Im Flugzeug gab es doch gar keine Kommunikationsmöglichkeiten mehr.

Es sei denn, es gab doch eine. Irgendwie musste einer der Passagiere eine Nachricht nach draußen versendet haben. Vielleicht besaß einer ein Satellitentelefon oder ein anderes Satellitengerät. Dan hatte auch eines gehabt. Er war im Sommer vor seinem Tod allein die Hundred-Mile-Wilderness in Maine gewandert, einen zerklüfteten, abgelegenen Abschnitt des Appalachian Trail. Dort gab es keinerlei Möglichkeit, mit einem normalen Telefon zu kommunizieren.

Deshalb hatte er sich ein leichtes Satellitenkommunikationsgerät gekauft, mit dem er im Notfall Textnachrichten und seine Standortdaten versenden konnte.

Er hatte es nicht gebraucht, außer, um ihr jeden Abend zu schreiben, dass er sie und Cherry liebte.

Es war möglich, dass einer dieser Typen etwas Ähnliches besaß. So etwas würde zu ihnen passen – ein Gerät kaufen, das für die Wildnis entwickelt worden war und das sie nie benutzten, das ihnen aber das Gefühl verlieh, tough und naturverbunden zu sein. Wahrscheinlich bewahrten sie es zusammen mit ihren Klettermagazinen auf.

Die Jets tauchten wieder auf, dieses Mal auf gleicher Höhe mit ihr, einer auf jeder Seite. Sie konnte die Piloten in ihren Kanzeln ausmachen. Der rechts von ihr blickte sie an und tippte dabei auf sein Mikrofon.

Lassen Sie uns reden.

Sie nickte und öffnete den Kanal. Seine Stimme erklang nach einem Knacken in ihrem Ohrhörer.

»Sie müssen zu Ihrer genehmigten Flugroute zurückkehren«, wies er sie an.

»Das habe ich nicht vor.«

»Sie müssen einen Ausweichflughafen anfliegen. Wenn Sie nur noch wenig Treibstoff haben, können wir Ihnen helfen, einen ausfindig zu machen. Ansonsten ist Portland jederzeit bereit für Ihre Landung.«

Sie sah den Piloten an und schüttelte den Kopf.

»Tut mir leid, das möchte ich nicht«, sagte sie und beendete die Verbindung.

Die Jets waren also hier, um sie zu einem Flughafen zu

eskortieren. Es war sinnlos. Was konnten sie denn schon tun? Sie vom Himmel holen? Was würde das nützen? Sie würden sowieso alle sterben, was für sie selbst kein Problem war. Und sie stellten keine Bedrohung für die Zivilbevölkerung dar, da sie über dem offenem Meer dahinflogen.

Sie schloss die Augen. Sie war erschöpft. Das hier war nun fast vorbei. Schon bald würden sie den Punkt hinter sich gelassen haben, an dem sie es zurück an Land schaffen konnten. Den Punkt, bis zu dem es noch Entscheidungen zu treffen gab.

Und sie begrüßte das. Sie hatte genug.

Es war vorbei. Sie war froh darüber.

Varun Miller

Er hatte Sharon per E-Mail um die Organigramme der Firma aus seiner Zeit in Barrow gebeten.

Nun arbeitete er sie durch. Da waren sie allesamt aufgeführt: Jill, er selbst, Chip, Kevin, Jeff und Marcia. Dann waren da noch die anderen Mitarbeiter, die in der Forschungseinrichtung in Barrow gearbeitet hatten. Tom Higgins, Susie Clarke, Dimitri Hodge, Bill Standish.

Er schlug sie im Namensverzeichnis des Unternehmens nach. Higgins und Clarke waren nach wie vor in Barrow. Hodge arbeitete mittlerweile im Büro in Boston.

Von Bill Standish gab es keine Spur. Er erinnerte sich an ihn – er war ein verschrobener, ernsthafter Mann, der das Forschungsteam geleitet hatte. Er war kaum älter als er selbst.

Er googelte ihn.

Nichts. Kein Facebook, kein Twitter, keine Nachrichtenmeldungen, kein LinkedIn.

Das war eigenartig. Es gab keine Spur von ihm in der Firma. Selbst wenn er sie verlassen hätte, müsste er doch immer noch in der Firmenhistorie aufgelistet sein. Er hätte irgendeine Art von Online-Profil haben müssen.

Varun schickte Sharon eine Nachricht über *Instant Messaging.*

Erinnern Sie sich an Bill Standish?

Ja. Er war mit meiner Cousine Janet befreundet.

Was wurde aus ihm?

Er hat gekündigt. Ist in den Vorruhestand gegangen.

In den Vorruhestand? Und das in welchem Alter? Fünfundvierzig?

Das war aber früh! Wann war das?

2018. Im Juni, glaube ich. Soll ich das überprüfen?

Nein, schon gut.

Wie sieht es im Flugzeug aus?

Was sollte man darauf antworten? Es sah unfassbar schlecht aus. Es war ein totales Desaster, die Mutter aller Desaster.

Nicht gut. Aber jetzt ist nicht die Zeit, um sich darüber auszutauschen.

Er wendete sich erneut den Nachrichtenmeldungen zu und überprüfte die Daten.

9. Juni und 11. Juni. Kurz bevor Standish in den Vorruhestand gegangen war, und zwar nicht nur in den Ruhestand, sondern anscheinend gänzlich verschwunden war.

Millers Nacken kribbelte. Irgendetwas war hier im Busch.

Etwas, das die Aktion der Pilotin erklärte.

Denn vielleicht hatte sie ja recht.

Er tippte wieder eine Nachricht an Sharon.

Dies ist dringend. Bitten Sie Marc Tanner, in den E-Mail-Archiven vom 7. bis 11. Juni 2018 nachzusehen, ob es eine Korrespondenz von Bill Standish an Jill Stearns, mich, Chip, Jeff Ramos, Marcia oder Kevin gab. Ich brauche das asap.

Bin schon dran.

Er wartete noch auf ihre Antwort, als etwas explodierte. Ein Geräusch wie zerknittertes oder zerrissenes Metall ertönte. Er schaute sich um, beinahe damit rechnend, dass der halbe Rumpf des Flugzeugs weggerissen würde. Aber es war noch alles an Ort und Stelle.

Vielleicht war es ein Donnern gewesen. Er warf einen Blick aus dem Fenster: nichts als blauer Himmel.

»Was zum Teufel war das?«, wollte Ramos wissen. Alle starrten aus ihren Fenstern, aber es war nichts zu sehen.

Und dann, wie aus dem Nichts, tauchten zwei Militärjets auf, einer auf jeder Seite des Flugzeugs.

Mit einem weißen Stern und der Aufschrift *US Air Force*.

Die Kavallerie war eingetroffen.

Hinter ihm stieß Marcia Fournier einen kleinen Jubelschrei aus. »Sie sind da!«, rief sie. »Endlich.«

»Na toll.« Kevin Anderson beugte sich in seinem Sitz vor, sein Handgelenk mit der unverletzten Hand umklammernd. »Aber was soll uns das bringen?«

»Sie können uns zu einem Flugplatz eskortieren«, erklärte Marcia.

»Wie denn? Damit drohen, uns vom Himmel zu pusten, wenn die Pilotin nicht tut, was sie sagen? Das ist es doch genau, was sie will.« Er schüttelte den Kopf. »Wir sind nicht besser dran als vorher.«

Anderson hatte recht. Millers Magen zog sich zusammen. Sie waren dem Tod geweiht. Unwiederbringlich.

Sie dachte an Cherry, stellte sie sich als Siebenjährige, als Achtjährige, als Neunjährige vor. Sie malte sich aus, wie sie sie an ihrem ersten Tag an der Junior High zum Abschied küsste, sie in den Arm nahm, wie sie bei ihrem ersten Liebeskummer weinte, wie sie ihr von Dan erzählte und davon, wie sie beide sich kennengelernt hatten.

Wie sie jubelte, als sie ihren Abschluss an der Highschool machte.

Wie sie weinte, als sie sie am College zurückließ, weil die achtzehn Jahre, die sie mit ihr zu Hause verbracht hatte, viel zu schnell vergangen waren, sie jedoch wusste, dass sie erwachsen werden musste. Cherry musste erwachsen werden, damit sie ihrerseits Großmutter werden konnte.

Sie dachte an Dan und an den Vater, der er gewesen war. Zuverlässig, warmherzig, liebevoll. Nicht perfekt, aber doch beinahe.

Und das nicht nur für Cherry. Auch für Baby Nummer zwei wäre er das gewesen. Und vielleicht sogar für Nummer drei und vier.

Aber all das war ihr entrissen worden. Und sie wollte zweierlei.

Sie wollte wissen, warum. Und sie wollte Gerechtigkeit. Und auf diese Weise wollte sie sie bekommen.

Und wenn es nicht funktionierte?

Dann würde sie das Zweitbeste bekommen.

Rache.

Anderson hatte unrecht. Sie waren jetzt sehr wohl besser dran. Die Ankunft der Jets veränderte vieles. Es machte die Situation nicht perfekt, aber es machte sie besser. Sie hatten dadurch eine Chance, die sie vorher nicht hatten.

Sie beugte sich vor und winkte Jeff, Marcia, Mary Jo und Miller zu sich nach vorn. Chip war tot, und Anderson war für das, was sie vorhatte, nicht zu gebrauchen.

»Hören Sie zu«, raunte sie. Es war keine Zeit, um Zettel herumzureichen. »Ich habe eine Idee.«

»Und die wäre?«, wollte Jeff wissen.

»Wir brechen ins Cockpit ein.«

Wieder Jeff: »Das hat Kevin schon versucht. Er hat nicht viel ausrichten können.«

»Ich weiß. Aber er hat rohe Gewalt angewendet. Wenn wir einen Hebel ansetzen, können wir die Tür vielleicht aufstemmen.«

»Wir brauchen die Pilotin immer noch, jemand muss das Flugzeug ja fliegen«, wandte Marcia ein. »Sie wird es sonst einfach zum Absturz bringen.«

Das war es, was sich mit der Ankunft der Jets geändert hatte. »Vielleicht brauchen wir sie nicht mehr«, sagte Jill. »Wir können sie überwältigen, und zwar schnell, und die Piloten der Air Force können uns erklären, wie wir das Flugzeug auf dem Wasser landen können, so nahe wie möglich am Land. Dann können sie uns aus dem Wasser fischen. Ein Schiff der Küstenwache organisieren oder so etwas.«

»Wir lassen also das Flugzeug abstürzen? Das ist doch genau das, was sie vorhat«, raunte Ramos.

»Nein. Wir landen auf dem Wasser.« Sie zuckte mit den Schultern. »Der Plan ist nicht perfekt, aber es ist das Beste, was wir erreichen können.«

»Das wird nicht funktionieren«, erklärte Ramos. »Das wird sie nur wütend machen. Sie wird das Ding senkrecht in den Ozean rammen.«

»Warum so zynisch?«, entgegnete Jill. »Das ist alles, was wir haben.«

»Okay«, räumte Marcia ein. »Angenommen, wir kriegen es hin. Wie machen wir es?«

»Wir brauchen einen Hebel. So etwas wie ein Brecheisen.«

»Ich habe meins nicht dabei«, ätzte Jeff Ramos. »Hab's zu Hause liegen gelassen.«

»Was ist mit dem Kühlschrank?«, schlug Mary Jo vor. »Er ist mit einer Metallhalterung am Boden verbolzt.«

Jill kniete sich hin und sah sie sich an. Dann zeigte sie mit dem Daumen nach oben. »Wir brauchen eine Möglichkeit, die Bolzen zu lösen. Ein Werkzeugset. Ist so etwas an Bord?«

»Meinen Werkzeugkasten habe ich auch zu Hause gelassen«, höhnte Ramos.

»Ich hab da was.« Mary Jo griff in ihre Tasche. »Das hier. Es ist ein Weihnachtsgeschenk von Ray für unseren Schwiegersohn. Ich habe es gestern besorgt.«

Jill starrte sie an. Mary Jo hielt einen nagelneuen Leatherman in der Hand.

»Das ist perfekt«, flüsterte sie.

Der Leatherman hatte eine Zange. Jill kniete sich auf den Boden, setzte die Backen der Zange fest am ersten Bolzen an und versuchte, ihn zu drehen.

Die Backen rutschten ab.

Sie drückte fester zu und versuchte es erneut.

Der Bolzen ließ sich den Bruchteil eines Zentimeters drehen. Die nächste Drehung war leichter, und innerhalb weniger Sekunden ließ sich der Bolzen lösen. Bei den nächsten beiden verhielt es sich genauso. Jill löste sie und zerrte die Halterung heraus.

Ein schlankes, stabiles Stück Metall.

Ein Hebel.

Jetzt stand nur noch eine Frage im Raum. Passte dieser Hebel in den Spalt zwischen Tür und Rahmen? Nur dann konnte es vielleicht funktionieren.

Sie ging langsam nach vorn und schob das Metallstück in den Spalt.

Es passte perfekt.

Die Pilotin

Was zum Teufel ging hier vor?

Die Cockpittür gab ein metallisch kratzendes Geräusch von sich. Sie blickte über ihre Schulter. Die Tür bog sich am Schloss nach außen, als würde kräftig daran gezogen.

Als ob jemand versuchte, sie aufzuhebeln.

Sie würden so nicht durchkommen. Diese Türen waren

so konstruiert, dass sie dieser Art von Angriffen standhalten konnten.

Das kratzende Geräusch hielt an. Die Biegung in der Tür wurde stärker.

Dann hörte es auf, und die Tür bog sich in den Normalzustand zurück.

Sie wartete.

Sie würden nicht aufgeben.

Da erklang es wieder, lauter als zuvor.

Die Tür verbog sich.

Das Schloss spannte sich.

Sie hatte keine Ahnung, wie sie das anstellten, aber es sah so aus, als würde die Tür tatsächlich nicht standhalten.

Sie wappnete sich.

Sie würden nicht bekommen, was sie wollten.

Nicht jetzt und niemals.

Varun Miller

Sharons Antwort erschien auf dem Bildschirm.

> Es gibt überhaupt keine E-Mails von Bill Standish in dieser Zeitspanne.

Die Alarmglocke, die in seinem Hinterkopf zu läuten begonnen hatte, schrillte nun ohrenbetäubend laut.

Es war *unmöglich*, dass es keinen E-Mail-Verkehr gab. Es gab immer E-Mails. Die einzige mögliche Erklärung dafür, dass sie verschwunden waren, war die, dass sie gelöscht worden waren. Möglicherweise gab es andere Wege, um an sie heranzukommen – vielleicht gab es irgendwo Sicherungskopien, und mit etwas Zeit hätte jemand sie wiederherstellen können.

Aber er hatte keine Zeit.

Es verriet ihm jedoch, dass damals tatsächlich etwas passiert war und dass die Beweise vertuscht worden waren.

Da er aber keine Beweise vorliegen hatte, konnte er nichts unternehmen. Er hielt inne. Gab es sonst noch etwas, wonach er suchen konnte? Handy-Aufzeichnungen? Notizen?

Instant Messages.

Natürlich: E-Mails waren nicht die einzige Möglichkeit, Nachrichten zu versenden. Er tippte eine Nachricht an Sharon.

Fragen Sie nach IM.

Viele glaubten, Instant Messages – Sofortnachrichten – seien irgendwie flüchtig, weniger nachvollziehbar als E-Mails, und damit hatten sie auch recht. Aber sie waren nicht vergänglich. Sie waren alle gespeichert. Man musste nur wissen, wo man danach suchen musste.

Ein paar Minuten später traf eine E-Mail ein. Sie enthielt drei Instant-Message-Datensätze.

Sie waren von Bill Standish.

Es hat einen Zwischenfall gegeben.
Einige Kinder sind erkrankt.

Die Antwort stammte von einer Mitarbeiter-ID, nicht von einem Namen. Er kopierte sie und schickte sie an Sharon.

Wer steckt dahinter?

Die Antwort war mit einem Zeitstempel eine Minute nach der ursprünglichen Nachricht versehen.

Was ist passiert?

Ich weiß es nicht. Nur, dass vier Kinder mit einer Art Organversagen ins Krankenhaus eingeliefert wurden. Vielleicht die Leber.

Was hat das mit uns zu tun?

Mein Sohn ist in den Besitz eines Produkts gelangt. Er hat es ihnen gegeben.

Welches Produkt?

Es ist noch nicht auf dem Markt. Es ist noch in der Testphase, und die Ergebnisse waren nicht berauschend.

Okay. Sprechen Sie mit niemandem darüber. Verstanden?

Miller lief es eiskalt über den ganzen Körper. Das war es. Das war der schlagende Beweis. Die Firma hatte diese Kinder wirklich auf dem Gewissen. Es war ein Versehen gewesen, ja, aber es war trotzdem ihre Schuld.

Das Feuer war jedoch kein Versehen gewesen. Es war eine Vertuschung. Es war *Mord.*

Sein IM blitzte auf. Es war Sharon.

> Ich bin überrascht, dass Sie diese Mitarbeiter-ID nicht kennen. Es ist Jill.

Er starrte zu Jill Stearns hoch. Sie stand an der Cockpittür und versuchte, sie mit Gewalt zu öffnen. Hinter ihr sah Jeff Ramos mit verschränkten Armen zu.

Sie hatte das getan.

Oh Gott. Sie war es. Er musste etwas sagen.

Doch bevor er dazu kam, erklang ein lautes Knacken, dann ein Knall, und die Cockpittür schwang krachend auf.

Jill Stearns

Jill stieß die aufgehebelte Tür mit aller Kraft auf und trat ins Cockpit. Ramos, dicht hinter ihr, geriet ins Stolpern und stieß gegen ihren Rücken. Das brachte sie vorübergehend aus dem Gleichgewicht, aber sie fing sich wieder und wollte sich auf die Pilotin stürzen.

Doch sie erstarrte. Die Pilotin stand ihr gegenüber und zielte mit einer Waffe direkt auf ihre Brust.

Es war ein Schock. Denn sie hatte noch nie eine Waffe gesehen, geschweige denn eine, die auf sie gerichtet war.

»Setzen Sie sich wieder hin!«, befahl die Pilotin. »Sie beide. Oder ich schieße Ihnen ins Knie. Und ihm.«

»Nein«, widersprach Jill. »Das werde ich nicht.«

»Doch, das werden Sie.« Sie tippte auf die Treibstoffanzeige. »Und es ist sowieso so gut wie zu spät«, verkündete sie.

»Sie wollen das wirklich durchziehen?«, fragte Jill.

»Ja.«

»Und wenn Sie sich irren?«

»Ich irre mich nicht.«

»Doch.«

Die Pilotin schüttelte den Kopf. »Aussage gegen Aussage. Ich weiß, was passiert ist.«

»Es war eine Reihe schrecklicher Unfälle«, sagte Jill. »Nichts weiter.«

»Nein«, beharrte die Pilotin. »Irgendetwas hat die Kinder vergiftet. Etwas, das Bill Standishs Sohn Kingsley ihnen in der Schule gegeben hat. Etwas, das Ihre Firma hergestellt hat. Und Sie haben es vertuscht. Meine Tochter hat überlebt, also haben Sie sie ermordet. Sie dachten, ich wäre bei dem Hausbrand ebenfalls ums Leben gekommen, aber das bin ich nicht. Und einer von Ihnen weiß, was abgelaufen ist. Ich will bloß die Wahrheit wissen, und ich will, dass der Gerechtigkeit Genüge getan wird.«

»Sie haben die ganze Zeit gewartet?«, wollte Jill wissen. »Auf diesen Moment?«

»Ich habe gewartet und geplant«, bestätigte die Pilotin.

»Wie ist Ihr Name? Nicht Sarah, natürlich.«

»Stacy.«

Jill erinnerte sich an den Namen. Sie hielt inne. »Ich fühle mit Ihnen. Sie haben Ihr Leben um diese Sache herum aufgebaut. Es gab Ihrem Leben einen Sinn, nachdem Sie Ihren Mann und Ihre Tochter verloren hatten. Aber das alles spielt sich nur in Ihrem Kopf ab, Stacy.«

»Nein. Nein, tut es nicht.«

»Doch, das tut es. Und wenn Sie jetzt damit aufhören – solange noch Zeit ist –, werde ich persönlich dafür sorgen, dass Sie die Hilfe bekommen, die Sie brauchen. Sie werden nicht bestraft. Ihnen wird geholfen.«

»Nein.«

»Es ist an der Zeit, Stacy. Sie wissen, dass ich die Wahrheit sage.«

»Sie lügen. Sie sind eine Lügnerin.«

»Es tut weh, das zu hören, ich weiß. Aber es ist an der Zeit, es zu akzeptieren.«

»Das ist nicht wahr. Das kann nicht wahr sein.«

Jill streckte die Hand aus. Für den Bruchteil einer Sekunde dachte sie, die Pilotin – Stacy – würde sie ergreifen. Doch dann schüttelte Stacy heftig den Kopf und drückte die Steuersäule ganz nach vorn.

Varun Miller

Sie war es gewesen. Jill hatte es veranlasst. Vielleicht zusammen mit anderen. Aber definitiv sie.

Er musste es jetzt zur Sprache bringen, bevor die Pilotin etwas Unüberlegtes tat. Er wappnete sich dafür, laut zu schreien: *Ich weiß, was passiert ist! Aufhören!*

Aber er kam nicht dazu. Er wurde nach vorn katapultiert, eine unsichtbare Hand in seinem Rücken quetschte ihn gegen die Rückenlehne des Sitzes vor ihm. Chips Leiche wurde gegen die vordere Schutzwand gepresst. Anderson kreischte vor Schmerz schrill auf.

Sie waren in einen nahezu senkrechten Sturzflug übergegangen. Varun stieß einen Schrei aus – wohl wissend, dass irgendwo im Flugzeug schon jemand gellend schrie – und sah aus dem Fenster. Das Blaugrau des Ozeans füllte sein Blickfeld aus. Es war unmöglich zu sagen, wie weit es entfernt war, aber eines war klar:

Es kam immer näher, und zwar schnell.

Die Triebwerke heulten auf. Das war also das Ende. So würde sein Tod sein.

Wie lange dauerte es, bis ein Flugzeug zerschellte? Sekunden? Minuten? Das war es also, was ihm von seinem Leben blieb. Szenen aus seiner Kindheit, von seiner Hochzeit, von Aris Geburt zogen rasend schnell vor seinem inneren Auge vorbei.

Es war vorbei. Er schloss die Augen und wartete auf das Ende.

Doch plötzlich verstummte das Heulen der Triebwerke, und der Winkel des Sturzflugs flachte ab. Der Druck auf seinem Rücken ließ nach, und das Flugzeug flog wieder in der Waagerechten.

Er öffnete die Augen. Jill Stearns stand an der Cockpittür und sah ihre Kollegen an. Ihr Gesichtsausdruck war ernst und grimmig.

»Was ist passiert?«, wollte Varun wissen. »Was haben Sie getan?«

»Ich habe ihr die Wahrheit gesagt«, erwiderte sie. »Ich habe ihr gesagt, dass ich es war. Dass ich es getan habe.«

BARROW, MAINE, DEZEMBER 2022

Stacy Evanston

1

Stacy fuhr sich mit der Hand durch das Haar. Es war kurz geschnitten und schwarz, und sie trug grüne Kontaktlinsen. Aus der Ferne würde niemand sie wiedererkennen. Selbst von Nahem sah sie verändert aus, ihr Gesicht war hager und abgemagert.

Um auf Nummer sicher zu gehen, hielt sie auf der Straße dennoch Ausschauen nach einem altbekannten Gesicht, um im Notfall schnell reagieren zu können.

Um die Mittagszeit war die Straße jedoch bis auf vereinzelte Passanten menschenleer.

Ihr Haus war nicht mehr da. Das war ihr natürlich klar gewesen, schließlich hatte sie es vor viereinhalb Jahren mit eigenen Augen niederbrennen sehen. Sie hatte jedoch nicht damit gerechnet, dass an seiner Stelle ein neues Haus stehen würde. Es war fast fertig, ein Lieferwagen parkte draußen, und die Bauarbeiter waren vermutlich dabei, den Innenausbau abzuschließen.

Ein neues Zuhause, für eine neue Familie: Es war, als hätte es sie, Cherry und Dan nie gegeben. Sie waren aus der Welt aussortiert worden, und ihr Leben hatte keine Spuren hinterlassen.

Doch das würde sich schon bald ändern. Schon bald würde ihre Existenz von Bedeutung sein.

Ein Mann von Anfang dreißig in Arbeitshose und dunklem T-Shirt trat aus dem Haus. Er öffnete die Tür des Transporters und holte einen Werkzeugkasten heraus. Dann blickte er zu Stacy auf.

»Hi«, grüßte er sie.

»Fast fertig?«

»Nur noch zwei Wochen.«

»Dann kommt der nächste Job.«

»Nachdem wir eingezogen sind.«

Ihre Kehle schnürte sich zu. »Das ist Ihr Haus?«

»Ja. Ich arbeite schon seit einer Weile daran.«

»Sie haben es selbst gebaut?«

»Ich und mein Bruder.«

»Glückwunsch.«

»Danke. Wir freuen uns schon darauf, hier einzuziehen. Meine Frau und ich haben ein fünfjähriges Kind.«

»Junge oder Mädchen?«

»Ein Mädchen.« Er lächelte. »Das nächste ist unterwegs.«

»Nochmals herzlichen Glückwunsch.«

»Nochmals danke. Barrow scheint ein guter Ort zu sein, um Kinder aufzuziehen.«

»Das ist er sicher.«

»Sie leben hier?«

Sie schüttelte den Kopf. »Früher mal. Ich bin vor einer Weile weggezogen. Jetzt bin ich nur noch mal für einen Tag hier vorbeigekommen.«

»Haben Sie hier gerne gelebt?« In seiner Frage lag etwas Erwartungsvolles, ein Bedürfnis nach Bestätigung für seine Entscheidung, in Barrow zu leben.

»Ich habe es geliebt«, gestand sie. »Es war schade, dass es zu Ende ging.«

»Ich bin sicher, dass es Ihnen dort, wo Sie jetzt leben, auch gefällt.«

»Wissen Sie«, erwiderte sie. »Ich kann ganz ehrlich sagen, dass ich wünschte, wir würden alle noch hier leben.«

»Und was bringt Sie für einen Tag hierher zurück?«

»Ich muss einfach noch etwas erledigen. Ich bereite mich auf einen neuen Lebensabschnitt vor und wollte deshalb vorher ein paar alte Orte besuchen.«

»Oh«, sagte er. »Na dann, viel Glück bei dem, was immer als Nächstes bei Ihnen ansteht.«

2

Sie saß in dem Lokal, ein Kaffee stand vor ihr auf dem Tisch. Daneben lag ein Stück Papier. Sie faltete es auseinander und las die Namen:

Jill Stearns, Geschäftsführerin
Chip Markham, Finanzleiter
Jeff Ramos, Technischer Direktor
Marcia Fournier, Vertriebsleiterin
Varun Miller, Chefjustiziar
Kevin Anderson, Betriebsleiter

Sie flogen oft mit dem Firmenjet. Manchmal auch alle gemeinsam. Zum Beispiel wenn sie nach einer Vorstandssitzung zusammen nach Portland zurückkehrten.

Zuerst hatte sie sich ausgemalt, es nur zu tun, um ihnen einen Schrecken einzujagen.

Sie haben meinen Mann und meine Tochter getötet! Und jetzt werde ich Sie töten!

Aber dann hatte sie gedacht: *Warum eigentlich nicht? Warum sie nicht umbringen? Warum nicht Rache nehmen?* Sie könnte sich während des Absturzes offenbaren.

Schlussendlich dachte sie: *Warum sie nicht zu einem Geständnis zwingen? Das wäre das Ende für sie und das Ende für das Unternehmen.*

Also schmiedete sie ihren Plan.

Es gab zwar keine Möglichkeit, einen Job als Pilotin dieses Flugzeugs zu ergattern, aber wenn sie herausfinden konnte, wann ein gemeinsamer Flug geplant war – und das war einfach genug –, konnte sie die Maschine entführen. Der Hangar war kaum gesichert, die beiden Piloten waren mit sich selbst beschäftigt und ahnungslos. Wenn sich die Tür zu ihrem Büro öffnete, würden sie in ihr nur eine Frau sehen, die sie nicht kannten. Sie würde lächeln und ihnen eine Flasche Wasser entgegenhalten, hinter der sie die Spritzen versteckte.

Ein schnell wirkendes Beruhigungsmittel. Zwei Spritzen, eine für jeden Piloten. Dann würde sie die beiden einsperren, den Zylinder vom Türknauf entfernen und an Bord gehen.

Alles Weitere sollte ein Kinderspiel sein.

23. DEZEMBER 2022

Die Pilotin

Stacys Kehle war wie zugeschnürt, ihre Augen feucht. Durch das Fenster konnte sie die weißen Schaumkronen sehen. Das Flugzeug war wieder waagerecht ausgerichtet.

Sie hatte bekommen, was sie wollte. Sie konnte es kaum fassen.

Ich habe es getan, hatte Jill gesagt. *Ich war es. Ich habe es getan.*

Trotzdem hatte sie einen Beweis gebraucht.

Was getan?, hakte Stacy nach, während das Flugzeug wie ein Pfeil dem Ozean entgegenraste, die Nase im steilen Sturzflug nach unten geneigt. *Was haben Sie getan?*

Und dann kam es heraus. Die Geschichte, von der sie immer gewusst hatte, dass sie sich so abgespielt hatte. *Ich habe eine Vertuschung arrangiert. Irgendwie waren die vier Kinder von einem unserer Produkte krank geworden. Wir durften es nicht nach außen dringen lassen, also haben wir es vertuscht.*

Und das Feuer?, wollte sie wissen.

Das geht auch auf mich zurück.

Sie fühlte sich wie ausgepumpt. Sie hatte erwartet, Freude oder Jubel oder Genugtuung zu empfinden, aber alles, was sie fühlte, war Müdigkeit. Es stimmte also. Aber was sollte es? Es würde weder Cherry noch Dan zurückbringen.

Also hatte sie das Flugzeug in einen noch steileren Sturzflug gebracht.

Hey! Das war Ramos' Stimme. *Wir haben einen Deal!*

Sie reagierte nicht darauf, überließ sich dem Nichts, das bevorstand.

Sie sind nicht besser als sie! Und eine verdammte Lügnerin sind Sie auch noch.

Aber so war sie nicht.

Sie griff nach der Steuersäule und zog sie zurück. Der Ozean rauschte nur wenige Hundert Meter entfernt weiter auf sie zu.

Das Flugzeug reagierte einige Augenblicke lang nicht, dann pendelte es sich allmählich wieder in der Waagerechten ein.

Marcia Fournier

Marcia hörte zu, was Jill Stearns sagte.

»Was ist passiert?«, wollte Varun wissen. »Was haben Sie getan?«

»Ich habe ihr die Wahrheit gesagt«, antwortete Jill. »Ich habe ihr gesagt, dass ich es war. Dass ich es getan habe.«

»Mein Gott«, rief Jeff Ramos. »Was zum Teufel, Jill?«

»Was hätte ich denn tun sollen?«, schnauzte sie ihn an.

Marcia starrte sie an. Sie war sich ziemlich sicher gewesen, dass es sich bei dieser ganzen Sache um ein Missverständnis handelte und dass Jill recht hatte: Die Pilotin hatte alles falsch verstanden. Vielleicht würde sich alles aufklären, und sie würden es nach Hause schaffen, oder die Pilotin würde sie töten, weil sie geistesgestört war und fest entschlossen, sich zu rächen. Aber Marcia hatte nicht geglaubt, dass es real war. Nicht einen Moment lang.

Und nicht Jill. Vielleicht Anderson oder Chip. Ramos, möglicherweise. Aber nicht Jill.

»Auf keinen Fall«, sagte sie. »Das kann nicht wahr sein.«

»Ist es aber. Es tut mir leid.«

Marcia sah sich im Flugzeug um. Chip war tot, Jill hatte die Morde an sechs Menschen gestanden, Anderson hatte ein gebrochenes Handgelenk, und sie flogen ungefähr dreißig Meter über dem Meeresspiegel dahin.

Es war eine total chaotische Situation.

Die Stimme der Pilotin erklang über die Sprechanlage. Sie klang tonlos, eher müde als alles andere.

»Bitte setzen Sie sich wieder. Wir kehren um.« Sie hielt inne. »Wir haben kaum noch genug Treibstoff. Aber ich denke, wir können es schaffen. Ich schätze, wir werden es herausfinden.«

Jill setzte sich auf ihren Platz. Ihr Gesicht war unbewegt, ihre Lippen zu einer schmalen Linie zusammengepresst. Jeff folgte ihr und ließ sich in seinen Sitz fallen.

Das Flugzeug neigte sich nach links und begann wieder zu steigen.

»Also, Jill«, sagte Marcia. »Was zum Teufel haben Sie getan?«

Tja, was zum Teufel? Es würde einen Riesenskandal auslösen, aber über all das nachzudenken, konnte warten. Die gute Nachricht war, dass es so aussah, als würde er doch noch ein Wochenende mit Katie verbringen können. Er würde sich das Handgelenk richten und einen Gips anlegen lassen und sie dann mit einer Flasche Champagner und ein bisschen Koks in seine Wohnung einladen und die ganze Nacht durchmachen.

Und außerdem war er fertig mit dieser beschissenen Firma. Er würde kündigen – sie würden ihn sowieso feuern, nach dem, was er von sich gegeben hatte. Obwohl das in Anbetracht dessen, was noch kommen würde, keinen Unterschied machte, und die Firma würde sowieso bald bankrott sein – und er würde ein paar Monate einen draufmachen, bevor er einen anderen Job antreten würde.

Allerdings war nicht klar, wem er kündigen würde. Bis vor ein paar Minuten wäre es noch Jill gewesen, aber jetzt nicht mehr. Sie war am Arsch, wirklich am Arsch, und er freute sich darüber, das miterlebt zu haben. Diese Schlampe hatte ihn nie leiden können, und er hatte sie nie leiden können. Lag es daran, dass es ihm nicht gefiel, eine Frau als Chefin zu haben? Möglicherweise. Wahrscheinlich sogar, aber die Lösung war einfach genug: Bei seiner nächsten Stelle würde er für einen Mann arbeiten.

Er musste ihr allerdings Anerkennung zollen. Er war beeindruckt, dass sie den Mumm hatte, so einen Mist durchzuziehen. Er sah zu, wie sie sich wieder setzte. Sie sah gebrochen aus. Das fand er erregend.

»Also, Jill«, begann Marcia. »Was zum Teufel haben Sie getan?«

Sie antwortete eine ganze Weile nicht. Anderson fragte sich schon, ob sie es jemals tun würde, doch dann sprach sie.

»Ich habe getan, was sie gefordert hat. Was ich gerade schon beschrieben habe.«

»Geht das vielleicht etwas detaillierter, Jill?«, forderte Ramos sie auf.

»Wir hatten an einem neuen Produkt gearbeitet. Einem synthetischen Zucker. Superstark, superbillig, leicht zu lagern und zu transportieren. Außerdem machte er Lebensmittel länger haltbar. Eine Art Wunderwaffe für unsere Branche: Wir hätten bessere, billigere und schmackhaftere Produkte produzieren können. Wir hätten ihn auch patentieren lassen können, sodass jeder, der mit uns konkurrieren wollte, uns die Rechte daran hätte abkaufen müssen. Er war perfekt«, fuhr sie fort. »Allerdings fiel er bei einigen frühen Versuchen durch. Er verursachte Leberversagen bei Mäusen, also ließen wir ihn wieder fallen. Wie viele andere auch.«

»Ich glaube, ich weiß schon, worauf das hinausläuft«, erklärte Ramos. »Wie ist es dann in die Hände dieser Kinder geraten?«

»Es war ein zu wertvolles Produkt, um es einfach aufzugeben, also experimentierte eine kleine Gruppe damit weiter. Das Forschungsteam wurde von Bill Standish geleitet.

Es war alles inoffiziell. Nur ich, Chip und das Team wussten davon. Standish bereitete sich gerade darauf vor, es erneut zu testen. Er hielt einige Pellets bereit, die er den Mäusen verabreichen wollte. Irgendwie hat sein Sohn sie dann in die Finger bekommen und dachte, es wären Süßigkeiten, die seine Freunde bestimmt gerne probieren würden.«

Sie holte tief Luft.

»Sie sind daran gestorben, ein Kind nach dem anderen. Standish erzählte mir davon, und mir war sofort klar, dass wir es auf keinen Fall nach außen dringen lassen durften. Es hätte die Firma in den Ruin getrieben und unseren Ruf zerstört. Also haben wir es vertuscht. Wir brachten einen Arzt dazu, zu bestätigen, dass es eine unerklärliche Krankheit war. Aber ein Kind überlebte und erzählte seinen Eltern von den Süßigkeiten.«

»Mein Gott«, sagte Ramos. »Und Chip wusste davon?«

»Von dem Produkt, ja. Und vom Tod der Kinder.«

»Und die Vertuschung?«

Sie schüttelte den Kopf. »Ich erzählte ihm, wir hätten Beweise dafür, dass es doch nicht an dem Produkt läge und dass es deshalb kein Problem gäbe. Er hätte eine Vertuschung nicht gedeckt, also musste ich ihn außen vor lassen.«

»Und das Feuer?«, wollte Ramos wissen.

»Ich habe jemanden dafür bezahlt«, antwortete Stearns mit hartem Blick aus tief in den Höhlen liegenden Augen. »Ich weiß nicht, wer es gelegt hat. Ich habe nur angeordnet, dass es gemacht werden soll, und das Geld zur Verfügung gestellt. Fünfzigtausend Dollar. Nicht allzu viel, um ein

Problem zu beseitigen, das uns Hunderte von Millionen oder sogar Milliarden hätte kosten können.«

Kevin schüttelte den Kopf. War es so einfach? Waren die Menschen so korrupt? Irgendwie hatte er das schon immer vermutet, aber es war faszinierend zu erfahren, dass es tatsächlich so war. Es öffnete alle möglichen Türen.

»Der Brandmeister hat dafür gesorgt, dass keine Rede von Brandstiftung war. Es war nur ein tragischer Unfall. Er bekam dafür eine schöne neue Jacht. Und das war's. Problem gelöst. Das Mädchen und ihre Eltern waren weg.«

»Aber das waren sie eben nicht«, wandte Marcia ein. »Eine von ihnen hat das Feuer überlebt.«

»Das stimmt«, sagte Jill. »Eine von ihnen schon.«

Die Pilotin

Es war schwer, durch den Tränenschleier hindurch etwas zu erkennen.

Unterdrückte Tränen vieler Jahre liefen jetzt alle auf einmal. In den Monaten nach dem Brand hatte sie viel geweint, aber irgendwann waren die Tränen versiegt und eine leere, emotionslose Entschlossenheit, Gerechtigkeit für ihre Tochter und ihren Mann zu erlangen, war an ihre Stelle getreten.

Und jetzt war dieser Moment gekommen.

Sie hörte zu, wie Stearns – sie konnte es kaum ertragen, ihren Namen auch nur zu denken – erklärte, was sie unternommen hatte. Sie berichtete es so sachlich, so *geschäfts-*

mäßig. Der Firma drohte ein kostspieliges Problem, also beseitigte sie es.

So wenig waren ihre Tochter und ihr Mann wert gewesen.

Für sie selbst hatten sie alles bedeutet, für diese Frau so gut wie nichts.

Sie hatte einmal gelesen, dass es viel mehr Psychopathen gibt, als die Leute gemeinhin glauben – vielleicht ein Prozent der Bevölkerung entspreche dieser Definition: erbarmungslos, ohne jegliches Einfühlungsvermögen, nur darauf bedacht, das zu erreichen, was sie begehren. War es da ein Wunder, dass viele von diesem einen Prozent als Geschäftsführer, Finanzchefs und andere Wirtschaftskapitäne endeten?

Vielleicht war es eine Voraussetzung: Wenn man auch nur ein bisschen Empathie für andere Menschen empfindet, wie kann man dann erledigen, was bei solchen Jobs nötig ist? Profit geht über Menschlichkeit: Das war von Anfang an im System so festgelegt, und ihr Fall war nur ein weiteres Beispiel dafür.

Nun, dieses Mal würde Jill Stearns nicht erreichen, was sie begehrte. Stacy schon: Sie würde Gerechtigkeit für Cherry und Dan und Ella und Dr. Williams und für die beiden Jungen bekommen.

Und was dann?

Was würde sie hinterher mit ihrem Leben anfangen?

Sie wusste es nicht. Es war ihr auch gleichgültig. Das Einzige, was sie interessierte, war, dass der Tod ihrer Tochter und ihres Mannes nicht bedeutungslos war und dass die Welt es erfuhr. Sie würde ihrer beider Geschichte erzählen, und die Welt würde zuhören.

»Entschuldigung?«

Eine Frau stand hinter ihr. Sie wirkte freundlich, fast schon großmütterlich.

»Ja?«

»Ich bin Marcia Fournier.«

»Ich kenne Ihren Namen.«

»Geht es Ihnen gut?«

Sie unterdrückte ein Schluchzen. »Alles gut.«

»Okay. Das muss jetzt sehr schwer sein.«

»Nicht so schwer wie die letzten Jahre.«

»Ja, das glaube ich Ihnen.« Marcia zögerte. »Ich habe mich gefragt, ob wir das WLAN wieder benutzen dürften? Ich würde gerne meinen Mann kontaktieren, um ihm zu sagen, dass es uns gut geht.«

Stacy war im Begriff zu sagen: *Nein, Sie können warten*, hielt jedoch inne. Warum denn nicht? Welchen Schaden konnte das jetzt noch anrichten?

»In Ordnung«, erwiderte sie und schaltete es ein.

Marcia Fournier

Sie sendete eine E-Mail an Mike.

> Hey. Du wirst nicht glauben, was passiert ist. Jetzt sollte alles wieder in Ordnung sein, aber wir werden einiges zu besprechen haben, wenn ich nach Hause komme. Mehr als nur einiges! Wir wurden mehr oder weniger entführt. Ich liebe dich.

Und was jetzt?

Chip war tot, und Jill war Geschichte. Es würden harte Zeiten anbrechen. Gerichtsverfahren, schlechte Publicity, einbrechender Aktienkurs, Schwierigkeiten bei der Kapitalbeschaffung. All das würde auf das Unternehmen zukommen.

Es würde einer neuen Führung bedürfen.

Jemanden, der sich schon bewährt hatte und vertrauenswürdig war. Eine ruhige Hand, die das Unternehmen durch die Krise lenkte.

Kevin Anderson war eine Witzfigur, Miller zu jung, und sie selbst wollte sich auf andere Dinge konzentrieren. Nicht dass sie überhaupt im Rennen gewesen wäre.

Es blieb also nur eine Möglichkeit. Ramos. Er würde den richtigen Augenblick abwarten und dem Vorstand dann die passende Entscheidung nahelegen.

Eines der Triebwerke geriet ins Stottern, und das Flugzeug schlingerte nach unten und nach links. Marcia stemmte sich gegen den Sitz vor ihr. Ein hohes Wimmern ertönte, dann verklang das Brummen des Triebwerks.

Vielleicht hatte sie Mike zu früh Entwarnung gemailt.

Die Gegensprechanlage wurde eingeschaltet.

»Wir haben ein Problem«, verkündete die Pilotin. »Wir haben kein Kerosin mehr.«

Die beiden Jets der US Air Force verschwanden aus dem Blickfeld und stiegen über das Flugzeug. Doch in Wirklichkeit stiegen sie gar nicht auf.

Ihr Flieger sackte nur ab.

»Nicht jetzt!«, stöhnte Marcia. »Nicht nach alledem hier.«

»Kein Kerosin mehr?«, fragte Kevin Anderson. »Was soll das heißen?«

Nun gab auch das zweite Triebwerk ein hustendes Geräusch von sich, stotterte noch ein letztes Mal und erstarb schließlich auch.

»Genau das bedeutet es«, kommentierte die Pilotin. »Wir sind nicht mehr weit von unserem Ziel entfernt. Aber ich glaube nicht, dass wir es schaffen.«

»Und?«, fragte Marcia. »Was nun?«

»Wir werden notwassern. Alle hinsetzen, sofort! Schnallen Sie sich fest an. Bereiten Sie sich auf den Aufprall vor.«

Ihr Handy piepte. Es war eine Gruppennachricht von Jill. Marcia wollte sie nicht lesen, wollte nichts mehr mit Jill zu tun haben. Sie hatte ihr Leben der Firma gewidmet und empfand nichts als Abscheu für Jills Verhalten.

Dann warf sie doch einen Blick auf die Nachricht und begriff, was Jill getan hatte.

Diese Sache war noch nicht vorbei. Ganz und gar nicht.

Nichts war so, wie es schien.

Die Pilotin

1

Sie sah die Inseln in der Casco Bay an sich vorbeiziehen: Peaks Island, Great Diamond, Little Diamond. Portland Harbor war noch etwa eine Meile entfernt.

Sie würden es nicht schaffen.

Sie würden im Ozean notwassern müssen. Sie richtete die Klappen aus, um die Höhe zu halten, aber das Flugzeug wurde immer langsamer. Sie trimmte die Klappen, um die optimale Balance zu finden.

Der Ozean kam immer näher, das Wasser wogte schwarz und todbringend unter ihnen.

»Brace for impact!«, rief sie, dann schlugen sie hart auf der Wasseroberfläche auf. Das Flugzeug kam fast sofort zum Stillstand – Wasser ist die beste Bremse –, und ihr Kopf wurde hart gegen die Cockpitwand geschleudert. Durch den Aufprall verlor sie vorübergehend die Orientierung, und es dauerte einige Augenblicke, bis sie sich wieder klar darüber war, wo sie sich befand und was geschehen war.

Im Flugzeug regte sich niemand, und zunächst war kein Laut zu vernehmen. Dann hörte sie ein Geräusch, das sie an Kindheitstage am See erinnerte: das Plätschern von Wellen gegen einen Bootsrumpf.

Nur dass es sich hier nicht um den Rumpf eines Boots handelte, sondern um den eines Flugzeugs.

Sie schaltete das Funkgerät ein. Es war tot, aber sie wussten ja, dass das Flugzeug hier gewassert hatte. Die Frage war nur, wie schnell sie zu Hilfe kommen würden.

Sie schaute aus dem Cockpitfenster. Auf der rechten Seite befand sich eine Insel. Die Fensterläden der Sommerhäuser waren jetzt in der Wintersaison geschlossen, im Jachthafen lagen keine Boote. Niemand ließ seine Jacht das ganze Jahr über dort liegen – die Gefahr von Stürmen oder Eisbildung war zu groß.

Sie schätzte die Entfernung zur Insel. Es waren vielleicht

drei- bis vierhundert Meter. Portland, wo es Boote, Menschen und Wärme gab, war vielleicht eine Meile entfernt. Wenn sie also schwimmen mussten, war die Frage, ob sie alle diese Entfernung würden zurücklegen können. Sie selbst glaubte von sich, dass sie es schaffen würde, da sie eine geübte Schwimmerin war, aber ganz sicher war sie sich auch nicht. Wie kalt das Wasser zu dieser Jahreszeit wohl war? Knapp zehn Grad? Vielleicht auch weniger. Das bedeutete, dass man etwa zwanzig Minuten Zeit hatte, bevor Unterkühlung und schließlich der Tod eintrat.

Konnten sie in dieser Zeit so weit schwimmen? Sie hatte keine Ahnung. Klar hingegen war ihr, dass sie sich nicht darauf verlassen konnten, dass das Flugzeug weiter auf der Wasseroberfläche treiben würde. Wenn es unbeschädigt war, konnte es sich theoretisch eine Zeit lang über Wasser halten, aber es war höchstwahrscheinlich beschädigt worden. Ein Aufprall auf das Wasser bei dieser Geschwindigkeit war zwar besser als ein Aufprall auf dem Boden, setzte den Rumpf aber dennoch massiven Belastungen aus. Es würde Löcher und Risse geben, und die würden sich vergrößern.

Sie mussten also raus aus der Maschine.

Sie griff nach ihrer Rettungsweste und erhob sich. Der Boden schwankte und rollte unter ihr, während sie nach hinten in die Kabine ging. Es war ein beunruhigendes Gefühl, das ihr noch deutlicher machte, wie groß die Gefahr war, in der sie schwebten.

Die Passagiere starrten zu ihr hoch.

»Schwimmwesten anlegen!«, befahl sie. »Wir müssen das Flugzeug verlassen.«

»Können wir nicht an Bord bleiben?«, fragte Jill Stearns.

»Nein. Wenn der Jet erst einmal anfängt zu sinken, kann das sehr schnell gehen. Dann sitzen wir in der Falle. Also steigen wir aus. Ich gehe als Erste.«

2

Sie hatte keine Vorstellung, wie kalt das Wasser sein würde, aber als sie von der Flugzeugtür hinabglitt, verschlug es ihr den Atem. Sie wartete einige Augenblicke, bis sich ihr Körper, so gut es ging, an die Temperatur gewöhnt hatte, und machte dann ein paar Schwimmzüge vom Flugzeug weg.

Kevin Anderson kam als Nächster, gefolgt von Mary Jo und den anderen. Kurze Zeit darauf erschien Jill Stearns. Sie schnappte nach Luft, als sie ins Wasser eintauchte.

»Wir schwimmen zur Insel«, sagte Stacy. »Das ist das nächstgelegene Land.«

»Das kann ich nicht«, stieß Kevin Anderson hervor. »Sie haben mir das Handgelenk gebrochen, verdammt noch mal.«

Stacy war nicht nach einer Entschuldigung zumute. »Sie müssen Ihr Bestes geben.«

»Vielleicht brauchen wir das gar nicht«, konstatierte Marcia mit einem Blick in Richtung Portland. »Schauen Sie.«

In der Ferne bewegten sich zwei Boote rasch auf sie zu. Bei der Geschwindigkeit, mit der sie fuhren, würde das vordere sie in wenigen Minuten erreichen.

Stacy sah zu, wie es sich näherte. Es war ein Schiff der

Küstenwache, ein großer Kutter, der jedes andere Wasserfahrzeug in der Casco Bay hinter sich lassen konnte. Die Leute der Küstenwache waren sehr stolz darauf. Wann immer sie während ihrer Zeit bei der Air Force mit ihnen gesprochen hatte, waren sie darauf zu sprechen gekommen. Kurz bevor es sie erreicht hatte, wurde es langsamer und kam dann einige Meter von ihnen entfernt zum Stillstand. Zwei Gestalten in Overalls beugten sich über das Dollbord. Einer von ihnen reckte den Daumen nach oben.

»Schwimmen Sie hier rüber«, forderte er sie auf. »Wir ziehen Sie an Bord.«

Stacy kam als Letzte. Zwei Hände packten sie an den Handgelenken und hievten sie über die Bordwand auf das Deck. Die anderen Passagiere befanden sich bereits in einer kleinen Kabine, eingewickelt in Decken.

Die beiden Offiziere der Küstenwache sahen sie an. Sie las die Namen auf ihren Namensschildern. Fred Coffin und Truman Kentley. Coffin reichte ihr eine Decke.

»Ist noch jemand im Flugzeug?«, fragte er.

Sie nickte.

»Wie viele?«

Sie hielt einen Finger hoch.

»In guter Verfassung?«

Sie schüttelte den Kopf.

»Lebendig?«

Wieder schüttelte sie verneinend den Kopf. Bevor Coffin darauf reagieren konnte, vernahmen sie das kreischende Geräusch von berstendem Metall. Sie drehte sich zum Flugzeug um. Es lag nun tiefer im Wasser. Das Geräusch ertönte wieder, und die Maschine sank immer tiefer, während Wasser durch die offene Tür einströmte.

Langsam verschwand es unter der Wasseroberfläche.

Kentley warf Coffin einen Blick zu. »Wir müssen diese Leute so schnell wie möglich an Land bringen«, sagte er.

Stacy deutete auf die Kabine. Jill Stearns blickte auf die Stelle der Meeresoberfläche hinaus, an der sich das Flugzeug befunden hatte.

»I–i–ch m–muss Ihn–en et–was mitteilen«, stammelte Stacy. »Sie ist eine M–M–Mörderin.«

Kentley nickte. »Ja, Ma'am. Sie können das alles erklären, wenn wir wieder an Land sind.«

Marcia Fournier

Marcia wartete im Eingangsbereich des Polizeireviers. Mike war auf dem Weg hierher, er würde in wenigen Minuten ankommen.

Die Rückfahrt mit dem Boot war schnell verlaufen. Im Hafen wurden sie von einer kleinen Armada von Polizeibeamten in Empfang genommen, einzeln in Streifenwagen verfrachtet – zum Glück war es warm darin – und zum Revier gefahren.

Man hatte ihr trockene Kleidung gegeben, Kaffee angeboten und dann ihre Aussage aufgenommen, in der sie schilderte, was passiert war. Die Polizeibeamtin – eine Frau namens Cindy – hatte gelächelt und ihr gesagt, sie könne nach Hause fahren, solle jedoch auf Anzeichen von Unterkühlung achten und sich für einen Anruf der Polizei bereithalten, die wahrscheinlich weitere Fragen haben werde.

Während sie noch wartete, betrat Mary Jo Fernandez die Eingangshalle. Mit einem Lächeln im Gesicht kam sie zu Marcia herüber.

»Alles in Ordnung?«, erkundigte sie sich.

»Mehr oder weniger. Ich weiß nicht, ob ich gut schlafen kann, aber hey, ich bin froh, dass wir noch am Leben sind.«

»Geht mir auch so. Ich hätte nicht gedacht, dass wir es schaffen. Warten Sie auf eine Mitfahrgelegenheit?«

»Mein Mann Mike holt mich ab«, erwiderte Marcia. »Was ist mit Ihnen?«

»Taxi. Ray kann nicht mehr Auto fahren.«

»Oh. Natürlich. Das können wir übernehmen,« bot Marcia an. »Die Taxifahrt.«

Mary Jo schüttelte den Kopf. »Schon in Ordnung. Sieht so aus, als wäre es schon hier.«

Ein gelbes Taxi fuhr vor. Der Fahrer stieg aus. »Gepäck?«, fragte er.

»Ich habe keins«, antwortete Mary Jo. »Wiedersehen, Marcia.«

Marcia hob die Hand. »Wiedersehen. Und viel Glück.«

Die Pilotin

Die Streifenwagen, in denen die anderen saßen, fuhren sofort los. Sie saß auf der Rückbank des ihren, eine Decke um die Schultern geschlungen, und wartete.

Die Tür öffnete sich, und ein Mann in einem dunklen Anzug stieg ein. Er hielt Handschellen in der Hand.

»Brauche ich die?«, fragte er.

Sie schüttelte den Kopf.

»Gut. Dann lassen Sie uns reden. Es sieht so aus, als hätten Sie das Flugzeug entführt?«

»Ich kann das erklären.«

»Das hoffe ich doch.« Er machte eine Geste mit den Händen. »Sie streiten es aber nicht ab?«

»Wie könnte ich?«

»Gutes Argument. Also?«

»Ich hatte keine andere Wahl. Sie – Jill Stearns – ist eine Mörderin.«

Er zog eine Augenbraue hoch. »Ist sie das?«

»Ja. Sie hat sechs Menschen auf dem Gewissen. Einer davon war meine Tochter.«

»Und das war jetzt Ihre Rache?«

»Nein. Das war meine einzige Möglichkeit, ein Geständnis aus ihr herauszubekommen. Um Gerechtigkeit zu erlangen.«

»Und Sie haben hinbekommen, dass sie gesteht?«

Stacy nickte. »Ja.«

Der Mann legte eine Hand auf den Türgriff. »Ich bin gleich wieder da. Wir können auf dem Revier alles Weitere besprechen.«

Er stieg wieder aus, und sie lächelte in sich hinein, in Gedanken bei Stearns. Bald würden sie ihr eröffnen, dass sie wussten, was sie verbrochen hatte. Vielleicht würde Stearns in diesem Moment sogar begreifen, was geschehen war, sich mit der Schwere ihrer Taten auseinandersetzen und akzeptieren, was die Zukunft für sie bereithielt.

Schande und eine Gefängniszelle.

Zweifellos würde der Aktienkurs des Unternehmens in den Keller gehen, aber das alles war Stacy gleichgültig. Das war nicht ihr Ziel, war es auch nie gewesen. Sie hatte immer nur Cherry und Dan im Sinn gehabt, nur sie beide.

Sie hegte auch keinen Zweifel daran, dass sie selbst einen Haufen Ärger bekommen würde. Allerdings war sie überzeugt davon, dass sie am Ende mit einem blauen Auge davonkommen würde. Sobald die Hintergründe ihrer Tat an die Öffentlichkeit gelangten, würde sie viel Sympathie ernten. Ja, genau genommen hatte sie eine Straftat begangen, aber moralisch gesehen – alles in allem – hatte sie richtig gehandelt.

Und wenn der Richter das nicht genauso sah, konnte sie damit auch leben.

Vor allem aber war sie einfach nur erschöpft. Wenn man sie jetzt in eine Zelle steckte, würde sie tagelang schlafen. In den letzten Jahren hatte sie immer in einem Zustand nervöser Anspannung gelebt, permanent am Limit. Erst jetzt, als alles vorbei war, wurde ihr klar, was ihr das Ganze abverlangt hatte.

Die Erschöpfung überwältigte sie. Ihre Lider wurden schwer. Sie schloss die Augen, und dann übermannte sie die Ruhe des Schlafes.

Als die Autotür wieder geöffnet wurde, schreckte sie hoch. Ein uniformierter Beamter setzte sich neben sie. Er gab keinen Ton von sich. Der Wagen fuhr in Richtung Portland los. Sie sah die Straßen an sich vorbeiziehen, gelassen und zufrieden damit, wie die Sache ihr Ende gefunden hatte.

Es war genau so, wie sie es gewollt hatte. Was immer die Konsequenzen für sie sein würden, sie hatte sich für diesen Weg entschieden.

Der Wagen erreichte das Polizeirevier. Sie mussten warten, um auf einen Parkplatz einzubiegen. Draußen liefen Menschen die Straße entlang, die mittlerweile von den Straßenlaternen beleuchtet war.

Vor dem Revier umarmte Marcia Fournier gerade jemanden – vermutlich ihren Mann. Ihr Leben würde sich verändern, die Firma, für die sie arbeitete, würde im Rampenlicht der Medien stehen, aber ihr selbst würde es gut gehen.

Dann erschien eine andere Gestalt, die sie kannte, im Eingang.

Es war Jill Stearns.

Stearns schaute erst nach links, dann nach rechts und setzte sich dann in Richtung Stadtzentrum in Bewegung.

Hier stimmte etwas nicht. Etwas stimmte ganz und gar nicht. Warum ließ man sie gehen? Wieso war sie nicht verhaftet worden?

Stacys Kehle schnürte sich zusammen.

Was hatte sie denen erzählt? Welche Lügen hatte sie denen aufgetischt?

Sie versuchte, die Tür zu öffnen, aber sie war verriegelt. Der Beamte legte seine Hand auf ihren Unterarm.

»Lassen Sie das«, befahl er. »Sie haben schon genug Ärger am Hals.«

Dritter Teil

23. DEZEMBER 2022

Stacy Evanston

1

Der Verhörraum maß etwa drei mal drei Meter und war fensterlos. Sie saß auf einem unbequemen Plastikstuhl an einem Holztisch. Vor ihr stand eine ungeöffnete Flasche Orangensaft. Auf der gegenüberliegenden Seite des Tisches standen zwei Stühle.

Sie wartete seit etwa einer halben Stunde hier. Bei ihrer Ankunft hatte man ihre Fingerabdrücke genommen, ihren Führerschein konfisziert und sie vorläufig festgenommen.

Sie bemühte sich, Ruhe zu bewahren, und redete sich ein, dass alles so aufgehen würde, wie sie es geplant hatte. Dennoch ertappte sie sich immer wieder dabei, dass sie geistesabwesend mit den Fingerspitzen nervös auf dem Tisch herumtrommelte.

Denn sie war nervös. Es verlief jetzt doch nicht so, wie sie es geplant hatte. Bis jetzt wollte niemand ihre Version hören. Sie hatte versucht, alles zu erklären, aber ihre Worte waren ungehört verhallt. Am liebsten hätte sie laut geschrien. Nach all diesen Jahren, in denen sie keine Stimme hatte, schien sich nichts geändert zu haben.

Und dennoch. Ja, Stearns war auf freiem Fuß, aber nicht für lange. Irgendwann würde Stacys Geschichte Gehör finden, und dann würde sich alles aufklären. Sie hatte alle Beweise, die sie brauchte.

Dennoch war sie verwirrt, und das machte sie unruhig.

Die Tür ging auf. Eine Frau, etwa in ihrem Alter und bekleidet mit einem dunklen Anzug, trat in den Raum, gefolgt von einem großen Mann mit kahl geschorenem Schädel in den Dreißigern. Die Frau zog einen Stuhl zu sich heran und setzte sich. Der Mann blieb stehen.

»Stacy Evanston?«, fragte sie. »Mein Name ist Annie Mitchell. Das ist mein Partner, Oscar Strand. Hat man Ihnen Ihre Rechte vorgelesen?«

»Ja.«

»Und Sie wollen keinen Anwalt?«

»Ich brauche keinen.«

»Sicher?«

»Sicher. Sobald ich es Ihnen erklärt habe, werden Sie es verstehen.«

»Wie Sie wollen. Ich möchte nur zu Protokoll geben, dass die Sache vorschriftsmäßig abgelaufen ist.« Sie hielt einen Führerschein hoch. »Den hat man Ihnen bei Ihrer erkennungsdienstlichen Behandlung abgenommen.« Sie las den Namen vor. »Sarah Daniels. Sie gaben bei Ihrer Festnahme den Namen Stacy Evanston an. Ich gehe davon aus, dass Sie nicht Sarah Daniels sind?«

»Nein, Ma'am.«

»Sind Sie Stacy Evanston?«

»Ja.«

»Dieselbe Stacy Evanston, die angeblich bei einem Hausbrand 2018 ums Leben kam?«

»Korrekt.«

»Das heißt also, Sie sind nicht bei einem Hausbrand ums Leben gekommen?«

»Nein«, erwiderte Stacy. »Das bin ich nicht.«

»Wollen Sie erklären, was genau passiert ist?«

»Ich konnte entkommen. Mein Mann und meine Tochter nicht.«

»Das tut mir leid.«

Stacy zuckte mit den Schultern. »Muss es nicht.«

»Und dann sind Sie untergetaucht?«

»Ja.«

»Warum?«

»Weil mir klar wurde, wie alles zusammenhing.«

»Und das wäre?«

»Sie waren verantwortlich für die Erkrankung der Kinder, und drei von ihnen sind daran gestorben. Der behandelnde Arzt kam dahinter, daher musste auch er sterben. Dann waren sie hinter mir, Dan und Cherry her, weil wir ihr schmutziges kleines Geheimnis kannten.«

Mitchell warf ihrem Partner einen Blick zu. Dieser zog eine Augenbraue hoch.

»Wer sind *sie*?«, fragte Strand in einem skeptischen Ton.

»Jill Stearns. Vielleicht auch noch andere aus ihrer Firma.«

Strand verschränkte die Arme. »Ms Stearns hat gesagt, dass Sie sie beschuldigen würden.«

»Natürlich hat sie das.«

»Und Sie glauben, dass das alles so abgelaufen ist?«, fragte Mitchell.

»Ich weiß, dass es so abgelaufen ist.«

»Ihnen ist aber schon klar, dass das weit hergeholt klingt?«, machte Mitchell geltend.

Stacy nickte. »Das ist der Grund, warum ich tun musste, was ich getan habe. Wer würde mir schon glauben? Also musste ich die Wahrheit auf einem anderen Weg ans Licht bringen.«

»Und dieser Weg sah wie aus?«

»Ich wusste, dass einer von ihnen die Strippen gezogen hatte. Also musste ich sie in eine Situation versetzen, in der sie keine andere Wahl hatten, als die Wahrheit zu sagen.«

»Und dieser Weg war, ihnen damit zu drohen, das Flugzeug abstürzen zu lassen, wenn sie das nicht tun?«, fragte Strand.

»Richtig. Und es hat funktioniert. Stearns hat gestanden.«

»Richtig«, wiederholte Mitchell. »Nur gibt es keine Beweise für das, was Sie behaupten. Das Feuer war ein Unfall – der Bericht der Feuerwehr bestätigt das –, der Arzt hat Selbstmord begangen – die Krankenakte bestätigt das –, und die drei Kinder, die starben, hatten nichts mit irgendeinem Unternehmen zu tun. Es war einfach ein tragischer Unfall. Das liegt auf der Hand.«

Es war, als hätten sie nicht gehört, was sie über das Geständnis gesagt hatte.

»Die Berichte wurden gefälscht, und die Leute, die sie verfasst haben, wurden bestochen. Das hat sie selbst gesagt.«

»Haben Sie dafür irgendeinen Beweis?«, wollte Strand wissen.

»Nein. Aber ich wette, Sie finden einen, wenn Sie den Spuren nachgehen. Das ist der springende Punkt: Wenn ich sie nicht gezwungen hätte, alles zu gestehen, würde niemand nachforschen.«

»So etwas gibt es nicht«, sagte Mitchell. »Nur in Verschwörungsmythen.«

»In diesem Fall ist es aber vorgekommen. Haben Sie denn nicht gehört, was ich gesagt habe? Sie hat gestanden. Jill Stearns hat alles gestanden.«

Mitchells Blick wanderte zu Strand. Er beugte sich zu ihr vor.

»Sie hat *nichts* gestanden«, sagte er.

»Sie hat *alles* gestanden. Alle anderen Passagiere haben es gehört.«

»Nicht ihr zufolge. Oder den Passagieren zufolge.«

Das war also Stearns Geschichte. Stacy hatte es kommen sehen: an Land gehen und behaupten, sie hätte es nie gesagt. Bestimmt stellten sich die anderen hinter sie. Warum auch nicht? Sie alle besaßen Aktien des Unternehmens. Ein Skandal würde sie eine Riesenstange Geld kosten.

Aus diesem Grund hatte sie eine Aufnahme von dem Geständnis gemacht. Man hatte ihr bei ihrer Festnahme zwar das Handy abgenommen, aber sie hatte noch eine Rückversicherung.

Sie griff in die Uhrentasche ihrer Jeans und zog ein kleines, silbernes, kugelförmiges Gerät heraus. Sie legte es auf den Tisch.

»Hören Sie gut zu«, forderte sie die beiden Beamten auf.

2

Ich war es. Ich habe es getan.

Es war nur leise zu hören, aber verständlich und eindeutig Stearns' Stimme. Stacy stoppte die Aufnahme. »Das ist sie. Das ist Jill Stearns' Stimme.« Sie drückte auf die Abspieltaste. »Da ist noch mehr.«

Stearns' Worte drangen aus dem kleinen Rekorder.

Wir hatten an einem neuen Produkt gearbeitet … Eine Art Wunderwaffe für unsere Branche … Wir hätten bessere, billigere und schmackhaftere Produkte produzieren können … Allerdings fiel es bei einigen frühen Tests durch … also experimentierte eine kleine Gruppe weiter damit … Irgendwie hat sein Sohn sie dann in die Finger bekommen, dachte, es wären Süßigkeiten, die seine Freunde bestimmt gerne probieren würden.

»Verstehen Sie?«, sagte Stacy. »Verstehen Sie jetzt, was passiert ist?«

Sie sind daran gestorben, ein Kind nach dem anderen … Also haben wir es vertuscht … Ich habe nur angeordnet, dass es gemacht werden soll, und das Geld zur Verfügung gestellt. … Problem gelöst. Das Mädchen und ihre Eltern waren weg.

Sie sah Mitchell an. »Nur dass ich eben überlebt habe. Und hier bin ich.«

»Und das geht alles auf Ihr Konto?«, fragte Strand. »Sie haben ein Flugzeug gestohlen, sieben Menschen entführt und möglicherweise einen tödlichen Herzinfarkt verursacht?«

»Ich wollte nicht, dass es zu Letzterem kommt.«

»Sie streiten es aber nicht ab?«

»Wie könnte ich?«

»Und die Piloten, die das Flugzeug eigentlich hätten fliegen sollen? Sie haben sie in einem Büroraum eingeschlossen?«

»Sie werden keinen Schaden davontragen.«

»Mag sein. Aber was Sie getan haben, ist trotzdem Freiheitsberaubung. Die beiden konnten sich befreien und berichteten uns, was passiert ist. Zu diesem Zeitpunkt waren Sie natürlich schon gestartet. Aber auch das können wir auf die Liste Ihrer Straftaten setzen.«

Stacy machte eine Geste mit den Händen. »Hören Sie, es ist mir egal, was Sie alles auf die Liste setzen. Das war die einzige Möglichkeit, Gerechtigkeit für meinen Mann und meine Tochter zu erwirken. Glauben Sie, es interessiert mich, was Sie denken? Dass ich ins Gefängnis muss? Mein Leben war in der Nacht, in der sie starben, vorbei. Ich will einzig und allein, dass Jill Stearns den Preis für ihre Taten zahlt.« Sie tippte auf den Rekorder. »Und das wird sie.«

Strand sah Mitchell an. »Wollen Sie es ihr sagen? Oder soll ich das tun?«

»Ich mache es.« Mitchell verschränkte die Arme. »Es bereitet mir keine Freude, das zu tun«, begann sie. »Ich fühle mit Ihnen. Ich kann mir nicht vorstellen, was Sie durchgemacht haben. Aber Sie haben das alles nur erfunden, um sich über einen tragischen Unfall hinwegzutrösten.«

»Nein, habe ich nicht.«

»Das ist ganz normal. Menschen wollen in allem immer einen Sinn sehen. Es ist schwer zu akzeptieren, dass die

Welt grausam ist, also suchen sie nach einem Schurken. Aber hier gibt es keinen.«

Stacy wurde laut. »Ich habe ein GESTÄNDNIS!«

»Sie haben gar nichts. Dieses Geständnis ist wertlos. Stearns hat das gesagt, um zu verhindern, dass Sie das Flugzeug zum Absturz bringen. Sie hat das alles nur gesagt, um Sie aufzuhalten. Das hat sie uns mitgeteilt. Auch eine der anderen Passagierinnen hatte ein fiktives Geständnis abgelegt, aber Sie haben gemerkt, dass sie gelogen hat, weil sie die Details nicht kannte. Aber danach haben Sie selbst genügend Details preisgegeben, als Sie ihnen Ihre Theorie darlegten – die Todesfälle, die Vertuschung, das Feuer –, sodass Stearns in der Lage war, ein scheinbar überzeugendes Geständnis abzulegen. Aber sie hat Sie angelogen, Ms Evanston.«

Stacy spannte sich an, und ihre Haut kribbelte.

»Nein«, sagte sie. »Das behauptet sie jetzt bloß. Sie hat *gestanden*. Sie haben es gehört.«

»Sie hat es vorgetäuscht, um Sie zum Aufgeben zu bewegen.«

»Nein. NEIN!« Stacy schlug mit den Fäusten auf die Tischplatte. »Sie dürfen sie nicht damit davonkommen lassen!«

»Es gibt keine Beweise«, wiederholte Strand. »Es liegt kein Beweis dafür vor, dass irgendetwas von alledem passiert ist. Damals nicht, und auch jetzt nicht.«

»Sie müssen der Sache nachgehen!«

»Wir müssen etwas *haben*, dem wir nachgehen können«, sagte Mitchell. »Und hier liegt nichts vor.«

»Besticht sie Sie auch?«, schrie Stacy. »Ist es das, was hier gerade passiert?«

Mitchell schüttelte den Kopf. »Das muss ich mir nicht anhören. Wenn Sie meinen Rat wollen: Besorgen Sie sich einen guten Anwalt. Davon abgesehen ist diese Vernehmung beendet.«

24. DEZEMBER 2022

Kevin Anderson

Dramatische Flugzeugentführung endet mit Tragödie

Gestern wurde ein Flugzeug entführt – eine anscheinend sinnlose und willkürliche Straftat.

Der vierzigjährigen Stacy Evanston gelang es, die Piloten in einem Büroraum des Hangars einzusperren, in dem der Privatjet abgestellt war. Sie gab sich als Pilotin der Maschine aus, wich dann, als das Flugzeug seine Reiseflughöhe erreicht hatte, von der Flugroute ab und drohte aus noch ungeklärten Gründen damit, die Maschine zum Absturz zu bringen.

Einem der Passagiere gelang es, die Behörden zu alarmieren, die daraufhin zwei Maschinen der Air Force schickten, um den Privatjet bis zur sicheren Landung auf einem Militärstützpunkt zu eskortieren.

Tragischerweise erlitt im Verlauf der Ereignisse einer der Passagiere, dessen Identität noch nicht bekannt ist, einen tödlichen Herzinfarkt.

Ms Evanston befindet sich derzeit in Haft und sieht sich einer ganzen Reihe von Anklagepunkten gegenüber. Ihr Motiv – falls sie eines hat – ist noch nicht bekannt und wird es vielleicht auch nie werden.

Kevins Handgelenk war seit heute Morgen eingegipst, tat jedoch immer noch höllisch weh, trotz der Opiate, die er in viel größerer Menge eingenommen hatte, als auf dem Aufkleber auf der Pillenflasche stand. Abgesehen davon hatte er den größten Teil einer Flasche Champagner getrunken, und der Opiat/Alkohol-Rausch war genauso aufregend wie Katie, die ihn mit einem besorgten Stirnrunzeln und dem Versprechen, sich um ihn zu kümmern, vom Krankenhaus abgeholt hatte.

Und dieses Versprechen hatte sie auch eingelöst, kaum dass sie in seiner Wohnung angekommen waren.

Tut es weh?, fragte sie. *Kann ich dir irgendwie helfen?*

Oh ja, antwortete er. *Da gäbe es etwas.*

Ich werde vorsichtig sein, versprach sie.

Das hatte, im Verbund mit den Tabletten und dem Alkohol, Wunder gewirkt. Sicher, sogar durch den Nebelschleier hindurch spürte er den Schmerz im Handgelenk, aber das würde vorbeigehen.

Das war ein großartiger Start in das neue Leben gewesen, das jetzt vor ihm lag.

Denn das war die andere Sache. Er war verdammt noch mal fertig mit Stearns und all den anderen. Sie hatte zwar hinterher behauptet, es sei ein Fake-Geständnis gewesen. Aber da war er sich nicht so sicher, denn genau das hätte auch er selbst getan, wenn er den Mumm dazu gehabt hätte (worüber er sich, wenn er ehrlich war, nicht ganz sicher war).

Stearns war ein unglaublich zähes Miststück, und so blieb sie nun nach wie vor Geschäftsführerin. Und nach dem, was er im Flugzeug so alles von sich gegeben hatte, hieß es: gehen oder gegangen werden.

Also hatte er gekündigt. Er sagte es ihr, als sie vom Boot stiegen.

Sie antwortete: *Es tut mir nicht leid, dass Sie uns verlassen, aber wir bleiben in Kontakt, Kev, okay? Aber ehrlich gesagt, können Sie sich die Mühe sparen.* Und er hatte erwidert: *Du kannst mich auch mal, du sarkastische Schlampe*, woraufhin sie erwidert hatte: *Wo war dieser Kerl von Mann die letzten fünfzehn Jahre, he?*, was ihn ziemlich geschmerzt hatte, das musste er zugeben.

Aber allzu sehr auch wieder nicht. Er war froh, dass er da weg war, und auch, dass er diesem kleinen Arschloch Miller die Meinung gegeigt hatte. Er würde einen anderen Job finden, einen besseren, und bis dahin hatte er genug Geld. Das war das schmutzige Geheimnis: Sie bezahlen einem so viel, dass man unverwundbar ist. Feuert mich doch, nur zu. Macht nicht den geringsten Unterschied.

Und so konnte er sich nun unbeschwert mit Katie vergnügen. Vielleicht war es tatsächlich nur sein Geld, das sie anzog, aber das war ihm egal. Man brauchte sie sich einfach nur *anzuschauen*. Sie war ein verdammter Knaller.

Er gab ihr einen Klaps auf den Hintern. »Lies mal.« Er reichte ihr sein iPad. »Hab's in den *Globe* geschafft.«

Sie stützte sich auf den Ellbogen.

»Lass mal sehen.« Sie las den Artikel. »Sie schreiben aber nicht alles, oder? Ihr Motiv ist noch nicht bekannt? Du sagtest, sie wollte Gerechtigkeit. Ich glaube, es ging ihr um Rache.«

»Das werden sie nicht drucken. Stearns würde das nicht zulassen.«

»Du glaubst, sie war's? Sie hat diese Menschen umbringen lassen?«

»Überraschen würde es mich nicht. Aber wir werden es nie erfahren.«

»Ich kann nicht fassen, dass du das durchgemacht hast.«

»Ich weiß.«

»Wenigstens hast du versucht, etwas zu unternehmen, im Gegensatz zu den anderen.«

Er hatte seinen heldenhaften Versuch, das Cockpit zu stürmen, und das schmerzhafte Ergebnis in allen Farben geschildert und ausgeschmückt.

»Ja. Ich konnte doch nicht einfach nur dasitzen.« Er schaute auf die Uhr. Fast zwei Uhr nachmittags. In vier Stunden sollte er eine weitere Tablette einnehmen. Er öffnete das Fläschchen und schüttelte zwei heraus. »Eine für dich, eine für mich.« Er schob sie sich in den Mund und trank einen Schluck Champagner zum Hinunterspülen. Dann reichte er ihr die Flasche. »Ich hab's aber geschafft. Lass uns feiern.«

Sie warf die Pille ein. »Wenn sie es wirklich auf dem Gewissen hat«, sagte sie, »könntest du deinen Job zurückbekommen. Sag ihr, dass du die Wahrheit kennst und es allen erzählst, wenn sie nicht mitspielt.«

Das war ein so absurder Vorschlag, dass er in Gelächter ausbrach.

»Ja?«, sagte er. »Das glaubst du? Wenn ich das täte, würde ich als Nächster ins Gras beißen. Du kennst Jill Stearns nicht. Sie hat die Sache fest im Griff und wird auf keinen Fall lockerlassen.« Er langte zu ihr hinüber und legte eine Hand auf ihren Oberschenkel. »Ich bin mit alledem fertig, und ich bin froh darüber. Umso mehr Zeit kann ich mit dir verbringen.«

Sie küsste ihn und strich mit der Hand sein Bein hinauf. »Schon wieder?«, neckte sie. »Jetzt schon?«

Er musste auf die Toilette. »Gib mir eine Minute.«

Er ging ins Badezimmer und stellte sich vor die Toilette. Dann scrollte er durch seine Nachrichten. Da war eine von Laura.

Wie ist es dir ergangen? Wir sollten uns bald mal wiedersehen.

Er war fertig mit ihr. Er hatte ja Katie.

Aber trotzdem. Sie war attraktiv und verfügbar.

Und es würde Spaß machen, mit beiden an einem Tag Sex zu haben. Er könnte Katie weismachen, er müsse noch einmal ins Büro, um seine persönlichen Sachen abzuholen, sich eine Stunde mit Laura treffen und rechtzeitig zum späten Abendessen zurück sein.

Ja! Tut mir leid – hatte viel um die Ohren. Hast du gegen fünf Zeit? Ich habe später noch was zu erledigen, aber ich könnte dann für eine Stunde vorbeischauen, oder so?

Am unteren Rand des Bildschirms scrollten Punkte, bevor die Antwort erschien.

Gehe gleich mit den Mädels aus, aber klingt gut. Wir sehen uns dann. Bei mir?

Ja, bei ihr. Er konnte sie ja schlecht zu sich nach Hause mitnehmen, solange Katie hier war, obwohl es ein reizvoller Gedanken war.

Scheiße noch mal, es machte Spaß, aus dem Arbeitsleben auszuscheiden.

Jill Stearns

Mila saß auf der Couch und hatte den Kopf auf Jills Schulter gelegt.

Es war Jahre her, dass sie das getan hatte. Jill versuchte, sich daran zu erinnern, wann es das letzte Mal geschehen war, wahrscheinlich, als sie siebzehn war und Clark, der gut aussehende, sportliche Sohn eines milliardenschweren Hedgefonds-Managers, sie für eine andere abserviert hatte, die Leichtathletik machte, einen traumhaften Notendurchschnitt hatte und ganz darauf fixiert war, eine Karriere im Finanzwesen hinzulegen.

Mila war zwar rasch darüber hinweggekommen, aber Jill war immer der Meinung gewesen, dass Clark derjenige war, der das bessere Los gezogen hatte. Er wäre auf jeden Fall eine bessere Wahl gewesen als Archie, der eine gute halbe

Stunde lang geheult hatte, als sie am Abend zuvor nach Hause gekommen war.

Ich bin ja so froh, dass es Ihnen gut geht, Mrs Stearns. Ich muss immer wieder daran denken, was Sie durchgemacht haben und wie furchtbar es gewesen sein muss.

Das Schlimmste war, wie Mila ihn dabei angesehen hatte, als er dieses Gefasel von sich gab. Ihr Gesichtsausdruck war von Stolz geprägt – worauf, konnte Jill nur vermuten, aber sie nahm an, dass es seine sensible, emotionale Seite war.

Sie sagte ihm, er solle sich keine Sorgen machen, es habe nicht lange gedauert, und es ginge ihr gut. Doch er schüttelte nur den Kopf, denn diese Gelegenheit, den Schmerz eines anderen auszukosten, bot sich offensichtlich zu sehr an, um sie nicht voll und ganz auszuschöpfen. Und er schöpfte sie bis zum Äußersten aus.

Am nächsten Morgen spielte er immer noch die gleiche Leier. Er saß ihnen beiden gegenüber und trug ein schrecklich fürsorgliches Lächeln zur Schau. »Kann ich Ihnen etwas bringen? Kaffee? Wasser?«

»Wasser, bitte«, sagte Jill. Er konnte sich ruhig nützlich machen. »Selters, wenn welches da ist.«

»Klar. Und du, Mila, Schatz?«

»Nichts, danke.« Mila setzte sich aufrecht hin. »Also«, begann sie. »Ich weiß ja, dass du eine ganz, ganz schlimme Zeit hinter dir hast, aber wir haben Neuigkeiten.«

Natürlich. Die Neuigkeiten. Diese Sache war Jill auf dem Flug nach Portland durch den Kopf gegangen, aber sie hatte bislang nicht nachgefragt. Sie hatte gehofft, dass sie sich in Luft aufgelöst haben würde.

»Ja«, sagte sie und lächelte. »Wir wollten ja eigentlich gestern Abend zusammen essen gehen. Und ihr wolltet mich einladen, wenn ich mich recht erinnere?«

»Wir könnten irgendwo brunchen«, schlug Mila vor.

»Ich glaube, ich bleibe lieber erst einmal hier«, erwiderte Jill. »Außerdem kann ich es gar nicht mehr erwarten.« Ihr Blick wanderte zu Milas Bauch, und sie zog eine Augenbraue hoch. »Was gibt's Neues?«

Mila lachte. »Das ist es nicht«, erwiderte sie. »Jedenfalls noch nicht.« Sie winkte Archie zu sich heran. Er setzte sich auf die Sofakante und legte die Hand auf Milas Knie.

Ach du Scheiße. Jetzt war es offensichtlich, worum es hier ging.

»Ich möchte Sie um etwas bitten«, druckste Archie herum. »Um das Wertvollste, was Sie haben.«

»Meine Brillant-Rolex?«, gab Jill zurück. »Sie ist Ihnen wahrscheinlich zu klein.«

Er lächelte, wenn auch nicht mit den Augen. Sein großer Moment sollte nichts sein, worüber man scherzte.

»Das ist es nicht«, sagte er. »Es ist etwas unendlich viel Wertvolleres. Ich möchte Sie um die Erlaubnis bitten, Ihre Tochter zu heiraten.«

Nein!, dachte sie. *Auf keinen verdammten Fall. Vielleicht sollte ich das jetzt sagen. Ihm rundheraus sagen, dass er meine Erlaubnis nicht bekommt. Aber was dann?*

Sie konnte es ihnen nicht verbieten, und mal ganz davon abgesehen, dass sie nicht wollte, dass ihre Tochter diesen halbgaren Verlierer heiratete, war das jetzt eine verdammt dämliche Situation.

»Na ja«, antwortete sie. »Sie müssen mich nicht um Erlaubnis fragen. Die Entscheidung liegt nicht bei mir.«

»Aber ich hätte sie gerne«, fuhr Archie fort. »Es bedeutet mir sehr viel, wenn ich Ihren Segen bekomme.«

Es entstand eine lange, unangenehme Pause.

»Die Entscheidung liegt definitiv nicht bei mir«, wiederholte sie.

»Mag sein«, ließ Archie nicht locker, »aber wir würden uns gerne versichern, dass Sie unsere Verbindung voll und ganz unterstützen.«

»Das tue ich. Ich unterstütze sie voll und ganz.«

Das war dreist gelogen, aber was hätte sie auch erwidern sollen?

»Danke.« Seine Augen füllten sich mit Tränen. »Das bedeutet mir alles.«

Sie rang sich ein Lächeln ab. »Ich hoffe nur, dass sie Ja sagt.«

»Mom!«, protestierte Mila. »Natürlich sage ich Ja!«

»Wenn das so ist« – Archie ging auf die Knie und zog eine kleine Schmuckschatulle aus seiner Jeanstasche, öffnete sie und brachte einen wirklich schäbigen Brillantring zum Vorschein –, »würdest du, Mila Stearns, mir die Ehre erweisen, meine Frau zu werden?«

Es war ein widerwärtiges Schauspiel.

»Ja!«, frohlockte Mila. »Ja, ja, ja!«

Sie sprang auf und umarmte ihn, dann küsste sie ihn innig.

Jill wendete ihren Blick ab, und als sie wieder hinschaute, starrten die beiden sie erwartungsvoll an.

Sie stand auf und legte jedem von ihnen eine Hand auf die Schulter.

»Ich bin ja *so* froh«, verkündete sie. »Ich weiß, dass ihr euch gegenseitig sehr glücklich machen werdet. Glückwunsch.«

Archie kniete erneut nieder und holte den Ring aus der Schatulle. Mila streckte die Hand aus, und er steckte ihn ihr an den Finger.

»Darf ich ihn sehen?«, bat Jill. Sie hielt die Hand ihrer Tochter und tat so, als ob sie ihn untersuche.

»Er ist wunderschön. Perfekt.«

Sie gab Mila einen Kuss. Das hier war eine Katastrophe, aber wenigstens war kein Baby unterwegs. Die waren von Dauer, anders als die Archies dieser Welt.

»Glückwunsch, Mila«, gratulierte sie. »Ich liebe dich.«

Und das tat sie auf gewisse Weise auch, und genau aus diesem Grund würde es nie zu dieser Hochzeit kommen. Sie wusste zwar noch nicht, wie sie das verhindern würde, aber sie wüsste, *dass* sie es verhindern würde.

Sie würde erreichen, was sie wollte. Das war immer so. Andernfalls konnte sie nicht ruhen, es würde an ihr nagen und ihr den Schlaf rauben. Die ganze Welt würde für sie dann aus den Fugen geraten, und sie würde sich nicht damit abfinden können.

So war es auch bei den kranken Kindern in Barrow gewesen. Natürlich hatte sie sich schlecht gefühlt – sie war ja nicht herzlos –, aber sie hatte keine andere Wahl gehabt. Wenn sie nicht gehandelt hätte, wäre die Firma ruiniert gewesen. Das musste sie verhindern, und es gab nur einen Weg.

Und wenn man darüber nachdachte, ergab es einen Sinn. Für die Familien war es eine Tragödie, aber was war das schon im Vergleich mit der Alternative? Der Untergang eines großen Unternehmens, massive Arbeitsplatzverluste, eine Unterbrechung der Lebensmittelversorgung? Das würde Zehn- oder Hunderttausende von Menschen ins Elend stürzen. Also ja, der Tod von ein paar Kindern war traurig, aber doch wohl nicht so tragisch wie das Leid all dieser Menschen, oder?

Es war eine schwierige Entscheidung gewesen, aber dafür wurde sie ja auch bezahlt: um schwierige Entscheidungen zu treffen und das Gesamtbild im Auge zu behalten. Und damit blieb ihr nur noch eine mögliche Option.

Allerdings hatte sie dabei nicht mit Evanston gerechnet. Insgeheim bewunderte sie sie. Sie hatte sich erstaunlich gut geschlagen, um so weit zu kommen, war dann aber, für sie bedauerlich, an der letzten Hürde gescheitert. Jill hatte erkannt, wie sie diese Sache ein für alle Mal aus der Welt schaffen konnte: mit einem Geständnis und anschließendem Widerruf.

Sie musste es nur gut timen, denn wenn sie früher gestanden hätte, wäre es ihr wie Marcia ergangen. Also musste sie warten, bis Evanston ihr genug Informationen gegeben hatte und die Situation kritisch genug geworden war, dass Evanston glaubte, Jill würde unter dem Druck zusammenbrechen. Und dann war es so weit gewesen.

Am Ende hatte sie, wie immer, bekommen, was sie wollte.

So wie es auch bei Mila sein würde. Archie würde ihre Tochter nicht heiraten. Sie wusste noch nicht, was passieren würde, um es zu verhindern – eine Affäre vielleicht, Kinderpornos auf seinem Computer, ein Glücksspielproblem –, aber sie würde sich etwas einfallen lassen, das sehr überzeugend wirken würde.

Es würde Spaß machen. Es war etwas, das sie auf Trab halten würde.

Sie lächelte Archie an. »Glückwunsch«, säuselte sie. »Willkommen in der Familie.«

Marcia Fournier

1

Mittagszeit an Heiligabend. Perfekter Zeitpunkt für einen Drink. Sie stand vor dem Kühlschrank, die Hand am Türgriff.

Im Getränkefach lag eine Flasche Weißwein, die nach ihr zu rufen schien.

Am Abend zuvor hatte Mike sie vom Polizeirevier abgeholt und nach Hause gebracht. Ihr Auto stand auf dem Parkplatz, aber er hatte darauf bestanden, sie zu fahren. Auf dem Rückweg hatte sie sein Gesicht im Licht der Straßenlaternen entlang des Freeways studiert. Sie kannte es so gut, jedes Detail war ihr so vertraut wie die Details ihres eigenen Körpers. Die buschigen Augenbrauen, die leicht geschürzte Unterlippe, die Krümmung der Nase, nachdem er sie sich während der College-Zeit gebrochen hatte: Sie hatte das alles schon tausendmal gesehen.

Und doch war es dieses Mal anders. Dieses Mal hatte sie das Gefühl, jemanden zu sehen, den sie nicht wirklich kannte, aber nicht er hatte sich verändert, sondern sie.

Als sie zu Hause ankamen, öffnete er den Kühlschrank.

Ein Drink? Du brauchst jetzt bestimmt einen?

Das tat sie, aber nicht so, wie er es meinte. Sie brauchte ihn auf eine viel tiefergehende, viel schlimmere Art und Weise. Sie brauchte ihn mit jeder Faser ihres Körpers, brauchte ihn, um ihre Körperchemie wieder in einen Zustand zu versetzen, in dem sie sich wohlfühlte.

Aber sie hatte beschlossen, dass das alles vorbei war. Mit dem Trinken hatte sie abgeschlossen. Sie hatte sich verändert.

Aber hatte sie das wirklich? Denn sie konnte die Stimme in ihrem Kopf nicht zum Verstummen bringen, die ihr einflüsterte, dass einer nicht schaden würde. Besonders nach so einem Tag, wie sie ihn gerade durchgestanden hatte. Sie könnte morgen mit dem Aufhören beginnen.

So wie sie es schon einmal getan hatte. Sie hatte sich schon sehr oft vorgenommen, am nächsten Morgen aufzuhören, aber es schien, als ob dieser Morgen nie kam.

Und sie hatte es ja auch niemandem außer den Leuten im Flugzeug gestanden. Sie konnte weitertrinken, wenn sie wollte, hatte keine Versprechungen gemacht, außer denen, die sie sich selbst gegenüber gemacht hatte, und von denen hatte sie schon so viele gebrochen, dass sie bedeutungslos waren.

Hatte sie sich also geändert? Hatte sie sich wirklich geändert?

Warum es nicht versuchen?, dachte sie. *Sag Nein und kümmere dich morgen um morgen.*

Ja, sagte sie. *Das wäre super.*

Sie trank den größten Teil der Flasche und genehmigte sich heimlich auch noch einen Wodka. Das Aufhören konnte bis morgen warten.

Nun, morgen war heute. Sie öffnete die Kühlschranktür. Eine neue Flasche lag da, frisch und kühl. Marcias Mund füllte sich mit Speichel.

»Ein bisschen früh noch, oder?« Mike stand in der Tür.

»Heiligabend«, sagte sie. »Warum nicht?«

»Nicht für mich. Ich muss los, Mom besuchen. Sie wird nicht wissen, wer ich bin, aber du weißt schon.«

Sie spürte, wie ein Schauer sie durchlief. Wenn Mike weg war, konnte sie so viel trinken, wie sie wollte. Von dem Wein nur zwei Gläser, damit noch eine halbe Flasche im Kühlschrank stand, wenn er zurückkam, aber dann war da noch der Rest: Wodka auf Eis, vielleicht noch ein Gläschen Tequila. So konnte sie sich ungestört ihrem Rausch hingeben.

Sie hatte keine Versprechungen gemacht. Anders würde es sich verhalten, wenn sie es getan hätte, wenn sie nach Hause gekommen wäre und Mike offenbart hätte, dass sie Alkoholikerin sei und nie wieder einen Tropfen anrühren würde. Dann hätte sie aufhören müssen. Aber das hatte sie nicht getan.

Also würde sie sich betrinken und danach mit einem Kater und dem Gefühl des Selbsthasses aufwachen.

Eigentlich hatte sich nichts geändert. Im Flugzeug hatte

es sich so angefühlt, aber jetzt, wo sie wieder zu Hause war, hatte sich überhaupt nichts geändert. Er würde aus dem Haus gehen, und sie würde sich betrinken, ganz allein und ohne einen anderen Grund als den, dass sie keine andere Wahl hatte.

Das war ihr Leben. Sie quälte sich durch den Arbeitstag, kam nach Hause und betrank sich. Früher hatte sie abends Tennis gespielt, war ins Theater gegangen, hatte sich mit einer Freundin auf ein Eis getroffen. Das alles tat sie jetzt nicht mehr. Sie konnte nicht um zwanzig Uhr ausgehen, um Tennis zu spielen, weil sie bis dahin nicht nüchtern bleiben konnte. Sie sollte ihre Schwiegermutter besuchen, aber nein: Das würde bedeuten, dass sie eine Gelegenheit verpassen würde, offen und ungestört zu trinken.

Das war ihr klar. Das alles war ihr klar. Sie saß da und wusste, was sie tun würde, und sie war nicht in der Lage, es zu verhindern.

»Alles in Ordnung?«, fragte Mike. »Du siehst so grüblerisch aus.«

»Es ist nichts.«

»Okay. Ich bin gegen drei zurück. Ich liebe dich.«

Das war er. Das war der Moment. Das war ihre Chance zu sagen *Ich komme mit dir*, das Haus zu verlassen und den Drink zu vermeiden. Aber sie hatte diesen Moment schon viele Male erlebt, und er endete immer auf die gleiche Weise.

»Bis später«, erwiderte sie. »Gib ihr einen Kuss von mir.«

2

Sie hörte, wie sich der Schlüssel im Schloss drehte. Die Flasche stand noch vor ihr auf dem Couchtisch, der Korkenzieher und das Glas daneben.

Er trat ins Zimmer und legte seine Jacke auf die Armlehne des Sofas.

»Es ist kalt draußen«, konstatierte er.

»Wie geht es deiner Mom?«

»Unverändert.« Er seufzte. »Es ist schwer. Sie hat keine Ahnung, wer ich bin, und sie kann ziemlich streitlustig sein.«

»Das tut mir leid.«

»Hattest du einen schönen Nachmittag?«

»Ja, hatte ich.«

»Was hast du gemacht?«

»Nicht viel.«

Er setzte sich neben sie und betrachtete die Flasche. Er fuhr mit dem Finger an der Seite der Flasche entlang. »Sie wird warm. Sie gehört in den Kühlschrank.«

»Ich habe sie herausgeholt, als du gegangen bist. Sie steht schon seit ein paar Stunden hier. Ich habe hier gesessen und sie angeschaut.«

»Na-tür-lich.« Er zog das Wort in die Länge. »Marcia, willst du mir erzählen, du hättest fast den ganzen Nachmittag eine Weinflasche angestarrt?« Er tippte auf den Flaschenhals. »Eine *ungeöffnete* Flasche Wein?«

»Mike«, begann sie. »Ich habe ein Problem.«

Als sie diese Worte aussprach, war es, als würde sie gleich schweben, da ihr eine tonnenschwere Last von den Schultern genommen wurde.

»Was denn für ein Problem?«, fragte er.

»Ich bin Alkoholikerin«, gestand sie. »Und ich brauche Hilfe.«

25. DEZEMBER 2022

Varun Miller

1

Der Weihnachtsmann hatte Ari und Susheela großzügig mit Geschenken bedacht. Varun verspürte ein wenig Schuldgefühle – na ja, eine ganze Menge eigentlich –, weil er so viel Zeit bei der Arbeit verbracht hatte, also versuchte er, es wiedergutzumachen, indem er viel Geld für Geschenke ausgab. Er wusste, dass es einem Klischee entsprach, aber das war ihm egal. Wenn er Ari verwöhnen wollte, würde er das tun, und er war sich sowieso nicht sicher, ob er sich diesbezüglich zurückhalten konnte.

Nicht, dass Ari davon wusste. Für ihn waren die Geschenke nur weitere Trucks, Autos und Tiere aus Plastik. Nachdem sie beide ein paar Geschenke mit ihm ausgepackt hatten, griff er zu seinem Lieblingsspielzeug, einem Plüschleoparden, den Susheelas Mom ihm geschenkt hatte. Varun fragte sich, warum er immer wieder auf dieses Plüschtier zurückgriff – vielleicht lag es am Geruch oder an der Vertrautheit.

Wie auch immer, es war Varun egal. Er war einfach nur froh, am Leben und bei seiner Familie sein zu dürfen.

Wo Stacy Evanston jetzt nicht war.

Ihre Tochter und ihr Mann waren tot.

Er verdrängte den Gedanken. Es war ein Hausbrand gewesen, tragisch und herzzerreißend, aber letztendlich ein Unfall. Es hätte jedem zustoßen können. Die Umstände waren untersucht worden, und die zuständigen Behörden hatten festgestellt, dass es sich um einen Unfall gehandelt hatte. Es konnte einfach nicht sein, dass Jill Stearns dafür verantwortlich war.

Aber er hatte ihre Worte noch in den Ohren.

Fünfzigtausend Dollar. Nicht allzu viel, um ein Problem zu beseitigen, das uns Hunderte von Millionen oder sogar Milliarden hätte kosten können. Der Brandmeister hat dafür gesorgt, dass keine Rede von Brandstiftung war. Es war nur ein tragischer Unfall.

Sie hatte das nur gesagt, um die Pilotin zum Aufgeben zu bewegen. Nichts, was sie gesagt hatte – nichts, was irgendjemand sagte –, konnte unter diesen Umständen vor Gericht Bestand haben. Als Anwalt war ihm klar, dass kein Gericht im ganzen Land ein unter diesen Umständen abgelegtes Geständnis anerkennen würde.

Und was die Vorstellung anging, sie hätte irgendwie vertuscht, dass die Ursache für den Tod der drei Kinder ein experimentelles Produkt war – das war lächerlich.

Zumindest, solange es keine anderen Beweise gab.

Beweise wie eine Instant Message von Bill Standish an Jill, die das Produkt mit den Todesfällen in Verbindung brachte.

Und wenn ein Ermittler *diese* Nachricht in die Finger bekäme? Nun, dann könnten sie damit anfangen nachzuforschen, und was würden sie dann finden? War der Tod des Arztes wirklich Suizid gewesen? Hatte der Brandmeister zu dieser Zeit tatsächlich eine neue Jacht bekommen? Vertuschungen hingen davon ab, dass Hinweise nicht verfolgt wurden, Spuren kalt wurden, Fragen nicht gestellt wurden. Aber wenn Leute, die wussten, wie man es tat und die Mittel dazu hatten – Anwälte zum Beispiel –, anfingen nachzuforschen, dann würde die Wahrheit ans Licht kommen. Wenn herauskam, dass Stearns diese Spuren verwischt hatte, hätte man den nötigen Beweis.

Und wenn – nur mal angenommen – ein Anwalt im Besitz dieser Beweise war, sie aber nicht vorbrachte, was dann? Wäre dieser Anwalt dann ein Komplize?

Die Antwort lag auf der Hand. Ein solcher Anwalt würde nicht nur gegen das Gesetz verstoßen, sondern, schlimmer noch, eine klare moralische Grenze überschreiten.

Wenn es hingegen herauskäme, wäre das Unternehmen am Ende, und seine Karriere und die Millionen, die er in Aktien und Optionen besaß, würden sich in Luft auflösen. Wer würde ihn danach noch einstellen, selbst wenn er sich nicht persönlich die Hände schmutzig gemacht hatte? Keine Firma würde wollen, dass so ein Makel an ihr haftete.

Alternativ könnte er auch einfach den Mund halten. Keiner würde je etwas erfahren. Sharon schon, aber das könnte er hinbiegen. Er könnte ihr weismachen, das alles hätte zu Jills Plan gehört, wieder heil aus dem Flieger zu kommen. Die Sache würde in Vergessenheit geraten, und es war ja auch nicht so, dass irgendetwas die Menschen, die ums Leben gekommen waren, zurückbringen würde.

Er schaute Ari an. Susheela kniete neben ihm, strich mit

ihrer Nase über seine und löste sich dann von ihm, während sie beide unkontrolliert kicherten.

Stacy Evanston hatte das gehabt. Und man hatte es ihr entrissen.

Drei andere hatten das gleiche Schicksal erlitten.

»Schatz«, sagte er. »Können wir mal reden?«

2

»Was ist los?« Susheela legte ihm die Hand auf den Oberarm. »Du siehst besorgt aus. Bist du … Bist du krank?«

Er schüttelte den Kopf. »Nein, mir geht es gut. Aber …« Er holte tief Luft. »Im Flugzeug habe ich etwas in Erfahrung gebracht. Etwas Wichtiges.«

»Okay?«

»Erinnerst du dich daran, dass ich dir erzählt habe, dass Jill ein falsches Geständnis abgelegt hat? Um die Pilotin zum Aufgeben zu bewegen?«

»Ja.«

»Was wäre, wenn es doch die Wahrheit war?«

»Du hast aber doch gesagt, es sei fingiert gewesen.«

»Und wenn es das eben nicht ist?«

»Das verstehe ich jetzt nicht. Jill hat es doch nicht getan. So etwas würde sie *nie* tun. Es gibt keinen Grund, sie zu verdächtigen. Es war ein bedauernswerter Unfall.« Sie legte ihm eine Hand auf die Schulter. »Ich weiß, es ist schwer zu akzeptieren, aber Unfälle passieren. Und sie erklärte ja auch hinterher, dass es ein falsches Geständnis war.«

»Aber was, wenn es das eben nicht war? Was dann?«

»Warum sollte es das nicht sein? Es gibt keine Beweise für das Gegenteil.«

»Vielleicht doch.«

Susheela trat einen Schritt zurück. »Was genau willst du damit sagen?«, wollte sie wissen.

Das war der Moment. »Ich bin auf etwas gestoßen. Bevor sie gestanden hat. Ich wollte es der Pilotin gerade sagen, aber dann haben mich die Ereignisse überrollt.«

»Was hast du denn herausgefunden?«

»Es gibt da Instant Messages.« Er nahm sein iPad in die Hand. »Hier. Sieh sie dir mal an.«

Er rief die Korrespondenz auf und zeigte sie ihr.

Es hat einen Zwischenfall gegeben.
Einige Kinder sind erkrankt.

Was ist passiert?

Ich weiß es nicht. Nur, dass vier Kinder
mit einer Art Organversagen ins
Krankenhaus eingeliefert wurden.
Vielleicht die Leber ...

Susheela starrte ihn an. »Wer ist Bill Standish?«

»Der Mitarbeiter, der damals das Forschungszentrum in Barrow geleitet hat.«

»Und die andere Person? Da steht kein Name, nur eine ID.«

»Ich habe sie überprüft. Das ist Jill.«

Susheela antwortete nicht. Sie mahlte mit dem Kiefer. Schließlich entspannte sie sich wieder, während sie auf den Fußballen hin und her wippte.

»Ich verstehe«, sagte sie. »Das macht die Sache kompliziert.«

»Ich weiß.«

»Und du hast bisher nichts gesagt?«

Er schüttelte den Kopf. »Ich wollte es gerade, noch im Flieger, aber dann hatte sie schon ihr Geständnis abgelegt.«

»Und wenn sie das getan hat, dann …« Susheela starrte ihn an. »Dann hat sie auch das mit dem Hausbrand organisiert.«

»Ich weiß«, murmelte Varun leise. »Ich weiß.«

Susheela schüttelte kaum merklich den Kopf. »Das kann doch alles nicht wahr sein.«

»Ich weiß. Aber was, wenn doch? Was denkst du, was ich tun sollte?«

Sie verschränkte die Arme. »Ich glaube nicht, dass du einen Rat von mir brauchst. Ich glaube, du kennst die Antwort schon, deshalb hast du es mir ja überhaupt erst erzählt.«

»Ich sehe Ari an«, gestand er. »Und ich denke, dass ich nie darüber hinwegkommen würde, wenn er und du bei diesem Feuer umgekommen wärt. Ich würde wollen, dass Gerechtigkeit wiederhergestellt wird.« Er hielt ihrem Blick stand. »Und was nun?«

Sie lächelte. »Du weißt es schon. Es gibt nur eine Möglichkeit, Varun.«

3

Er musste mit jemandem darüber sprechen, dem er vertrauen konnte. Der schon eine Weile mit an Bord war und einen einwandfreien Ruf hatte. Ein Mann von Ehre.

Ramos nahm nach dem zweiten Klingeln ab.

»Jeff«, begrüßte er ihn. »Ich hoffe, ich störe Sie nicht. Und übrigens: Frohe Weihnachten.«

»Keine Sorge, Sie stören nicht. Ihnen auch ein frohes Fest. Für mich ist es ein ganz normaler Tag. Wie geht's der Familie?«

»Großartig. Es ist wunderbar, wieder mit ihnen vereint zu sein. Ich war mir nicht sicher, ob ich das noch einmal erleben würde.«

»Stimmt. Letztendlich war es eine echt knappe Angelegenheit.«

»Ich werde noch eine Weile brauchen, um es zu verarbeiten«, erklärte Varun. »Es wird mir in Erinnerung bleiben, so viel steht fest.«

»Ganz bestimmt. Also. Was gibt's? Sie rufen mich doch nicht ohne Grund am Weihnachtstag an.«

»Stimmt. Nun, im Flugzeug ist etwas ans Licht gekommen.«

»Sie klingen, als wären Sie nervös, Varun.«

»Das bin ich auch.«

»Warum?«

Jetzt war der Moment gekommen. »Ich glaube, sie hat es wirklich getan, Jeff.«

Ramos hielt inne. »Sie müssen sich schon etwas konkreter ausdrücken. Von wem reden wir, und was hat sie getan?«

»Jill. Ich rede von Jill.«

Ramos lachte, laut und ausgiebig. »Haben Sie sich schon ein paar Gläschen genehmigt? Jill hat sich das alles nur ausgedacht. Das hat sie doch auch so ausgesagt.«

»Ich habe aber Grund zu der Annahme, dass sie es nicht bloß erfunden hat«, gab Varun zurück. »Sitzen Sie gerade vor dem Computer?«

»Werde ich gleich.«

»Dann sende ich Ihnen etwas. Rufen Sie mich an, wenn es angekommen ist und Sie es gelesen haben.«

Es dauerte zwanzig Minuten, bis Ramos zurückrief. Seine Stimme klang grimmig.

»Tut mir leid, dass es so lange gedauert hat«, sagte er. »Ich musste mich erst einloggen und es dann ein paarmal durchlesen, bevor ich es kapiert habe. Ihnen ist klar, dass das verdammter Sprengstoff ist?«

»Ich weiß.«

»Zumindest wird es eine Untersuchung auslösen, die in der Presse Wellen schlägt, und das allein wäre schon schlecht für das Image der Firma.«

»Wir müssen es trotzdem öffentlich machen.«

»Daran besteht kein Zweifel«, versicherte Jeff. »Aber wir müssen behutsam vorgehen.«

»Was meinen Sie damit? Mir scheint es auf der Hand zu liegen. Wir müssen die Daten den zuständigen Behörden zukommen lassen.«

»Ich weiß, ich weiß. Ich behaupte ja auch nichts anderes. Ich will nur sagen, dass wir vorsichtig vorgehen müssen. Wenn wir es falsch angehen, wird Jill ein Schlupfloch finden, und dann hätten wir unsere Chance verpasst.«

»Ich verstehe immer noch nicht.«

»Das Problem ist, dass wir nicht genug Beweise in der Hand haben. Sie kann einfach behaupten, in der Nachricht wäre es um etwas ganz anderes gegangen, oder denen ein anderes Lügenmärchen auftischen. Vielleicht taucht auch noch ein verfahrenstechnisches Problem damit auf, wie Sie in den Besitz der Nachricht gelangt sind, und ihre Anwälte fechten alles an. Oder sie behauptet, dass sie es gar nicht war, die die Nachricht geschrieben hat? Es ist ein Anfang, aber es reicht nicht. Wir brauchen mehr. Wir benötigen einen eindeutigen Beweis. Er muss wasserdicht sein.«

»Ich glaube, dass das, was wir haben, reicht.«

»Es ist bei Weitem nicht genug. Ihnen reicht es, aber nicht vor Gericht und nicht, wenn wir ihrem Team von Anwälten gegenüberstehen. Alles, was sie vorzubringen braucht, sind begründete Zweifel. Die müssen wir entkräften. Und nicht vergessen: Sie ist skrupellos. Wenn sie herausfindet, dass wir herumschnüffeln, sind wir die Nächsten, die in einen Unfall verwickelt werden. Die ganze Sache muss hieb- und stichfest sein.«

»Sie sagen ›wir‹?«, hakte Varun nach.

»Ja«, bestätigte Jeff. »Wir. Wenn sie das wirklich getan hat, muss sie den Preis dafür zahlen. Ich kann nicht tatenlos zusehen, wie sie mit so einer himmelschreienden Ungerechtigkeit durchkommt. Also ja, *wir*. Das wird Chaos auslösen, aber es muss sein. Wir besorgen mehr Beweise.«

»Und wie stellen wir das an?«

»Das Feuer ist der entscheidende Punkt. Wenn wir den Beweis haben, dass sie das in Auftrag gegeben hat, ist sie erledigt.«

»Klingt gut. Aber darf ich auf ein Problem hinweisen?«

»Schießen Sie los.«

»Wie? Wie soll ich das bewerkstelligen?«

»Ich weiß es nicht. Aber Dreh- und Angelpunkt ist die Pilotin, Evanston. Sie war vor Ort. Sie weiß, was passiert ist. Wir brauchen sie.«

»Sie sitzt in einer Zelle.«

»Dann holen Sie sie da raus. Beantragen Sie eine Kautionsverhandlung und holen Sie sie da raus. Dann kommen Sie mit ihr zu mir, und wir werden entscheiden, was zum Teufel wir weiter unternehmen.«

»Kaution?«, sagte Varun. »Es gibt keine Chance, dass sie auf Kaution freikommt.«

»Dann brauchen wir eine andere Lösung.«

»Die da wäre?«

»Ich weiß es nicht. Aber einfach wird es nicht.«

27. DEZEMBER 2022

Stacy Evanston

1

Ein Beamter stand in der Tür.

»Ihre Anwälte sind hier, um mit Ihnen zu sprechen.«

Sie runzelte die Stirn. Damit hatte sie nicht gerechnet.

»Ich habe keine Anwälte angefordert«, erwiderte sie.

»Einer von ihnen hat prophezeit, dass Sie das sagen würden. Sie wiesen mich an, Ihnen ihre Namen zu nennen und dann zu sehen, ob Sie Ihre Meinung ändern.«

»Oh? Wie heißen sie denn?«

»Miller. Varun Miller. Und Jeff Ramos.«

Miller? Er war der Letzte, den sie erwartet hätte. Und Ramos war nicht einmal Anwalt.

Was zum Teufel wollten die beiden von ihr?

»Lassen Sie sie rein«, sagte sie.

Kurz darauf betraten Miller und Ramos den Verhörraum. Miller trug einen schicken Anzug, Ramos eine Lederjacke.

»Ms Evanston«, begrüßte Miller sie. »Danke, dass Sie uns empfangen.« Zum Beamten an der Tür sagte er: »Ich möchte mit meiner Mandantin unter vier Augen sprechen.«

»Ich bin nicht Ihre Mandantin. Und ich will überhaupt keinen Anwalt«, konterte sie. »Am allerwenigsten Sie.«

Er fuhr sich mit den Händen durch das Haar. »Ich verstehe, warum Sie so reagieren. Aber es ist nicht so, wie es aussieht. Ich habe etwas, das Ihnen helfen wird.« Er schaute sich im Raum um. »Ich möchte hier nicht einfach so mit Ihnen darüber sprechen. Aber wenn Sie mich zu Ihrem Anwalt ernennen, kann ich es Ihnen erklären, und wenn Ihnen nicht gefällt, was ich zu sagen habe, werden Sie nie wieder von mir hören.«

»Warum sollte ich Ihnen über den Weg trauen?«

Varun Miller machte eine beschwichtigende Geste. »Das verlange ich gar nicht. Ich bitte Sie nur darum, mir eine Chance zu geben. Und wenigstens wären Sie dann erst mal auf freiem Fuß.«

Sie musterte ihn. Er arbeitete für die Frau, die ihren Mann und ihre Tochter auf dem Gewissen hatte, drei weitere Todesfälle vertuscht und einen fingierten Selbstmord in Auftrag gegeben hatte. Sie würde auf keinen Fall tun, was er sagte. Auf gar keinen Fall.

Und das musste auch ihm klar sein. Was die Frage aufwarf: Warum waren diese beiden dann hier? Wenn an dieser Sache nicht irgendetwas dran war, warum machten sie sich dann die Mühe?

»Okay«, stimmte sie zu. »Erzählen Sie mir mehr.«

Er schloss kurz die Augen und holte tief Luft. Dann öffnete er sein Notizbuch und schrieb etwas auf.

Ich will nicht laut sprechen. Ich weiß, dass Stearns es getan hat. Ich habe Beweise, aber sie reichen nicht aus. Ich brauche Ihre Hilfe.

Während sie seine Nachricht las, überlief sie eine Gänsehaut. Dann schrieb sie eine Antwort.

Wirklich? Was für Beweise?

Instant Messages, von denen Stearns dachte, sie wären gelöscht.

»Also«, erklärte Ramos mit lauter Stimme. »Der Plan sieht wie folgt aus.«

Sie nickte und sah Ramos an. »Erklären Sie es mir.«

»Wir erwirken eine Kautionsanhörung«, erklärte Ramos. »Die Kaution wird bewilligt, wir hinterlegen sie, und dann sind Sie hier weg. Anschließend arbeiten wir an Ihrer Verteidigung.«

»Ich käme auf Kaution frei? Wie funktioniert das?«

»Nun«, sagte Miller. »Kaution ist ein verfassungsmäßiges Recht für jeden, der einer Straftat beschuldigt wird.«

»Bekommt das jeder?«, wollte Stacy wissen.

»Es ist nicht in allen Fällen möglich«, erklärte Miller. »Aber ich denke, bei Ihnen liegt ein begründeter Fall vor. Allerdings dürfte sie hoch angesetzt werden. Sehr hoch sogar.«

»Wie hoch?«

»Eine halbe Million?«, schätzte Miller. »Eine Million vielleicht.«

»Und wie soll ich das bezahlen? So viel Geld habe ich nicht.«

»Aber ich und Ramos. Falls Sie untertauchen, verlieren wir eine Stange Geld.«

Er schrieb etwas auf einen Zettel und reichte ihn ihr.

So kriegen wir Stearns dran. Sie müssen uns vertrauen. Also?

Sie zögerte. Es gab keinen Grund, den beiden zu vertrauen. Es bestand die große Gefahr, dass sie, sobald sie hier raus war, an einen abgelegenen Ort verschleppt, ermordet und ihre Leiche entsorgt wurde. Niemand würde sie vermissen. Niemand würde nach ihr suchen.

Aber dieses Risiko musste sie gar nicht eingehen, denn sobald sie draußen war, konnte sie abtauchen. Auch das musste den beiden klar sein. Trotzdem waren sie bereit, dieses Risiko einzugehen.

Aber dann wäre die ganze Sache vom Tisch, und Stearns bliebe auf freiem Fuß. Wenn sie wirklich Beweise hatten, wollte sie sie mit eigenen Augen sehen. Ob sie ihnen nun vertraute oder nicht: Dies war ihre einzige Chance.

»Okay«, willigte sie ein. »Ich bin dabei.«

Miller erhob sich. »Nun, Ms Evanston«, sagte er. »Wir haben, was wir brauchen. Sie können den Beamten nun mitteilen, dass Sie mich zu Ihrem Anwalt ernannt haben.«

2

Miller – oder Ramos – musste ein paar Strippen gezogen haben, denn kurze Zeit später war die Kautionsanhörung vor einem Richter.

Die Höhe wurde genau auf die Mitte der von Miller geschätzten Spanne festgesetzt. Siebenhundertfünfzigtausend Dollar.

Miller lächelte und schüttelte ihr die Hand.

»Jeff ist schon unterwegs, um die Kaution zu hinterlegen. Warten Sie hier.«

»Ich möchte aber sofort gehen.«

Er zögerte. »Es ist besser, wenn Sie auf uns warten.«

»Nein. Ich treffe Sie dann später.«

Sie konnte ihm ansehen, dass er überlegte, ob sie sich einfach aus dem Staub machen würde. Sein Name würde in den Akten vermerkt sein. Wenn sie untertauchte, würde er ausbaden müssen, was immer die Konsequenzen sein würden.

»Okay«, stimmte er schließlich zu. »Wir treffen uns auf der obersten Ebene des Casco-Bay-Parkhauses, östliche Ecke.«

Sie nickte und ging. Dabei fragte sie sich erneut, ob sie den beiden überhaupt trauen konnte.

Sie wartete auf der obersten Etage des Parkhauses. In der Parkbucht in der östlichen Ecke stand ein nagelneuer Audi. Sie nahm an, dass er Miller oder Ramos gehörte, denn so ein Wagen passte zu ihnen.

Dort wartete sie jedoch nicht, sondern versteckte sich hinter einem Chevy Suburban auf der gegenüberliegenden Seite. Sie hatte keinerlei Gewähr, dass die beiden wirklich persönlich auftauchen würden, und nicht irgendwelche von ihnen angeheuerten Schläger. Oder gar die Bullen –

obwohl sie sich nicht vorstellen konnte, warum sie sie aus den Händen der Polizei hätten befreien sollen, nur um sie dann gleich wieder auszuliefern.

Aber es war immer besser, nichts für bare Münze zu nehmen.

Sie warf einen Blick auf die Uhr. Es waren schon fünf Minuten vergangen, und mittlerweile sollten die beiden jetzt hier sein. Ihr Puls beschleunigte sich. Sie würde ihnen noch weitere fünf Minuten einräumen, dann würde sie verschwinden.

Falls nötig, würde sie sich mit Jill Stearns auf ihre eigene Art und Weise auseinandersetzen.

Gerade setzte sie sich bequemer hin, als sie plötzlich Stimmen im Parkhaus widerhallen hörte.

Schritte. Ein Klickklack, so als ob jemand Brogues trüge.

Die Geräusche kamen vom Treppenhaus. Stacy wandte sich dem Geräusch zu, um zu sehen, wer es war.

Die Stimmen wurden lauter, und dann waren die beiden da.

Miller und Ramos.

Sie gingen tatsächlich zu dem Audi. Miller holte Schlüssel aus seiner Tasche und drückte einen Knopf, um den Wagen zu entriegeln. Er schaute sich um.

»Stacy?«, rief er.

Sie blieb weiter in Deckung. Was, wenn das eine Falle war?

Wenn es eine Falle war, wenn das ihr Plan war, dann war es ein sehr plumper, denn sie waren beide in den Gerichtsakten registriert.

Und was hatte sie selbst denn schon zu verlieren? Sie war bereit gewesen zu sterben, um Gerechtigkeit für Dan und Cherry zu erreichen – ein Ziel, das weiter entfernt war denn je, bis Miller aufgetaucht war. Dies war, ob sie ihm nun vertraute oder nicht, die einzige Chance, die sie hatte.

Also: Ja, sie konnte sich jetzt aus dem Staub machen. Aber dann würde Stearns unbehelligt davonkommen.

Sie erhob sich.

»Ich bin hier!«, rief sie.

Sie stellten sich neben den Audi.

»Wie sieht der Beweis aus?«, wollte sie wissen.

»Eine IM-Nachricht. Aber wir brauchen mehr«, erklärte Miller.

Sie wies auf Ramos. »Warum ist er hier?«

»Ich habe ihn darüber informiert, was ich herausgefunden habe. Sie können ihm vertrauen. Es war seine Idee, Sie rauszuholen.«

»Warum sollte er *mehr* Beweise haben wollen?«

»Er will helfen. Das verspreche ich Ihnen. Also. Sind Sie weiter mit dabei?«

Sie durchdachte alles noch einmal, kam jedoch wieder zu demselben Ergebnis. Welche Möglichkeiten hatte sie denn sonst? Aber sie würde ihnen nicht alles auf die Nase binden. Sie würde irgendeinen Weg finden, um die Kontrolle zu behalten. Sie nickte. »Okay.«

»Danke, Ms Evanston«, sagte Ramos. »Ich muss sagen, ich hatte nicht damit gerechnet, dass sich unsere Wege noch einmal kreuzen würden, aber so wie es aussieht, ist es so.«

»Gleiches gilt auch für mich«, bekannte Stacy. »Ich könnte behaupten, es täte mir alles leid, aber ich möchte nicht mit einer Lüge beginnen.«

»Was Ihnen zugestoßen ist, tut mir leid«, versicherte Ramos. »Das ist keine Lüge. Und wenn Jill Stearns verantwortlich war oder sonst jemand, der mit dem Unternehmen in Verbindung steht, dann will ich, dass diese Personen sich vor Gericht dafür verantworten müssen. Wenn Sie einen Beweis für meine Aufrichtigkeit brauchen, wie wäre es damit: Wenn das hier herauskommt, wird der Aktienkurs des Unternehmens ins Bodenlose stürzen, und das wird mich einen zweistelligen Millionenbetrag kosten. Aber das ist ein Preis, den ich zu zahlen bereit bin.«

»Ich auch«, pflichtete ihm Miller bei. »Ich könnte sonst morgens nicht mehr in den Spiegel schauen.«

Miller schien aufrichtig zu sein. Bei Ramos war sie sich nicht sicher.

»Wie wollen wir vorgehen?«, fragte sie.

»Mehr Beweise finden«, erklärte Ramos. »Wir müssen genau von Ihnen erfahren, was passiert ist, wann, wer daran beteiligt war – alles, woran Sie sich erinnern. Und dann entscheiden wir, wo wir nachforschen.«

Das würde kein Problem für sie sein. Es hatte sich alles in ihr Gedächtnis eingebrannt. »Ich erinnere mich an alles«, bekannte sie.

»Dann erzählen Sie uns alles. Dann können wir die losen Enden finden und anfangen, das ganze Geflecht zu entwirren. Und zu Ihrer eigenen Sicherheit schlage ich vor, dass Sie sich jemanden suchen, der unabhängig ist, einen

Anwalt oder einen Journalisten, mit dem Sie alles durchsprechen können.«

»Wir sollten dem Geld folgen«, schlug Miller vor. »Die neue Jacht für den Brandmeister, falls sie existiert. Dann gibt es da noch Krankenschwestern und Ärzte. Irgendjemand wird etwas wissen. Und wir müssen herausfinden, wer und was.«

»Und wenn wir genug beisammenhaben«, ergänzte Ramos, »wenden wir uns an die richtigen Leute.«

»Die da wären?«, fragte Stacy.

»Ich bin mir noch nicht sicher. Vielleicht an die Presse. Ich kenne da einige Journalisten. Wir müssen es publik machen.« Er hielt inne. »Aber ich warne Sie: Es ist gefährlich. Seit Sie das Gerichtsgebäude verlassen haben, verfügten Sie nur über geborgte Zeit. Die Polizei wird inzwischen gemerkt haben, dass Sie nicht mehr auffindbar sind. Und bestimmt wurde auch Jill Stearns schon darüber informiert.«

Sie warf einen Blick auf Miller. »Wieso?«

»Bestimmt hat sie jemanden damit beauftragt, Sie im Auge zu behalten, und wird mittlerweile wissen, dass Sie draußen sind.«

»Was sollen wir also tun?«

»Untertauchen«, schlug Ramos vor. »Und zwar sofort.«

Stacy hätte fast losgelacht. »Wo sollen wir uns denn verstecken?«, fragte sie. »Ich habe keinen Ort, zu dem ich gehen kann.«

»Sie nicht«, sagte Ramos. »Ich schon. Wir können uns dort treffen.«

»Wo denn?«, wollte Stacy wissen.

»Im Norden. Gut zwei Autostunden von hier entfernt, im Carrabassett Valley. Das Haus steht weit oben an dem Hang einer Anhöhe, auf der Ostflanke. Auf der anderen Seite befindet sich ein Skigebiet, aber mein Haus liegt sehr abgeschieden. Sehr ruhig. Und niemand wird vermuten, dass ich etwas mit Ihrem Verschwinden zu tun habe.«

»Ich kenne die Gegend wie meine Westentasche. Ich bin dort früher Ski gefahren.« Stacy warf einen Blick auf Millers Ehering. »Ist Ihre Frau mit alledem hier einverstanden?«

»Sie befindet sich in Sicherheit«, versicherte Miller. »Mein Sohn auch.«

»Wie gehen wir also vor?«, wollte Stacy wissen.

»Sie beide besorgen sich einen Mietwagen«, antwortete Ramos. »Schicken Sie die Details an mich und an niemanden sonst. So weiß ich, welches Auto ich erwarten soll.«

»Was, glauben Sie, wird passieren?«, fragte Miller. Seine Hände zitterten.

»Ich weiß es nicht«, sagte Ramos. »Ich weiß nur: Wenn tatsächlich jemand Ms Evanston beschattet und herausfindet, dass Sie mit ihr zusammen sind, wird er ahnen, dass etwas im Busch ist, und wird es verhindern wollen.«

Stacy sah Miller an. Der starrte mit zusammengebissenen Zähnen aus dem Parkhaus.

»Wie lautet die Adresse?«, fragte sie.

Ramos nannte sie ihnen. »Nachdem Sie mir die Daten des Mietwagens durchgegeben haben, keine weiteren Anrufe oder Nachrichten«, wies er die beiden an. »Fahren Sie so schnell wie möglich dorthin.«

Er drückte einen Knopf, worauf ein Auto ein paar Buchten weiter einen Piepton von sich gab. »Ich fahre sofort los. Ich erwarte Sie dort.« Er schritt zu seinem Wagen. Bevor er einstieg, drehte er sich noch einmal zu ihnen um.

»Viel Glück«, verabschiedete er sich.

Stacy sah zu, wie das Auto wegfuhr.

»Fahren Sie nach Hause«, sagte sie. »Schauen Sie noch einmal nach Ihrer Frau und Ihrem Sohn, und wir treffen uns dann bei der Autovermietung. Es gibt da eine in der Innenstadt. Das ist besser als am Flughafen. Und dann bringen wir die Sache ein für alle Mal zu Ende.«

3

Stacy saß in dem Mietwagen, einem schwarzen Corolla, den sie mit einem auf Andi Stevens ausgestellten Führerschein angemietet hatte, und wartete fünfzig Meter von der Vermietstation entfernt. Ein Auto mit einem Uber-Schild fuhr vor, und Miller stieg aus. Er schaute sich nervös um und suchte die Umgebung nach etwas Verdächtigem ab.

Sie betätigte die Lichthupe, woraufhin er erstarrte.

Sie blinkte noch einmal, ließ die Scheibe herunter, streckte den Kopf heraus und winkte ihn zu sich.

»Mein Gott«, sagte er. »Ich habe mich schon gefragt, wer mich da anblinkt. Ich dachte schon, wir hätten kaum angefangen, und schon wäre uns jemand auf den Fersen.«

»Ich bin es nur«, beruhigte sie ihn.

»Sie haben das Auto?«

»Ich habe *ein* Auto.«

Er runzelte die Stirn. »Was soll das heißen?«

»Ich muss noch etwas erledigen, bevor wir uns mit Ramos treffen.«

»Das verstehe ich nicht.« Nun kehrte sein nervöser Gesichtsausdruck zurück. »Stimmt etwas nicht?«

»Eine Menge«, gab sie zurück. »Aber nichts Neues.«

»Was ist es dann?«

»Etwas Persönliches.«

»Mir ist es egal, was Sie vorhaben«, sagte er. »Ich komme gerne mit.«

Sie schüttelte den Kopf. Das war ihre Absicherung, ihre Art, die Kontrolle zu behalten. »Ich möchte lieber dabei allein sein.«

Er hielt inne, dann nickte er. »Okay. Also, wie sieht der Plan aus?«

Sie zog eine Landkarte von Maine heraus, die sie an einer Tankstelle gekauft hatte, und schlug sie auf der Seite auf, die sie mit einem Lesebändchen markiert hatte. Sie tippte mit dem Finger auf die Stelle.

»Hier ist das Haus von Ramos. Es liegt hinter dem Skigebiet Sugarloaf, auf dem Weg nach Eustis. Wie gesagt, ich bin dort früher Ski gefahren, und es liegt sehr abgeschieden. Eine fast menschenleere Gegend. Nur eine kurvenreiche, abgelegene Straße am Fluss entlang führt dorthin. Von der Hauptstraße geht es rechts ab, dann ist das Haus noch etwa eine halbe Meile entfernt. Wir treffen uns an dieser Abzweigung und fahren dann zusammen in einem Auto weiter.«

»Warum treffen wir uns nicht woanders?« Er schaute auf die Karte. »In Kingfield, vielleicht?«

»Ich denke, es ist besser, wenn wir näher am Haus sind. Es könnte nützlich sein, ein zweites Auto zur Verfügung haben, falls wir eins brauchen.«

»Warum sollten wir eins brauchen?«

Sie zuckte mit den Schultern. »Ich weiß es nicht. Aber vielleicht brauchen wir es, und dann haben wir wenigstens eins in petto.«

Einen Augenblick lang erweckte er den Eindruck, den Tränen nahe zu sein. Dann aber schluckte er und atmete scharf durch die Nase ein.

»Okay«, sagte er. »Dann treffen wir uns dort. Um wie viel Uhr?«

»Es sind knapp drei Stunden Fahrt von hier«, erwiderte sie. »Mein Umweg wird etwa eine Stunde in Anspruch nehmen. Also fahren Sie direkt dorthin und warten Sie dort auf mich. Wenn Sie sich Zeit lassen, sollte ich nicht viel später als Sie ankommen.«

»Ich werde Jeff darüber informieren, wann er uns erwarten kann.«

Sie nickte. »Aber erwähnen Sie nur Ihr Auto. Diesen Wagen hier erwähnen Sie nicht.«

»Warum? Trauen Sie ihm nicht?«

»Ich traue niemandem«, erwiderte sie. »Auch Ihnen nicht.«

Er schürzte die Lippen. »Das war wohl zu erwarten.«

»Gehen Sie und holen Sie Ihr Auto«, sagte sie. »Ich warte hier, damit ich weiß, was für eine Marke Sie fahren.«

Er machte sich auf den Weg zum Büro der Autovermietung. Sie wartete und merkte sich, welche Autos vorbeifuhren, einparkten oder an Stellen verweilten, von denen aus man sie, Stacy, beobachten konnte. Es war nichts Verdächtiges zu sehen, zumindest nichts, was ihr aufgefallen wäre.

Zehn Minuten später erschien ein blauer Toyota RAV4 am Eingang. Miller saß hinter dem Lenkrad. Er warf einen Blick in ihre Richtung, gerade lange genug, um zu registrieren, dass sie ihn bemerkt hatte, und scherte dann in den Verkehr ein.

Sie holte ihr Handy heraus und öffnete die Kleinanzeigen-Plattform *Craigslist.*

4

Eine Stunde später parkte sie ihr Auto am Bahnhof. Das Schild davor hatte sich nicht verändert.

WILLKOMMEN IN BARROW

Sie stieg aus, zog ihre Kappe tief in die Stirn und ging zu Fuß weiter. Einen Stadtplan brauchte sie nicht. In dieser Stadt kannte sie jede Straße. Ihr Ziel war ein kleines weißes Einfamilienhaus auf einem großen Grundstück. In der Einfahrt parkten ein Prius und ein Highlander. Auf dem Rasen in einer Ecke des Grundstücks stand ein alter blauer Ford Ranger.

Sie klopfte an die Haustür. Ein Mann in den Fünfzigern

öffnete. Er trug ein rotes Flanellhemd und hatte graue, buschige Augenbrauen.

»Priscilla?«, begrüßte er sie. »Ich bin Rusty.«

Sie hatte unter falschem Namen eine Nachricht über *Craigslist* verschickt. Rusty hatte sofort geantwortet und geschrieben, er sei zu Hause, und sie könne jederzeit vorbeikommen.

»Ja. Danke, dass Sie so schnell geantwortet haben.«

Er zuckte mit den Schultern. »Ich habe sonst nichts zu tun. Der Winter zieht sich in die Länge. Wollen Sie den Pick-up sehen?«

»Ja, gerne.«

Er hatte die Schlüssel schon in der Hand und deutete auf den Ranger.

»Er fährt sich gut. Ein bisschen temperamentvoll, aber er schnurrt wie eine Katze.«

»Wie viele Meilen hat er runter?«

»Zweihundertfünfzigtausend.«

Stacy nickte nachdenklich.

»Das ist eine Menge.«

»Er hat noch viel mehr drauf. Das heißt, wenn man ihn gut behandelt. Ich habe ihn für meine Tochter behalten. Sie fährt jetzt zwar schon, aber einen alten Pick-up will sie nicht haben. Scheint ihr nicht cool genug zu sein.«

»Mit sechzehn hätte ich so ein Auto geliebt«, erwiderte Stacy.

»Das hatte ich bei ihr auch gehofft. Aber ich habe mich wohl geirrt.« Er reichte ihr die Schlüssel. »Hier. Lassen Sie den Motor mal laufen.«

Der Pick-up war nicht verschlossen. Stacy setzte sich auf den Fahrersitz und steckte den Schlüssel ins Zündschloss. Der Motor drehte einmal, zweimal leer durch, dann sprang er mit einem stotternden Geräusch an. Sie lauschte einen Moment lang dem Geräusch und brachte ihn dann auf Touren. Er hörte sich gut an.

»Drehen Sie eine Runde«, bot Rusty an. »Ich vertraue darauf, dass Sie zurückkommen.«

»Ach, wissen Sie«, sagte sie. »Das wird nicht nötig sein. Ich glaube, ich habe genug gesehen.«

»Nichts für Sie, hm?«, sagte er. »Zu alt?«

»Überhaupt nicht.« Stacy lächelte. »Ich liebe ihn. Sie hatten ihn mit zweitausend angeboten? Würden Sie auch fünfzehnhundert akzeptieren?«

»Siebzehnhundertfünfzig«, feilschte er. »Ich fülle den Papierkram aus, und er gehört Ihnen.«

»Alles klar«, erklärte sich Stacy einverstanden. »Wir sind im Geschäft.«

5

Der Ranger war in die Jahre gekommen, gab quietschende Geräusche von sich und würde bald neue Stoßdämpfer brauchen, aber er lief wie eine Eins, und es war nicht der gemietete Corolla, was bedeutete, dass er nicht zurückzuverfolgen war. Der Corolla stand auf einem Parkplatz in der Nähe des Bahnhofs und war damit nur eines von vielen anderen Pendlerfahrzeugen, das hier für ein paar Tage abgestellt worden war. Selbst wenn er gefunden würde, würde er niemandem Hinweise darauf geben, wo sie sich aufhielt, sondern nur, dass sie in Barrow gewesen war. Es war genauso wahrscheinlich, dass sie den Zug nach Boston genommen hatte oder dass sie ein anderes Auto gekauft hatte und irgendwo anders hingefahren war. Wenn die letzten Jahre Stacy eines gelehrt hatten, dann, dass man nicht vorsichtig genug sein konnte. Sie genoss es, sich unterhalb des Radars zu bewegen, und hatte nicht vor, daran etwas zu ändern.

Am Steuer des Pick-ups, mit einer Kappe auf dem Kopf, hätte sie jeder sein können, Mann oder Frau.

Sie machte sich auf den Weg westlich aus der Stadt hinaus, in Richtung Carrabassett Valley. Aber bevor sie dorthin fuhr, musste sie noch einen Zwischenstopp einlegen.

Der Friedhof lag an der Ausfallstraße. Sie parkte vor dem Eingang und nahm ihren Mantel. Es wurde allmählich dunkel, und die Winterkälte in Maine war beißend.

Sie ging den Weg zwischen den Gräbern entlang, bis sie ihr Ziel erreichte.

Cherry und Dan, Seite an Seite.

Ihre eigene Grabplatte lag links neben der von Cherry. Eine Tochter, die ihre ewige Ruhe zwischen ihren liebenden Eltern gefunden hatte.

Sie war hier schon mehrmals zu Besuch gewesen, aber es lief ihr dabei immer wieder ein Schauer über den Rücken.

Sie teilte die Blumen, die sie an der Tankstelle gekauft hatte, in zwei Sträuße und legte sie auf die Grabplatten.

Die ihrer Tochter und die ihres Mannes.

Der Schmerz über ihren Verlust war jetzt so groß wie eh

und je. Er würde nie vergehen. Vielleicht – und auch nur vielleicht – würde er im Laufe der Jahre etwas nachlassen, aber sie bezweifelte das. Eher würde es schlimmer werden, denn das Gefühl für das, was ihr genommen worden war, wurde mit der Zeit immer intensiver. Cherry wäre jetzt neun Jahre alt. Vier Jahre des Lebens ihrer Tochter waren ihr gestohlen worden. In einem Jahrzehnt würden es vierzehn sein. Je mehr Jahre es wurden, desto schlimmer wurde der Schmerz.

Sie war sich also ziemlich sicher, dass die Wunde nie verheilen würde. Sie würde sie immer spüren, wie den Phantomschmerz nach einer Amputation.

Im Laufe der Jahre hatte sie hier oft gestanden und viele Blumensträuße auf die Grabplatten gelegt. Sie fragte sich, ob sie dabei jemandem aufgefallen war und ob dieser Jemand sich fragte, wer es wohl war, der da Blumen ablegte. Vielleicht war sie erspäht worden, aber das glaubte sie eigentlich nicht. Sie kam immer, wenn wenige Besucher da waren und wenn es bald dunkel wurde, und sie achtete darauf, dass niemand in der Nähe war. Einmal wurde sie von einem Paar aufgeschreckt, das in die Reihe einbog, in der sie stand, worauf sie zu Boden blickte und ihr Gesicht bedeckte, so als ob sie weinen würde.

Sie kniete nieder und legte eine Hand auf Cherrys Grabplatte.

»Ich glaube, ich bin nahe dran«, flüsterte sie. »Ich glaube, ich bin nahe dran, Gerechtigkeit für dich zu erlangen. Aber es ist gefährlich, also werde ich dir vielleicht bald Gesellschaft leisten. Das würde mir gefallen.«

Dann drückte sie ihre Wange an Dans Grabstein. Er war eiskalt. »Ich vermisse dich«, sagte sie. »Jeden Tag, den ganzen Tag. Ich liebe dich.«

Statt einer Antwort war da nur die Stille des Friedhofs und der Schmerz, den der kalte Stein an ihrer Wange verursachte.

Schließlich erhob sie sich, wischte sich die Tränen von den Wangen und ging zum Pick-up.

6

Stacy kannte die Gegend ziemlich gut. Vor Cherrys Geburt hatten sie und Dan hier viele kalte, verschneite Winterwochenenden mit Skifahren verbracht. Freunde von ihnen besaßen eine Ferienwohnung im Sugarloaf Ski Resort, in der sie übernachten konnten. Im Februar, bevor Cherry und Dan getötet wurden, hatten sie die Wohnung für eine Woche von den Freunden gemietet.

Als sie sich Kingfield, dem letzten Ort vor dem Skigebiet, näherte, musste sie unweigerlich daran denken, wie sie diese Strecke mit den beiden vor einer der glücklichsten Wochen, die sie als Familie erlebt hatten, gefahren war.

Cherry hatte jeden Tag von neun bis fünfzehn Uhr in der Skischule verbracht, sodass sie und Dan wertvolle Stunden miteinander verbringen konnten. Viele davon verbrachten sie mit dem Skifahren, aber an den meisten Tagen nutzten sie die kinderfreie Zeit dafür, um an einem Geschwisterchen für Cherry zu arbeiten. Nachmittags holten sie dann ihre

Tochter ab: eine Mini-Skifahrerin, die zusammen mit den anderen Kindern aus dem Kurs auf ihre Eltern wartete.

Am ersten Tag hatte Stacy befürchtet, dass es Cherry keinen Spaß machen würde und dass sie sie nur schwer würde überreden können, am nächsten Tag erneut mitzumachen.

Wie war es?, fragte sie.

Cherry strahlte. *Ich liebe es!*

Stacy umarmte sie. *Das ist ja super!*

Die Skilehrerin, eine Frau von Ende fünfzig, tätschelte Cherry die Schulter.

Sie ist toll, schwärmte sie. *Und so eine begabte Skifahrerin, schon an ihrem ersten Tag!*

Ich zeige es dir mal, Mommy, jubelte Cherry. *Ich bin wirklich gut!*

Stacy folgte ihr den Kinderhügel hinunter, und ihr Herz platzte förmlich vor Stolz und Freude beim Anblick ihrer kleinen Tochter, die auf unsicheren Beinen dahinsauste und sich dann, als sie wieder stehen bleiben wollte, einfach in einen Schneehaufen fallen ließ.

Am Ende der Woche war sie eine routinierte Skifahrerin. Dan hatte ungläubig den Kopf geschüttelt.

Sie verändern sich direkt vor deinen Augen, konstatierte er. *Es ist kaum zu glauben.*

Was würde Cherry jetzt, mit neun Jahren, machen? Die schwarzen Pisten bezwingen? Schon möglich. Das war ein weiteres Erlebnis, das ihr genommen worden war.

Sie verdrängte den Gedanken. Sie musste einen klaren Kopf bewahren und sich in Erinnerung rufen, was sie hier tat.

Miller hatte Beweise dafür, dass Jill Stearns von der Vertuschung von Todesfällen durch ein giftiges Produkt wusste, einer Vertuschung, zu der auch Brandstiftung gehört hatte.

Und Mord.

Aber sie hatten nur Beweise für Ersteres, und sie brauchten mehr. Sie mussten vorübergehend von der Bildfläche verschwinden, um ihre Strategie zu planen.

Der Wut konnte sie später freien Lauf lassen.

In Kingfield hielt sie an einer Tankstelle. Sie brauchte Sprit für den Pick-up und eine Stärkung für sich selbst. An der Zapfsäule konnte man nur mit Karte bezahlen, also ging sie in den Laden.

»Für fünfzig Dollar«, bestellte sie. Sie war sich nicht sicher, wie viel der Tank fasste, aber er war leer, und bei einem Benzinpreis von fast vier Dollar pro Gallone würde er locker Kraftstoff für fünfzig Dollar aufnehmen. Sie nahm noch eine Dose Gatorade und eine Tüte Beef Jerky mit und legte beides auf den Tresen.

Ganz in der Nähe heulten Sirenen auf. Ein großer Feuerwehrwagen und ein Krankenwagen rasten an der Tankstelle vorbei in Richtung Skigebiet.

»Da hat wohl jemand einen Unfall gebaut«, kommentierte der Mann hinter dem Tresen. »Wahrscheinlich ein betrunkener Schneemobilfahrer. Oder jemand hat einen Herzinfarkt auf der Piste bekommen.«

»Wahrscheinlich«, bestätigte sie und reichte ihm drei Zwanziger, worauf der Mann etwas Kleingeld herausgab.

»Viel Spaß beim Skifahren«, sagte er. »Es soll im Moment gut sein. Kalt, aber mit ordentlichem Schnee.«

»Danke«, antwortete sie. »Den werde ich haben.«

Als sie in den Pick-up stieg, fuhr ein weiterer Feuerwehrwagen mit heulenden Sirenen und blinkendem Licht vorbei, gefolgt von einem Streifenwagen.

Sie scherte hinter ihnen aus und fuhr auf die Berge zu.

7

Die Straße führte an einem breiten Fluss entlang, der größtenteils zugefroren war. Nur in den Bereichen, an denen die Strömung besonders reißend war, glitzerte gelegentlich die Wasseroberfläche im Mondlicht. Auf den ersten Kilometern verlief die Straße direkt neben dem Fluss, doch als sie das Tal hinaufführte, wurde sie immer steiler, bis der Straßenrand fast senkrecht zum eisigen Wasser abfiel.

Stacy hielt sich an die Geschwindigkeitsbegrenzung. Die meisten Autos überholten sie auf der schmalen Straße, weil sie es eilig hatten, zum Skigebiet zu kommen, aber der alte Ranger fing an zu röhren und zu keuchen, wenn sie ihn zu sehr beanspruchte, also tuckerte sie weiter und war froh, sich Zeit lassen zu können.

Links von der Straße waren Häuser und Einfahrten zu sehen, aber an den Berghängen auf der anderen Seite des Flusses blinkten keine Lichter. An einer Stelle erblickte sie ein Haus hoch oben auf dem Hügel, zu dem eine schmale Brücke über den Fluss führte. Ramos' Haus lag wahrscheinlich ähnlich, war aber noch weiter oben.

Nachdem sie die Abzweigung zum Skigebiet passiert hatte – ein großes blaues Schild mit der Aufschrift SUGARLOAF markierte sie –, lichteten sich die Häuser, und der Verkehr war ab jetzt kaum mehr der Rede wert. Es waren noch etwa fünf Meilen bis zu der Brücke, an der Miller auf sie warten würde. Sie schaute auf die Uhr. Bei dieser Geschwindigkeit würde es sechs oder sieben Minuten dauern.

Das war rein gar nichts. Ihr Rücken und ihr Nacken verspannten sich.

In diesem Moment sah sie es.

Die Straße beschrieb eine lange, flache Kurve nach rechts. Als Stacy aus ihr herausfuhr, sah sie ein rotes Leuchten vor sich. Einen Moment lang dachte sie, es sei ein Feuer, erkannte dann jedoch, dass es sich um die Lichter der Einsatzfahrzeuge handelte, die in Kingfield an ihr vorbeigerast waren.

Sie bremste ab, als sie näher kam. Zwei Feuerwehrwagen standen quer auf der Straße und blockierten ihre Fahrspur. Ein Einsatzwagen der Polizei stand auf dem Seitenstreifen, der Krankenwagen in einer kleinen Ausbuchtung.

Rettungssanitäter, Polizisten und Feuerwehrleute standen an der Straßenbegrenzung und blickten den Steilhang hinunter.

Einer der Polizisten wandte sich ihr zu und bedeutete ihr, ihre Fahrt fortzusetzen. Sie bemühte sich zu erkennen, was unten in dem Tal vor sich ging, aber der Abhang war zu steil. Erst als sie die nächste Kurve erreichte, konnte sie einen guten Blick erhaschen.

Ein Auto lag kopfüber im Fluss. Sie starrte hinunter und

versuchte auszumachen, um was für ein Fahrzeug es sich handelte, aber es war unmöglich zu erkennen.

Ihr schwirrte der Kopf. Von hier aus sah es aus wie ein RAV4. Ihr war, als müsste sie sich übergeben.

War das etwa Millers Mietwagen? War er das jüngste Opfer? Sie konnte es nicht mit Bestimmtheit sagen, musste es aber herausfinden. Sie fuhr an den Straßenrand und schaltete Motor und Scheinwerfer aus.

Sie wartete ein paar Minuten ab, um sicherzugehen, dass keiner der Rettungskräfte bemerkt hatte, dass sie angehalten hatte. Keiner von ihnen kam in ihre Richtung, also stieg sie aus und kletterte über die Absperrung. Der Abhang war steil, und sie kletterte vorsichtig hinunter, indem sie sich von Fels zu Fels hangelte und sich dabei jedes Mal vergewisserte, dass sie festen Halt hatte. Als sie auf halbem Weg nach unten war, konnte sie das Auto gut erkennen.

Es war ein RAV4.

Ein blauer RAV4.

Ihr Herz fing an zu rasen. Sie hatte jetzt kaum noch Zweifel, musste sich jedoch ganz sicher sein. In Maine gab es jede Menge RAV4s.

Meter für Meter kletterte sie den Hang weiter hinab und kniff die Augen zusammen, so lange, bis sie das Nummernschild erkennen konnte.

Sie erkannte es wieder, und nun schlug ihr das Herz bis zum Hals.

Alle Zweifel waren verflogen.

Es war Millers Mietwagen.

8

Sie kletterte die Klippe wieder hinauf und fühlte sich dabei sehr ungeschützt und sehr einsam.

Miller war tot, das stand fest. Er konnte diesen Sturz nicht überlebt haben, das war unmöglich. Und selbst wenn er ihn wie durch ein Wunder überlebt hätte, war sie sich ziemlich sicher, dass derjenige, der dies verursacht hatte, dafür gesorgt hatte, dass das nicht so blieb.

Denn das war kein Unfall gewesen.

Ja, es war natürlich möglich, dass jemand auf dieser engen, kurvigen Straße einen Fahrfehler beging, aber das war hier nicht der Fall. Es wäre ein viel zu großer Zufall.

Und jetzt fiel es ihr wie Schuppen von den Augen.

Ramos hatte sie beide hierher eingeladen und nach den Details des Autos gefragt. Er steckte mit Stearns unter einer Decke. Vermutlich hatte er Stearns berichtet, dass Miller einen Beweis gefunden hatte, der ihre Verbindung zu den Vergiftungen belegte, und die beiden hatten daraufhin diesen Plan ausgeheckt: Ramos sollte Miller und Stacy zu seiner abgelegenen Berghütte locken und auf dem Weg dorthin einen Unfall arrangieren. Zweifellos würde er dafür sorgen, dass die örtliche Polizeibehörde dies auch als solchen dokumentierte.

Sie war am Boden zerstört. Sie war eine Närrin gewesen. Es war dumm von ihr gewesen, sich auf das alles einzulassen. Sie würden vor nichts zurückschrecken, und nichts würde sie aufhalten, weder die Polizei noch die Behörden oder die Anwälte. Sie standen über allem, und sie waren über alles im Bilde.

Aber da war etwas, von dem sie nichts wussten. Wenn Miller nichts anderes gesagt hatte – und sie hoffte bei Gott, dass er so war –, mussten sie davon ausgehen, dass sie mit ihm in den Tod gestürzt war.

Aber das war sie nicht. Sie stand hier, am Abhang dieser Schlucht, lebendig.

Quicklebendig.

Und jetzt wusste sie, dass sie wirklich keine andere Wahl mehr hatte.

Bis auf eine.

Sie verspürte die große Erleichterung, die diese Erkenntnis mit sich brachte.

Sie wusste genau, was sie zu tun hatte.

Jeff Ramos

Jeff Ramos saß vor dem gemauerten Kamin. Die Hitze des Feuers rötete seine Wangen. Er nippte an seinem achtzehn Jahre alten Talisker Malt und erhob sich. Er war sich nicht sicher, ob er ihm wirklich schmeckte – wenn er ehrlich war, bevorzugte er Jack Daniels. Aber der hier war teuer, und das allein bereitete ihm Freude.

Er ging hinüber zu dem großen Panoramafenster, das auf das Carrabassett Valley hinunterwies. Das Tal lag im Dunkeln, und kein Laut drang herauf. Sein Haus lag hinter dem Skigebiet, zu dem die meisten Besucher mit ihren Autos von der Straße abbogen. Nur die wenigsten fuhren weiter bis hierher.

Irgendwo dort unten waren Varun Miller und Stacy Evanston auf dem Weg die kurvenreiche Straße hinauf, auf dem Weg, die letzten Teile des Puzzles für den Untergang von Jill Stearns zusammenzusetzen.

Auch sie würden es nicht schaffen.

In der Ferne erblickte er Lichter zwischen den Bäumen. Es war nicht das Auto von Miller und Evanston. Es waren zu viele Lichter, als dass es ein einzelnes Auto sein konnte, und sie waren zu hell. Außerdem blinkten sie rot und blau.

Es waren Rettungsfahrzeuge.

Er wandte sich dem Sessel am Feuer zu und lächelte. Seine Besucherin zog fragend eine Augenbraue hoch.

»Sieht so aus, als hätte es einen Unfall gegeben«, konstatierte er und schüttelte den Kopf, ein schiefes Lächeln auf den Lippen. »Tragisch. Ich fände es jammerschade, wenn jemand einen Unfall gehabt hätte.«

Jill Stearns erhob das Wasserglas zu einem Toast.

»Es scheint funktioniert zu haben.« Sie nippte am Wasser. »Sie sind die beiden losgeworden. Hoffen wir, dass die Sache damit endgültig abgehakt ist. Was hatte Miller genau gesagt?«

»Er sagte, er hätte eine Aufzeichnung der Instant Messages zwischen Ihnen und Bill.«

»Sonst noch etwas?«

»Nein. Aber das reichte schon. Wenn das herausgekommen wäre, hätte es einen Rattenschwanz an Problemen nach sich gezogen.«

»Und hat er es noch jemandem erzählt?«

»Seiner Frau vielleicht.«

Stearns verschränkte die Arme. »Wenn er schon bei einem Unfall ums Leben kommt, würde es Fragen aufwerfen, wenn auch ihr etwas zustieße.«

»Spielt keine Rolle«, erklärte Ramos. »Solange wir keine Spuren hinterlassen. Wir können etwas arrangieren. Und wir müssen es bald tun. Bevor sie erfährt, was ihrem Mann zugestoßen ist.«

»Also vielleicht noch heute Abend.«

»Vielleicht noch heute Abend.«

»Und Sharon?«, fragte Stearns. »Sie war es, die ihm die Nachrichten hat zukommen lassen, nicht wahr?«

»Richtig. Um sie werde ich mich morgen kümmern.«

»Okay.« Stearns hielt seinem Blick stand. »Wenn also Evanston, Miller, seine Frau und Sharon nicht mehr unter uns weilen, gibt es sonst niemanden mehr?«

Ramos lächelte. »Keine Menschenseele.«

»Könnte noch jemand anders die Nachrichten rauskramen, auf die Miller gestoßen ist? Sie müssen noch da sein.«

»Wenn sie danach suchen würden, vielleicht. Darum kümmere ich mich morgen. Dann ist die Sache für immer vom Tisch.«

Sie nickte. »Machen Sie das.«

Er deutete auf die Lichter unten im Tal. »Ich rufe mal jemanden an und frage, was dort geschehen ist. Um sicher zu sein, dass es Miller und die Frau sind.«

»Bevor Sie das tun, wäre da noch eine andere Sache.«

»Und die wäre?«

»Standish. Wo lebt er jetzt?«

»In Florida. Er lebt von dem großzügigen Vorruhestandspaket, das wir ihm spendiert haben.«

»Auch er weiß Bescheid.«

»Er weiß aber auch, was passiert, wenn er es jemandem verrät. Mit seiner Altersvorsorge, ja, aber vor allem mit seiner Tochter. Sie ist ein sehr attraktives Mädchen. Damals habe ich ihm vor Augen geführt, wie schade es doch wäre, wenn eine Gruppe von Männern beschließen würde, ihr mehr« – er legte eine Pause ein – »*Aufmerksamkeit* zu schenken, als ihr lieb ist. Er hat verstanden, worauf ich hinauswollte.«

»Trotzdem«, beschloss Stearns. »Er ist ein Risiko. Und ich habe genug von Risiken.«

Ramos nippte an seinem Whisky. »Sagen Sie da gerade, was ich denke, dass Sie sagen?«

»Ja.«

»Ich bin mir nicht sicher, ob das wirklich notwendig ist.«

»Tatsächlich?«, raunte Stearns. »Das ist schön zu hören, Jeff. Aber, verzeihen Sie, wenn ich unhöflich bin und sage, dass es mich einen Scheißdreck interessiert, was Sie denken. Mich interessiert nur, dass Sie ausführen, was ich von Ihnen verlange. Ist das klar?«

»Ja«, gab Ramos nach. »Das ist klar.«

»Dann erledigen Sie Ihren Job.«

Er erhob sein Glas zu einem gespielten Toast, stellte es dann wieder ab und wählte eine Nummer auf seinem Handy. Der Anruf wurde sofort entgegengenommen.

»Chief Fleming.«

»Chief Fleming«, sagte Ramos. »Hier ist Jeff Ramos.«

»Jeff. Kann ich Sie zurückrufen? Ich bin gerade ziemlich beschäftigt.«

»Hat es etwas mit den Einsatzfahrzeugen zu tun, die ich unten im Tal sehe?«

»Ja. Ein furchtbarer Unfall. Jemand ist von der Straße abgekommen und in den Fluss gestürzt.«

»Die Stelle dort ist steil. Und ein langer Weg nach unten.«

»Oh ja.«

»Ich frage nur ungern, Chief, aber ist jemand zu Tode gekommen?«

»Ja«, erwiderte der Polizeichef. »Das war ein ganz übler Absturz. Wir haben einen Mann runtergeschickt, um nachzusehen. Es gibt keine Überlebenden.«

»Habt ihr die Leichen geborgen?«

»Die Leiche«, korrigierte Fleming. »Ja, wir haben die Leiche schon geborgen.«

»Leiche? Es gab nur ein Opfer?«

»So ist es. In dem Wagen war nur ein Insasse.«

Jeff hielt inne und warf Stearns einen Blick zu. »Sind Sie sicher?«

»Hundertprozentig. Nur der eine. Ein Mann. Varun Miller. Er fuhr einen Mietwagen. Wahrscheinlich ist er diese engen Straßen nicht gewohnt. Warum fragen Sie?«

»Nur so«, erwiderte Jeff. Sein Magen verkrampfte sich. Er nahm einen großen Schluck von seinem Talisker. »Wirklich tragisch. Wenn ich Ihnen irgendwie helfen kann, wissen Sie, wo Sie mich finden können.«

»Danke. Ich werde es Sie wissen lassen.«

Die Leitung war tot. Stearns starrte ihn an. »Was ist?«

»Es gab nur eine Leiche«, offenbarte er.

»Miller? Oder die Frau?«

»Miller.«

»Und wo ist sie?«

»Ich weiß es absolut nicht«, sagte Ramos.

Stearns massierte sich die Schläfen.

»Diese *verdammte* Frau«, fluchte sie. »Sie will einfach nicht abtreten.«

Stacy Evanston

1

Sie musste rasch handeln.

Ihr war bewusst, dass dies das Worst-Case-Szenario war: Ramos wusste von dem Unfall, weil er ihn in Auftrag gegeben hatte, und er wusste inzwischen bestimmt auch, dass sie nicht mit im Auto gesessen hatte. Außerdem war ihm klar, dass sie seine Adresse kannte, weil er sie ihr in Portland gegeben hatte. Er würde also davon ausgehen, dass sie kam.

Was er nicht wusste, war, *warum* sie nicht im Auto gesessen hatte oder wo sie sich in diesem Moment befand.

Was immer sie also unternahm, sie musste schnell handeln.

Sie ließ den Motor des Ranger an und fuhr mit ausgeschalteten Scheinwerfern die Straße hinauf. Dabei hielt sie Ausschau nach anderen Autos, die sich von hinten oder aus der entgegengesetzten Richtung näherten. Entweder würde sie dann an den Straßenrand fahren und warten, bis sie überholt wurde, oder, falls das nicht möglich war, würde sie die Scheinwerfer so lange einschalten, bis der andere Wagen vorbeigefahren war.

Es kam jedoch niemand, und nach ein paar Minuten war sie an der Abzweigung zur Brücke angelangt.

Mit auf dem Schnee knirschenden Reifen stellte sie den Wagen ab und öffnete die Tür. Sie schlang ihren Mantel eng um sich und zog sich die Wollmütze tief ins Gesicht.

Es war eisig. Ein bitterkalter Wind pfiff vom Tal herauf, und Schnee wirbelte ihr ins Gesicht.

Um sich warm zu halten, ging sie mit schnellen Schritten die Straße hinauf. Als das Haus in Sichtweite kam, verließ sie die Straße und ging am Rand des Grundstücks entlang. Als sie noch etwa dreißig Meter vom Haus entfernt war, huschte sie in den Schatten eines Ahornbaums.

Wie der in ihrem Garten in Barrow.

Sie verdrängte den Gedanken, sie brauchte jetzt einen klaren Kopf.

Es war eine große Lodge im Stil einer Holzhütte. Auf der Rückseite befand sich ein Schuppen, und von der Vorderseite aus konnte man ins Tal hinabblicken. In der Einfahrt waren zwei Autos geparkt.

Zwei. Ramos hatte also Besuch.

Sie schaute sich um. Durch den harschen Schnee zu laufen, war anstrengend, aber, schlimmer noch, es verursachte Geräusche. Zu ihrer Linken verlief eine Spur, die ein Tier hinter dem Schuppen hinterlassen hatte. Vom Schuppen zum Haus hatte jemand mit einer Schneefräse einen Weg freigelegt. Wenn sie dort hinkäme, wäre es viel einfacher.

Sie folgte der Spur und setzte dabei ihre Füße vorsichtig in die Abdrücke des Tiers, bis sie beim Schuppen angelangt war, verborgen in der pechschwarzen Dunkelheit der Nacht.

Das Haus selbst war gut beleuchtet. Unter den Dachvorsprüngen konnte sie Außenlichter ausmachen. Sie wollte näher herantreten, um zu sehen, wer sich in dem Haus aufhielt, aber die Lampen waren höchstwahrscheinlich mit Bewegungsmeldern ausgestattet.

Sie musterte das Haus. Sie konnte in die Küche sehen, aber dort war niemand.

Dann sah sie ihn.

Ramos ging zur Spüle und drehte den Wasserhahn auf. Er füllte ein Glas mit Wasser und trank es in einem Zug aus. Dann drehte er sich um, so als spräche er mit jemandem, nahm ein weiteres Glas, füllte es und hielt es jemandem entgegen, um es ihm anzubieten.

Die andere Person kam und nahm es entgegen. Stacy unterdrückte einen Laut des Erschreckens.

Es war Stearns.

Jetzt war wirklich alles klar. Miller hatte Ramos angerufen und sich ihm anvertraut, weil er dachte, er sei ein Verbündeter, aber Ramos hatte sie beide an Jill Stearns verraten.

Die wiederum hatte ihn angewiesen, was er zu tun hatte, nämlich sie beide hierherzulocken und zu beseitigen. Vielleicht hatte sie ihm den Namen eines gedungenen Mörders gegeben, der sie beide von der Straße drängen würde, vielleicht hatte er aber auch selbst solche Leute an der Hand.

Die beiden hatten sie hierhergelockt, um sie zu töten und jedem das Leben zu nehmen, der von diesen Instant Messages wusste. Dazu gehörte auch Millers Frau. Würden sie auch sie aus dem Weg räumen?

Sie kannte die Antwort. Sie würden sie beseitigen und Millers Sohn als Waisen zurücklassen.

Nein, das durfte sie nicht zulassen.

Gestern war gestern, jetzt musste sie sich um die Zukunft kümmern.

Nichts von alledem spielte eine Rolle. Das Einzige, was zählte, war, dass sie hier war. Und dass die beiden ebenfalls hier waren. Und sie würde dieser Sache ein für alle Mal ein Ende bereiten.

Mit dem Rücken zur Tür schob sie sich an der Vorderseite des Schuppens entlang. Versuchsweise drehte sie am Türgriff. Würde sich jemand hier oben die Mühe machen, einen Holzschuppen abzuschließen? Abgesehen davon, dass Ramos selbst hier war, trieben sich hier wohl kaum Verbrecher herum.

Sie probierte es am Griff. Er ließ sich drehen, und die Tür schwang auf.

2

Der Schuppen enthielt das übliche Gerümpel. Schaufeln, Gartengeräte, ein Rasenmäher, eine Schneefräse. Ein Gasgrill und eine Kiste mit Grillutensilien: Schaber, Zange, Feuerzeug.

Zwei Kanister.

Zwei große grüne Benzinkanister. Sie hob sie hoch, um zu prüfen, wie viel sie enthielten.

Beide waren leer. Vielleicht war noch etwas Sprit in den Geräten, aber besonders viel fassten ihre Tanks nicht. Bestimmt nicht genug, um großen Schaden anzurichten.

Aber im Tank ihres Pick-ups befand sich noch genügend. Für etwas weniger als fünfzig Dollar hatte sie mehr als zehn Gallonen Diesel getankt.

Sie wusste genau, was sie sonst noch brauchte. Sie schaltete die Taschenlampe auf ihrem Handy ein und schirmte den Lichtstrahl mit der Hand ab. Dann suchte sie den Schuppen ab.

Da war er – ein Gartenschlauch, aufgerollt in einer Trommel, die an einem Nagel hing. Stacy zerrte an einem Schlauchende, bis sie ein kurzes Stück in der Hand hatte, dann nahm sie eine Schere und schnitt es ab.

Sie nahm die Benzinkanister und das Feuerzeug und ging zurück zum Pick-up. Zwar hatte sie noch nie Kraftstoff aus einem Tank abgesaugt, wusste jedoch theoretisch, wie es funktionierte. Man steckte den Schlauch in den Tank, bis er sich in der Flüssigkeit befand, und saugte dann am anderen Ende, bis der Kraftstoff zu fließen begann. Solange das Schlauchende tiefer war als der Tank, floss es, bis man den Schlauch wieder herauszog.

Sie schraubte den Tankdeckel ab und schob den Schlauch in den Fahrzeugtank hinunter. Dann öffnete sie den ersten Kanister, legte die Lippen über das Schlauchende und begann zu saugen.

Es dauerte ein paar Sekunden, bis der Diesel ihren Mund erreichte. Es war ekelhaft, ein scharfer, säuerlicher Geschmack. Sie spuckte ihn aus und steckte dann den Schlauch in die Öffnung des Kanisters. Mit einem plätschernden Geräusch füllte sich der Kanister mit Diesel.

Als er voll war, steckte sie das Schlauchende in den zweiten Kanister. Sie schätzte, dass jeder Kanister etwa fünf Gallonen fasste. Als der zweite etwa halb voll war, zog sie den Schlauch aus dem Tank, da noch etwas Kraftstoff im Pickup verbleiben musste.

Dann stellte sie die Kanister auf den Beifahrersitz, stieg ein und setzte sich hinter das Lenkrad.

3

Stacy ließ den Motor an und fuhr langsam die Straße hinauf. Der Motor des Ranger klopfte und ratterte, daher fuhr sie so, dass er so leise wie möglich war, doch sie war sich bewusst, dass jeder, der auf Geräusche achtete, sie hören würde, lange bevor sie das Haus erreichte.

Der Pick-up war nicht gerade ein Tarnfahrzeug. Es gab keine Möglichkeit, sich dem Haus unbemerkt zu nähern. Wenn sie aufmerksam waren, würden sie sie hören, lange bevor sie ankam, und dann könnten sie reagieren.

Sie musste dafür sorgen, dass ihnen keine Zeit zum Reagieren blieb.

Na schön, dann machte man aus der Not eben eine Tugend.

Wenn sie sich nicht langsam nähern konnte, würde sie sich schnell nähern.

Und zwar sehr schnell. Sie drückte das Gaspedal durch, und der alte Pick-up nahm an Fahrt auf.

Mit auf dem festgefahrenen Schnee durchdrehenden Reifen bog sie in die Einfahrt ein. Nun ging sie ein wenig vom Gas. Es ergab keinen Sinn, jetzt gegen einen Torpfosten zu prallen.

Sie setzte sich aufrecht hin. Das Haus war noch etwa fünfzig, sechzig Meter entfernt, am Ende einer langen Einfahrt. Sie beschleunigte und hielt auf die Haustür zu.

Der Ranger krachte gegen die Eingangstür.

Die Holztür barst, Splitter flogen um sie herum, und der Pick-up kam ruckartig zum Stehen. Sie wurde in den Sicherheitsgurt geschleudert, und ihr Kopf flog vor und zurück.

Sie schüttelte die Benommenheit ab und konzentrierte sich.

Der Diesel schwappte aus den Kanistern auf den Sitz. Sie schnappte sich beide, öffnete die Tür und sprang in den Schnee hinaus.

Sie schüttete den Sprit links neben der Haustür aus und sprintete dann an der Hauswand entlang, vor allem gegen die Holzwände, bis sie um die Ecke bog.

Mit grimmiger Entschlossenheit setzte sie ihr Werk fort. An der Hintertür hielt sie inne und goss den Sprit rund um den Rahmen. Dann ging sie weiter zur anderen Seite des Hauses, wo sich ein großer Propangastank befand.

Perfekt.

Sie kippte den letzten Rest über den Gastank und zog

dann das Feuerzeug hervor. Sie tastete in ihrer Tasche nach etwas zum Anzünden und zog schließlich die Quittung für den Diesel heraus.

Sie zündete sie an, wartete, bis sie vollständig brannte, und ließ sie dann auf den Tank fallen.

4

Das erste Geräusch war ein Zischen, mit dem sich der Sprit entzündete.

Sie sprintete vom Haus weg und hechtete hinter den Schuppen, um Schutz zu suchen. Sie beobachtete, wie die Flammen um das Haus herumzüngelten und der Dieselspur folgten, die sie hinterlassen hatte.

Schon nach wenigen Sekunden war es ein Flammenmeer.

Dann wurde es die reinste Hölle.

Der Propangastank explodierte, und die Flammen schossen hoch hinauf in den Nachthimmel. Die Hauswand, vor der er stand, zerbarst, und die Fensterscheiben zersprangen, während ein Feuerball durch das Haus raste.

Sekunden später ertönte auf der anderen Seite des Hauses eine weitere, ohrenbetäubende Explosion.

Der Ranger.

Sie drehte sich um und rannte den Hügel hinter dem Haus hinauf, um sich in einem Kiefernhain in Sicherheit zu bringen. Von dort blickte sie auf das Haus hinunter.

Es stand lichterloh in Flammen, ringsum umgeben von einer Feuerwand. Die Flammen schlugen immer höher an den Wänden und verzehrten das alte Holzgebälk, als wäre es ein trockenes Holzscheit. Noch an ihrem Standort konnte Stacy die Hitze auf ihren Wangen spüren. Aus der Nähe wäre es unerträglich gewesen.

Tödlich.

Wie tödlich, wusste sie genau. Sie hatte diese Art von Hitze schon einmal gespürt, hatte das Geräusch eines Feuers vernommen, das ein Haus verschlang, hatte den Holzrauch und den stechenden Gestank von schmelzender Farbe und brennendem Stoff gerochen.

Inzwischen war das Feuer eine Mauer, eine unüberwindbare Feuersbrunst. Es erklang ein lautes Ächzen, dann ein Knacken, als etwas nachgab und die hintere Hauswand auf die Trümmer des restlichen Hauses stürzte. Das Dach folgte und zerbarst, als es in einem Funkenregen auf dem Boden aufschlug.

Die beiden waren tot, davon war sie überzeugt, aber sie wartete trotzdem ab und hielt weiter Ausschau. Ausschau nach jemandem, der das Haus verließ, nach einer Gestalt, die sich vom Schnee abhob und davonhuschte.

Da war aber niemand. Es konnte auch niemanden geben. Aus diesem Inferno gab es kein Entrinnen.

Sie saß im Schneetreiben und schaute auf das brennende Haus hinab.

Es war das zweite Mal, dass sie die totale Zerstörung eines Hauses miterlebte. Dies war die Rache für das erste Mal, aber sie fühlte sich seltsam leer, seltsam ungerührt.

Die beiden lebten nicht mehr. Stearns und Ramos waren tot.

Aber sie selbst fühlte sich nach wie vor allein.

Sie erhob sich und begann den Abstieg ins Tal hinunter.

Einsamer als je zuvor.

5

Stacy saß im Dunkeln in einer Ferienwohnung im Skigebiet, während die Morgendämmerung über dem Tal aufstieg. Sie war stundenlang gelaufen, bis sie das Skigebiet erreichte, wo sie nach einer leer stehenden Ferienwohnung Ausschau hielt.

Kein Auto vor der Tür, kein Rauch aus dem Schornstein. Sie fand die Schlüssel unter der Matte vor der Hintertür und verschaffte sich Zutritt.

Ein paar Sekunden lang schlug ihr das Herz bis zum Hals, während sie darauf wartete, dass eine Stimme aus der Dunkelheit rief, aber da kam nichts.

Sie hatte sich eine Decke geschnappt und sich auf der Couch zusammengekauert, um den neuen Tag zu erwarten.

Sie las die Nachrichten auf ihrem Handy.

TRAGÖDIE IM CARRABASSETT VALLEY

EIN FEUER FORDERTE GESTERN ABEND IM CARRABASSETT VALLEY ZWEI MENSCHENLEBEN. JEFF RAMOS (58) UND JILL STEARNS (52) KAMEN UMS LEBEN, ALS DAS WOCHENENDHAUS VON RAMOS IN FLAMMEN AUFGING, WAS OFFENBAR AUF BRANDSTIFTUNG ZURÜCKZUFÜHREN IST.

EIN POLIZEISPRECHER SAGTE, ES LÄGEN VERDÄCHTIGE UMSTÄNDE VOR, GAB ABER KEINE EINZELHEITEN BEKANNT.

Ms Stearns war Geschäftsführerin eines bekannten Lebensmittelkonzerns, für den auch Mr Ramos tätig war, was Spekulationen anheizte, wonach das Geschehen in Zusammenhang mit einer Aktivistengruppe stehen könnte, die gegen die Verwendung von gentechnisch veränderten Substanzen in der Lebensmittelindustrie protestiert. Ein Vertreter des Konzerns verweigerte jeden Kommentar dazu.

Es war der zweite tödliche Vorfall in dieser Nacht, nachdem ein Auto von der Strasse abgekommen und in den Fluss gestürzt war, wobei der Insasse ums Leben kam.

Stacy las nicht weiter. Sie hatte zwar nicht daran gezweifelt, jetzt jedoch hatte sie den Beweis. Stearns und Ramos waren tot. Nur eine Sache hatte sie jetzt noch zu erledigen, bevor sie ihr Handy wegwerfen würde.

Sie suchte den Namen des Autors des Berichts, Mike Taylor. Seine E-Mail wurde angezeigt, und sie begann zu tippen.

Sehr geehrter Mr Taylor,

mein Name ist Stacy Evanston. Ich arbeitete bis 2018 bei der US Air Force, als mein Mann und meine Tochter bei einem Hausbrand ums Leben kamen. Man ging davon aus, dass auch ich dabei getötet wurde, aber das war nicht der Fall. Ich tauchte unter, weil ich glaubte, dass das Feuer auf Brandstiftung zurückging.

Mein Mann und meine Tochter wurden – wie auch Dr. Neal Williams – bei der Vertuschung des Schadens durch ein noch in der Testphase befindliches Produkt ermordet, das von dem Unternehmen entwickelt worden war, dessen Geschäftsführerin Jill Stearns war. Dieses Produkt war hochgiftig und verursachte durch ein Versehen den Tod von drei Kindern: Nathan Carter, Ella Farmer und Bren Murdoch. Auch meine Tochter war schwer daran erkrankt.

Ich habe versucht, diese Vertuschung aufzudecken, indem ich das Firmenflugzeug entführte, in dem sich Ms Stearns befand. Einzelheiten erfahren Sie beim Portland Police Department. Dieser Versuch schlug fehl, aber Varun Miller, der vergangene Nacht bei einem Autounfall ums Leben kam, stieß auf Beweise für die Vertuschung und setzte mich und Mr Ramos davon in Kenntnis. Ramos schlug daraufhin vor, sich mit uns in seinem Wochenendhaus im Skigebiet zu treffen, und er – oder Stearns – arrangierte Millers Unfall, um alles zu vertuschen.

Es hat nicht funktioniert.

Tragischerweise fielen Ramos und Stearns einem Hausbrand zum Opfer. Ich überlasse es Ihnen zu entscheiden, inwieweit es sich dabei um einen Unfall handelte.

Varun Millers Frau kennt die Details, aber ich habe dieser Mail die Instant Messages angehängt, die Stearns mit der Vertuschung in Verbindung bringen.

Ich hoffe, dass Ihnen diese Informationen ausreichen, um sich dieser Story anzunehmen. Leider kann ich keine Fragen beantworten, da ich diesen E-Mail-Account löschen werde.

Mit freundlichen Grüßen

Stacy Evanston

Sie würde die Story verfolgen, sobald sie erschien. Jeder würde das tun. Der Untergang von Stearns, Ramos und ihrem Unternehmen würde die größte Story seit Covid sein.

Sie legte ihr Handy in die Spüle und stellte das Wasser an. Nach ein paar Minuten nahm sie es heraus und warf es aus der Hintertür in eine Schneewechte.

Es war Zeit, zu verschwinden. Die Besitzer konnten jederzeit zum Skifahren kommen. Sie durchsuchte die Schubladen im Schlafzimmer. Zum Glück war einer der Bewohner eine Frau, die ungefähr ihre Größe hatte, sodass sie Wechselkleidung mitnehmen konnte.

Die Polizei würde den Pick-up ziemlich schnell mit Rusty in Barrow in Verbindung bringen. Möglicherweise erzählte er ihnen schon in diesem Augenblick von der Frau, Priscilla, die ihn gekauft hatte.

Heutzutage gab es nicht mehr so viele Priscillas, aber das machte keinen Unterschied. Sie konnten so viele Priscillas ausfindig machen, wie sie wollten, aber sie würden sie nicht finden.

Sie war schon einmal untergetaucht, und sie konnte es wieder tun. Es würde irgendwo eine unverschlossene Ferienwohnung geben, deren Bewohner den ganzen Tag beim Skifahren waren und deren Autoschlüssel achtlos auf einem Tisch liegen gelassen worden waren.

Sie würde es unbeschädigt irgendwo stehen lassen, damit die Polizei es bergen und ihnen zurückgeben konnte.

Unbeschädigt, aber weit weg. Vielleicht auf dem Weg nach Chicago. Es war leichter, in großen Städten unterzutauchen, Arbeit ohne Papiere zu finden und sich eine neue Identität zuzulegen.

Und was dann? Und warum? Wozu sich die Mühe machen? Sie hatte erreicht, was sie wollte, und jetzt war die Welt leer für sie. Es gab nichts mehr zu tun für sie. Nichts, wofür es sich zu leben lohnte.

Doch da gab es etwas. Es gab einen Weg nach vorn. Es gab immer einen Weg nach vorn. Und er begann, wie alles begann – mit dem ersten Schritt.

Sie öffnete die Wohnungstür und ging nach draußen. Ihre Stiefel hinterließen Spuren im Neuschnee.

DANKSAGUNGEN

Ich bin immer wieder erstaunt, wie viele Menschen daran beteiligt sind, ein Buch von der Idee über den Entwurf bis zum endgültigen, veröffentlichten Roman zu begleiten. Es sind viele, und ich bin ihnen allen dankbar und bewundere ihre Arbeit, vom Lektorat über das Coverdesign bis hin zum Marketing. Ich danke euch allen aus tiefstem Herzen.

Mein besonderer Dank gilt Becky Ritchie, der Super-Agentin, für ihre treffsicheren, brillanten Ratschläge rund um das Schreiben.

Und schließlich Kathryn Cheshire und Angel Belsey: Es ist ein wunderbares Gefühl, zu wissen, dass man sich in den Händen von Lektorinnen befindet, die an deine Arbeit glauben und deren Urteil du vertrauen kannst. Vielen Dank euch beiden.